U1068780

魅丽文化 花火工作室

失婚

半截白菜 — 著

江苏凤凰文艺出版社
JIANGSU PHOENIX LITERATURE AND ART PUBLISHING

图书在版编目（CIP）数据

失婚 / 半截白菜著 . -- 南京 : 江苏凤凰文艺出版社，2021.12
ISBN 978-7-5594-6301-2

Ⅰ . ①失… Ⅱ . ①半… Ⅲ . ①长篇小说 - 中国 - 当代
Ⅳ . ① I247.5

中国版本图书馆 CIP 数据核字 (2021) 第 195186 号

失婚

半截白菜 著

出版统筹　曾英姿
责任编辑　张　倩
特约编辑　丐小亥　八　柚
装帧设计　殷　舍
出版发行　江苏凤凰文艺出版社
　　　　　南京市中央路 165 号，邮编：210009
网　　址　http://www.jswenyi.com
印　　刷　湖南凌宇纸品有限公司
开　　本　880mm × 1230mm　1/32
印　　张　9.5
字　　数　340 千字
版　　次　2021 年 12 月第 1 版
印　　次　2021 年 12 月第 1 次印刷
书　　号　ISBN 978-7-5594-6301-2
定　　价　45.00 元

江苏凤凰文艺版图书凡印刷、装订错误，可随时向承印厂调换，联系电话 025-83280257

目 录

目录

第一章

当朋友更好

天气炎热，苏好推着行李箱走出站台，一股热风扑面而来，她捏在手里的手机一直没响过，她很犹豫，不知该不该打出去。

走到车站出口，她的视线落在门外。出口处的路边停着一辆黑色悍马，而且停得挺远的，车里的男人摇下车窗，手指夹着烟，目光往这儿扫来。

苏好遮挡着额头，眼睛看过去，那人的目光跟她的对上。

苏好愣怔了几秒，下意识地捏紧了手机。

车门“唰”地打开，男人下车，绕过车头，像是要走过来，苏好略有些紧张，赶紧拉着行李箱走过去。

周扬嘴上叼着烟，笑着道：“怎么没打电话？”

苏好偏头，“嗯”了一声，道：“正准备打。”

“是吗？上车吧。”周扬接过她手里的行李箱，转身走向黑色的车子。

苏好看着周扬高大的背影，迟疑了一下，随后赶紧跟上。

周扬去放行李前，顺势给她开了后座的车门，苏好钻进车子，坐稳了。

车里的空调挺凉的，一下子让她身上的燥热消下去很多，她的视线往外扫。周扬走了过来，却没有急着上车，慢条斯理地抽完了烟，接着掐灭了烟头，才拉开车门上车。

门“砰”地关上，周扬回头看了她一眼，狭长的眼眸里带着笑意：“先到家里吃顿饭？”

苏好紧张地揪着裙子点头：“好。”

周扬收回了视线，手握上方向盘，启动了车子。

车子开上大路，车里的音响也开了，播放着轻音乐。

苏好看了眼内视镜，却什么都看不到，她往车门处靠了靠，降低了自己的存在感。现在对她来说，只要能好好活着就行了，驾驶位上的那个人不是她所能想的。

高铁站距离周家有一段距离，两个人没话可说，要不是双方母亲认识，苏好跟周扬之间也不会有任何交集，更不会有年少时她对他的喜欢、痴缠和追求。

苏好轻叹了一口气，在音乐停顿的那一刻，正好传到了周扬的耳朵里。

周扬修长的手指搭在方向盘上，略微侧头看了眼车外的路况，收回目光时，他轻描淡写地扫了眼内视镜，没看到苏好，只看到一片裙角。

他笑了笑，不甚在意地收回了目光。

苏好躲避着他的眼神，没能看到他脸上这抹笑。

要是她看到了，就能想起当初她追求他时，他也总是这样笑，带着漫不经心的疏离。

车子快抵达周家了，苏好看着这一片别墅区，更加明白了两个人之间的差距。

前头，男人低沉的声音传来："苏好，这些年过得好吗？"快到家了，周扬这才问她。

苏好清醒了些，看着搭在膝盖上的双手，说："还不错。"

"你修完了财务管理专业？"他的声音一直都很好听，带着笑意。

苏好轻声应道："嗯，修完了。"

周扬点点头："那就好。"

前面就是周家了，别墅带院子，黑色悍马停在门口停车位那里，苏好打开车门，理了理裙子。她今天穿了一双小白鞋，配这裙子中规中矩。素面朝天的她，显得清秀又温柔，与周扬身边环绕的女生天差地别。

周扬提了行李箱，苏好下意识地想上前接过来，周扬笑着看了她一眼，戏谑道："怎么？一个行李箱我还提不动？"

苏好伸出去的手僵在半空，随后笑了笑，收回了手。

他总是这样，吊儿郎当，玩世不恭，风流多情，以至于令她迷了心眼，以为自己也有一点机会。

苏好跟在周扬身侧上台阶，上完短短三层台阶，她就感觉到了屋里传来的凉气。

周母苏茜穿着旗袍和高跟鞋，一看到苏好，顿时眉眼含笑道："苏好，阿姨总算又见到你了！"

"阿姨，好久不见。"苏好也禁不住露出笑容。

"这些年，你啊，唉……"苏茜上前搂住了苏好，她身上带着香味，苏好也搂紧了苏茜。

她知道苏茜欲言又止想说什么。

她笑了笑，余光里看到周扬放下行李箱，接过保姆递来的毛巾擦了手，懒懒地靠在柜子上低头玩手机。他身材颀长，浑身散发着一股风流劲。

苏好收回视线，不再看他。

苏茜松开苏好，握着她的手，语气含着怜惜："既然离婚了，往后就好好过，你妈妈把你托付给我，我肯定会照顾好你的。"

苏好温柔一笑，摸了摸自己的脸，脸蛋还是白白嫩嫩的。

苏茜扫了眼儿子，叹了一口气。

保姆很快准备好了晚饭，家里只有三个人，本来周扬接了个电话打算离开，苏茜不让，硬让他留下来吃完晚饭再走。周扬不置可否，回了电话跟对方说今晚不过去了。

电话那头是个女孩。

苏茜下意识地看向苏好，苏好低头翻着手机，似乎在回信息，看她那样子，像是没听到或者没注意到。苏茜松了一口气。

周扬坐在一旁，皱着眉看苏茜，几秒后，他用指尖敲了敲桌子，眼睛里带着些许警告。

苏茜翻了个白眼，随后点头，用口型说：我知道了。

我才不会把你和苏好凑成一对！

晚餐很丰盛，苏茜一个劲儿地给苏好夹菜，两个人有说有笑的。反观周扬，他基本不参与聊天，偶尔看一眼手机，像是在等信息。

吃过晚饭，苏茜拉苏好上了二楼客房，带她看衣柜、浴室、阳台、梳妆台，她笑意盈盈地问："以后住家里，好不好？"

苏好摇了摇头："不好。"

苏茜看到苏好那双漂亮的眼睛，顿了顿，便不再提这个话题。

苏好喜欢过周扬，让她住在家里，确实有些为难她了。

她拉着苏好来到浴室，说："你先收拾一下，等会儿阿姨带你到后院走走。"

"好的。"苏好点头。

看着苏茜出去了，苏好这才拉开行李箱，从中拿出了一套简单的家居服去洗澡。

洗完澡出来，苏好赤脚站在地毯上看向窗外。

窗外是一个湖，湖的那边是这个城市的万家灯火。

回江市发展得不如黎城。

黎城遍地都是机遇，也遍地都是挫折。

苏好的头发还没干，就穿上拖鞋下楼去找苏茜了。

楼下灯火通明，她听到苏茜在说话。

那话令她脚步一顿。

"说到底，你就是觉得苏好不是你喜欢的类型，是吗？！"是苏茜的声音。

"是——"周扬嗓音懒散，回答得漫不经心，"你还想说什么？"

苏茜哼了一声："你玲阿姨一直很担心苏好，她现在似乎也没打算再找男朋友。"

“要不，我给她介绍介绍？”周扬挑眉问道。

苏茜愣了一下，周扬低笑起来：“我保管给她找一个不错的男人。”

“行吧。”停顿了几秒，苏茜还不死心，“你自己吗？”

“我就算了。”

客厅的灯挺亮的，楼梯上的灯是橘色的，挂在墙壁上，小小的一盏。苏好站在这橘灯下沉默了几秒，随后转身打算返回楼上，在楼梯口站了一会儿才伸手按了三楼的按键。

她想起了那一年的周扬。

她生性内敛，温顺听话，但从没那么喜欢过一个男人，喜欢到直接大胆地追求他，做了许多和自己性格不太相符的事情，遭到了好多人笑话。

那会儿，她看不清周扬的姿态，今晚倒是看清了。

原来是因为——她不是他喜欢的类型。

也是，抛开身份差距且不说，两个人见识过的场面也不一样。

电梯抵达三楼后，苏好重新按了一楼的按键，不一会儿，电梯下降到了一楼。

在电梯里的这段时间，他们应该聊完了吧？

苏好深呼吸一口气，走了出去。

苏茜和周扬站在客厅的酒柜旁，周扬手里搭着外套，身子倚靠着酒柜和苏茜说话。这会儿察觉到苏好下来了，他的视线往这边扫来，微微一笑，没有再继续刚刚的话题。

苏茜转头问苏好：“洗了头发怎么不吹一下？来来来，阿姨帮你吹。”

苏好抓着发丝，说：“我没找到吹风机。”

“傻丫头，在床头柜边上啊，你也不多看一下。”苏茜拉着苏好走向落地窗，不再搭理儿子。

酒柜旁的男人拿了一支烟去玄关处换鞋，顺手拿了车钥匙离开了。

屋里就剩下苏好和苏茜，苏好拿着吹风机吹头发，苏茜站在一旁指点：“后面还湿着，别离得太近，对头皮不好。”

苏好听话地将吹风机挪远了一些。

当晚，苏茜带着苏好去了后院。后院里还有一栋配楼，配楼一楼的门紧闭着，苏茜说得兴起，道：“这房子里都是周扬的东西，全是飞机模型之类的。”

苏好多看了一眼配楼，轻轻应了一声。

苏茜看着苏好，见苏好神情自然，顿时松了一口气。

逛完后院，两人回到了主楼。没一会儿，周父周勤凯回来了，看到苏好，他和她打了个招呼："好久不见，苏好。"

"周叔好。"

他挂上外套，笑道："看起来瘦了些。"

"可不是，我都说她瘦了。"

不单瘦了，苏好身上的气质更加沉静了，没了几年前的天真，多了一丝女人味。

周勤凯回来后，苏茜显出些小女人的感觉，苏好不好再打扰，借口说困了，便回到了自己的房间。

苏好走过去把窗帘拉上，回到床上，打开微信跟母亲聊了一会儿，又和闺密廖云发起了信息。

廖廖：黎城怎么样？

苏好：还没逛过，高楼很多。

廖廖：一线城市嘛，肯定不一样。

苏好：国庆假期的时候，你要过来玩啊。

廖廖：那也得你安顿下来了我才敢去啊，你会住在他们家吗？

苏好：不会。

廖廖：那还好，周扬现在还是那么帅吗？

苏好：嗯。

廖廖：结婚没？

苏好：不知道，我没问。

廖廖：也是，也没必要问。

廖云其实是想问苏好还喜欢那个人吗，可她没有问出口。

按道理来说，过了这么多年了，喜欢什么的，早就变味了。

更何况，苏好还经历过一段失败的婚姻。

一觉到天亮，苏好是抱着手机醒来的，昨晚和廖云聊着聊着她就睡着了。

床边的电话响了起来，苏好伸手接起，苏茜的声音传了过来："好好，醒了没？"

"刚醒。"

"快去梳洗，一会儿下来吃早餐。"

"好的。"

苏好下床拉开了窗帘，进浴室梳洗后下了楼。餐厅里只有苏茜坐在那儿吃着水果，看见苏好下来，她立即招手："快过来。"

苏好笑了笑，走过去坐了下来。

桌子上都是中式早餐，她一边喝粥，一边问苏茜："叔叔呢？"

"去公司了，一大早就走了。"苏茜给苏好剥鸡蛋，又道，"吃完早餐，阿姨陪你去看房子。"

话音刚落，门口处就出现了一抹修长的身影，两个人转头看去。周扬解开衬衫领口，恰好进门，他的目光扫过来，道："吃完早餐，我带你去看房子。"

"你有好地方？"苏茜眼睛一亮。

周扬换了鞋，站直身子，懒懒一笑："她接下来要到我的公司上班，自然得找距离公司近的房子，最近发现了一套。"

"太好了。"苏茜看向苏好。

苏好对周扬说："谢谢。"她语气温和，穿着碎花裙安静地坐在那儿。

周扬点点头，解了袖子纽扣走向楼梯。

苏茜盯着他，问道："昨晚你住在哪儿？没去一湾那边？"

周扬抬眼轻描淡写地扫过来，笑得有些坏："怎么，妈，你要查岗？"

苏茜瞪了他一眼，他坏笑着，转身上了楼。

不一会儿，周扬换了黑衬衫和长裤下楼，身上带着淡淡的沐浴香味，跟苏好用的那个似乎是一样的，他挽着袖子坐下来吃早餐。

苏好跟苏茜已经吃完了，两个人正低声说话。

苏好起身说："阿姨，我去拿行李箱。"

苏茜愣了一下，问道："这么快？"

苏好笑道："方便早点收拾。"

"好吧。"

苏好走向楼梯，裙摆掠过周扬的裤边。拐上楼收拾了一会儿，她就搭电梯下来了。这边，周扬已经吃完早餐了，他咬着块苹果，转身接过苏好的行李箱。

他人高，一过来就挡住了光线，苏好下意识地后退一小步，跟他保持着距离。

周扬看了她一眼，挑眉走向门口。

苏好转身跟苏茜拥抱，苏茜被她弄得眼眶发红，说："住家里有什么不好的？我还能给你介绍男朋友……"

两个人依依不舍地说了一会儿话后，苏茜总算松了手。苏好出门时，周扬已经抽完了一支烟，坐在驾驶位上，修长的手垂在车窗外。他朝苏好看过来，苏好冲他点点头，拉开后座车门上了车。

车门关上时，苏好冲苏茜挥了挥手。

周扬对女人们这种黏黏糊糊的感情不感兴趣，直接启动车子，出了别墅区。路两边，大树蔽日，苏好正看着风景，一份简历就朝她递了过来。

周扬在前头点燃一支烟，说："这简历是我让助理帮你做的，你看看。"

"你没有工作经验，只能从财务助理做起。"

苏好翻开简历，粗略地看了一眼。这是一份很正式的简历，如果靠她自己，可能做不出来，她"嗯"了一声，说："谢谢，这简历很好。"

"明天直接去公司报到。"男人嘴里咬着烟，声音有些含糊，语调里带着一贯的懒散。

苏好点了点头。

到了市中心，苏好一转头就看到了 CBD 大厦，周围是一片高楼。

周扬敲了一下车窗，说："带红色飞翔标志的那个就是沸节，周氏集团的子公司，也是你上班的地方。"

苏好盯着那儿"嗯"了一声。

车子拐了个弯，驶进了一条较窄的道路，周围有一片比较老的小区，车子停在门口，周扬下车打开了后备厢，将苏好的行李箱提了下来。

苏好赶紧下了车。

周扬提着行李箱走到楼梯口，说："这儿停不了车，你直接上去，三楼301，钥匙就插在门上，租金我已经交过了，你先住着。"

苏好点头接过行李箱往上走，走了没两步，男人低沉的嗓音在她身后响起："等会儿。"

苏好转过头，周扬一条腿抵在台阶上，捏着手机笑问："喜欢什么类型的男人？我帮你留意。"

他笑着，仿佛不怕她的回答往他身上靠。

即使她的回答是他，他也能给她找一个像他一样的男人，反正不是他自己就行了。

这一刻，苏好仿佛看穿了他，沉默几秒后道："都可以。"

楼道跟小区一样旧，苏好一步步地走上楼，三楼是一层两户，301 房间的门上插着钥匙，她打开门走了进去。屋里采光不错，是老式套房，进门就是两个房间。

苏好把行李箱推进主卧室，出来后就开始搞卫生。

打扫完卫生已经临近中午，她没什么胃口，先给苏茜报了个平安，又拍了住所的照片相继发给母亲和廖云，随后在微信好友搜索栏打出“周扬”二字，周扬的微信号就跳了出来。

她也不记得是什么时候加的他，加完也没说过话，那几年，她忙得没时间玩微信。

苏好：你垫付了多少钱？我还给你。

大约五分钟后，周扬回复了一个数字，苏好转了钱过去，过了七八分钟对方才收款。

周扬：这是租赁合同。

苏好：好的。

合同上写的是租半年，押一付一，没有物业费。看完后，她把合同收好。

两人陷入了沉默，她迟疑了一下，点了一下他的头像，进入了朋友圈。

他的朋友圈设置的是仅三天可见。

最近这三天，他发了两条动态，最新的一条是关于航空的论文，更早的一条是一张照片，照片上是赛车场里的赛车和俊男美女，他站在远处，隐约能看到在抽烟，穿着黑色T恤和长裤，在人群中十分显眼。

苏好看了一会儿后，默默退了出来。

他的生活本来就和她天差地别。

第二天一早，苏好提着小包出了门。她对这边的交通路况不熟悉，选择了直接打车前往沸节，沸节的标志好认，到的时候已经过了上班的高峰期，大厅里只有零星几个人。

苏好拿着简历来到前台，前台接过来看了一眼，说：“你直接上十六楼找曾总。”

苏好接过简历，笑着说：“谢谢。”

苏好搭电梯到了十六楼，询问后就拐到了曾总的办公室。

曾总正在打电话，听见助理的声音才抬起头，她看向助理旁边站着的女人，愣了一秒才反应过来，这似乎是陆助理昨天给她安排的财务助理。

陆助理没说明她是谁，但是既然这么安排，指不定跟周总有点儿关系。

曾总挂了电话，朝苏好点头道：“进来。”

苏好把简历放在了曾总的桌子上。

“我看过了，你叫苏好？”曾总扫了一眼简历，问道。

“是的，曾总好。”苏好礼貌道。

曾总抬手：“坐，我们简单聊一下。”

“好。”苏好心里有点紧张，但是面色沉静，看起来很温顺。

曾总一边问问题，一边打量苏好——皮肤不错，但是看起来太居家了，这类型……应该跟周总关系不大。曾总顿时放松了。只要不是周总的女朋友，压力就没那么大。

两个人浅聊过后，曾总让助理把苏好带去了财务部。

财务部有三个人，一个出纳，两个会计。出纳叫陈玉，年纪稍小一些，长得清秀。一个会计叫陆米米，年纪比陈玉大一点，但看起来很年轻，长得艳丽，踩着高跟鞋，气焰嚣张。另一个会计很沉稳，叫张娴，年纪是三个人中最大的，比苏好还要大三岁，看起来有点严厉。

进门后，张娴指着办公桌让苏好先收拾桌子，陆米米看到苏好后，“啧”了一声就转过了身，只有陈玉对苏好眨了眨眼，打了个招呼。

苏好也回了她一个笑容，而后开始收拾桌子。

十点多时，沸节十六楼的电梯门开了，陆助理拿着文件跟在周扬身后。路过财务部时，周扬恰好抬起头，目光不经意地扫过去，便看到穿黑色A字裙和白衬衫的女人站在桌旁。套装裙最显身材，前凸后翘的，女人腰细如柳枝，黑发如墨，光是背影就令人遐想。

周扬脚步微顿，多看了几眼。

这是谁？

他正想问陆助理，那女人转过身来，露出了侧脸，她仰起头看过来，两人四目相对，周扬看清了她素面朝天的脸。

半秒后，他挑眉大步离开。

陆助理连忙跟上周扬，走之前多看了苏好几眼。

苏好也转回了视线，继续做自己手里的事情。

苏好把发票分类放好，就看到陆米米起身拿走了陈玉的账本说道：“我帮你一块儿交给周扬。”

陈玉似乎反抗不得，气呼呼地盯着陆米米离开，回过头就跟张娴抱怨。

“她就是仗着周总宠她，竟然直接叫他的名字，哼！”

张娴似乎不屑参与到她们的斗争里，说：“你赶紧把账录好，算一算保险柜里的现金，一个人弄不完的话，叫苏好帮你。”

苏好听见自己的名字，立即转身等待召唤。

陈玉看了苏好一眼，笑眯眯地道：“那你过来帮我吧。”

“好的。”苏好巴不得帮忙，毕竟，总不能一直收拾桌子吧？

她走过去，坐在陈玉的身侧。

陈玉拿起账本，上面有很多笔账，她点击电脑屏幕，说：“你一样样地录进去，弄好了跟我说。”

苏好这一忙就忙到了中午十二点，她初来乍到，还不知吃饭的地方在哪儿，是陈玉带着她到了二楼的自助食堂。

开发部和工程部的同事一个个跟陈玉打招呼，问陈玉旁边的人是谁。

陈玉笑着向他们介绍苏好。

苏好一开始多少有点怯场，后来就自在了很多。

两个人打了饭菜，来到靠窗的高脚桌边。这儿冷气足，一坐下来，陈玉就呼了一口气，说：“凉快。”

苏好喝了一口汤。

眼前是大片落地窗，一眼就能望尽一楼外的风景。

这时，一辆大红色的玛莎拉蒂开到了大厦门口，车的天窗随之打开，一个穿露腰短袖的女人坐在驾驶座上，她正抬头往上看，那张脸艳丽无比，像张扬的玫瑰，灼人心魂。

二楼一排吃饭的人全看着她，几人聊了起来。

“又来找周总了，可惜周总在开会。”陈玉“嘿嘿”笑了两声。

那女人还在打电话，似乎有点儿不耐烦。

不远处，陆米米“啧”了一声，道：“都说女追男，隔层纱，这位李家小姐还不死心啊，都追得挺久了。”

陈玉听罢，直接呛陆米米：“起码人家周总给了回应啊，他们迟早能成，不信走着瞧。”

陆米米狠狠地对陈玉翻了个白眼：“就你知道！你以为你温柔贤淑就能让周总喜欢吗？呸，他才不喜欢你这一款的。”陆米米的指甲涂着红色指甲油，此刻指着陈玉，语气十分轻蔑。

苏好默不作声地往后挪了位置，以免战火蔓延到自己身上。

“我才不温柔贤淑呢。”陈玉反驳道。

陆米米哼了一声，视线落到苏好身上，说道：“也是，看到苏助理后我才知道，你连温柔贤淑都够不上。”

陈玉气得差点冲过去打陆米米。

楼下，玛莎拉蒂车门“砰”的一声关上了，李家小姐脚踩高跟鞋走进了公司，那辆红色的玛莎拉蒂就那样嚣张地停在门口。

陈玉也不再抓着陆米米骂了，收回视线低头吃饭，说：“温柔贤淑有什么不好的？周总这种人就是没眼光，偏偏喜欢那种带刺的玫瑰。”她的声音很小，听起来十分不甘心。

苏好看了她一眼。

陈玉长得清秀，但妆化得很浓，看样子是为了取悦周扬。

自己当初追他的时候确实不知他喜欢什么类型，整日里素面朝天的。

她笑了笑，端起汤继续喝。

吃过午饭还有水果派送，苏好跟陈玉一人拿着一盒水果走进电梯。走出电梯，两人就看到李家小姐站在会议室门外，长腿晃荡着，不耐烦地等人。

这时，会议室的门开了，周扬扯着领带走出来，眼神跟李家小姐对上：“我下午还要开会，你这是跑来吃我们食堂的饭？”

“也不是不可以。”

“行啊。”周扬接过陆助理递来的烟，刚准备点上，就看到了苏好和陈玉。

陈玉赶紧说：“周总中午好。”

周扬勾唇一笑：“好。”

苏好也冲他点头：“周总好。”

周扬也点了点头。

苏好推开办公室的门，和陈玉走了进去，关上的门挡住了那位李家小姐打量的目光。苏好打开水果盒后，就听见了微信消息提示音响起。

她伸手拿过手机，发现消息竟是周扬发的，他发了两张男人的照片，都很俊朗。苏好迟疑着选了其中一个。

苏好：这个。

周扬：挺会选的。

苏好：是你挑得好。

他没再回，苏好拿着牙签吃水果，吃了一点儿后，她合上盖子，趴着准备午睡，手机又响了起来，是苏茜发来的微信消息。

苏茜：好好，第一天上班感觉怎么样？周扬去公司了吗？

苏好：感觉很不错，他来公司了，刚下去吃饭。

苏茜：那就好，过两天周末，记得回家吃饭。

苏好：好的，不加班就过去。

苏茜：嗯。

两个人又聊了一会儿，苏好才开始午睡。

下午事儿多，苏好一直跟着陈玉干活，偶尔帮陆米米做统计。陆米米做事雷厉风行，苏好有点紧张，生怕自己做错。

午休的时候，陈玉把苏好拉进了一个微信群，群名叫“爱情它什么时候到来”。

苏好：“……”

群里都是沸节的员工，陆米米跟陈玉看似不对付，却也都在群里。

陆米米一连发了七八张周扬和李家小姐在二楼食堂吃饭的照片。

李家小姐点的牛排，似乎是吃不惯，拿着叉子在牛排上乱戳，眉眼间带着哀怨。周扬则靠着椅子，喝着咖啡，神情懒散，无动于衷。

俊男美女，倒也养眼。

唐幺幺：这是不是那个李家小姐啊？

关纤：是，都是名门世家。

陈玉：她追周总多久了？我都记不清了。

唐幺幺：有半年了吧，周总这么风流，这半年的空窗期还能撑得下去？

陈玉：很显然，她快成功了。

陆米米：呸。

六点下班，苏好跟着陈玉下楼，陈玉问苏好：“你住哪儿？”

苏好报出小区名：“华晖小区。”

“华晖！你居然能租到那儿的房子？那你上班好近。”陈玉一脸羡慕。

苏好笑了笑，说：“运气好。”

“我每次都要坐四十五分钟的地铁。其实你从这里拐过去，走地下人行道，再拐个弯就到了，很近，走得快也就十分钟时间。”陈玉指着一条大路的人行道，给苏好看。

苏好感激道：“谢谢。”

两个人聊了一会儿后，苏好目送陈玉进了地铁站，才拐上去华晖小区的路。她顺路去超市买了菜，准备今晚做饭，刚走到楼梯口，微信就响了。

周扬：他半个小时后到你那儿。

谁？苏好愣了几秒才反应过来，他是说中午发给她的照片上的那个男人，这时她才发现，几分钟前有个人加了她的微信。她点了通过。

对方的微信名应该就是真名——沈赫。

苏好呼了一口气，看了眼这个人的头像，又看了眼他正下方周扬的头像，心情渐渐平静了下来。

这么多年了，该忘的都得忘了。

她快走几步上楼，把买的菜塞进了冰箱，又看了眼身上的衣服，而后进主卧室换了一条小黑裙，换好后刚出来，微信消息就响了起来。

沈赫：苏好，晚上一起吃饭？我快到了。

苏好：好，你到了发消息给我。

沈赫：好的。

苏好握着手机在原地站了一会儿，又走到阳台上看向外面，她心情是平静的，可多少还是会有些不知所措，又想起不好让人家久等，回过身拿起小包就出门了。

这个时间，夕阳西下，半空有余晖。

不一会儿，一辆黑色奔驰抵达苏好的小区门口。

苏好抬眼，看到车里有个年轻的男人靠着椅背朝她笑，长相清朗俊秀——是周扬给她看过照片的那个人。

她朝车子走过去，风有点大，黑色裙子飘起来，十分显白，沈赫咳了一声，从车里下来给她拉开车门。苏好低声道："谢谢。"

"不客气。"沈赫应了声，心情愉快地走向驾驶座。

他就喜欢这种说话轻声细语的温柔女人。

车里有股淡淡的香水味，沈赫笑着问："好好，想去吃什么？"

苏好看了沈赫一眼，说："都可以。"

"不好意思，还没跟你聊过天就约你出来吃饭，主要是我本身住在京都，这次是顺路过来帮我姐夫处理一些事情，就想在离开之前见你一面。"

"没关系。"

"会觉得突然吗？"

"还好。"

"那就好，来的路上我还在担心你不肯下楼。"

"不会。"苏好回应得简洁，嗓音却十分温柔。

沈赫握紧了方向盘。

周扬哥介绍的人没错，是他喜欢的类型。

车子进入大路，夕阳落到地平线下，天边积起了灰色的云，苏好看着路况，斟酌了一下，问："你知道我的情况吗？"

她有点紧张，母亲的叮嘱让她无法逃避现实。

虽然之前那段感情非她所愿，可在母亲的心里，那一直是她过不了的坎。

苏好尊重她的想法，所以愿意试着走出来。

"知道，什么年代了，好好，我不在意。"沈赫转头看了她一眼，满脸真诚的表情。

苏好瞬间松了一口气，含笑看向他。

沈赫被这一笑迷住了。

沈赫安排了一家不太高档但味道不错的粤菜餐厅。他本以为苏好顶多性格温柔，没想到吃饭的时候她也很照顾人，而且他说话的时候，她一直很专注地听着，眼睛漂亮得像星星。

虽然在聊天话题上，沈赫有点儿跳脱，但好在苏好不懂就问，沈赫也很热情地解释。

趁着苏好上洗手间的工夫，沈赫发微信消息给周扬。

沈赫：我的妈呀，周扬哥，好好真的太棒了，我很喜欢。

周扬：哦？

沈赫：感激不尽。

周扬：才见一面就那么喜欢？你怕是没见过女人。

沈赫：才不是！你不懂。

周扬没再回他了，苏好也恰好从洗手间回来，沈赫放下手机，看了一眼手表，还有时间，他问道："好好，你会打台球吗？"

苏好摇头："不会。"

"那我教你？"

"好。"苏好也看了眼时间，觉得还早。

"走。"沈赫当机立断，顺手去拿餐牌，结果发现餐牌已经不在桌上了。

他看向苏好，苏好道："这一顿我请，下顿你请。"

有来有往，又不会令他失掉面子。

沈赫一愣，笑道："好。"

苏好微微一笑，跟在他身侧。

隔壁就是星空俱乐部，沈赫订了一间二楼的包厢。进了包厢，沈赫拿了根球杆给苏好，自己拿了一根，他对苏好挑眉坏笑道：“你猜，我清空桌子上的球要花多久？”

苏好很给面子地回道：“肯定很快。”

这时，包厢门被一只夹着烟的手推开，周扬的目光扫了进来。他一眼看到苏好握着球杆，亭亭玉立地站在那里，带着一股说不上来的风情。她温柔地看着沈赫，看到沈赫进球，她眼睛微微一亮，恰到好处地满足了男人的虚荣心。

看沈赫的样子就知道，他此时正志得意满。

身后，李易的声音有些低：“这就是苏好？一个男人被这么崇拜地看着，能忍得了？”

周扬指间夹着烟，燃尽的烟灰被风吹掉了一些。他定定地看着穿小黑裙的女人，屋里光线昏暗，女人如水，她的眼里只有沈赫一个，愿为他化为绕指柔。

“我说是谁呢？原来是沈赫呀。”一道娇嫩的声音响起，显得有些突兀。

苏好和沈赫齐刷刷地抬头看去，只见李家小姐穿着短款露腰的上衣和牛仔裤，叉腰笑着看他们。与其说是看他们，不如说是在看苏好，她正在不着痕迹地打量苏好。

再往后还有两个男人，苏好视线一转，落在周扬身上。

几秒后，周扬喊：“李绣，出来。”

“我就是进来打个招呼。”李绣回身娇滴滴地道，那嗓音仿佛能软化男人的心。

李易：“你搞什么？破坏人家约会。”语气也不太友善。

沈赫狠狠地瞪了眼李绣，随后喊道：“周扬哥，李易哥，你们也是来打球的？”

“是，过来玩玩。”

周扬走到茶几旁，弯腰在烟灰缸里弹了弹烟灰，眯着眼看着李绣。

李绣这才反应过来，他刚刚喊她出去不是开玩笑的，她后背僵了僵。

一时间，气氛有些冷。

沈赫脑中灵光一闪，说：“周扬哥，不如你们留下来，我们一起打。”

周扬抬起眼眸，看向沈赫，半晌才勾唇问：“当真？”他一眼看穿了沈赫的把戏。

沈赫哈哈一笑，拍着台球桌，方才的不快烟消云散，说：“对，一起打，这是苏好。”他朝李易介绍。

李易过去开酒，抽着烟道：“苏好，你好。”

苏好冲他点头：“你好。”

这男人剪着寸头，衬衫纽扣没扣好，隐约可见锁骨处有一道疤痕，整个人看起来十分冷硬。

苏好收回视线，安静地站在沈赫的身边。

周扬掐灭烟，拿起球杆，李绣兴奋地说：“我来帮你们码球。”

她看了一眼周扬，好像在征求他的意见。

周扬靠着球桌，睨了她一眼，而后笑起来：“码啊，看我做什么？”

李绣大松一口气，立马乖巧地码着球，动作很标准，腿又长又直，整个人像个模特，码完了还朝周扬求夸奖。周扬嗤笑一声，却不夸她。

沈赫偏头跟苏好说：“你看，周扬哥就是这样，到哪儿都有女人想和他一起，一个个都想扑上去，小辣椒都能变成菟丝花。”

苏好听罢只微微一笑，没回应。

“好好，你冷不冷？”凑得近了，沈赫看到苏好裸露的肌肤上有小颗粒冒出来。

苏好摇头道：“不冷，要开局了，你加油啊。”

“嗯，会的！”沈赫俊眉飞扬，抓紧了球杆道，“那你得给我打气。”

苏好点头：“好。”

她的声音很温柔，像黄莺一般悦耳。

周扬开局后落袋两个球，李绣眼冒星星，道：“好棒！”

周扬起身走向这边，苏好在桌角握着球杆后退一步。橘色灯光晃荡，周扬用余光不经意地扫了她一眼，她神色温柔，眼眸里有水光，两人视线一触即过。

他站在这边，拿着巧克粉摩擦着球杆头，弯腰出杆。

又进了一颗球。

李绣兴奋得直拍手：“周扬，你好棒。”

周扬再次挥杆，又有两个球进袋，接着，他扫荡了一圈。

沈赫靠着屏风和苏好说话，周扬没留情，他也不在意，只要苏好觉得他打得很好就行了。

这副“有苏好，万事足”的样子逗笑了李易，他坐在茶几旁喝酒，说：“沈赫，你就是在跟我们秀恩爱吧？”

沈赫抽空回答李易：“是啊，被你猜到了！”

“哦，厉害。”李易笑着说。

李易看向周扬，周扬拿着球杆愣了一会儿，将球杆抵着桌子，他低头点烟。李易道：“周扬，你是在成全沈少爷的虚荣心啊。”

沈赫邀请他们打球的时候打的就是这个主意，周扬一眼看透，但还是进来了，不得不说，周扬很给沈赫面子嘛。或者说，可能这是周扬第一次当红娘，他希望是个完美结局。只是既然如此，干吗不让让人家呢？非要一杆打到底？

周扬斜坐在台球桌上，用手动了动白球，“咚”的一声，球又一次落袋了。

周扬看向一直跟苏好聊天的沈赫，笑得散漫：“过来，到你了。”

“哎？”沈赫愣了一下，条件反射般地拉了拉苏好的手腕，苏好愣了一下，一时没能挣脱，他走到台球桌前，笑着跟苏好说，“你给我加油吧，像李绣那样。”

苏好下意识地看了眼挨着周扬的李绣，李绣此刻眼神里充满了挑衅。苏好微微一笑，低声跟沈赫说：“我不行，我只能小声地给你加油。”

她低头说话，发丝随之垂下来，带着香味，沈赫闻到了，也低声回应她：“我就喜欢你小声加油，真棒。”

苏好一愣，笑了起来：“嗯。”

她这声“嗯”，在场的男人都听到了，和李绣那娇嫩的嗓音不一样，苏好的这声“嗯”柔得出水，像猫伸出爪子在人的心里挠了一下。

得到苏好的点头示意，沈赫决心要把桌面上的球全部打完，他的技术虽然不如周扬，但也差不到哪儿去。

周扬靠在柜子上抽烟，旁边的李绣喋喋不休地撒着娇。他接过酒杯低头抿了一口，红色液体隐隐约约映出了一双晃荡着水光的眼睛。

从星空俱乐部出来已经有点晚了，苏好弯腰上了车，拿起手机看了眼时间。

沈赫坐进驾驶座，他低着头按下语音键，说：“周扬哥，谢谢你。”他谢得真挚。

苏好抬起头看向窗外，一个晚上下来，她也看懂了周扬有意放水，让沈赫风光表现，周扬第一次当红娘，似乎是想交一张好卷。放在过去，她可能想都不会想到，有一天，她喜欢过的男人会给她介绍男朋友。

她看了眼沈赫，心想，她也得谢谢周扬的用心。

车子行驶在马路上，车里放着音乐，今晚月色不错，沈赫看了眼苏好的侧脸，只觉得温柔如丝，心里顿时满是不舍：“好好，我明天的飞机。”

苏好微笑：“嗯，那我们微信联系。”

“好。”

两个人的关系还没确定，沈赫敲着方向盘，多少有点焦急，不过他想，没关系，先当朋友。

华晖小区里不能停车，苏好跟沈赫道了别，沈赫转身去后座，摸出了一束玫瑰花递给她。苏好愣了一秒，随后伸手接过来，她的下巴抵在玫瑰花上，道：“谢谢。”

沈赫说：“微信联系，我忙完了就来黎城。”

“好啊，你还欠我一顿饭呢。”

“对，我还欠你一顿饭。”沈赫终于高兴了，脸上淡淡的惆怅也没了。

苏好站直身子目送黑色奔驰开走，这才转身上楼。进门后，她把玫瑰花插在花瓶里，随后拿了睡衣去洗澡，洗完澡出来，她拿起手机看了眼消息。

沈赫：我到了。

苏好：好，晚安。

沈赫：晚安。

她正打算退出微信时，见微信消息列表里又多了一条信息，她顿了顿。

T：听说你去了黎城？

苏好：是，你在法国还好吗？

T：很好。

苏好：加油。

黑色奔驰消失在黑夜里，周扬他们三个才走出来。李绣看着黑色轿车开走的方向，随后又看向身侧懒散风流的男人，说：“周扬，这苏好是什么人啊？她能到你家公司，该不会也是你安排的吧？”

周扬看了她一眼，笑了笑：“你说呢？”

李绣跺脚道：“我就问问，你老是不回答我！”

李绣完全就是照着周扬喜欢的类型长的，玩得开，性格泼辣张扬，娇滴滴的。这半年来，追周扬的人很多，只有她还算得到了一点儿回应，只是周扬还没有点头让她做他的女朋友而已。

周扬看穿了她的试探，好整以暇地看着她笑。

李绣这才有点羞愤，她值得紧张什么？那个苏好压根不是他喜欢的类型！

黑色悍马开了过来，周扬绕过去开车，上车时手机响了一下，他拿起来扫了一眼，有两条微信消息。

沈赫：周扬哥，谢谢你。

沈赫：我的天，好好身上的香味好好闻，香香软软的！

周扬：哦？

周扬：你抱了她？

沈赫：还没，不过，迟早的事。

看到这条回复，周扬就将手机扔在了座位旁，车子开出去没多久，微信又响了一声，他借着等红灯的空当，停车看了一眼。

苏好：周扬，谢谢你那么用心，感激不尽。

苏好喝完牛奶看了会儿书，没多久，微信消息提示音响了起来。

周扬：不客气。

苏好看了几眼，随后放下了手机。

她已经不会像当初那样情绪容易波动了。

她跟他之间，隔着一条银河，她连他喜欢什么都不知道，当初怎么敢说喜欢他？

临睡前，苏好和母亲成玲接视频电话，刚大病初愈的母亲脸色苍白，但带着笑容，说："我这两天都会去花园里走走，呼吸新鲜空气，感觉舒服多了。"

"你把你那儿的环境拍给我看看。"

苏好开了屋里的灯，踩着拖鞋走下床，说："两房一厅，房租也不贵，等你身体再好一些就过来玩。"

成玲看了一圈，发现房子虽然老旧，可确实挺大的，问："挺好，是苏茜给你找的吗？"

"不是。"苏好说完，顿了一下。

半晌，成玲笑着问："周扬也该结婚了吧？他们这种家庭，肯定都是讲究门当户对的。"

苏好听懂了母亲话里的意思，当初，母亲就让她少动那些心思。苏好笑道："嗯，我知道。"

成玲话说到这儿，知道女儿是听得懂的，便不再继续，只道："还有钱吗？我在你行李箱里放的那件黑色外套口袋里塞了一张卡。"

"妈！那张卡是我留给你用的。"苏好说着，转身走回房间去翻外套。

成玲温柔一笑："我用不了那么多钱，你在外面不容易……"

苏好无奈地和视频里的母亲对视着。

母女俩眉眼相似，性格也相似。

两个人又聊了一会儿才挂断电话，苏好回到床上，放下手机，关了灯睡觉。

第二天，苏好到公司的时候，陈玉和张娴正在吃早餐。

“陈玉，张娴姐，早。”

“早，昨天的发票你整理好了？整理好就和这个一块儿交给曾总。”张娴递过来一沓单据，还有一本账本。

苏好过去接，陈玉突然急急忙忙地拿起一沓报销单说：“我……我昨晚忘记录账了，苏好，你先帮我把这个录完，再一块儿交上去吧。”

“你怎么老是这样？当天的事情不当天做完。”陆米米呛道。

陈玉含含糊糊道：“下班的时候他们才交上来，嚷着今天一定要报，我给他们报完都过下班时间了。”

“呸，没用。”

苏好赶紧上前，说：“我来，我来。”

拿走报销单，苏好低头开始整理，这样一耽误，曾总的助理打电话催了两次。

那边，陈玉终于吃完早餐，拖着椅子过来帮忙，不过苏好已经做得差不多了。两人对了一下金额，苏好便抱着所有账本和票据去了曾总的办公室。

“进来。”曾总的声音传来。

苏好推开门走进去，将东西放在桌上。

曾总没看她，盯着电脑上的报表，语气没有起伏：“几点了？”

“十点半。”苏好心里咯噔了一下。

“还知道几点了啊。”曾总翻了一下账本，视线落在刚码好的报销单上，单子上字迹秀丽，写得倒是清清楚楚。

“以后这种事情别让我催。”他看了几眼，顺手合上。

“是。”

“出去吧。”

苏好松了一口气，赶紧转身，却看到坐在沙发上喝着咖啡的周扬，男人翻着杂志，头都没抬。

随后，苏好匆匆地走了出去。

回到财务部后，手机上提醒有新闻推送，苏好点开来。

蓦地，苏好跟前一暗，她抬起头，就对上了陈玉的脸。陈玉咳了一声，拉了椅子坐下，手搭在桌子上，说：“那个，刚刚，你是不是被曾总骂了？”

苏好放下手机道："是啊，以后，我们一起在下班之前把事情做好吧。"

陈玉一听，立马松了口气，急忙点头："好。"脸色也跟着好了起来。

苏好笑了笑。

下午有一个会议，周扬似乎发火了，散会后，每个人的脸色都是白的。不一会儿，门外走过一行人，周扬带头扬长而去。

他走后，张娴的脸色才好了一些。

陆米米问道："发生什么了？"

张娴理都不理陆米米，陈玉拉陆米米的袖子，示意她别再问了。

六点下班，苏好刚到大堂，就看到那辆红色的玛莎拉蒂停在门口。李绣取下墨镜，长腿迈出，一眼看到苏好，她挑眉，拿起手机拨打周扬的电话。

一分钟后，她喊住苏好："你下班了啊？"

苏好正准备走向人行道，应道："是。"

"周扬不在公司？"李绣语气挺嚣张的。

苏好顿了顿，说："好像下午就走了。"

"哦，是吗？"李绣看着她那清汤寡水的脸，说，"你要去哪儿？我送你。"

"谢谢，不用。"李绣性格张扬，苏好不太适应。

"不行，我就要送你。"李绣盯着她。

不知是不是女人的直觉，她一看到苏好，心就跳得厉害。

苏好皱了皱眉。

"你不让我送，我就开车跟着。"

苏好和她对视几眼，正准备说话，李绣的手机响了，她眼睛一亮，顿时娇滴滴地道："周扬！"

"打你电话你怎么不接？"

"我来你公司了。"她不知是故意的还是无意的，通话开了扩音。

男人嗓音低沉："你都打了多少个电话了，嗯？"

"我这不是找不到你吗……"

"找不到就打电话轰炸，谁教你的？"

苏好走向人行道，身影消失在路口，再也听不到那些聊天的内容。

吃过晚饭，手机群里有了消息。

陈玉：@陆米米，快看，周总为了李家小姐回公司了，两个人在公司食堂里吃饭呢！

陆米米：闭嘴，我没看到。

陈玉：周总一直没拒绝李家小姐，肯定是在考虑结婚的事情。

陆米米：闭嘴。

陈玉：哈哈哈，你没机会了！

苏好看了几眼，从对话页面退了出来。

周末，苏茜让苏好到家里吃饭，苏好带着做好的柠檬无骨鸡爪去了周家。

苏茜看了一眼鸡爪，眼睛一亮："这是你跟你妈妈学的手艺？"

"对，阿姨，你很久没吃了吧？"苏好打开盒子，用牙签叉了一块递给苏茜。

苏茜张开嘴，眼睛都眯了起来："你妈妈做的这个一直都很好吃，当年，她老是送到我们宿舍来给我吃。"

"她和我说过，来这边之后要多做给你吃。"苏好又喂苏茜吃了一口。

苏茜咬了一口柠檬鸡爪，看着苏好这张漂亮的脸，问："好好，沈赫怎么样？"

苏好笑道："很好。"

苏茜伸手拍了拍苏好的肩膀："好好考虑，他挺不错的。"

苏茜想，先不和苏好说沈赫的家世，不然会吓到她。

苏茜拉着苏好的手："走，看我大展厨艺。"

吃过午饭，苏茜拉着苏好说要摘草莓。草莓园其实离得不远，就在别墅区后面的山庄，是苏茜朋友的园子。苏茜戴了遮阳帽，给苏好也戴了一个。两个人拿起篮子往园子中间走去，满地的泥，看起来刚洒过水，苏好跟着苏茜蹲下来。

草莓藏在绿叶中间，十分诱人。

苏茜压低帽子，跟苏好说："我们快摘了走人。"

苏好愣怔："不用跟主人说一声吗？"

"就是要让她跳脚。"

她这样一说，苏好有些紧张。

两个人摘了一会儿，一道低沉的男声突然从高处传来："妈？"

两个人齐齐抬起头。

坡上，周扬穿着白衬衫和黑长裤，挑眉看着她们鬼鬼祟祟的样子，几秒后，他笑着半蹲下："等会儿李姑姑知道了……"

"闭嘴。"

苏好跟着苏茜站起来，阳光下，她眉眼柔和，笑出了酒窝。

周扬眯眼看了她一眼，苏好与他的视线相接，随后淡定地挪开。

苏茜回头看苏好的篮子，草莓已经摘了挺多，她拉着苏好道："走，摘够了，太晒了，回家。"

苏好听话地跟着。

苏茜没走有阶梯的斜坡，想直接从陡坡走上去，周扬伸手将苏茜拉起来。苏茜拍拍手，扶了一下帽子，说："苏好，你也上来。"

苏好把篮子递给苏茜，她也不好再跑过去走阶梯，幸好这边的坡有卡位，她抓着卡位，男人的手在此时伸了出来，极其自然地拽住她的手腕往上拉。苏好很快就上了坡，但脚底一滑，周扬用力地搂住她的腰后退了几步。

女人的香软刹那间变得强烈。

天很热，肌肤相触，男人的身上飘来一股淡淡的香水味。苏好头上的帽子掉落下来，一头长发倾泻而下，她抬起头，与周扬的视线相撞，随后赶紧推开他站稳。

苏茜见状，赶紧上前拉住苏好。

苏好整理了一下衣服，说："谢谢。"

周扬弯腰捡起地上的帽子，勾唇一笑："不客气。"他顺手把帽子戴在了她头上，视线不经意地扫过她的细腰，又拎起两个草莓篮子看了一眼，说，"妈，你这速度可以啊，四只手摘的吧？"

"呸，怎么说话呢？"苏茜挽着苏好的手。

苏好用余光看了眼那草莓篮子，果然，苏茜摘了满满一篮子。

不远处传来了女人的声音："苏茜！你又来偷我家草莓！"

穿旗袍的女人刚从车里下来，就冲这边大喊起来。苏茜"哎呀"叫了一声，推着周扬的后背道："走，快点，被她发现了……"

周扬嗤笑一声，稍微加快了脚步。

苏茜看他走得太慢，就拉着苏好挤了过去。两边都是草莓园，只有中间一条坡道，苏好跟着苏茜一块儿过去，匆忙中，她的手背在男人的手上碰了一下。

她赶紧缩回来，下意识地在衣服上蹭了蹭。

周扬看到后挑了一下眉。

前面停了两辆车，苏好上了苏茜的车，苏茜转身去驾驶座启动车子，一下子就开了出去。车窗外，男人走到另一辆车旁，将两篮草莓放在后座上，转身走向了驾驶座，他不急着走，低头看了眼手机才上车。

不一会儿，两辆车子都到了周家。

苏茜拉着苏好坐在沙发上，苏好顺手倒了一杯茶给她。

苏好以前听母亲讲过她和苏茜的感情，苏茜性格活泼，她和母亲一动一静，性格互补，在大学时成了最好的朋友，虽然彼此的家庭背景相差很大，但这么多年一直保持着联系。

“好好，你跟你妈一样，让人觉得舒服。”苏茜接过杯子喝了口茶。

苏好笑着给自己也倒了一杯茶，刚送到唇边，周扬就提着两篮草莓进来了。他将篮子放在柜子上，扯了扯衬衫领口，拿了一支烟咬着，看了眼沙发上的两个人，说：“我去书房。”

“去吧。”苏茜挥手道。

周扬的身影消失在楼梯口。

苏茜问苏好：“你觉得草莓用来做什么比较好？”

苏好看了眼那两个篮子，说：“草莓蛋糕？”

“再想一个。”

苏好又想了想，想到了一个新奇的东西：“草莓松饼？”

“怎么做？”苏茜来了兴致。

苏好看了眼时间，起身说：“我来做，阿姨，你来看。”

“好。”

今天保姆放假，苏好钻进了厨房，一样一样地想要准备的食材，苏茜给苏好准备了一下食材，苏好套上围裙，站在操作台前敲了一个鸡蛋。

她经常做饭，各种糕点也会做，处理起来速度很快。苏茜叉着腰站在她旁边，眼睛一眨都不眨地看着她。苏好知道苏茜除了喜欢吃柠檬鸡爪，还喜欢吃草莓，又多准备了一些草莓做草莓奶昔，两个人一边聊天一边做着吃的。

楼梯上传来脚步声，男人揉了揉眉心，到客厅倒了一杯茶，随后解了袖口，拨弄着柜子上的多肉。周扬随意一瞥，看了眼厨房里晃动的人影，随后一口喝掉了浓茶。

茶杯刚放下，苏茜的声音就从里头传来：“周扬，进来，把这些弄回去。”

苏茜很少进厨房，这时候发现差一个油刷，正找得翻天覆地，结果一打开头顶的储物柜，东西就哗啦啦地往下掉。周扬进来后，挽着衬衫抵住了柜门。

苏茜踮了踮脚，赶紧把东西往里塞：“这也太乱了。”

苏好沾了满手的面粉，也没办法帮忙，举着手呆呆地看着他们，还被蛋糕纸糊了一脸。周扬见状，讥笑一声：“你们也太笨了。”说着，他顺手掀掉了苏好脸上的蛋糕纸。

苏好的眼角沾了少许面粉，她眨了眨眼，眼角有水光。

“好了好了，你出去吧。”利用完之后，苏茜就让周扬走开了。

厨房挺大的，可站三个人还是有点挤，周扬挑挑眉，转身出去了。

苏好拿过平底锅放在燃气灶上，顺势洗了手，随即开始煎松饼。

她把蛋糕粉按比例加了蛋液，搅拌了一会儿后放进了锅里，香味不一会儿就飘了出来。苏茜站在一旁，看得眼睛发亮。

她很爱吃甜食，但她做得不如苏好好。

苏好手指纤细，即使是在翻动锅铲时，也像一幅唯美的画。

半个小时后，草莓奶昔做好了，松饼只剩下最后一步。苏好把草莓切成小碎片塞在松饼里，顺便挤上了奶油。苏茜立即拿来杯子和托盘，把奶昔和松饼装好端了出去：“好好，你洗完手也出来吧，正好可以吃下午茶。”

“好。”

周扬扣着衬衫领口在落地窗前讲电话，嗓音低沉，带着一种午后的懒散。

苏茜坐下后，苏好也跟着坐下来，苏茜招手问：“周扬，要不要吃？”

周扬转头看了她们一眼，轻轻摆手，随后继续讲电话。

苏茜“啧”了一声，将叉子递给苏好，说：“他不吃甜食，我们吃。”

苏好“嗯”了一声，用勺子将奶昔舀出来浇在松饼上，说：“这样更好吃。”

“是吗？我试试。”苏茜拿叉子叉起一块尝了一口，入嘴后，草莓味浓郁，笑道，“好吃。”

苏好看她那么捧场，笑了笑，也吃了一口。

“好好，晚饭想吃什么？”

苏好顿了一下，她本来想着陪苏茜吃完下午茶就回去的。此时，她的头顶突然被黑影笼罩，接着，一只戴腕表的手伸了过来，随意地用牙签叉了一块松饼，离开时，他手臂的肌肤不经意地蹭过苏好耳帘处的软肉。

“啧，这么甜。”周扬扔了牙签，扯了扯领口，随后上了楼。

苏茜念叨道：“不喜欢就别吃，非得试一下。”

“给你点面子，免得你偷摘了草莓，没有成就感。”男人笑了笑，声音消失在楼梯口。

不一会儿，周扬手臂上搭着西装外套下楼，吊儿郎当地说：“我今晚不回来吃饭了，可能也不回来住。”

“去干吗？”苏茜问。

“有个酒会。”周扬拿起车钥匙去穿鞋。

他的领带还没系好，垂了一边下来，领口敞着，隐隐约约能看到锁骨。

苏茜“哦”了一声，一时也没想那么多，又问：“有女伴吗？”

周扬嗓音低沉：“你说呢？”又笑道，“不用你操心。”说完就出去了。

苏茜懒得去管，回头看到苏好，愣了一下。见苏好神情平静地吃着松饼，苏茜松了口气，她自然是希望苏好能成为周家的媳妇的，可就周扬那个德行，还是算了吧。

最近，她了解沈赫之后这样想，既然有老实男人，干吗要选一个浪子？这样的话，苏好和周扬还能成为朋友，至少周扬对朋友还不错。

苏茜问：“苏好，你最近觉得周扬在公司怎么样？”

“周扬啊，没见几面，不太清楚。”

但是在微信群里，她们几个人曾聊到周扬，说他平常看起来就是少爷的样子，玩世不恭，只有工作的时候才有气势，女员工只敢偷偷摸摸地看他，或者看他心情好，才去搭讪两句，平日里一个个都躲着，不敢出声。

“是吗？没听到什么私下的流言？”

“那倒没有。”苏好摇头。

苏茜又问：“那你觉得，周扬这个人当朋友怎么样？”

苏好嘴里全是草莓汁，她想起这些日子他的安排，润物细无声，倒是体贴，说：“挺好。”

“那就好！”她儿子对朋友确实一直挺好的，即使不喜欢苏好这个类型，但也会把苏好当朋友，这就足够了。

吃过下午茶，苏好陪苏茜看了一部电影，内容还挺恐怖的，她本身很害怕，可看到苏茜比她更怕，她也只能故作坚强。

到最后，苏好也没能走掉。

到了晚上，苏茜又亲自下了厨，苏好吃过晚饭后，周家的司机才送她回了华晖小区。

一打开门，苏好的手机就响了。

沈赫：好好，我明天去黎城！

沈赫：等我。

苏好：好，恰好是周末。

沈赫：对对对。

第二章
被人套牢

黑色沃尔沃疾驰在马路上，车里充斥着淡淡的酒气，不一会儿就抵达了一湾山水。周扬下了车，长腿包裹在黑色的西裤里，他扶着车门散酒气。

“先生？”司机上前把别墅的门推开，又回头叫他。

周扬一眼扫过去，竟有些寒意，他勾唇一笑：“不用扶，没醉，你开另外一辆车先回去。”

“好的。”

别墅里开着的灯不多，进门后，周扬随手放下车钥匙和外套，过去倒了一杯水。他和许殿一样，都不喜欢别墅里有多余的人，喝完水后，周扬的酒醒了一大半，他拿着手机上楼，很快到了主卧室，拿了睡衣进浴室洗澡。

热气爬满了墙壁，不一会儿，周扬穿着黑色睡衣出来了，水珠顺着他的脖子滚入衣领，酒气散去，只余淡淡的沐浴香，还有些香薰的味道，他掀被躺下。

睡梦中，有个人影摇摇晃晃，腰如细嫩的柳枝，缠住了他的手臂，男人翻了个身，眉头皱起来。他在梦里推开了很多人，却依然搂不到那香软的细腰。

天光大亮，周扬醒了，他烦躁地坐起来，伸手拿了薄荷片放在舌下，手机便响了起来。

闻泽厉：啧，沈赫又跑去黎城出差了，真是要感谢你啊，给我家小舅子介绍了这位江南美女，下次请你吃饭。

周扬：他又跑来了？

闻泽厉：那是，真的多亏了你。

周扬赤脚踩在地毯上，嘴里的薄荷片被咬碎，发出“咔嚓咔嚓”的声音，他神情散漫地按着键盘。

周扬：英雄难过美人关，沈赫也不过如此。

周扬的眉宇间还有睡痕，他把手机往床头一放，起身披了衣服，掀开窗帘看了眼外面，而后转身下楼晨跑。四十多分钟后回来，周扬额头的汗水滚落，懒洋洋地走进了屋里。

保姆陆姨过来打扫卫生，看到他回来，顺便去做了个早餐，她拿着清洁用品站在柜子旁，笑道：“昨晚回来了？”

“嗯。”周扬拿了毛巾擦拭头发，声音里带了点儿淡淡的笑意，“早上吃什么？”

“你喜欢的包子。”

陆姨是周扬的朋友介绍的，从周扬出来住后就一直在照顾他的生活。

“好。”

周扬回卧室换了身衬衫西裤下楼吃早餐，而陆助理就已经在外面等着了。

陆姨端了牛奶出来，问：“今天不休息一下？”

“还有些事情要处理。”

周扬用指尖抹了一下嘴角的牛奶，抽了纸巾擦了擦，就出门了。见到陆助理，周扬顺手扔给他一个保鲜袋，里面装着早餐。陆助理接过来，感激地道：“谢谢周总。”

上车后，周扬的手机一个劲儿地响，他终于接通了电话，视线往外一扫，看到了湖边物业种植的杨柳，随即顿了顿。

这时，驾驶座上的陆助理问：“周总，直接去曜林吗？”

杨柳枝条被风吹得不住摇摆，在湖面上蜻蜓点水。

周扬：“去沸节。”

陆助理一愣，在心里嘀咕：去沸节干吗？今天要谈的事情是军工企业这边的，跟沸节有啥关系？但他依然恭敬地答道：“哦，好的。”

改了目的地，陆助理往沸节开去，他迟疑着说：“沸节今天休假……”身后的男人把玩着打火机，正在跟李易谈论军工那批器材，估计没听到，没有回答他，他也没再说第二遍。

到沸节时，周扬的电话恰好讲完，他一转头，就看到那红色飞镖的标志，轻挑了一下眉，回头看向陆助理。陆助理擦擦手，正想说话，周扬突然想到是自己说要来沸节的，便没有吭声，一把推开车门出去了，陆助理也赶紧跟上去。

周日的沸节安静空旷，只有四楼直播营销部有少部分人在上班。沸节是周氏集团旗下的，架构已经成熟了，不像军工那边好多事都需要他亲力亲为，周扬平时来得也不算多。

到了电梯里，陆助理才小声地问：“周总，是不是还有没处理的事情？”

周扬捏着手机答：“嗯。”

电梯门开了，陆助理跟在周扬身侧。周扬走向总办的时候路过财务部，他脚步微顿，眼睛看向百叶窗里。财务部的门紧闭着，柳枝好像在跟前飘荡，周扬才反应过来，随后皱紧了眉头。

“周总，你要进财务部？”陆助理轻声问。

“不去，直接去曜林。”周扬懒洋洋地揉着眉心道。

陆助理：“好。”

早上起来，苏好打扫了一下卫生，顺便将床单换了，新床单能给人带来好的心情。弄好后，苏好就开始做小笼包，蒸好后冲了杯牛奶喝，顺手拿起手机看新闻。

陈玉和陆米米在群里约人出来吃饭，还喊了苏好，苏好想着沈赫今天要来，就拒绝了。

六人群中，有一个是销售部的，叫唐瑜，出差刚回来。

她这才发现群里多了一个人，有些好奇。

唐瑜：苏好？你们部门新来的？@陈玉

陈玉：对啊，好温柔的姐姐。

陆米米：人家是好温柔，你是好傻白甜。

陈玉：滚，轮到你说话了吗？

陆米米：呵，傻白甜不好吗？很多男人喜欢的。

唐瑜：苏好长什么样子？我看看照片。

陈玉：明天上班就知道了，不用担心，不会和你抢周总，苏好姐可是居家型的，周总最怕了。

陆米米：唐瑜，与其担心苏好，不如当心你的好姐妹陈玉。

唐瑜：哦，那看来没有任何威胁了。

苏好的视线扫过“居家型的”“最怕”几个字，沉默了一会儿，关掉了群聊信息。

大约十点多，沈赫来电话说他刚下飞机，又过了半个小时，他打电话来，说自己堵在路上了。苏好放下书，站起身往外看，是挺堵的，而且天气很热，去外面吃饭都麻烦，加上又是周末，苏好迟疑了一下，握紧手机，说：“没事，你不要着急，我去买菜，等会儿在家里吃吧。”

沈赫听罢，眉眼一扬：“好啊。”

“我下楼了。”苏好说完，挂了电话。

这边不缺超市和菜市场，苏好拐去菜市场买了菜，回来就看到沈赫穿着黑色的上衣和牛仔裤，正有些狼狈地从车里下来。

送他来的奔驰开走后，沈赫看到苏好，立即上前道：“我帮你拿。”

苏好顺手把菜递给了他，拿出钥匙，说：“上楼吧，太热了。”

“是啊，这边比京都还热。”沈赫跟在她身后。

她穿着灰色短裤和黑色上衣，打扮得很休闲，头发扎得有些凌乱，但是面容素净，依然那么好看，看着她，感觉燥热的天气都不算什么了。

这栋楼看起来破，但楼道里有风，沈赫皱眉道：“这房子有点旧。”

苏好推开门，说：“房子还好，不旧，主要是这里离公司近。”

沈赫知道沸节就在附近，想了一下，说：“也是。”

这房子被苏好收拾得很干净，还有淡淡的香味，沈赫没敢多看，在沙发上坐了下来。苏好给他倒了一杯水，说：“你坐会儿，我去做饭。”

沈赫喝了一口水，起身道：“我帮你。”

他手指修长，公子哥儿一个，苏好扫了他几眼后，说：“算了。”

“你是什么意思？”沈赫不服地叫出了声。

苏好笑眯了眼，没回答，转身进了厨房。

沈赫跟到厨房门口，在外面说：“其实，我也做过家务活的。”

苏好点点头，开始在厨房里忙活。

她速度很快，该做什么菜都清清楚楚的。沈赫还想再多说两句，见状只能作罢。

苏好围着围裙的样子很漂亮，他倚靠着厨房的门，没有离开。

曜林是制造机翼的公司，周扬原先没打算与曜林合作，毕竟曜林刚做起来没多久，还不清楚技术是否过硬，这次，周扬也是想先看看他们的研发室。

一圈走下来，周扬心里有了底。曜林的秦副总带着周扬走到研发室外的休闲区，两个人站在栏杆前聊天。周扬还很年轻，秦副总已经快五十岁了，却还在周扬的手底下揽活儿干。周扬靠在栏杆上，手中的打火机一开一关，一副吊儿郎当的样子，提了几个建议：“安全性放在第一位，这东西有多重要，您应该很清楚。”

“是的。”

两个人又聊了一会儿，秦副总问：“京都那边的闻家跟周总有合作吗？”

周扬手里的打火机“啪”的一声关了。

他转头看向秦副总，似笑非笑道：“哦？你还想跟闻家合作？”

“不……我就是问问，我只是听说闻家也在着手做这一块。”

陆助理在一旁看着秦副总，心想，这人的消息真不灵通，闻家那是跟许家开展医疗方面合作，这么来看，这正说明闻家的保密工作做得好。

周扬没回答，偏头拿了一支烟点燃，打开微信，手机页面停留在朋友圈上。

沈赫：好吃！

朋友圈的图里有一桌子的菜，还有一张华晖小区的楼道图。周扬一眼就认出他这是在苏好的家里。看了几眼后，他退了出来，点进好友的消息栏。

沈赫：周扬哥，吃饭了！

他还发了张正在吃饭的图片。

周扬：你自己吃吧。

沈赫跑来黎城也不是真没事，吃完午饭他就得去处理手头的事情，晚上就没法约苏好出去了，还有些失落。

苏好送他下楼，说："你还欠我一顿饭呢。"

沈赫愣了一下，反应过来："对，今天又是你请客！"

苏好撩了一下脸颊边的发丝："是啊，你在黎城待多久？"

"差不多一个星期，我一忙完就约你，一定请你吃饭。"身后传来喇叭声，沈赫看着苏好，神情认真。

苏好微笑："好啊，不请客你就给我小心点。"

身后又传来了喇叭声，沈赫有些烦躁，只得跟她道别，转身离开。

苏好站在楼梯口，看着沈赫弯腰钻进车里，黑色奔驰扬长而去。

傍晚突然下起大雨，苏好赶紧去收被单，动作虽然快，却还是被淋到了，她立马洗了热水澡，总算好受一些。

周一一早醒来，苏好觉得喉咙有点干涩，她没太在意，做了早餐带到公司给财务部的人吃。休息了两天，大家都有些倦怠，可手头还堆着工作，苏好拉着椅子在陈玉身边坐下了。她吸了吸鼻子，埋头开始整理票据。

九点半，周扬走出电梯，边讲电话边系领带，系到一半，又懒懒地扯了下来，随手塞给了陆助理。

曾总从办公室里出来，走向周扬，道："周总，这次去海市分部，你打算带谁？"

周扬视线往财务部里扫去。

陆米米和陈玉一早就注意到从电梯里出来的人是周扬了，两个人立即抬起头看向周扬，希望能被他点到。

周扬把手机塞进裤子口袋里，手虚虚地插进去，轻描淡写地指了指低头在忙的苏好："就她吧。你买机票。"说完，周扬看了眼陆助理。

"好的，马上。"陆助理立即拿起手机安排。

一行人离开了财务部。

陈玉和陆米米听到这话，对视了一眼，而后带着失落的情绪转了回去，却又哼起歌儿来。

本觉得只要不是她们俩其中的一个就好，既然最后指定了苏好，那就更好了。

苏好是吃过午饭才知道自己要出差的，张娴正好要出门拿账，顺便带她回家拿行李。

张娴很少教她些什么，这次多说了两句："海市的账你得看清楚，如果不懂，记得拍照片发给陈玉，那边的公司派系很多，比较麻烦。"

"好。"

"还有，周总不是去处理海市分公司的事情，他是去处理军工那边的，所以你有什么事情也不要麻烦他，给我们打电话，我们会帮你处理的。"

"好。"

拿了行李，张娴也不耽搁，直接送她去了机场。

机场外，陆助理看苏好下车，朝她招了招手。

苏好呛了一下，咳了好几声，随后拉着行李跟上去。

托运行李后，时间有点紧了，陆助理一路把苏好送到了安检口。

周扬戴着墨镜，低头正在听一个女生说话。一秒后，他抬头，笑着指了一条路。

女生有些害羞，赶紧说："谢谢，我知道了。"说完就跑开了，没一会儿她又跑回来，眼神有些游离，"那个，能加你微信好友吗？"

周扬的余光扫到了苏好，他取下墨镜，看了她一眼，说："我要登机了。"说完，他才看向那女生，扬眉道，"你太小了。"

女生的脸"唰"的一下红了，眼睛盯着苏好。

苏好提着小包，接过陆助理手里的机票和护照，和周扬说："不好意思，来晚了。"

"走吧。"周扬看了眼手表，听到她的嗓音有些哑，顿了顿，递交护照的时候问道，"你喉咙不舒服？"

"可能有点上火。"苏好摸了摸脖子。

两个人一前一后过了安检。

周扬走在前面，高高大大的，眉宇间带着风流模样，跟明星一样，吸引了众人的目光。

过了安检，周扬在一家店里要了杯温水递给苏好："多喝点水，这边到海市很近，下了飞机你就先休息。”

“好，谢谢。”苏好接过那杯温水，一边走一边喝。

周扬接了几个电话后，很快就登机了。

苏好喝了温水，肚子暖和了，一坐下就有些昏昏欲睡。她坐的是商务舱，位置比经济舱宽敞很多，苏好盖上毛毯，便有些迷迷糊糊的困意。

抵达海市时天刚黑，一出机场，周扬就得去赴宴，他临走前看了苏好一眼，见她精神不太好，吩咐酒店给她送了比较清淡的晚餐。

苏好从行李箱里拿了一件防晒的外套穿上，对他说：“我没事。”

周扬上了另外一辆车，眼睛盯着她，月光下，她的眼眸里似有水光。

周扬点头，顺手拉上门，车子疾驰了出去。

抵达酒店后，苏好匆匆吃了点儿东西就上床睡觉了。

海市本来就是国际大都市，还是交通枢纽，周扬回到酒店时已经将近十一点了，他扯着领带，听江郁他们在群里聊天。他拿着房卡，低笑着播放语音。

“许殿这下跳进黄河都洗不清了。”

“可不是。”

“周扬，你这只单身狗只会笑别人，你也要小心了。”宴行忍不住说。

房门开了，周扬暂时没回消息，他插好房卡后顿了一下，而后拨通前台的电话，询问了602号房今晚抵达酒店的情况。前台回答完，周扬皱了皱眉，随后叫前台把602号房的房卡和医药箱送上来。

这家酒店是闻泽辛在打理。

他们几个在这儿都有专属的房间，苏好住的那间也是。

拿到房卡和医药箱后，周扬刷卡进了602号房，群里的消息还在发个不停，一群人起哄等着看他的笑话。

周扬听完语音后笑起来，笑声低沉，笑里带着轻蔑和自信：“你们等着看，看我这辈子能不能被人套牢，你们太小看我了。”

说完，他看到主卧室的门开着，床上鼓起一块。周扬放下手机，倒了一杯水，拿了颗退烧药走进卧室。刚到床边，床上的女人就翻了个身，用后背对着他，一头青丝披散在洁白的床单上，衣服也没换，肩膀露了点出来。

周扬伸手拍了拍苏好的肩膀，低声喊道：“苏好。”

衣衫轻薄，周扬掌心下的肌肤一片滚烫——她发烧了。

她柔美的侧脸隐隐约约，带着红晕。

周扬挑眉，几秒后，他抓着她的肩膀往他这边靠。

苏好的体重很轻，又娇又软。她皱着眉，还没醒，看样子是烧糊涂了。

周扬扶她起来，喂了她一口水，她都没吞下去，流了一大半出来。周扬给她擦了擦，而后勉强将退烧药放进她的嘴里。

苏好感受到了动静，终于有些清醒了，睁眼的瞬间，她的眼眸里水光潋滟，唇似樱红，柔弱之姿极其勾人。

周扬要说的话突然卡在了喉咙里。

“好苦。”药的苦味在嘴里炸开，苏好的神志不是很清楚，含糊地喊道。

周扬这才抽回自己的手，他转过头，将水杯递到她的手里：“退烧药，喝了吧，你发烧了。”

男人的嗓音在黑夜散发着女人香味的房间里，带着一丝隐忍的嘶哑。

苏好捧着水杯喝水，生病让她整个人变得柔弱了许多，她靠着床头，喝完药后清醒了一些。

她用手背抵了一下额头，还是滚烫的，放下水杯后，她大约认出跟前的男人了，道：“周扬，谢谢，昨晚下雨可能淋到了，我还以为没事。”

她长发披肩，眼眸里毫无防备。

沉默了几秒后，周扬站起身来，他伸手去解衬衫的袖口，身形高大，居高临下地看着她，说：“你应该换套衣服再睡，刚刚喝水的时候洒了。”

苏好下意识地伸手摸了摸衣服，她穿的是白色的束腰裙，湿湿的，反应过来后，她轻轻地将被子往上拉了拉，遮住了若隐若现的胸。

她的声音依旧温柔：“谢谢。”

“不客气，我先回去了。医药箱在茶几上，里面有电子体温计，还有一些常用的药，明早要是没有退烧，记得再吃一颗。”说完，周扬转身走出房间。

来到客厅，他脚步顿了顿，舌尖还带着酒味，他弯腰拿起茶几上的手机和房卡，离开了这房间。

他一走，房间里那股逼人的气势也跟着没了，空气中隐约有酒香。

苏好浑身发软，靠着没动，听到了关门声后，她才起身下床，脱掉身上的裙子，拿睡衣出来换。其实身体已经有些出汗了，但她不敢洗澡，换好后又急急忙忙地回到床上，盖上了被子。

大概是药起了作用，加上确实疲惫，她再次陷入了睡眠状态。

第二天一早，苏好被闹钟吵醒。她翻了个身，第一件事就是伸手去摸额头，好像退烧了。她坐起来，脚踩在地板上，感觉精神好多了。她来到客厅，见茶几上果然放着一个医药箱。

苏好打开医药箱，最上面是周扬放的电子体温计，她一眼就看到了，拿出来后，苏好对着额头测了一下——36.7摄氏度。

退烧了，她松了一口气。这时，桌子上的手机一个劲地响着。

陈玉发了信息过来。

陈玉：苏好，你去公司没？你把上季度的账拍给我看看，我这边在对总账，有两笔记录的时间不太对。

苏好瞬间清醒了许多，她立马回复了消息。

苏好：我刚醒，等下到了拍给你看。

发完后，苏好看了一眼时间，心想，陈玉今天怎么这么早？

陈玉：好，你发给我就行了，不要跟张娴说，陆米米也不能说。

苏好沉默了几秒，明白了陈玉为什么这么早发消息给她了，估计是陈玉手里的账搞错了，于是赶紧让苏好跟她核对。

苏好想了一下，回道：好。

她是新人，还只是个助理，碰见这种事多少有些为难，但不是很致命，能帮就帮。

放下手机，苏好惦记着这件事情，拿着衣服去浴室里洗了个澡，夜里身上出了汗，黏黏糊糊的。洗完后出来，苏好感觉舒服多了，她刚选了一条丝质长裙穿上，就听到了敲门声。

她走过去，一把拉开门，发现是酒店服务员送餐来了，她正好肚子也饿了，接过餐车后说了谢谢，回到客厅，三两下就把早餐吃完了。

接着，她拿着小包出了门。

可能是房间里空调温度调得太低，外面迎面而来一股热浪，室内外温差大，苏好一身鸡皮疙瘩都起来了。

她刚把门关上，隔壁的房门也随之打开了，男人挽着西装外套走了出来，视线恰好落在她身上。两个人隔着不远不近的距离，苏好张了张嘴，道："早上好。"

周扬点头："早上好，烧退了？"

周扬走向电梯，看了她一眼，说："一块儿吧，车子在楼下，我先送你去公司。"

"嗯。"苏好跟在身后，看着他高大的背影，想起了昨晚的事情。

说真的，幸好他过来看了一眼，否则，她今天早上估计都起不来。之前那点隐秘的抗拒和不满消散了很多，进了电梯，苏好轻声问：“你吃早餐了吗？”

周扬低头看着手机，听罢，抬起眼眸看她：“吃了，你呢？”

“吃了，酒店的早餐送得很及时。”

周扬低声一笑，问道：“好吃吗？不好吃可以投诉。”

苏好点头：“很好吃。”

但她看得出他眼底的揶揄，有点儿坏坏的感觉。

他这是在算计别人？

苏好又加了一句：“是真的好吃，不用投诉。”

周扬又是一笑，他摸了一下嘴角，不再说话。电梯恰好到了，周扬走在前面，苏好跟在身后，这个时间点，酒店大厅的人挺多的，估计都是来旅游的。

门外停着一辆黑色保时捷，司机开着车门正在等候。

周扬在不少女人的目光下坐进副驾驶位，司机顺势开了后座的车门，苏好说了声“谢谢”，随后坐进了后座，车里空调的温度开得很低，体感很凉。

司机启动车子往大路上开去。

周扬的电话响了起来，他拿了一颗薄荷糖，长腿交叠，懒懒地回应着电话那头的人，狭长的眼眸不经意地一抬，就扫到后座的女人在手臂上来回轻抚，他顺手扔了件外套过去。

黑色的西装外套掉落在苏好的膝盖上。

周扬收回视线，声音低沉地说：“搭着吧，很快就到了。”

苏好愣怔了。

一秒后，她轻轻地将外套往上扯了扯，盖住了膝盖，没有披到肩膀上。

一上手她就知道，这外套的料子是很好的，还有他的温度，苏好迟疑地看了眼空调，却看到司机在抹额头上的汗。

她没有再出声。

确实很快就到了，沸节的标志实在好认，这边的中心区要比黎城的大一些。车子停在路口，司机下车给苏好开了车门，苏好提起外套，递给周扬。

周扬还在讲电话，顺手接了，不小心抓到她纤细的手指，立马松开。

苏好赶紧下了车。

外面的温度很高，她起了鸡皮疙瘩的手臂瞬间温暖起来。她今天包里还带有平板电脑和笔，挺重的，她抬手挡了挡太阳，向副驾驶座上的周扬挥手。

周扬那儿的车窗已经摇下了，他点点头，说：“弄完了给我发个消息，司机会过来接你。”

“好。”苏好笑道。

阳光下，她只有一边酒窝，呈月牙形，正巧露了出来。

周扬的手臂搭在窗户上，身子在车里发凉，手臂在外头的烈日下发烫，隐隐有些冰火两重天的感觉，他眯了眯眼，苏好已经转身走向了大厦。

司机关上车门，回到驾驶座启动车子。

周扬看着那抹纤瘦的身影消失在视线内，回过头来。

此时，手机突然有电话进来，他没注意就按了接听键。

李绣娇嫩的声音传来：“你出差了？怎么没跟我说？”

他一愣，拿开手机一看，两通电话重叠在了一起。他将手机挪回耳边，漫不经心地反问：“你现在是我的女朋友吗？”

李绣的话卡住了，脸隐隐有些红。

周扬一只手搭在外套上，身体往后靠。

外套上还留有温度，那温度不知是他的还是苏好的。他没有收回那只手，笑道：“就算是我的女朋友，也不能管我，知道吗？你现在敢追我，不是应该早就知道我是这样的人吗？嗯？”

本是满脸红晕的李绣听到这话，一腔热情立马冷却了，她狠狠地“呸”了一声，耍了小性子，把电话挂了。

另一通电话是李易的。

男人沉默了几秒才开口：“你啊，真是渣得明明白白。”

可即使这样，周扬还是有那么多女人喜欢，他确实想不明白。

海市沸节分部的人没有黎城的多，只占了大厦的四层和五层。

苏好一进大堂，分部的出纳就下来接她了，态度倒是温和，只是眼神一再地打量她。

对于她们来说，总部财务部的人里面，她们最怕就是张娴和陆米米，两个人一来，即使是几分钱的误差都不能有，陈玉倒是比较粗心。

出纳笑道：“你是新来的？”

苏好点头：“是，我目前是辅助。”

“你主要是帮谁的？”这人态度很好，不着痕迹。

苏好扫了她一眼，几秒后，她笑道：“我是帮张娴姐的。”

果然，出纳的脸色僵了僵，下一秒，她的态度就恭敬了很多。

苏好见状，没吭声，心里多少明白了一些。

电梯很快抵达五层，出纳引她到办公室，苏好拿出平板电脑、记事本和笔，在大桌旁坐下了。

这边只有出纳和会计，再往上就是行政管理部门，没有专门的首席财务官，人员比较散，把账和票据送进来给苏好审核的人挺乱的，苏好顿了顿，把目光锁定在出纳身上。

只要有什么问题，就要追着这个出纳问，免得有人推托，不利于工作。

她坐下后，几个人在门外谈起了她。

“听说她是张娴手下的，但张娴那么严厉，这人真是她带的？”

“指不定是张娴诓我们的，这个老妖婆自负得很，怎么可能带人？”

“是啊，陆米米那么厉害，老妖婆都不带她，怎么会带这种新人？”

“这个人肯定是跟着陈玉的。”

声音隐约透进办公室，苏好搁在平板电脑上方的手指一顿。

被猜到了？

那些人得到了答案，都离开了，走远后有人又说：“跟着陈玉干的就没什么好担心的。”

大约半个小时后，出纳再进来，给苏好送了一杯冰咖啡。

苏好指尖敲了敲，说道：“谢谢。”

“不客气。”出纳站在苏好后面，不经意地扫了几眼。

见她把账理得清清楚楚，极其细心，出纳的脸色变了变。又过了十来分钟，苏好拿笔在记事本上指着几处有疑问的地方，说：“上个月采购这批材料，价格浮动不大，这个月怎么浮动那么大？供应商不是同一个吗？”

出纳顿了顿，找来了会计。

两个人一同解释，苏好听罢，拨通了张娴的电话。

很快，她跟张娴说了这件事情，张娴立即咨询起出纳和会计。

半分钟后，张娴发了文件给苏好，苏好点开，上面的价格一清二楚，她推给她们两个看：“采购部的负责人呢？麻烦请他上来一趟。”

两个人脸色变了变，看着苏好，怎么都不敢相信她真是张娴带的，可她做事那么细心，简直像个魔鬼。

一个上午，苏好发现了不少漏洞。午饭是出纳下楼帮她带上来的，放下饭盒后，她没多说话，坐下来给苏好提供了一些数据。

苏好没休息，吃过午饭后继续忙后面的事情，下午三点多，才终于理完了一部分。

苏好向张娴报告完进度，就给周扬发了消息。

苏好：我忙完了。

大约二十分钟后，周扬才回复消息。

周扬：好，我叫司机去接你。

周扬：这么早忙完，要不要上世贸那边走走？让司机送你过去。

苏好：不了，明天还有工作。

周扬：行。

四点半左右，司机开车抵达大厦门口，苏好提着小包下来，手里捧着账本。

上车后，她接到了张娴的电话。

张娴喊了一声她的名字，这声音让苏好心里咯噔了一下。

“张娴姐。”

“陈玉早上是不是记错了两笔账？你找到就直接发给她了，没有跟我报备？”

苏好一顿，捏紧了账本。

“她耍滑头，你也跟着耍？”

“对不起，张娴姐。”

“同事之间表达友好不是这样的，你跟陈玉私下关系如何我不管，但是工作上有一说一，你这不属于告状，这是报备。”

苏好长呼了一口气，点点头：“我明白，这次是我错了。”

“嗯，就这样。”张娴懒得动怒，苏好认错态度好，她便没有再多说什么，挂了电话。

抵达酒店，苏好的心情才稍微平复了一些，心里还想着下次不能心软。回到房间，她瘫坐在沙发上，突然有些想念母亲和廖云，于是给母亲和廖云分别打了电话，聊着聊着，心情就好起来了。

其实毕业后，她工作时间并不长，大部分时间都在照顾父母。对她来说，这个社会是陌生的。

晚饭是酒店的服务员送上来的，苏好吃完饭后休息了一下就去洗澡了。换了睡衣出来，苏好看了一会儿新闻和朋友圈，放松了一下神经，八点多就上床睡觉了。

可能是白天精神一直高度集中，这会儿，她一沾床就睡着了。

几个小时后，苏好在迷迷糊糊中听到手机铃声在响，她从被子里伸出手按了接听。

竟然是陆助理。

他的声音有些急切：“苏好，你在酒店吗？”

“在的。”苏好清醒过来，看着床头的灯说。

“麻烦你去看看周总可以吗？我刚刚给他打电话，他一直没接，今晚他喝了挺多酒的，你电话别挂，过去看一眼，再和我说一声就好。”

苏好心想，万一他房里有人……

苏好低声道：“他房里……”

“没人。”陆助理道，“半个小时前，他还让我给他发文件呢，结果半个小时过去了，他一直不接电话，我怕他酒精中毒。”

说到这里，苏好也有点担心了，她穿上拖鞋道：“好，我去看看。”

推开卧室房门，苏好用客厅的座机打了酒店前台的电话，让人送房卡上来。开门后，苏好没挂断和陆助理的通话，接过房卡后，她来到周扬的房门前，刷卡进门。

两个套房的格局一样，屋里确实有股酒味，还有淡淡的冷杉味，是周扬身上的味道，屋里的灯亮着。

苏好走向客厅，一眼就看到男人靠在沙发上睡着了，领口微敞，一副懒洋洋的样子，眉心还皱着。

陆助理问：“什么情况？”

“他好像睡着了。”

“睡着了连电话都听不见？”陆助理有些怀疑。

走近了，苏好发现周扬的脖子上有淡淡的红色，她坐在沙发上，伸出手想碰他的额头，周扬却往她这边靠过来。他的手臂搭在沙发靠背上，下巴抵了过来，半睁开眼，嗓音嘶哑：“我好像发烧了。”

苏好身子往后靠了些，顿了顿，说：“我去拿电子体温计。”

男人懒懒地应着：“好。”

她起身，走向门口，走了几步，又问：“你怎么会发烧？”

周扬笑了一下，用手拽了一下领带：“你传染的？”有点儿调戏的味道。

苏好道："烧糊涂了？"说完，她直接离开了他的套房，回了自己的房间。

陆助理什么都听到了，一时间竟然不敢说话，可是再想想，周总这人向来撩人于无形，偶尔开开玩笑也正常，何况开玩笑的对象还是苏好，那就更不能当真了。

陆助理补充说："昨晚周总好像挺晚才睡，据说在阳台上抽了一会儿烟，不知道是不是那会儿吹了风。他今晚喝的是人头马，那酒很烈，他喝了不少，所以我才担心，现在知道他没事了，我也松了一口气，辛苦你了，苏好。"

"没事，我这边有药。"苏好提起医药箱，挂了电话，再次来到周扬的房间。

周扬的长腿随意地伸着，手搭着额头。

苏好放下医药箱，从中拿出电子体温计，朝他喊道："过来。"

周扬这才俯身靠过来。

苏好对着他的额头点了一下，37.8 摄氏度。

苏好："你要不要看医生？"

"吃药就行。"周扬捏着她的手腕，看了眼电子体温计上的数字。

不等苏好反应，他便松了手。

苏好放下电子体温计，说："你喝了酒，得喝点醒酒汤，过两个小时再吃药。"

"这么讲究？"周扬看着她的眼睛问。

她蹲着，身材纤瘦，一身灰色棉裙，朴素得很，却隐隐有股说不上来的女人味。他挪开视线，侧过身子去打前台的电话，让人送醒酒汤过来，前台却说只有醒酒药。

周扬懒懒地靠在沙发上，几秒后说："不用了。"回过头来，他用舌尖抵了一下脸颊内侧，看着苏好道，"你会做醒酒汤吗？"

醒酒汤需要的食材挺多的，能缓解头疼，苏好拿起茶几上的手机扫了一眼，已经有点晚了。

她站起身，睡裙垂落下来，即使穿着宽松的棉裙，依然隐约能看出她纤瘦的身材。她来到沙发边的三角桌前，拿起话筒拨打了前台的电话。

很快，那边有人接起来。

苏好说了几种食材，海带、豆腐、鱼等，问道："现在能弄到这些吗？"

前台那边愣了一下，看到是这个房间打来的，立即回道："能，能找到，现在就要吗？"

苏好回头看了一眼周扬，周扬支着下巴，维持着刚刚的姿势看着她，两个人四目相对。苏好平静地将目光收了回去，说："是，现在要，能找到的话请送上来吧，谢谢。"

等对方答应后，苏好便放下话筒，看向周扬："你躺会儿，我准备准备。"

说完，她转身走向了套房里的厨房。

厨房很新，厨具一应俱全，这些本就是给周扬准备的，酒店不敢马虎，即使用不到也常常进行打扫。

苏好开了热水，先把厨具过了一遍水，把刀和案板拿下来，又把调味料打开，纤瘦的身影在厨房里不停地忙碌着。

周扬的脖子很红，线条流畅的手臂也隐约泛起红色，手背上有青筋冒起。他扫了眼座机，又看了眼厨房里的女人，脸上的笑意淡了很多，狭长的眼眸沉沉的，显得更黑，她的认真让他的不正经变得像个笑话。

他的身子往后靠，仰靠在沙发上，闭上了眼。

他不喜欢苏好这种类型的，因为她太认真了，认真到令人无法忍受，碰上了就会黏住，甩都甩不掉。

他觉得有些热，又拽了拽领口。

酒精和发烧没有让他的感官变差，反而更敏感了，厨房里的声音全部入了他的耳朵——女人走动的脚步声、她伸手拿柜子上的东西时发出的声音、用抹布擦桌子的声音……

门铃响了，苏好从厨房里出来，绕过茶几，去开了门。

"不好意思，辛苦了。"苏好接过东西，声音温柔，每一个字都极其清晰，随后将门关上。

苏好提着袋子进来，脚步声越来越近，周扬的眼帘动了一下，却没有睁眼，整个人很懒散，像是累坏了。

他听见水杯被放在茶几上的声音，随后，有个温柔的声音问："睡了？"

"没睡的话喝点水。"

说完，她转身进了厨房。

周扬终于睁开了眼睛，坐直身子，俯身看着玻璃杯，心跳有些快。

是酒精引起的，他想。

端起水杯，他喝了一口，顺手拿起烟盒，抖了一支烟出来。

橘色的光爬上他的眉峰。

烟被点燃，他吹出一口烟圈，把玩着烟。

桌面上，苏好的手机响起来。

苏好设置了通知时微信对话内容不可见，周扬看不见具体消息。

发消息的人一个是沈赫，一个是 T。

此时是晚上十点半，周扬的眼眸扫过这两条微信消息，没有说话。

苏好没想到这么晚了酒店送来的食材还这么新鲜，又反应过来，这个点儿正是蔬菜批发市场刚开市的时候，各大酒店餐厅都会统一去批发市场取订好的菜，所以食材才这么新鲜。

鱼还活蹦乱跳的，酒店给她送来了几条，只要食材够了，苏好做的速度就很快，不一会儿，香味就扑鼻而来。

苏好找了一个比较大的碗，将汤跟食材舀出来，端出了厨房。

客厅里有少许的烟味，男人正在查看手机邮件，指尖夹着烟，要不是他身上还带着酒味，耳根和脖子上还有不正常的红晕，她差点以为他已经没事了。

苏好将碗放下，勺子放在碗里，擦了擦手，说："吃吧。"

周扬掐灭了烟，勾唇笑道："谢谢。"

"不客气，你之前帮了我很多。"

听到她这话，周扬手指一顿，随后捏住勺子舀汤，神情莫测。

苏好半蹲下去翻茶几上的医药箱，她之前没找过这里面的退烧药，现在有点难找。她身着宽大的睡裙在那儿翻找时，纤细白皙的手腕和周扬醒酒汤里的豆腐一般。

周扬端起碗，手撑着膝盖喝着汤，眸光落在她的手腕上，道："你的微信有新消息。"

"啊？我看看。"苏好偏头，按亮了屏幕。

看清后，她没急着看，回头继续翻起退烧药。

周扬吞下一块豆腐，神情淡然地问："除了沈赫，另一个是唐锐？"

苏好终于拿到退烧药了，顿了顿，掰了一颗黑色的下来，说："是。"

"醒酒汤挺好喝的，经常做吗？"很鲜，周扬是第一次喝，之前没出现过喝完酒发烧的情况，他语调漫不经心，不动声色。

苏好大方地回答："是，这是我妈的拿手菜，我爸生病之前经常喝酒，我偶尔也给他做，唐锐喝多了也爱喝这个。"

"哦？"周扬一口喝完，汤碗见了底。

苏好将药放在他手心，随后拿起手机，说："两个小时后你再吃药，我先走了。

记得别洗澡，明天早上退烧了再洗。”苏好又嘱咐了一下，随后关了玄关处的灯，离开了他的套房。

屋里陷入安静，连带着那股淡淡的女人香味也跟着消散了，周扬看着门，而后收回视线，捏起桌子上的药丸。医药箱里的是黑白退烧药，昨晚苏好吃的是黑色的。

温柔这种性格跟蔓藤一样，爬上来，缠绕过再退回去，会留下痕迹。

即使手已经洗干净了，苏好依然觉得有股鱼腥味，回到房间，她又洗了个澡，换了一身睡衣，才躺下睡觉。

闭眼前，她想起周扬今晚的态度，今晚的他和年少时的他其实是有点区别的，至少今天的他温柔很多，曾经的桀骜不驯仿佛被时间磨平了。

这个男人挺适合当朋友的。

想着想着，苏好突然想起还有微信消息没回。

沈赫：好好，还有多久回来？咳咳，不能偷个懒吗？

苏好：不能啊，工作得好好做。差不多了，处理完了就回去。

沈赫：还没睡啊，我以为你睡了呢。

苏好：准备睡了。

沈赫：那你早点睡，早点忙完回来，我难得出差！

苏好：好吧。

随后，她点进另外一个人的对话框。

T：睡了？

苏好：睡了。

T：看样子是没睡，新工作如何？

苏好：还行。

T：嗯。

最后一条回得很慢，苏好困了，手机放下就睡着了，没再回消息。

醒酒汤的效果不错，才一个小时左右，周扬就感觉酒精没那么肆虐了，他站起身，拿起黑色药丸塞进嘴里，而后解开衬衫纽扣，到浴室打开花洒，热水冲刷而下，发丝一下子就服帖了，他撑在墙壁上，眉峰都是水珠。

闭上眼，除了热水的声音，似乎还有别的画面，厨房里走动的纤细身影，翻找药丸时露出的白皙手腕。

喉结滚动，周扬脸上的水珠顺着脖子滑落。

男人低声骂了句脏话。

发烧药的药效还挺快，洗完澡出来，周扬披着浴袍坐在床边，懒懒地擦了一下头发便躺下了。

他坠入梦里——一场有柳枝般细腰的梦。

一觉到天亮，苏好被闹钟叫醒，同时还有来电，是陈玉的电话，苏好顿了顿，抓了抓头发，坐了起来。

“陈玉，早啊。”

“苏好姐早，你什么时候去沸节啊？”

“过一会儿吧，我刚醒。”苏好打了个哈欠，赤脚走过去拉开窗帘，让外面的光流泻进来。

陈玉迟疑了一下，笑道：“苏好姐，你帮我调下三月份的一笔账，是丰盈的。”

丰盈不就是昨天她找出来的采购价格不一样的供应商吗？

苏好愣怔了一下，马上反应过来：“你当时没对？”

陈玉没想到苏好这么快就反应过来，她压低嗓音道：“不是没有对，是价格浮动我没看。你帮我找出来发给我，我这边整理一下总账跟你对一下，然后再交给曾总，你先别跟张娴和陆米米说。”

又是一样的套路。

苏好想起张娴昨天说的话，她斟酌了一下，说：“张娴姐什么都知道，你在她面前还是不要耍这种滑头了。”

“你什么意思？”陈玉反问苏好。

苏好来到公司，和陈玉的关系还不错，陈玉带她吃饭，带她熟悉公司，在张娴和陆米米对她不太友好的时候，陈玉也一直带着她，苏好一直记着这份情。可是工作上确实不能徇私，苏好说：“昨天那笔账，张娴姐知道了。”

“你说的？”陈玉再次问。

苏好此刻更尴尬了，她低声道：“昨天张娴姐打电话过来和我说了。”

“是吗？可是她怎么没跟我说？”

苏好见她咄咄逼人，索性懒得再解释了，她语调依然温和，没什么杀伤力，却很坚决：“以后，我能帮你的小事我都会帮，但是错账这种事我都会报备给张娴姐的，希望你能理解。”

那边挂了电话。

苏好捏着手机，呼了一口气，看着窗外半天没回神。

站了一会儿，她转身准备去洗澡，只是胸口始终堵着一口气。张娴姐既然打电话训了她，那张娴姐为什么没跟陈玉说，导致陈玉把怒火撒在她的身上。

苏好皱了皱眉，想了想，张娴姐应该是有和她说的，再想想陈玉的工作态度，估计她是没当一回事。

想到这儿，苏好心里好受多了，换了衣服出来，她的神情已经没一开始那么颓废了，酒店的早餐已经送来了，就放在门口。苏好拿进来吃完后，便提起小包出了门。

电梯口，男人穿着白衬衫和长裤，正低头翻着手机，听见动静，回头看了她一眼："来了？"

苏好点头，笑着走上前，问道："你烧退了吗？"

"退了。"周扬看了她一眼，"脸色不是很好？昨晚没睡好？"

这男人的洞察力挺强，苏好点头："是没睡好。"她没提公司的事情。

周扬低低一笑："哦？在想什么？"

他狭长的眼眸里有少许轻佻的味道。

苏好觉得他此时的表情有些熟悉，顿了顿，说："没想什么。"

随后，两个人进了电梯，却一时无言。

周扬咳嗽了一下，微微侧头。

苏好看了他一眼，想了一下，说："多喝水，今天多喝点热水，免得又发烧了。"

周扬的手握成拳头抵在唇边，听罢偏头看她，眉眼含笑："好。"

抵达一楼时，人依然很多，外面也很晒，这儿光线好，苏好才发现周扬的脸色还是有些苍白，看来烧没完全退，但即使如此，他的气势还是很强。

车子很快抵达沸节，苏好还是嘱咐了周扬几句，然后提着小包匆匆进了大厦。

此时，时间已经有点晚了，她上楼后，手机响了一下。

周扬：你说该喝什么水？

苏好皱眉。

这话更轻佻了，可是……她不能这样胡乱揣测一个病人。

苏好：温水。

周扬：好。

看到回复，苏好松了口气，去处理接下来的工作了。

今天的工作尤其不顺利，陈玉很不配合，苏好好几次被陈玉弄得有些恼火，最后只能找陆米米帮忙。

陆米米得知陈玉不配合，训了陈玉一顿。

几分钟后，陈玉老老实实地给苏好发微信消息，苏好这才能继续下面的工作。

这边的出纳在察言观色，颇有些看笑话的意思。

给苏好拿了票据后，出纳笑道："总部那边也是妖魔鬼怪众多，苏助理，你这人太老实了，要注意啊。"

苏好虽然老实，但她聪明，也很敏感，出纳昨天在看她对完账后，对她已经不敢轻视了。

她只是想过过嘴瘾，也想透露些八卦给苏好，可惜苏好并不想知道。

有些时候，事情知道得越少越好。

第三章
心腹还是心肝

今天的下班时间推迟了，苏好回到酒店，再次理了理账就休息了，一夜好梦。

接下来的两天，苏好一直没看到周扬，他似乎也没回酒店，都是他的司机负责接送她。

处理完所有账本，曾总的助理给她打了个电话，说："苏好，机票给你买了，下午回来。"

苏好一愣，说："好。"

曾总的助理还笑着道："周总有事情要忙，估计还要在海市多待两天。"

原来如此。

苏好开始收拾行李，司机送她去了机场。这次还是坐的商务舱，苏好一个人。下午三点抵达黎城，苏好连行李箱一起拖去公司交账给张娴，陈玉埋头处理着票据，只有陆米米跟苏好打了招呼。

苏好笑了笑，视线扫了一下陈玉，随后回了家，整个人有些尘埃落定的归属感，她靠在沙发上，有些发懒。这时，手机有微信消息跳了出来。

沈赫：好好，你回来了？我还要忙两天，两天后我们再约。

苏好：好。

接下来的两天，苏好也很忙，账要合在一起，拨出去的款要重对，还有很多报销单要做，她忙得脚不沾地，除了工作上的问题，她和陈玉没什么话聊。

两天后，苏好终于闲下来，下个早班，她站在公司大门外一边等车，一边翻看手机。

沈赫：我直接去你公司接你吧？

苏好：好。

话音刚落，一辆黑色奔驰开了过来，车窗摇下后，沈赫招手："好好。"

苏好笑着走上前，拉开车门坐进副驾驶位。

"去吃什么？"沈赫今晚穿了黑色兜帽上衣，一条牛仔裤，很年轻的打扮。

苏好想了一下，说："我都可以，这边我不熟。"

"那我们去吃日料吧。"沈赫启动车子，侧过头偷偷扫了苏好一眼，她穿了黑色露肩裙，身材苗条，头发只是随意地扎起来，但也很美。

夜幕降临，一辆保时捷抵达机场，男人扯下领带，弯腰坐进车里，长腿交叠，眉宇间带着淡淡的疲惫，但仍不减风流气度。

陆助理看了一下内视镜，问道："周总，回公司吗？"

周扬打开手机，发现微信群里的几个人正在聊天。

李易：都有空吗？过来喝酒。

江郁：去你家酒庄？

李易：是。

李易：@周扬，到了吗？

周扬拿了支烟，没点燃，开始编辑信息。

周扬：到了，累死了，还喝酒？啧。

李易：那是不来了？

闻泽厉：我小舅子还在黎城呢，今晚约会。

许殿：哦？稀奇了，周扬这狗东西做的媒？

闻泽辛：是，谁能想到周总也当媒人了呢？哈哈哈，什么时候也给我介绍一个？我也需要啊！要江南美人，跟那位苏好一样的，柔情似水。

窗外的灯光射进来，落在周扬棱角分明的脸上，看不清神情，他看着滚动的聊天页面，随后退出，点开了沈赫的对话框。

周扬：过来喝酒，有你之前一直在找的粱酒。

周扬：带苏好过来，别让她一个人回家。

今晚的日料是在坂岛吃的，刺身很多，苏好试吃了一份就没敢再吃了，她还是更爱吃虾和海草，味道很好。沈赫看着刺身，心想，幸好只点了一份，他配着麦茶吃了，苏好见状，伸手给他倒了茶。

“好好，你真好。”沈赫端起茶喝了一口，将糯米糍推给苏好。

苏好接过来吃了一颗，里面是抹茶，有点苦，外面软软黏黏的，很好吃。

沈赫看到隔壁的几桌都是情侣，有些挽着手臂互喂的，他哽了一下，把三文鱼咽了下去。

他看了眼对面的苏好，灯光昏暗，苏好眉目柔美，少有那种明显的害羞感，或者说，从认识到现在她都很少害羞。

沈赫想到这儿，开始怀疑自己是不是不太行。

他拿起手机正要发消息，就收到了周扬发来的两条微信消息，视线落在“粱酒”二字上。

粱酒是黄粱酒庄主打的一款酒，他一直想尝尝，没想到终于有机会了。

他看到周扬的第二句话，迟疑地抬起头，看向苏好。

沈赫咳了一声，随后回复了周扬。

沈赫：好，发个地址过来，等会儿我们吃完饭就过去。

一秒后，他又发过去一条消息。

沈赫：周扬哥，问你个问题，怎么才能让女人觉得害羞？

周扬：这个问题……呵，你猜？

沈赫：你不愿意说？小气啊。

周扬：过来喝酒，等会儿告诉你。

沈赫：好。

放下手机后，沈赫看了苏好一眼。

苏好也在看手机，廖云发了一些照片给她，都是十几年前的老照片了，很有年代感。尤其是她散着头发，耳朵上夹着耳夹，笑得眯起眼睛的那张，又傻又纯真。

放在现在，她都未必能笑成这样。

她看了一会儿，突然想起这正是她看到周扬的第一眼，那时，廖云正给她拍照。

一辆银色轿车开过泥路，停在稻田旁，周扬穿着黑色短袖和一条牛仔裤，眉眼里全是笑意，目光往她们这儿扫来。那会儿，周扬正读高二。

“好好。”

苏好愣神，抬起眼眸看向对面的沈赫：“哎。”

“哈哈哈，你怎么有点呆？”沈赫笑起来，说，“等会儿去酒庄吗？”

“酒庄？”

“是，上次李易哥的酒庄。”

李易，是那个留着寸头的男人。

苏好迟疑了一下，看了眼时间说：“会不会太晚？”

“不会，这个点儿还早，我就是去看一款酒而已，再尝一尝，然后我叫司机送你回来。”沈赫鼓动她。

苏好看他两眼微亮，也不好扫他的兴，便点点头：“好。”

沈赫笑了笑，给她夹寿司吃，顺便拿起餐牌先去买单，苏好把眼前剩余的寿司都吃了，沈赫也买好了单。苏好擦擦嘴角的酱油，拿起小包跟在沈赫身后离开。

来的时候天色还早，此时，外面夜幕降临，灯光全亮了起来，繁华至极。苏好想起廖云发的照片，想了想，拿起手机拍了好几张标志性的大厦照片发给廖云。

这几栋大厦，其中就有沸节。

沸节这两年的短视频做得非常好，廖云经常在那个软件上玩儿。

还有几栋大厦里是几个互联网龙头公司及两家地产公司。

廖云：哇，真的在黎城扎根了啊，弄得我也想去黎城了。

廖云：长生公司的楼好高啊，真的有七十二层吗？

苏好看着似乎快没入云海的大厦，一时也弄不清有没有。进到车里，沈赫启动车子，发现她看着那栋大厦，笑道：“没有七十二层，只有五十三层，传闻夸张了。”

苏好点点头，回复了廖云。

车子开出大路，往李易家的酒庄开去。李易家的酒庄挺偏的，在郊区，占地面积很大，酒庄内的酒不对外销售，只用于招待圈内好友。店内收藏的全是好酒，夜晚靠山的酒庄隐隐有一丝酒香味，很是雅致。

门口是篱笆院，院子里挂了一个黄牌，上面写着“酒”。

车子停好后，苏好从车上下来，踩着木质地板，闻到空气里带着一股清甜。沈赫锁了车，绕过车头，带着苏好走向院子。

不远处停了很多车，还没进门就听到了些许笑声，在这寂静之地显得格外张扬。

沈赫低声对苏好说：“小心脚下的路。”

苏好一笑，点点头，踩上石板。

终于走上台阶了，屋里的灯光流泻出来，光线是昏暗的暖色系。

中间一个很大的卡座里坐着四个男人和两个女人：一个穿黑色衬衫、戴着眼镜、有些雅痞的男人坐在一个漂亮的女人身边，两人正低头说话；一个穿黑色上衣、牛仔裤、手上夹着烟的男人身侧也有一个女人；另外两个男人就是周扬和李易。周扬手里拿着一副牌，嘴里咬着烟，吊儿郎当，眉眼风流，似在笑对面的男人：“烟点了怎么不抽？怕啊？”

那男人抬起眉眼，冷哼一声：“我怕什么？”

“那你抽啊。”

“周扬。”江郁看了一眼身侧的云绿，云绿眨着眼没说话，可江郁不敢动。

周扬哈哈一笑：“承认吧，别嘴硬。”

许殿踢了一下桌子，看周扬一眼，冷笑：“你啊……”

突然，许殿微微侧头道：“苏好？”眼镜后面那双桃花眼正看向苏好。

苏好愣怔，这人是谁？她下意识地点头：“你好。”

温柔好听的声音传到了周扬那儿。

周扬手中的牌啪的一声合上，不动声色地低头将烟捏下来，吹了一口烟圈。随后，他回头看向沈赫和苏好：“来了？过来坐。”

沈赫拿起一旁的烟，一个个派发过去，一群长相俊美的男人忍不住笑了。

李易问：“不是派的喜烟吧？”

沈赫咳了一声，看了一眼身边的苏好，说：“还没呢，就是我孝敬你们的行不行？”

“行啊，那你拿自己的烟。”许殿戳破他。

沈赫：“……”

一分钟后，沈赫介绍苏好给他们认识。

苏好弄清楚了戴眼镜的男人叫许殿，他身边的女人叫孟莹，是他的老婆。孟莹是影后，她看过她的作品《双胞胎》，又想起廖云说过这两人的故事。她视线轻飘飘地扫过许殿，却收获了孟莹的微笑，苏好赶紧也回了她一抹笑容。

穿黑色上衣的男人是江郁，坐在他旁边的是他老婆，那女人一点儿也不像已经结婚的人，看起来漂亮又可爱，叫云绿。

这里有六张双人沙发，两对夫妻各一张，周扬和李易各一张，沈赫安排苏好和他坐在一起，苏好没拒绝。周扬放牌时看了苏好一眼，顺便问了一句：“这两天工作怎么样？”

苏好轻声回答：“还行。”

“没别的想说的？”周扬偏头，懒懒地看着她，目光掠过她的脖颈和她露肩的裙子，她的锁骨很细，皮肤看上去比手里的牌还白。

苏好愣了一下，看着他的眼睛，隐约感觉到他应该知道她目前在公司的处境。

苏好朝他摇头，笑道：“没有。”

“好吧，我们苏好挺厉害的。”周扬看出她想自己扛，笑了起来，踢了李易一下，说，“到你了，怎么光看，不放牌？”

李易突然意味深长地看了他一眼，才开始放牌。

沈赫道：“就你们三个人玩？”

还有云绿，她好像是地主，被他们两人吊打。

沈赫想参与进去，周扬把最后一张王扔下去，压住了云绿，接着摸出骰盅，压在桌子上，一副大佬的模样：“既然如此，玩骰子吧，阿良，去调梁酒过来。”

不远处，正在擦拭酒柜的服务员点点头，转身走向地窖。

周扬看向沈赫，笑道：“玩吗？”

“玩，周扬哥，你小看了我的酒量。”

“是吗？我们试试。”

接着，他指了指苏好：“你别玩。”

许殿指了指孟莹：“你别玩。”

江郁也指了指云绿：“你别玩。”

李易靠在沙发上抽烟，笑道：“你们接龙呢？”他又看了周扬一眼。

周扬正在把玩骰盅，没有看李易。苏好不太会喝酒，肯定玩不了，她低声对沈赫说：“你悠着点儿，明天不是还要工作吗？”

她嘱咐沈赫的语气和让周扬喝水的语气一模一样，轻声细语的。

周扬捏骰子的手一顿，伸手扯了扯领口，点燃一支烟抽了起来。接下来，梁酒上桌，骰子动了起来，几人从周扬这儿开始叫点数。

他的下家是李易，叫的点数挺高，一路往下，到了沈赫，沈赫的下家是周扬，他没办法了，便叫了周扬的点数。

周扬掀开盅说：“开你的。”

沈赫输了，得喝酒，他愣了一下，无奈地道：“周扬哥，你怎么这么狡猾！”

周扬手里夹着烟，看着他，含笑道：“给你送酒喝，你不是想喝吗？”

“想，输给你就不想了。”沈赫哼了一声，这才端起酒杯。这酒味道浓郁，他看了苏好一眼，问道：“我要是醉了怎么办？”

苏好刚才看了一局，知道怎么玩了，便没了兴趣，她捏着手机，认真地道：“我送你回家。”

周扬摇着骰子，漫不经心地笑道：“他有司机，你不会开车，怎么送？”说完，他轻描淡写地看了苏好一眼，苏好耸了耸肩。

周扬挪开视线，将烟放进嘴里。

沈赫笑道：“那就好，我不怕醉——”

他话没说完，周扬叫点数了：“八个五。”

李易看了周扬一眼，不一会儿，他给周扬发了条微信消息。

李易：你今晚很急切呀。

周扬没看手机，目光专注于跟前的骰盅。

之后，沈赫输得连梁酒的味道都感受不到了，再喝就真的要醉了。

苏好见状，赶紧起身给他倒了一杯水。

她黑色的裙摆擦过周扬的手臂，周扬垂眸看了一眼。

苏好将水杯放在沈赫面前，低声道："你喝点水，喝太多酒不好。"

沈赫点头，端起杯子抿了一口，总算舒服些了。

突然，周扬推开骰盅，靠倒在沙发上，他偏头看着沈赫和苏好，含笑问道："醉啦？"

沈赫半睁着眼，靠在沙发的扶手上，过了一会儿，才说："我还能喝。"

他有点儿不服输，今晚，他一直没赢过周扬。

周扬笑了笑，道："不跟你喝了，我叫你的司机来送你。"

说着，他拿起手机打了司机的电话。

司机很快就来了，他扶起沈赫，苏好拿起小包跟在身后。

周扬的声音突然响起："苏好。"

苏好转过头。

男人掐灭了烟，顺势捞起车钥匙，说："我送你。"

苏好顿了顿，笑着回道："你也要叫代驾，开不了车。我答应了沈赫送他回家，我得做到。"说完，她转身就走。

周扬站在原地，愣了半晌。

几秒后，身后响起些许的唏嘘声，周扬回了神，笑着坐下，道："忘记我也喝了酒。"

"是吗？"李易轻飘飘地应了句。

沈赫醉得有些发困，司机两只手扶着他，苏好走在后面护着，一不注意，有个女人踩着高跟鞋走过来，与苏好猛地一撞。女人踉跄着往后一倒，鞋子被卡在石板路的缝隙里。

女人不耐烦地叫起来："怎么走路的？"

声音娇滴滴的，熟悉无比。

苏好转头就对上了李绣那双张扬的眼眸，她看到是苏好，哼了一声。又看到苏好身边的沈赫，她眯了眯眼，最后指着苏好说："你得赔我鞋子。"

苏好低头一看，她的红色高跟鞋被卡住了，后跟似乎要断的样子。

沈赫急着回家，苏好只得点头道："好，我赔你。"

"微信加我好友。"李绣用力地拔下鞋子，点开微信的二维码递给苏好，苏好看了一眼她的鞋子，只得扫了码。

苏好退出微信后，司机已经把车开过来了，停在门口。沈赫看似瘦，实际有肌肉，司机扶着他，累得额头出汗。司机把沈赫放进后座时，他已经迷糊了。他靠着窗户，闭着眼，此时的他看起来像个孩子似的，眉目清秀。少爷的气势一收回去，人就显得简单多了。

苏好跟着坐进去，拿纸巾帮他擦出汗的鬓角。

司机抹了一把汗水，坐进驾驶位启动车子，他看到苏好在给沈赫擦汗，说道："辛苦了，苏小姐。"

苏好微笑道："不辛苦。"

司机这才将车开出去。

其实在闻家这群人的眼里，沈少爷一直还只是个孩子。他上头有个强势能干的姐姐，还有一个天才哥哥。沈少爷一直过着顺风顺水的日子，大家都没想过他会谈恋爱，所以觉得他和苏好只是逢场作戏。更何况，苏好年纪虽然比沈少爷小一岁，可做事滴水不漏，一看就是经历过一些事情的，两个人在思想层面上还是有些不同。

车子一路往沈家公寓开去，那边是闹中取静的地段，和苏好住的地方是反方向。沈赫醉后很老实，偶尔哼一下，有一两次他滑落下来，头抵到苏好的肩膀，苏好轻轻地将他推回去，他又哼唧了一声。

到了公寓外，司机拉开车门扶住沈赫，苏好搭了把手，两个人合力把沈赫推了出去。

苏好下车帮忙把车门关上了，司机冲她点头，说："苏小姐，你在这儿等一下，我送他上楼，再送你回去。"

"不用，我送她。"一辆黑色的保时捷突然停在身侧，男人低沉的嗓音传来，在这夜色中显得漫不经心。

两个人齐齐转头，只见周扬坐在后座，指间夹着一支烟，眉眼间带着一丝慵懒。

他是什么时候来的？

周扬往窗户边靠了靠，手抵着下巴，笑着看苏好："司机那么辛苦，你还让人家跑一趟？何况他不顺路，我送你，我也要回一湾山水。"

"难不成，你还想上楼煮个醒酒汤？"周扬语调轻佻。

不等苏好回答，司机就说："不用麻烦苏小姐了，保姆会安排的，苏小姐还是早点回去吧。”

明明只是很简单的几句话，苏好却隐约发觉周扬带着情绪，只是到底是什么情绪，她也听不出来。

她本来就打算自己打车走的，既然如此，苏好回身跟司机告了别。

沈赫已经睡着了，苏好看了他一眼，笑了笑，绕过车子，车门被人从里面推开，车里有酒味，苏好坐好后关上了车门。

周扬弹了弹烟灰，摇上车窗，吩咐司机开车。

苏好拿出手机看了眼时间，快十二点了。

“晚了？”男人低沉的嗓音在身侧响起。

苏好放下手机，看了他一眼：“嗯。”

他靠着椅背，点着的烟也没抽，几秒后，他拉开卡座，把烟掐灭了。

苏好见他脖子上青筋微冒，看样子也有点酒精上头了。周扬转过头，对上她的视线，目光轻飘飘地落在她雪白的肩膀上，突然问：“看什么？”

他的眉眼里全是调戏，熟悉的感觉浮了上来。

她皱了皱眉，几秒后，问：“心情不好？”

周扬的视线收了回来，揉了揉眉心：“你猜？”

苏好：“不关我的事，我不猜。”

周扬用力扯了扯衬衫领口，心中的烦躁隐约可知。

半个小时后，车子抵达华晖小区，这边不仅靠近市场，还有不少餐厅，此时正是夜宵时间，小区外一片繁荣景象。这里不能停车，苏好推开车门，说了句：“谢谢。”不等周扬出声便下了车。

绕过车子后，苏好见周扬摇下车窗，男人棱角分明的脸隐在黑暗中，苏好没急着上楼，走过去，说：“开心点，别想太多。”她这语气明显是把他当朋友。

周扬轻轻地靠在车窗上，扬眉看她：“那么关心我，不了解一下我为什么心情不好？”

苏好身材纤瘦，有一米六五左右，她抿唇，想了一下，说道：“你回头在微信上和我说也行，但我不一定会回。”

周扬嗤笑一声。

风挺大，女人的裙摆被风吹得扬起来，摇曳不已。他就这样靠着看她，风吹乱了他的衬衫，锁骨若隐若现。

苏好回到家里，换了鞋子坐到沙发上揉脚，突然想起了李绣的鞋子，她拿起手机，打开了她的微信聊天框。

李绣的头像是她本人，她的脸上涂着橘色的眼影，烈焰红唇，一头张扬的卷发，双手捧着脸。

这样妖艳的女人，难怪周扬那么喜欢。

苏好：李绣，鞋子多少钱？

李绣：苏好姐，你不睡啊？我都要睡了。

苏好：不好意思，我刚回到家。

李绣：哦，我忘记鞋子多少钱了，回头我看看。

苏好：行。

苏好退出聊天框，看到廖云发来的消息她还没看完。

廖云：这边好热啊。

廖云：我陪你妈去买菜了，她的身体看起来好很多了。

廖云：我好想你啊，一个劲儿地翻旧照片。

苏好往上翻，翻到了还没看完的照片。

周扬高二那一年，苏茜带着他来回江市度假，那个夏天是她最开心的时候，每一张照片里，她的眼底都藏着害羞和兴奋，还藏着一个人。

学生时代，他骨子里看起来挺坏的，打游戏也很厉害，一整个夏天就没见他拿过作业本，可是他的试卷张张满分，在他们这群人的眼里，这个男生与众不同。

每次看到她，他都是一副要笑不笑的样子，仿佛看穿了她的心思。

考上大学后，他再次来回江市，她才费尽心思地去追他。

苏好保存了这些旧照片，保存完，一看时间才发现太晚了，她退出了微信。

不知道是不是因为看了旧照片引发了一些回忆，加上夜深了人本来就容易惆怅，苏好的情绪有点低落。

她坐了一会儿，随后起身拿睡衣去洗澡。

第二天一早，苏好煮了淮山瘦肉粥，顺便做了蛋饼，结果做多了，早上没吃完，她用保鲜盒装起来，带去了公司。

财务部的同事也都来了，陈玉没有跟她打招呼，陆米米和张娴也没有空，苏好只得放下保鲜盒坐下，开始整理手头的票据。十点时，曾总的助理突然打了电话过来，通知财务部开个会。

这是苏好来财务部后第一次开会，她一时不知道准备什么，看向陆米米。

陆米米捏着笔，插在头发上，拿起桌子上被她画得五彩斑斓的日历，有点儿不解：“今天又不是季度末，怎么突然要开会？临时开会，姐姐我也不知道要准备什么，你拿上笔记本和笔就好了吧？”

“只要拿笔记本和笔就行了？”苏好低头翻找空的笔记本。

“是吧，莫名其妙，什么时间段了？突然开会。”陆米米看到跟前一堆的票据，也有些抱怨。

陈玉那边也有一堆事情，她问张娴：“姐，能不能不开啊？我们手里都有好多事情。”

张娴估计也不知道原因，她看了眼陈玉，说：“那你跟曾总说去。”

陈玉只得低下头。

苏好准备好笔记本和笔，开始理发票，还有两张支票要开。十点半左右，几个人停下手头的工作，起身去小会议室。

小会议室在周扬办公室的隔壁，张娴推开门，见曾总和助理已经在里面了。

曾总坐在单人沙发上，看她们来了，点点头道：“坐。”

“曾总早。”陆米米跟陈玉异口同声道。

张娴交了早上整理的文件，苏好跟着小声喊了句：“曾总早。”

随后，四个人坐在沙发上，苏好坐了个单人沙发，张娴也是，陆米米和陈玉坐在双人沙发上。

曾总扫了她们几眼，却没有去拿桌面上的文件，他问张娴：“你们办公室的人多吗？”

张娴愣了一下，看了眼三个人，又看看自己，摇头道：“不多。”

“我们公司哪个部门人最多？”

“广告部。”

“你觉得广告部的工作氛围怎么样？”

工作氛围？简直是妖魔鬼怪横行，每天都要闹出些事情来，公司的贴吧天天更新八卦。

心里虽然这么想，张娴嘴上却不能这么说，她斟酌了一下，道：“很热闹。”

“人就喜欢热闹啊。”曾总接了话，“你们私下没少八卦人家广告部吧。”

他弯腰拍了一下桌子，沙发边的人都惊吓到了。陈玉的脸色一下子变得煞白，陆米米尴尬得一个劲儿地看张娴，张娴抿紧了唇没说话。

“我在办公室，又不是没长眼睛，你们现在是什么情况，当我瞎吗？”曾总一个个指了指她们，到了苏好那儿便收了手。

一瞬间，几个人都明白了什么，一时更是鸦雀无声。

曾总的话没有说透，点到为止。

张娴作为领头人不能推卸责任，她低声道："我们会注意的。"

"是……是啊，我们会注意的。"陈玉也跟着小声道。

陆米米瞥了一眼苏好，随后很快挪开视线。

"行了，就那么几个人，还搞小帮派呢。走吧，我不希望下次再碰见一样的事情。"曾总揉了揉眉心。

张娴赶紧带着几个人离开了。

门关上后，曾总才拿起手机发微信消息。

曾：周总，让你见笑了。

周扬：你一个首席财务官，连手下几个人都管不好，你说我笑不笑？

曾总沉默了两秒。

要不是这个人是他的上司，他还真不想回。

哪个部门没有这种钩心斗角？要是都让上司管，管得过来吗？广告部和直播部每天都在上演宫斗剧，周总怎么也不管管？

说白了，只因为财务部里多了一个苏好。

就如同安插了一位老板的心腹一样。

不过到底是心腹，还是心肝，还有待观察。

回到财务部后，张娴让苏好把百叶窗拉下来，把门关上，接着，她在办公室里发了一通火。火是对准陈玉发的，陈玉在她的指责下认了错，转过头向苏好道歉，陆米米做和事佬，苏好在这种形势下接受了陈玉的道歉。

办公室的氛围慢慢恢复了原样。

中午，苏好收到了沈赫的微信消息。

沈赫：好好，我刚睡醒！

苏好：头疼吗？

沈赫：不疼，就是我下午就要回京都了，你来送我吗？

苏好：几点？

沈赫：七点半。

苏好：好。

发完微信消息，苏好趴着午休了一会儿，起来后帮陈玉入了账。吃下午茶的时候，陈玉蹭到这边来，看了眼苏好的蛋饼。苏好看了她一眼，默默地把保鲜盒推了过去。陈玉伸手拿了点，接着冲她一笑，说：“苏好姐，你做的蛋饼超级好吃。”

“是吗？谢谢。”苏好也笑了笑。

下午的工作很顺利，临近下班，苏好去交账本，刚从曾总的办公室出来就碰上了陆助理。陆助理咳了一声，说：“苏好，等会儿下班后，你等等周总。”

苏好顿了一下，看向总裁办公室。

百叶窗开着，男人站在窗边，一边抽烟一边跟人谈话。他眉宇锋利，神情有些严肃，这让苏好想起昨晚看到的照片，她回过头问陆助理：“有什么事吗？”

“苏阿姨让你过去吃饭，你看看手机。”

苏好这才想起来，她一下午都没碰手机了。

苏茜发来了好几条微信消息。

苏茜：好好，我好想你啊，晚上过来吃饭吧。

苏茜：我知道你喜欢吃鱼，今晚买了红鱼。

苏茜：周扬要去公司，你坐他的车回来，吃完我送你回家。

消息发过来半个小时了，还有一个未接来电。

苏好：好，我先送沈赫去机场，然后再过去。

退出苏茜的对话框后，苏好又看到周扬发来了一条微信消息。

周扬：我送你去机场送沈赫，然后一起回家，我妈一个劲儿地念叨你。

苏好：你什么时候忙完？

办公室里的男人掐灭了烟，看了眼手机，接着拿起衣架上的外套搭在手臂上，推开办公室的门走出来，路过苏好身侧，周扬轻飘飘地道：“走了。”

随后，他率先走向电梯。

苏好愣了一下，跟陆助理道了别，然后跟上周扬的脚步。周扬进了电梯，按着电梯门许久，挑眉看她，苏好笑了笑，走了进去。

好在电梯里没人，苏好低头给沈赫发微信消息。

苏好：你到机场了吗？

沈赫：到了，刚办完托运，你呢？

苏好：快了。

沈赫：周扬送你？

苏好：你怎么知道？

沈赫：苏茜姨想你了，要你回家吃饭，还问我你在不在我这里……

沈赫发完这句，觉得太暧昧，脸红了，没再说话。

苏好也默默地把手机放进小包里。

周扬垂眸看了她两眼，目光扫过她的手机，聊天框里的内容都被他看到了。

周扬有自己的车位，此时地下车库没人，苏好和周扬走出电梯，周扬顺手拉开副驾那边的车门，苏好一顿，没有多话，上了副驾驶座，系上了安全带。周扬弯腰上车，拿了一颗薄荷糖放进嘴里，抵在舌尖下。

糖很凉，他的情绪也平静了一些。

他启动车子，问苏好："他在哪个安检口？"

"我看看，在B区。"苏好看了一眼手机。

车库外，夕阳西下，余晖洒在苏好的脸上，将她的睫毛衬得很长很密，周扬掉转车头时，目光从她脸上扫过。

抵达机场后，苏好下车走进B区的安检口，沈赫站在那儿，头上戴着顶鸭舌帽，百无聊赖地等着。看到苏好，他眼睛一亮："好好。"

苏好含笑，走近了，看了眼时间说："你得过安检了，我来迟了。"

"没事，你能来就好。"沈赫把玩着机票，跟苏好聊了一会儿天，聊着聊着，语气有些飘忽，像是酝酿着什么，又酝酿不出来，最后索性放弃了。

很快，时间到了，他去过安检，苏好站在原地目送他。

沈赫过完安检，冲苏好挥了挥手。

苏好看他消失在人群中，转身走向门口。

周扬懒懒地靠在车窗上，低头拨弄着手机。苏好上车时，周扬看了她一眼，刚准备启动车子，手机却响了起来。

沈赫：我要向苏好告白了！焦急。

周扬的薄唇猛地抿起来，再次看了眼苏好，她低着头，眉眼柔和，正在看手机。

突然，身侧响起喇叭声。

苏好被吓到了，抬起头看过去，见周扬单手转着方向盘，按着喇叭。

前面有点堵。

苏好收回视线，看到微信里多了一条消息。

沈赫：好好，我们……能在一起吗？

苏好愣住了，过了一会儿，她回复了他。

苏好：我们先当朋友好吗？我很喜欢你的性格，无忧无虑的，但是我们对彼此了解得还不够深。

沈赫的家底藏不住，苏好隐约有感觉，另外，沈赫不像是能决定自己婚姻的人，她需要谨慎。在这个阶段，不管是谁，她都得好好考虑，谨慎对待。

沈赫估计是上飞机了，没回她的消息。

苏好松了口气。

车子回到周家，苏茜穿着漂亮的旗袍站在门口迎接他们，还拿了把刺绣的金色扇子。

“小姐，少爷，回家啦！”苏茜叉着腰，挥舞着扇子，风情十足。

苏好忍笑走上台阶：“嗯，回来了。”

周扬嗤了一声，脱下外套递给保姆，走开了。苏茜瞪了周扬一眼，回头挽着苏好的手臂，轻声细语地说：“小姐，来看看今晚我做了什么菜，合不合你的胃口。”

苏好说：“啊，大老远就闻到香味了。”

“识货！”苏茜说，“今晚的红鱼是我煎的，料放得很足。”她拉着苏好走向餐厅，突然回头问，“周扬，你晚上在家吃吗？”

周扬解开领带，侧身看过来，而后懒散一笑：“不在家吃，我回来干吗？当司机？”

苏茜差点回呛：你不想当吗？

她后来想想，周扬又不喜欢苏好，他确实不想当。

苏茜：“给你当司机的机会还不好？放心，吃完饭不用你送苏好回去，我来送。”

周扬将领带递给保姆，坐在餐桌旁，扫了眼苏好，对苏茜说：“好，你送。”

说着，他拿起手机点开了微信里的聊天框。

周扬：哦？她答应你了吗？

吃完饭，苏茜拉着苏好逛起花园，周扬在楼上的窗边打电话，视线落在花园里苏好的身上，修长的手指在窗台上敲了敲，一下一下的，很有节奏。

苏茜摸着苏好的肚子，说：“得锻炼，不然以后小肚子会越来越大。”

苏好摸了摸肚子，想了一下，说：“感觉还好。”

苏好肚子上没赘肉，摸起来平平软软的。两个人聊了一会儿，苏茜怕耽误苏好明天上班，赶紧进屋给司机打了电话，电话刚撂下，周扬恰好从楼上下来，站在楼梯上。

他手上夹着烟，慢条斯理地说："我送苏好回去你，我要回……"

"不用了，我已经叫老陈了，你走吧。"

此时，周扬的手机响了起来。

沈赫：你猜。

沈赫这句话后跟了个"抹泪"的表情。

楼梯处的灯光昏暗，男人低低嗤笑了一声。

回到家已经有点晚了，苏好洗漱完就躺下了，还没闭上眼，手机响了起来，她伸手拿过来一看，是沈赫的消息。

沈赫：好好，其实我早就猜到了，你还没对我动心呢。

第二天是周五，苏好忙得脚不沾地，好在不用加班，她准备下班买了菜回家做饭，而后收到了一条微信消息。

云绿：苏好，你在忙吗？

云绿：不好意思，是这样的，我今天生日，想请你过来玩，赏脸吗？

云绿是江郁的老婆，在酒庄的时候，苏好和她、孟莹互加了微信好友。苏好顿了一下，心想人家盛情邀请，不去也不太好。

苏好：好，你发个地址过来吧。

云绿：太好了，我们女人多点儿比较有气势。

看到这句话，苏好笑了起来。

不一会儿，云绿就发了地址过来。

她看了眼地址，回家换了一套衣服，刚下楼就接到了陆助理的电话。

陆助理："苏小姐，我来接你。"

苏好一愣。

陆助理解释道："这边不能停车，周总怕你找不到地方，让我来接。"

苏好只得快走两步，而后一眼就看到小区门口停着一辆银色轿车，她走上前去，手里还提着礼盒，里面装着从回江市带过来的刺绣。

陆助理给苏好开了车门，苏好坐进车里后，低声道："谢谢。"

"不客气。"陆助理关上门，绕去驾驶座开车。

第四章

难道我就不能喜欢你吗

车子很快抵达了云绿位于江边的复式公寓，陆助理带着苏好刷卡上了楼。

此时，苏好包里的手机响了起来。

李绣：苏好姐，你看看这个视频，周扬以往都是这么宠女朋友的。

这条消息下，李绣发了一个视频给她。

临江的公寓寸土寸金，简直可以媲美豪宅，一梯一户，电梯直达。电梯门一开，云绿穿着小裙子站在门口，一看到苏好，她立即上前："苏好，你来啦。"声音软软的。

苏好将礼盒递给她："一点小心意。"

"回江的刺绣啊，我很喜欢，很特别，谢谢。"说着，云绿拉起了苏好。云绿的手软软的，苏好的手纤细又光滑，只有拇指和食指中间有茧，是常年握刀导致的。

一楼亮着灯，但没人，隐约听到声音都来自二楼。

"我们上楼吧，他们都在呢，周扬也在。"云绿笑着对苏好眨眼。

苏好微微一笑，知道云绿只是想说她可以安心玩。

走上旋转的楼梯，楼上只有一个很大的娱乐室，云绿打开门，里面正放着音乐，酒香浓郁。

"当当当，你们看谁来了？"云绿还故意卖了个关子。

一群在沙发上聊天的人齐齐地看过来，人还是上次那群人，不过今晚没有孟莹和许殿，多了一个抽烟的女人和一个女演员，苏好一眼认出来女演员是李元儿，还多了一个男人，斯斯文文的样子。

云绿介绍："柳烟，李元儿，李尧。"

"你们好。"苏好和他们打招呼。

她眼角余光扫到周扬，他坐在茶几旁，手里拿着一根巧克力棒，回头看来，衬衫领口敞开，吊儿郎当与玩世不恭的模样尽显。这一眼，苏好恍惚见到了高二时的他，只不过这个人更成熟，满眼的风流气度。

苏好想起前段时间为何觉得周扬轻佻的态度熟悉了，大学时她追他的时候，他就是这副轻佻风流样，令人看不出端倪。

"走，苏好，跟我们坐一起。"云绿招呼苏好走到女人区。

苏好走过去，落座在云绿的身侧，旁边李易，对面是江郁，他们拿着牌对着苏好抬了抬下巴，算是打了招呼。

李易收回视线时看了一眼周扬，见江郁还推了一份水果到苏好跟前。说不上来是对她更热情还是只是顺手。

柳烟倒了一杯酒给苏好，酒液晶莹剔透，苏好的手刚伸过去，酒就被拿走了，周扬换了一杯哈密瓜汁到苏好的手上："喝这个。"

柳烟在一旁"啧"了声："周扬，你干什么？喝个酒都不行？你是她的谁？管得着吗？"

周扬站起来，长腿抵在茶几上，笑道："人是我带来的，我得负责。"

"啧。"柳烟吸了一口烟，懒得回应。

她看了眼苏好，苏好笑了笑，低声回她："我不能喝酒，但不代表我听他的，我只是怕醉。"

柳烟瞬间觉得眼前这个漂亮且温柔的女人情商很高。

她抬头看向周扬，有点儿挑衅的味道。

周扬扯过一张沙发椅坐下，目光放肆地扫过苏好，随后懒懒一笑，拿起一支烟，找柳烟借了火过来。娱乐室里的光线昏暗，男男女女低头说话，颇有些暧昧。

苏好没在这种环境里待过，她偶尔抬头，映入眼帘的就是周扬那张棱角分明的脸，他在这种环境里只是轻轻地咬着烟。

那位女星李元儿不知说了什么，周扬扬眉扫过去："怎么？还惦记我的领带？"他说得风流放肆，带着戏谑。

李元儿狠狠一记白眼丢过去，众人笑了起来，李元儿的耳朵也红了起来。

这时，一名保姆推门进来，送了盒饼干放在桌子上，看样子是周扬刚刚捏在手里的巧克力棒。保姆还放下了一个透明的小盒子，里面似乎还有字条。

保姆出去后，周扬把小盒子放在茶几中间，说："我们来玩一个游戏，每个人抽一张字条，数字对上的人得合作吃光一根巧克力棒。"他抽了一根巧克力棒举在手中。

"怎么吃啊？"李元儿问。

周扬似笑非笑地看了她一眼："你说怎么吃？你们说，怎么吃？"

"你直接说一人咬一头呗。"柳烟长腿交叠，说道，"居然玩这个，难怪许殿和孟莹不来，许殿会让孟莹跟你们一起咬吗？啧啧。"

江郁吐了一颗葡萄籽，说："你们觉得我会让我老婆跟你们玩吗？"

"你代替你老婆。"李易窝在沙发角落里，说道。

"哼。"

苏好心里犹疑，她没玩过这个，云绿拿了一张给苏好，苏好下意识地伸手接住了。

云绿低声跟苏好说："没关系的，玩玩而已，而且人那么多，也不一定轮到你。"

这倒是有道理，苏好看了一眼云绿，突然放开了，来都来了，扭扭捏捏才是最难受的，还不如大大方方地玩。

第一个数字是八。

柳烟中招，对上的是李尧，不等李尧反应，柳烟就拿起巧克力棒咬在嘴里，走过去直接让李尧咬。李尧咳了一声，被柳烟的霸气弄得有点被动，只得张嘴咬住另一头。

接着，一群人看着巧克力棒越来越短，直到剩下最后一口。

柳烟一口咬断，一把推开李尧，回身摊了摊手。

"哈哈哈，精彩！"周扬带头鼓掌，其他的人也跟着起哄，还有人推着李尧说，"怎么就让她抢先了？再来一轮，你也霸气地咬回去。"

下一轮又换了新字条，苏好随时准备着被抽到，没想到一直都没抽到她。

又过了两轮，苏好拿字条时出了点儿意外，字条多拿了一张。

她迟疑地看向周扬，周扬端起酒喝了一口，笑道："两张？"

"嗯。"

"拿着，万一中了呢。"周扬捏着自己的字条，神情有些放荡不羁。

"好吧。"

苏好坐在云绿旁边，位置挺偏的，沙发上坐得很满，她长腿并拢，安安静静地看别人闹，嘴角带着一丝笑意，偶尔探下头，及膝的裙子往上一缩，发丝垂落在膝盖上。

周扬"咔嚓"一声咬碎了薄荷糖。

他看着她手里的两张字条，喊了数字出来："六。"

一群人打开字条，苏好也低头打开，看到第一张是七，第二张赫然写着"6"。

即使有心理准备，苏好的心还是剧烈地跳了一下。她抬头看谁手里是六，可众人神色如常，没有骚动，苏好心想，或许得换一个号喊了。

这时，周扬解开字条，压在桌面上，勾唇道："是六吗？"

苏好愣了一下："嗯。"

她把字条放下，桌上两张字条对着，在昏暗的光线下，上面的数字"6"无比清晰。

男人拿了一根巧克力棒咬在嘴里，接着走过来，推开一旁的李尧，坐在苏好身侧。

他身上带着冷杉香，坐下后，他用膝盖抵着苏好，看着她，眼里的情绪浓重，深不见底。

苏好隐约听见了唏嘘声，察觉四周暧昧的目光，她顿了顿，在众人的目光下咬住了巧克力棒的另一头，然后就不动了。

周扬的鼻子很挺，他的嘴唇往前挪了一下。

苏好的嘴唇没有涂口红，却依然像蜜桃似的。

他又咬了两口，她还是没动。

周扬扯了扯她的手臂，苏好被动地往前挪了点，巧克力的味道在嘴里散开，她又咬住一截，两人的距离越来越近。苏好想起刚刚柳烟的爽快，干脆反客为主，加快了速度，一口咬掉一大半，嘴唇跟男人的薄唇轻擦而过。

忽听"咔嚓"一声，巧克力棒断掉了。

她松了口气，偏头三两下把巧克力棒吞下。

周扬眯着眼看她靠在沙发靠背上嚼饼干的样子，下一秒，他伸手拿走嘴里的半截巧克力棒，捧住她的脸蛋，低头堵住了她的嘴唇。

苏好愣住了。

下一秒，她开始挣扎。

男人的另外一只手卡住了她的腰，他的舌头不客气地抵了进去，与苏好的舌柔软交缠。

苏好推着他的胸膛，但每一个动作都只是让他更加得寸进尺。

光线很暗，周围有唏嘘声，周扬从没有哪一次像这样失去理智过，在接触到她的那一刻，他甚至都有些失去控制了，连她的挣扎都仿佛成了催化剂。

"周扬，你疯了！"江郁大叫起来。

不知过了多久，周扬的唇终于缓缓离开了苏好的唇，他抵住苏好的额头，看着神志也不清楚的苏好。此刻，她满眼水光，有些茫然，还有些女人味。他抬指擦掉她嘴角的口水，揉了一下她的红唇。苏好的神志渐渐回来，看见他眼底的笑意爬上来。

她伸手推开他，说："我去个洗手间。"

说完，她在众人目光的注视下抓起手机，走向了洗手间，她的脚步有些虚浮，但她还算理智。进了洗手间后，苏好弯腰洗了洗脸，冰凉的水让她完全清醒。

她撑着洗手台，看到镜子里的自己被他吻得满脸红晕，眉眼间满是媚意。

苏好转过身靠在洗手台上。

洗手间很大，跟外面暧昧又昏暗的环境不同，她暂时不太想出去，于是拿起手机看了一眼，发现李绣发来了两条微信消息。

看到“周扬以前都是这么宠女朋友的”这行字，她愣了一下。

往下是视频，封面模糊，只隐约可见涂着指甲油的手抓着男人的领带。视频点开，女人满脸娇俏，嘟着嘴，嚣张地扯男人的领带，质问道：“周扬，你不老实，你怎么不带我一起出差？你是不是有别的女人了？”

男人只能隐约看到一张侧脸，他伸手挡了一下视频，语气带笑：“带你出差能干吗？”

“我不管，你出差那么久也不联系我，那你今晚得请我看电影。”

“好啊，除了看电影，你还想干什么？”

镜头一转，对准了男人的脸，又俊又风流，眼里含笑地扫了一眼视频镜头，接着将手机往下压：“你得改改你这个经常拍视频的毛病。”

他语气轻佻，又有些漫不经心。

“好嘛，你老是不见人，我还不能拍拍视频留念啊？”女人撒娇道。她看上去一点都不怕他，实际上却已经把手机悄悄地挪开了，不敢再对着他拍了。

周扬嗤笑了一声，紧接着视频被关掉了，视频关闭前，熟悉的腕表一闪而过，页面一黑，手机屏幕上映出了苏好的脸。

从刚刚的视频看来，周扬确实一直喜欢这种类型的女人，从两个人的互动来看，明显是女生对周扬的喜欢多一些，周扬仍是一副高高在上的样子，眼眸里带着“我勾勾手指，你就会上钩”的自负感。

苏好偏头看了眼一旁的全身镜，脸上的红晕已经褪去，她冷静了下来。

刚刚周扬吻她后的笑意，不是恰好证明了他只是在朝她勾手指吗？

苏好眯了眯眼，站直身子。她转身又洗了一把脸，揉到嘴角时稍微用了点儿力，男人咬破了她的嘴角，有点儿疼。

苏好松手，不再折磨自己，转身离开了。

刚走到门边，她听到了外面有说话声。

“周扬，苏好就是那个回江市追你的女生！”

“你当初还冷眼看着她追你，你连好感都没有，怎么，现在却上了心？”

“我看你迟早翻车。”

是两个男人的声音，一个应该是江郁，另一个是李易，翻车的话是李易说的。

周扬掐灭了烟，语气中带着无奈："唉，你们……"翻什么旧账。

话没说完，洗手间的门一把被拉开，三个男人齐刷刷地看去，苏好正站在门口。

周扬下意识地站直了身子，那一瞬间，他的脸上闪过一丝慌乱。

苏好轻飘飘地扫了他一眼，神情很平静，没有任何起伏，她走到茶几旁端起果汁喝了一口，果汁沾在嘴角，苏好用手抹了一下。

她本以为周扬只是不喜欢她这个类型，没想到他对她连好感都没有。那么刚刚他吻她，确实只是在等她上钩吧。

男人一把握住苏好的手腕，身子贴紧了她，低声道："出来，我跟你谈谈。"

苏好转头，扫了眼他的手，眼里却无端有些许凉意。不知为何，周扬被她这一眼看得浑身动弹不得，苏好用果汁杯敲了敲他的手指："松开。"

周扬猛地捏紧了，他下颌绷紧，脸上没有了之前的风流肆意。

一群人不知道发生了什么，江郁和李易靠在酒柜上看好戏。

苏好往后退了一步，抵在周扬的胸膛上。

周扬喉结滚动，低头想说话，苏好又出声了："你松不松手，周扬？"

温柔的女人一旦带了刺，就是绵里藏针。

她语气温柔平和，但那声周扬喊得令人心中生寒。

周扬下意识地松了手。

苏好退出他的怀抱，上前一步，对云绿说："我看了时间，有点晚了，我得回家了，祝你生日快乐。"

云绿呆呆地点头："好，我叫司机送你。"

"不用，我打车回去。"苏好摸了摸云绿的肩膀，云绿起身送苏好。

于是，众人看着云绿挽着苏好的手臂走向门口。

周扬像一尊雕像一样愣在原地。几秒后，周扬转身跟着下楼，看着苏好上了出租车，他拿起电话，拨通了曾总的号码。

曾总刚躺下，接到电话有点疑惑："周总？"

"明天记得找苏好谈话，给她加工资，不能让她离职。"

"怎么了？"

"听见了吗？"黄色的士开走了，周扬招来了司机，让他开车过来。

曾总哪儿还敢再多问，立马回道："好的，那么，加多少合适？工资总不能高过其他几个人吧？”

“这还要问我吗？我要你留下她，不能让她离职，你只要办到就行了。”他语气严肃。

曾总不再多问，心想，周总到底要干什么？

黑色保时捷抵达，周扬上了车，对司机说：“跟上前面的出租车。”

有了许殿的先例，他绝不能再让那种事情发生。此时，他自己都没意识到，他把苏好放在了与孟莹一样的位置上。

“好的。”司机启动车子跟了上去。

苏好在车里有些昏昏欲睡，一路打着哈欠。车子抵达小区门口，苏好下车后到便利店里买了桶泡面，出来后就看到门口那辆熟悉的保时捷的车窗缓缓摇下。

苏好对上周扬的眼眸，撇了撇嘴，转身上了楼。

进屋后，她烧了水煮泡面，为了好吃，还放了些生菜叶。

她拿起手机给周扬发消息。

苏好：你跟来干吗？怕我跑了？

苏好：滚。

苏好：我不伤心，只是看清你了。

周扬：……

苏好没再搭理他，点进了与李绣的对话框。

苏好：周扬在我家楼下，你来带走他。

李绣：你什么意思？

苏好没再回复她，吃完泡面，扔了泡面桶，她起身拿睡衣去洗了澡，洗漱完，她回到房间躺下了，几秒后，她又起身点开了相册。

这些照片里没有周扬，只有她和廖云，但夹杂了关于周扬的记忆，苏好想了想，最终没有删掉。

删掉干吗？

删掉代表在乎。

她重新躺下，很快进入了梦乡。

华晖小区门口不能停车，但是附近有个超市买了两个车位，其中一个车位现在停着车，另一个空着的车位让保时捷霸占了。

夜风徐徐，周扬靠在车门上，有些放荡不羁，如果忽略掉他一直盯着小区里第一栋三楼窗户处的行为，他和以往其实没什么不一样。

他想到的话全让苏好说了。

现在，他正看着她发来的消息。

这女人还有这一面？说话直奔主题，什么都猜中了。

眼看着苏好主卧室的灯关了，周扬回身一把拉开车门，然而，一辆火红色的跑车突然开了过来，停在了周扬面前。接着，李绣从车里下来，难以置信地看着眼前的男人，喊道：“周扬！你真的在这里？你在这里干吗？”

周扬皱眉道：“你怎么知道我在这里？”

“苏好姐说的，她……住在这里？”

“苏好说的？她让你来的？”

“是啊。”

男人扫了眼三楼主卧室的窗户，随后收回视线，上车后一把关上了车门。

李绣的心里突然有了一种不祥的预感，她立马上前扒住了车窗，盯着周扬问道：“你来干吗？”

周扬靠着椅背偏头看她，几秒后，男人懒懒一笑：“来找人睡觉。”

“找谁？”李绣感觉心口被刺了一下，问，“找苏好吗？”

周扬的手肘支了过来，李绣呼吸一滞，他却用另一只手拨开她的手，说：“就这样吧，我拒绝你了，你管得太多了。”

说完，李绣的手垂了下去。

她踩着高跟鞋往后退，满眼的难以置信。

她本以为自己再坚持一段时间就可以了，谁知道……

保时捷的车窗被缓缓摇上去，男人的眉宇间依旧带着风流笑意，仿佛能看到皮囊之下那薄情的性子。以前她还没追他的时候，就知道周扬有很多底线。他没有真正看得上的女人，女人可以作，但是不能太作，也不能管他，管得太多就会触及他的底线。如果有女人愿意给他自由，他就享受自由。

圈里的人都知道，他适合谈恋爱，但不适合结婚。但真正和他谈起恋爱，又会忍不住想要在他那里得到多一点的特别对待。

黎城四大家族里的周公子，本来就是很多人追逐的目标。

在原地站了一会儿，李绣转过头看了眼破旧的华晖小区，像有感知般地将视线落在三楼苏好主卧室的窗户处。

这个点儿路上依然车水马龙，周扬靠在椅背上闭目养神，嘴角处似乎还能感受到柔软，他扯了扯领口，烦躁地睁开眼拨打了曾总的电话。

曾总已经睡着了，此刻迷迷糊糊地接起电话。

男人低沉的嗓音传来：“明早记得找她谈。”

曾总半天才反应过来：“好的，周总，要不我现在找她谈。”

“不行，她在睡觉。”

“好的，周总，我等她睡醒。”

周扬点燃了一支烟，道：“嗯。”他没抽，只是闻。

“周总，我能睡了吗？”

“睡吧。”

曾总迫不及待地挂了电话。

周扬放下手机，手机却响了起来。

群里的消息一片混乱。

李易：追上去了？

江郁：让你不干人事。

许殿：没想到有一天，你周扬也会去追一个女人。

李易：他不单追上去了，还偷偷摸摸跟在人家车后面。

许殿：哦？哈哈哈……

他退出微信，没有回复。

他知道，只要他回了，这群人会笑得更厉害。

这周的周六还得加半天班，苏好一早起来做了早餐，刷牙的时候碰到了嘴角处的伤口，疼得她一个激灵，凑近一看才发现破了皮，于是，她只好等粥放凉了才吃。

苏好提着小包下楼，刚准备过马路，就被一辆银色轿车挡住了。

车窗缓缓降下来，陆助理在车里微微一笑：“早上好，苏小姐。我正要去公司，顺路带你一起？”

苏好看着陆助理，风将她的裙子吹得乱飘，她微微一笑，没有说话。

陆助理的笑容渐渐僵硬，咳了一下，强调道：“苏小姐，我是真的顺路，非常顺路，我不是周总叫来的。”说完，他恨不得拍自己一巴掌。

真是此地无银三百两！

苏好弯腰道：“慢走。”说完，她转身走向地下通道。

人潮汹涌，苏好纤瘦的身影很快就没入了人群。

陆助理看着外视镜，几秒后狠狠地拍了一下喇叭，忍不住骂了一句。

他拿起手机，发了一条语音消息：“周总，失败了，苏小姐油盐不进。”

不一会儿，那边男人低沉的嗓音传来：“你暴露了？”

陆助理：“苏小姐又不是傻子，下……下回还是周总您自己来吧。”

周扬冷笑一声：“我要是能自己去，还用得上你？”

陆助理心想，你到底是做了什么十恶不赦的事情？还有，你为什么要对苏小姐下手？！

今天来加班的人不多，财务部的人都到了，刚整完海市的账，总部的账也要处理，接下来还要去京都和东市拿账，为了不乱，基本都是一家公司一家公司地处理。

交完账，苏好准备离开时，曾总喊住了她。

苏好愣了一下，返身回去。曾总理了理衬衫领结，本来还在想苏好是周总的心腹还是心肝，这下突然有了答案。

“坐，我们谈谈。”

上次曾总发了火，苏好至今还心有余悸，于是她的神情下意识地严肃起来。

曾总拿出一份合同递给苏好：“你之前是实习员工，现在转正了。”

“这么快？”苏好顿了一下，看了眼合同。

“是的，海市的账你做得很好，必须转正。”曾总一本正经地胡说八道，但又有一定的道理，苏好比起陈玉确实细心很多，而且从不偷懒。

“这……”

“签字吧，薪资待遇都在这儿了。”曾总拿起笔递给苏好。

苏好接过来，看到她的工资涨了一倍，和陈玉的待遇差不多了，还有五险一金、住房补贴及餐补，甚至多了项加班费，待遇确实好了很多。

曾总立即道：“你这样的员工太难得了。”

老板未来的女朋友啊，太难得了，得先夸夸。

苏好笑了笑，有些念头一闪而过，但她懒得再纠结，直接签下了名字。接着她又一看，合同是两年期的，这两年里她不能跳槽，否则季度奖金要还给公司，这就有点霸王条款的意思了。

她正想问，曾总又道：“这条是震慑你们的，难道你真有跳槽的意思？”

“那倒没有。”才两年而已，再说她不想随便跳槽，也跳不起，她需要安稳。

苏好合上笔帽，将合同推回给曾总。曾总接过，站起身朝她伸手，两个人双手交握。

“多多指教。”

“多多指教，曾总。”

“怎么一大早就在握手呢？”周扬低沉的嗓音传来。

曾总猛地收回手，苏好转头，见周扬靠在门上，抱着手臂朝这儿看。

苏好转过头，抓住曾总的手，上下摇晃，语气温柔地道：“曾总，谢谢。”

曾总一脸的惊恐表情。

苏好真诚地谢完曾总，这才转身离开。她从周扬的身侧擦肩而过，周扬眼神阴沉，几秒后，他终于笑起来，低声问：“嘴角疼吗？”

苏好连眼神都没给他，直接走出办公室。

回到财务室，苏好坐下后继续忙工作。快下班时，采购部那边的数据出了问题，一群人下午还要接着加班，结果数据越对越乱，曾总这边突然通知要开会，采购部和财务部本来就忙得不可开交，现在一群人在那儿嘀嘀咕咕。

陈玉和陆米米一个劲儿地吐槽，苏好拿着本子跟在她们身后。几人来到会议室后，陈玉和陆米米的嘀咕声突然停了，苏好一抬头，看到周扬坐在椅子上，单手拿着手机。陈玉和陆米米立马开始整理衣服和头发，连带着采购部的女生也都鸦雀无声了，几人彼此对视，悄悄红了脸，连走路的脚步声都小了很多。

一群人拿着记事本走过去，挨着坐下。

苏好坐在最后，她目不斜视地从周扬身边走了过去，男人还是抬头扫了她一眼，指了指曾总。

曾总突然喊住了她们，说：“过来，财务部坐前面，采购部坐后面，理账这种事情还是让财务部来。”

采购部的人都愣住了，紧接着嘀嘀咕咕地走到了后面。

陈玉和陆米米立即眉眼舒展，赶紧落了座，苏好坐在了陈玉后面。

周扬拿起手机，将位置让给了曾总和采购部的总监，而后坐到了后面。他懒懒地靠在椅背上，继续玩着手机，眉眼不抬，只对曾总说：“你们开始吧，不用管我。”

曾总应了一声，翻着账本开始整理数据，苏好也翻看起自己负责的部分。

对面的男人玩累了，抬起眼眸看着她。

苏好今天穿着裙子，领口敞得不大，可胸前两团若隐若现，十分勾人。

几秒后，苏好的手机响了一下。

周扬：领口。

苏好愣了一下，她低头看了一眼，下一秒就面无表情地将领口往上拉了拉。

周扬：又滑下来了。

她不搭理他了，将手机翻面盖在桌上。

这时，曾总喊了苏好一声，苏好赶紧起身把手里的数据表递给他，几个人开始探讨，最后还差点吵起来。几个人说完，脸色都不太好，苏好心想，采购部怎么连这点数据都算不好？她只得重新算一遍，确认没错，她也就不再出声了。

慢慢地，采购部的人终于知道问题出在哪儿了，心虚了起来。

苏好把自己做的数据表递给曾总，由曾总去说，一群人看着苏好，心服口服的。

陈玉和陆米米看苏好当着周扬的面抢了功劳，脸色都不太好。会议结束后，两人拿着账本要走，就听曾总喊了句："苏好，你留下，我再跟你讨论一下这个数据。"两个人更是愤愤不平，踩着高跟鞋走了。

苏好只得又坐下了。

曾总拿过另外一本账本，放在苏好的面前："你把这个纠正过来。"

苏好点点头，拿起笔。

这时，一个男人从身后低下身来，苏好的手腕被他握住，周扬嗓音低沉，道："你拿笔的姿势，手腕有点向外。"

他的领口散发着冷杉的香味，还有一股淡淡的烟味，语气里带着笑意。

苏好猛地握紧笔，咬咬牙问："周总想干吗？"

"没想干吗，想问问你喜欢吃什么地方的菜。"他俯身在她的耳边，她身上传来的香味和她舌尖上的一样，周扬决心要把她弄到手。

"哦，除此之外，周总还想干吗？"苏好挺镇定的，脑海里全是男人从前的冷眼。

周扬低声道："你喜欢我，难道我就不能喜欢你吗？"

"能啊，可我八百年前就不喜欢你了。你觉得你勾勾手指头我就会上钩吗？你还没睡醒吧？"苏好的话一句比一句扎心。

对面的曾总难以置信。

"滚。"苏好嗓音温柔，轻声道。

周扬握着她手腕的手一紧。

"出去。"

曾总听到周扬的话，立马抄起账本起身出去了。

说实话，他来沸节这么久，还是第一次看到周扬这么狼狈。

会议室里只剩下两个人，中央空调里吹出的风撩乱了苏好的发丝。

周扬将她转了个身，理了理衬衫袖子，在她面前的椅子上坐下，扬眉看着她。

“我们聊聊。”他的眉宇间还带着少许的狼狈。

苏好让他滚，他没滚，还要留下来。

他的下颌紧绷着，肌肉有些发硬。

苏好的语气毫无波澜：“聊什么？聊你见色起意？聊你明明不喜欢我这种类型，还非要动我？我跟你说，我这个人玩不起，我谈恋爱都是奔着结婚去的，绑定一个男人就管定一个男人。你敢吗？”

苏好将垂落的发丝往后拨了一些，没给周扬开口的机会，一番话将周扬砸愣住了。周扬下意识地扯了扯领口，眼眸微微眯起。

苏好步步紧逼，又问道：“你敢吗？”

“你观察得挺细致入微的。”许久，周扬才出声。

苏好微微一笑：“我没别的本事，也只能观察观察了。”

“是，你挺让我刮目相看的。”周扬面上的狼狈褪去后，他勾着唇将身子往前倾，离得近了，他抓着苏好椅子的扶手，将椅子往前拉，苏好跟着椅子往他那儿滑去，差点撞上他的唇。

周扬抵着她的额头，不怀好意道：“你不让我试试，怎么知道我不敢？有本事呛我，怎么没本事跟我在一起？”

他摸了摸苏好的耳朵，将她耳前的发丝往后撩。

苏好瑟缩了一下，看着他，咬了咬牙。

两人的鼻子抵在一起，他鼻子很挺，眼眸深邃，仿佛要将人吸进去。

见她瑟缩，周扬轻轻一笑，偏头问：“不试试？”

他看着她耳朵处的肌肤红了起来。皮肤白就有这个好处，真实情绪都会在皮肤上暴露出来。

周扬的身体往前倾，准备吻住那块地方。这时，苏好轻轻推开他的脸，凑在他耳边说：“你敢明天去领证吗？”

周扬一顿，动作停了。

苏好笑了笑，一把推开他，拉着椅子后退了几步，将账本抱在怀里，拿起笔转身就走，徒留周扬坐在椅子上。周扬明知道她可能是在开玩笑，还是愣住了。

几秒后，他骂了句脏话，踹了一脚椅子，椅子往后滑动，撞到另外一把椅子才停下来。

明知道找苏好就是这样的结果，他这是在干什么？

会议室里安静了一会儿，男人从椅子上起身，回办公室拿了外套和车钥匙。

手机就在此时响了起来，他摸出一看，是李绣打来的电话。

他顿了顿，下意识地想按红色键，几秒后手又移到了绿色键，按了下去。

"什么……"他一句话没问出口，就陡然停住。

他抬头看到财务室里低着头的女人，阳光从窗户透进来，斜斜地打在苏好身上，一头黑发披散下来，皮肤白皙，长腿笔直，腰很细，看起来十分柔软。

周扬看了看，随后没有再吭声。

李绣一个儿劲地说："周扬，我过几天就过生日了，你……你就算拒绝我，也来陪我过一下生日嘛……最后一次，行不行？"

"不行。"男人说完，挂了电话。

这时，财务室里的女人略微侧身，即将抬头。

周扬下意识地加快脚步，离开了财务室门口。

苏好被数据弄得头晕，隐约听到门口有声音，一抬头，却只看到在阳光里跳动的微尘。

回到办公室后，陈玉、陆米米和张娴已经走了，留了桌子上的数据给她，一共二十份。她看了眼时间，估计得忙到七八点。

苏好坐下来把票据归类，做完后，整个楼层都已经没人了，静悄悄的，苏好放了音乐，边听歌边算账。

天色渐晚，一辆黑色的保时捷停靠在楼下，车里烟雾缭绕，周扬点进监控视频，财务室的窗帘已经拉上，开了灯，光打在女人的头顶，她将头发扎了起来。

周扬看了眼时间，快六点了，她还没下班。

他咬着烟拉大了监控画面，接着拿起手机，在外卖软件上点了一份餐。

来黎城这么久，苏好没叫过外卖，她点开手机看了半天也不知道吃什么，正想回家吃，就接到了一个电话："你好，你的外卖到了，是送上楼还是你下来拿？"

苏好一愣："我没叫外卖。"

"是一位先生给你点的。"

先生？是谁？苏好想了一下，几秒后心里大概有数了。

她说："我要是不拿呢？"

“那我就帮你吃了吧。”

“哦，那你吃吧，辛苦了。”

“啊？”

说完，苏好挂了电话。

她冰箱里还有菜，回去煮个面条，煎个鸡蛋，正好。她喝了一口水，放下水杯后听到手机响了，是廖云给她发了微信消息。

加班的沉闷气氛被一扫而空，苏好拿起手机一看，廖云又发来了很多旧照片。

苏好和廖云从小一起长大，两人成绩不相上下，家庭环境也差不多，关系一直很好，后来还一起上了回江大学，她和廖云都是吊车尾进去的，两个人都选了财务管理专业。

廖云见证了她追求周扬的那段日子。

苏好厨艺好，总是一大早起来给周扬做吃的，还偷偷地在便当盒里放情书。面上虽然不显，她心里却紧张得要命，可周扬每次都仿佛没看到过情书一样，他总是吊儿郎当地带着她们去钓鱼和网吧。他玩游戏很厉害，一堆女孩子坐在他身边，苏好不敢去争那个位置，就站在他身后。她经常出去给他买水喝，他也都接，不过之后苏茜姨又会把水钱塞回给她的妈妈。

有一次，看完电视剧，苏好一冲动，跑出去一把抓住周扬的领口，要去扯他的纽扣。

周扬一把抓住她的手腕将她拉开，似笑非笑地问：“干什么？想非礼我？”

说完，他后退了几步。

从那以后，所有人都知道苏好喜欢周扬，她在追他。苏好后来给他折过风铃，折过玫瑰。她觉得亲手做的才是最有心意的，她甚至还学会了织毛衣，给他织了一件。

那时，他正要离开回江市，接过毛衣后，他顺手就放在了一边，没有带走。

苏好看到时有些崩溃，后来打电话给他，说：“我要结婚了，你……你不难过吗？”

周扬回了她一句：“恭喜，好好生活。”

也是那个时候，她终于下定决心，好好听父母的话，不再去想别的。她除了难过周扬不肯接受她，其实也没什么别的情绪，她认为她努力争取过了，只是她和周扬终究不是一个世界的人而已。

再后来，她知道周扬不喜欢她这种类型的，就更明白了他为什么会拒绝她。

但对她来说，追他的那段日子是弥足珍贵的。

此刻，她又想起江郁和李易的对话——没想到他当年是冷眼看她的。

苏好翻完了照片。

廖云发来的都是她追周扬那年的照片，照片上的她傻傻的，但很开心。

可惜，那个时候苏好不知道他心里在想什么，要是她知道，恐怕就笑不出来。

楼下的保时捷内，周扬玩着打火机，眼看着外卖小哥提着外卖跑上台阶，边跑边打电话，进去后不到几分钟又跑了出来。

出来后，小哥坐在台阶上，双手拆开那份外卖，低头吃了起来。

周扬推开车门走过去，脚踩在台阶上，居高临下地看着外卖小哥。

“你在干什么？”男人嗓音低沉。

外卖小哥手一抖，正准备喂进嘴的豆腐就给吓掉了。

他抬起头，只见男人气势逼人，眼神落在他怀里的饭盒上，有些阴沉。

外卖小哥迟疑了一下，说：“吃……东西。”

“吃谁的？”

外卖小哥咽了一下口水，结结巴巴说：“楼上的客人的，她说不吃，送……送我了。”

说到这里，他反而有了底气。

周扬抬起眼眸看了眼敞亮的大堂，下一秒，他收回腿，揉了一下嘴角，转身走回车旁，一把拉开车门，给苏好打了电话。

电话响了好一会儿，那头的女人才接起，嗓音低沉又柔软：“喂？”

“你吃饭了吗？”

“没。”

“那送过去的外卖你怎么不吃？”

苏好这才反应过来，她叹了一口气：“不饿。”

“你是想要我喂你吧？”周扬的语气又轻佻起来。

苏好皱了一下眉：“还有事儿吗？没事我就挂了。”

说完，她直接就挂了电话。

周扬捏着手机，看了眼黑掉的屏幕。

他从来没踢到过这样的铁板。

周扬一把拉开车门，随后又关上。他扯了一下领口，拿车钥匙锁了车后直接上楼。电梯抵达财务室的楼层，而后，他直接进了财务室，拉过椅子坐在苏好的身侧，长腿搭在她的桌角上，手插在口袋里，懒懒地看着她。

苏好轻轻地扫了他一眼，挪回了视线，把最后一份数据插进去，算了个总数填上，接着合上了账本。她站起身，将手机放进小包里，接着起身去关灯，神情平静，但那拒人于千里之外的气场十分明显，和之前温柔的苏好相比，简直天差地别。

周扬在原地坐了一会儿，直到头顶的灯灭了，才起身跟在她身后。

苏好低头掏着钥匙，走廊上的灯却突然灭了，她愣了一下，一片漆黑中，她只看到了电梯按键亮着的灯，于是便走快了一些。

周扬的声音响起来："怎么了？怕了？"

苏好没应声。

她的手臂被人从身后抓住了，接着，男人贴了过来，声音再次响起："求我，我带你下楼。"

几秒后，周扬垂眸，在黑暗中，他隐约看到她一手抓着裙子，一秒后，男人的手顺着往下，一把握住了她的手。

苏好捏紧了他。

周扬挑眉道："怕黑？"

苏好的膝盖有些软。

"难怪在酒店睡觉的时候开了两个床头灯。"他说话时，呼吸微微喷在她的脖颈处，温热的温度和他身上的香味将苏好整个人包裹住。

这一刻，身处黑漆漆的走廊里，苏好越害怕，语气反而越是平静："你只能这样逼我就范？周扬，你也就这个水平？"

男人低笑了起来，呼吸又近了些："不，我还有别的，你在这儿多待两秒，会不会求我抱你？"

苏好用另外一只手去摸手机，周扬却一把将她的手压住，将她搂得更紧了，他低声道："以后我们做那种事，是不是也得开着灯做？"

苏好咬着牙道："你想得倒挺远的。"

周扬抓着她的两只手从身后靠近，呼吸间全是她身上的香味。

黑暗让苏好不敢动弹。周扬的话没错，她怕黑，但是其实只是在陌生的环境里她才会怕。

下一秒，周扬的手背上有水珠滴落。

周扬愣了一下，接着，他捏住苏好的下巴，将她的脸转了过来。

黑暗中，女人满眼的泪水正往外涌，泪顺着她的脸颊滑落，有些没入了衣领里，有些滴落在他的手臂上，无声的哭泣惹人心疼。

周扬心头直跳，他立马开了走廊灯。

“别哭。”周扬伸手想抚摸苏好的脸，苏好却偏过了头，将脸埋在她的手臂里。

周扬不得已，转身去拿纸巾，刚拿到纸巾，一抬头，苏好已经走进电梯。她安静地看了他一眼，随后关了电梯门。

看他的那一眼，苏好眼里还有泪水，却不像真害怕的样子。

周扬皱了皱眉，几秒后，他回过神来，放下纸巾盒，被苏好气笑了。

敢情刚刚她是在演戏？

从另外一台电梯下来后，周扬进了车里，他点燃了烟，靠在车窗旁抽。说实话，他不喜欢苏好这种哭法，不说话，也不解释，他哪有耐心去猜？

可是，偏偏他的脑海中全是刚刚她把头埋在他手臂里的画面。

回到家，苏好脸上的泪水早干了。

刚刚在公司，她一时想不到办法脱离那个境地，最后只能使出了这招。

周扬不会喜欢这种哭法。

按李绣的性子，哭起来肯定是使劲闹的，然后，周扬得抱着她哄。苏好一边煮面，一边想。

她也不认为自己会和周扬在一起。早些年，他们俩没有成，现在也不会成，这个人不会为她停留，而她是奔着结婚去的，她就是这个性子，哭起来随时要冷战。

周扬会低头？别开玩笑了。

与其飞蛾扑火，不如干脆求稳。她也没心思去为过去的喜欢买单，所以必须在他面前表现出让他讨厌的样子。

这人迟早得放弃，还是当朋友比较好。

只是，他当初冷眼看待她的感情，实在是令人生气。

面很快煮好了，苏好煎了个鸡蛋，味道很香，她端着面走到沙发边，低头吃了起来。随后，她的手机响了起来，是沈赫发来的消息。

沈赫：好好，有时间和我视频吗？

苏好：有，我还在吃饭。

沈赫：这么晚？让我看看你都吃了什么。

接着，视频电话就打了过来，苏好赶紧按了接通，她把摄像头对准了面，沈赫立即“哇”了一声：“看起来就很好吃。”

“就是面和煎蛋，还放了点儿青菜。”苏好拿起手机，将摄像头对准自己。

她的头发有些乱，素颜朝天，肌肤白皙，毛孔细得看不见。

沈赫说："你把手机拿远一点，让我看看你的全貌。"

苏好听话地将手机拿远，这才看了屏幕里的沈赫一眼。

他穿着西装，打着领带，看起来似乎是刚参加完宴会。

沈赫抓了一下头发，笑着问："帅吗？"

"挺帅的。"苏好夸了一声。

沈赫笑得更开心了，又问："你怎么这么晚才吃饭？"

"在加班。"

"今天周六呢，怎么还加班？"

"忙呀。"

"周扬哥太剥削人了，记得叫他给你加工资。"

苏好笑了笑，点头道："好。"

她心说，加了工资的，待遇提高了一倍。

苏好想到薪资，觉得等一下得给母亲打个电话。

"你去参加宴会了？"

"是啊，刚回来，太吵了。"沈赫抓了抓头发，他探头看了一眼楼下，随后转过头来，笑着道，"我姐今晚跟我姐夫吵架，我姐夫都快哭了。"

"啊？为什么吵架？"

"不知道，他们现在还在楼下吵呢，我姐夫吵不过我姐。"沈赫一脸幸灾乐祸的表情。

苏好跟着笑了一下："你姐挺厉害的。"

"那是。"

两人又聊了一会儿才挂了视频电话。

苏好把剩下的面全吃了，吃完后，她看了一眼时间，又打了母亲的电话。电话很快接通了，那边却一个劲儿地咳嗽，苏好愣了一下，问道："吃药了没？"

"吃了吃了，我是被口水呛到了。"成玲道。

苏好不信，她说："你明天如果还咳，记得去梁医生那儿。"

"知道啦。"

"另外还有件事，我转正了。"苏好笑着把这话说了出来。

"这么快就转正了？肯定是你工作努力，人家才会给你转正，你说，你当初要是早点儿工作多好。"

苏好笑了笑：“现在也不迟。”

“是啊，现在也不迟。”成玲又咳了一下，苏好立马让她去休息了。

成玲嘀嘀咕咕地挂了电话后，苏好在沙发上坐了一会儿，随后去洗了碗，把厨房简单打扫了一下，最后拿了睡衣去洗澡。

都忙完后，苏好靠在沙发上拿起手机，才发现微信里有两条信息，都是周扬发来的。

周扬：吃了没？

周扬：嗯？在干吗？

这已经是一个小时前的消息了，她没回周扬，只是点进朋友圈随意刷了刷，而后就刷到了李绣的朋友圈——她一连发了三条动态。

一条是她跳舞的视频。

一条是她和小姐妹喝奶茶的照片，她笑得灿烂，戴了一条很漂亮的手链。

最后一条是她和一位女生的合影，两人都化了浓妆，旁边的女生看着很眼熟，苏好才反应过来，这个人就是李绣昨天发的视频里的女生，应该也算是周扬的前女友？

李绣的生活多姿多彩，而且看起来很精致，再想想她的生活，柴米油盐酱醋茶，兢兢业业上着班。

苏好顺手给她的三条动态点了赞。

周扬系着黑色浴袍从浴室出来，拿起手机一看，苏好还没回他的消息。他眯了眯眼，手一滑，点进了她的朋友圈，她只转发过一条“谁是家庭里的主导”的文章。

周扬退出她的朋友圈后，就看到李绣的三条朋友圈都被苏好点了赞，最后一条里有个人看起来很眼熟。他看了一眼，最终也没认出来。

周扬返回到聊天列表一看，苏好依然没回他。

周扬想了一下，发了一条消息给沈赫。

周扬：你今晚和苏好联系了吗？

沈赫：视频了，有半个小时吧！她在吃面。你得给她加工资啊，她加班到那么晚，很辛苦的……

周扬：闭嘴。

他用力地将手机扔到了床上。

第五章

你报警试试

忙了一天，苏好一沾床就睡过去了，本想好好睡个懒觉，结果第二天一大早却接到了张娴的电话，喊她去公司一趟。

苏好迷迷糊糊地坐起来，问道："张娴姐，发生什么事了？"

"等下你过来就知道了。"张娴语气还是像之前一样严肃，听不出情绪，苏好只得答应了。

说实话，昨天她一个人忙到那么晚，确实有点累，也有点抱怨，但最后的数据是她算出来的，由她整理，让她过去也没什么不妥。

苏好在床边坐了一会儿，心绪定了下才下床，她本来还打算做小笼包，现在也没时间了。

苏好洗漱完，匆匆地吃了点面包，提着小包就赶去了公司。

昨天还有些人，今天周日，公司里更清静了，只有保洁员在大堂里打扫卫生。苏好进了电梯，直达十六楼。

十六楼很安静，只有财务室的门开着，百叶窗也开着，苏好一眼就看到财务室里有人。

陈玉站在保险柜前，低着头没说话，张娴抱着手臂站在一旁，陆米米转着椅子，一副事不关己的样子。

苏好一进去，张娴就指了指她，说："过来。"

钱盒里的现金被翻了出来，周五拿出去了一部分，现在里面剩下的钱不到六万块。

张娴点着钱说："少了六张。"接着，她看向陈玉。

陈玉低着头，喃喃地说："我没动，最后一次动还是周五下班前，我想着周一就来把它们存了。"

苏好皱了皱眉，心里有种不祥的预感。

陆米米放下指甲剪，站起身来问："苏好，你昨天没有动吗？"

果然，这是冲着她来了。

除了陈玉，张娴和陆米米都直直地看着苏好。她们知道，苏好昨天下班前肯定要把钱放进保险柜里，她是最后一个动保险柜的人，还是在没有外人的情况下。

苏好扫了一眼钱，说："我没动。"

"你说没动就没动啊？"陆米米立马反问。

苏好沉默了。

张娴敲了敲桌子：“既然如此，这个损失由你们两人承担。”

苏好皱眉道：“我不同意。”

“你既然做了这份工作，就要承担责任。”张娴盯着苏好，语气毫不客气。

陈玉承认自己错了，也愿意承担，这两天，采购部花钱的地方多，加上报销用了一些现金，进进出出的，难免会出错。她们没想到苏好反而不同意。

陆米米挑眉：“你不同意还有什么办法？你能找回那六百块钱吗？”

账本昨天精细地对过了，钱也都对了，怎么找？苏好嗓子里堵着一口气，她一抬头，扫到了一旁的监控，说：“看监控。”

“看了监控就能证明你昨天没碰保险柜了？你周五不是跟陈玉一起理账的吗？”陆米米咄咄逼人。

张娴没呵斥陆米米，因为陆米米说的话在某种程度上是对的，这笔钱一共也才六百，两个人分担一下也没多少，看监控只会惊动上面的人。

苏好一个劲儿摇头：“看监控，我没做错的事情我不承担。”

“苏好！”张娴觉着她有点冥顽不灵。

陆米米“呵”了一声：“赔不起钱就直说嘛，我帮你出好了。”

“我不是赔不起。”苏好拿起手机翻找曾总的电话，而后，她看向张娴，“张娴姐，是我打还是你打？”

张娴沉默地看着她，几秒后，她转身去拿手机。

张娴最后看苏好的眼神不太友好。

五分钟后，张娴挂了电话，说：“曾总等一下过来开权限。”

公司的监控只有曾总以上职位的领导才有权打开。

苏好松了一口气，她靠在桌子上，低头看流水账本。如果看监控找不到任何痕迹，难道这笔钱真是在交易的时候多给出去的吗？

二十分钟后，办公室里的人听到了走廊里传来的脚步声，四人齐齐抬头，只见男人嘴里叼着烟，走了进来。他轻描淡写地扫了她们几眼，目光在苏好的脸上多停留了几秒。

之后，他拿下烟，挪过一次性的杯子弹了弹烟灰，问道：“看什么时候的监控？给个时间。”

男人气势很强。

几个人猛然回神，谁都想不到，来的人竟然是周扬。

张娴忍不住看了苏好一眼，心里憋了一股气，但又不得不忍着：“周总，我们怎么敢劳烦您？”

“不劳烦，顺路。”周扬挪过一旁的平板电脑，点开了监控系统。

张娴不得已，回头扫了一眼苏好，最后指了指陈玉。陈玉看到周扬，整个人已经僵住了，她没离周扬那么近过，太紧张了，加上心情不好，看起来十分可怜，像是被人欺负过一样，很容易勾起别人的怜惜心。

陆米米在不远处看着，哼了一声。

周扬等了半天，语气冷淡地道：“说话。”

苏好开口了：“从周四到今天的。”

周扬抬起眼眸看了她一眼，随后，他又扫了一眼其余的人，点了时间。

解锁需要他的指纹，解开后，周扬把画面调到最清晰，说：“看完直接退出去就行了，张娴等会儿过来给我报告结果。”说完，他转身就走了。

走到门口，他突然转身，指了指门板，道：“昨天下班前，苏好没有碰过现金，我当时就在现场。”

财务室里的三人愣住了，接着，她们齐刷刷地看向苏好，眼神意味不明。

苏好极其镇定，解释道：“周总昨天回来办事，看我下班很晚，过来问候了一声。”

陆米米：“哦？”

随后，她看到苏好素面朝天的模样，也不怀疑什么了。

陈玉却有些羡慕。她也加过很多次班，怎么就没被周扬问候过？

张娴有些讶异，周扬竟然会为苏好说话，她捏着平板电脑的手有些沉重。

接着，几人查看了昨天的监控，虽然四人都有来公司，但只有苏好碰过保险柜，而有了周扬那句话，再加上监控里只显示苏好放了东西进去，没有拿东西出来，那么，苏好算是洗清了嫌疑。

苏好松了一口气，觉得坚持看监控是对的。

陈玉等人的脸色却不怎么好，都默不作声。

张娴翻到周五的监控，看到保险柜被打开过三次，两次是陈玉开的，一次是陈玉和苏好一块儿开的。

最后一次，苏好只负责把盒子盖上，陈玉弯腰放盒子，进出的人比较多，采购部和营销部的人都来过两次，画面很清晰，但也看不出什么。

张娴准备将时间调回到周四，苏好却突然说：“等一下。”

张娴的手一顿，看向苏好。

苏好指着下午四点三十分二十秒的画面，说：“看这里，陈玉拿了两次钱。”

陈玉愣了一下，问：“你在说什么？”

张娴看了陈玉一眼，拉回那个监控画面，当时采购部的巧箐过来取钱，站在前面拨弄桌子上的小公仔，陈玉拿了钱后接了个电话，回头又拿了一次，看起来像是钱不太够，又加了点，但仔细看就能看出，陈玉第一次拿的钱已经够了。

一时间，几人都没说话，陈玉呆住了，她自己都忘了。

陆米米恨铁不成钢地看着她，狠狠地道：“跟你说过拿钱的时候看好了看好了，你还接电话！你这样一心两用，能办好事情吗？”

陈玉泪眼模糊：“我……”

张娴撂下平板电脑，说：“你自己去讨回那笔钱吧，讨不回就自己承担损失。”

苏好见没事了，拿起桌子上的小包，说：“那我先走了。”

说完，她直接出了门，不等她们回应就进了电梯。

手机突然响起来，她拿出手机一看，是苏茜发来的消息。

苏茜：好好，今天休息对吗？来家里吧，你坐周扬的车回来。

苏茜：一定要来，我最近学了一样新菜，做给你尝尝。

苏好正准备回她，又来消息了，是周扬发来的。

周扬：要走了？

周扬：在楼下等我，我帮了你。刚刚一句话都不吭，你也是厉害。

苏好：谢谢。

周扬：过分了啊。

也不知道谁过分。

苏好到了一楼，出电梯时，外面阳光灿烂。苏好往前走了几步，而后想了想，最后决定还是等等周扬。

门外停着周扬的车。

手机再次响起，苏好点开一看，竟是张娴发来的消息。

张娴：苏好，不好意思，今天这个事情是我考虑不周。

看到这条消息，苏好不知道怎么回，最后索性没有回复。

过了五分钟，电梯门再次打开，周扬从电梯里出来，看到她在等他，他嘴角一勾，说：“先上车。”

周扬顺手拉开了副驾驶座的门，苏好只好上了副驾驶座。

系好安全带后，男人也紧跟着上了车，他似乎吃着薄荷糖，扣好安全带后，车子启动了。

车开到大路上后，两边树荫遮日。周扬的手指在方向盘上敲了敲，想起昨晚的事儿，他的下颌紧了紧，问："你昨晚睡了？"

苏好看了他一眼，"嗯"了一声。

周扬："……撒谎也不打草稿，是谁给李绣点的赞？"

苏好又看了他一眼，他的舌头不知道抵着什么东西，脸颊微微鼓起，从她的角度看过去，他依旧是一副吊儿郎当的样子。

苏好靠着窗户，语气平静地道："你为什么要为难你自己？你明知道我是故意不回你消息的。"苏好说话时收回了视线，直直地看着他。

"咔嚓——"周扬嘴里的薄荷糖碎了。

周扬冷冷地扫了苏好一眼。

他从没这么难堪过，几秒后，他被气笑了，说："你倒是理直气壮。我的追求就让你那么不得劲儿吗？"他不信。

苏好看了他一眼，应了声："是。"

周扬踩下油门，车子瞬间飙了出去，苏好下意识地抓住安全带。

周扬眯起了眼。说实话，他最讨厌女人阴阳怪气的，苏好恰恰是这样。他揉了一下嘴角，在红绿灯路口刹停了车，接着，他拿起了一旁的烟点燃。

苏好感觉到他生气了，心想，是不是把他的自尊心伤到了？

她低声劝道："要不，你趁早放弃？其实我们更适合当朋友。"

周扬咬着烟，嘴巴动了一下，下一秒，他眯着眼笑："哦？都是你说了算，你怎么不正视一下我是不是喜欢你？"周扬吹出一口烟圈，语气冷了些。

苏好点头，敷衍道："你表现得很明显了。"

周扬却突然俯身过来，身上带着烟草味，似笑非笑地看着她。苏好立马往后躲，眉心皱着。

还别说，她露出这种拒人于千里之外的表情，还真有点吸引人。

本来，这明明是周扬最不喜欢的，他喜欢主动点的，能玩的，能放得开的。最重要的是，能看得清形势的，不摆谱的。

可是此刻，周扬忍不住伸手去摸她的耳朵。

下一秒，周扬的手被她用力地打掉，苏好说："你要是再这样，我就下车。"

"你的温柔呢？"他的手背有些麻，低声问道。

那晚在酒店发烧的仿佛不是她。

苏好冷笑道："你配吗？"

周扬一顿，脸色阴沉。他正想说什么，绿灯亮了，他收回手，坐直身子，修长的手指夹着烟，随后转动了方向盘。周扬一路开往家里，快抵达的时候，苏好轻声说："谢谢你早上替我说话。"她的声音仿佛又恢复了之前的温柔，勾人心弦。

说完，苏好一把拉开车门，提着小包，头也不回地走向周扬家。

周扬看着关上的门，靠在驾驶座上摸烟，却没有点燃。他一只手推开车门，放下腿，神情晦暗。

他不是傻子，如今，苏好的心思确实没放在他的身上，他已经发现了。

要是她有半点心思在他身上，他就不会那么狼狈了。

手机突然响起，是李姑姑的来电。周扬挑眉接了起来，声音带笑，调侃道："今天是吹的什么风，李姑姑你居然给我打电话？"

"找你讨我的草莓钱，你妈偷摘了一卡车吧。"女人爽朗的声音传来。

"李姑姑，你确定？不是只有两小篮吗？"

"你别跟我贫，就这件事，我来跟你讨个人情。"

周扬低笑一声："您说。"

"过几天是李绣生日，你怎么也得来一趟，我不管你们年轻人想怎么样，但你就满足她这一次吧，也不枉她追着你跑了那么久。"

周扬听罢，无声地笑了笑，几秒后说："果然是件大事啊。"

"来不来？大男人不要那么扭捏。"李姑姑也是个狠人，打蛇打七寸。

"不……"话没说完，周扬透过落地窗，看到家里出现了一道人影，苏好正踮着脚接苏茜递给她的挂窗帘的钩子。

她头发扎着，更显眉眼温柔，可刚刚在他面前，她却冷淡得很。

周扬眯了眯眼，低头改口道："好，我听李姑姑的。"

"就是嘛，本来就应该这样。"说完，她挂了电话。

周扬握着手机下了车，转身向家里走去。

在玄关处换鞋时，客厅里传来了说话声。

苏茜低头问苏好："好好，我记得高二的时候有个男生追你，叫什么……叫林塘，是吗？"

"不是追吧？我们是同桌。"

"什么同桌啊，你妈妈都跟我说了，后来你知道他喜欢你，你对他又没意思，你就离他远远的了，对吗？”

苏好：“嗯。”

“你这个性子啊，以后不能这么任性啊。如果在公司上班的时候有人追你，也可以考虑一下，别把人推得远远的。另外，沈赫确实挺好的，你多考虑考虑沈赫吧，你和沈赫还在联系吗？”

“在联系的。”

“那就好，如果真的有机会，你以后离那些追你的男人远一点儿，实在不行就把沈赫搬出来堵他们的嘴。”苏茜为了苏好，真是操碎了心。

苏好笑了笑：“嗯，其他追我的人，我都已经离得远远的了。”

玄关处，男人隐在阴影里不吭声。几秒后，他换了鞋子走进来，解着领口处的纽扣走向酒柜，倒了一杯酒，又拉开抽屉，夹了一块冰放进去，他倚在酒柜上，一副懒散样。

苏茜这才看到他。

“在外面打了那么的久电话？谁打的？”

周扬看过来，舌尖抵着冰块说：“你说呢？”

“你别和我说，我没你这么花心的儿子。”苏茜摆摆手，随后，她拉着苏好道，“走，我们去弄吃的，差不多该做午饭了。”

“好。”苏好跟着她。

两人从周扬眼前走过，苏好连个眼神都没给他，周扬抿了一口酒，目光落在她的侧脸上。过了一会儿，周扬用力放下酒杯，转身上楼了。

苏茜今天做的菠萝炒肉苏好也会做，先把菠萝切片，再把肉切片，然后腌制一会儿，下锅用大火炒出来，菠萝会很脆，肉也会很嫩。

苏好在一旁捧场地夸苏茜。

苏茜又端来了一盘洗好的青菜，说：“这个青菜你来炒。”

苏好应了。

不一会儿，苏好做完后，保姆去喊周扬下来吃饭。

苏好端着菜出去，男人恰好来到餐厅，他一把拉开椅子，气势逼人地盯着苏好。苏好很淡定，放下菜后又进了厨房帮忙。

苏茜跟在苏好身后看到了这一幕，她皱了皱眉，认为是自己的错觉。

三个人吃完饭，苏茜用保温盒装了点饭菜让司机给周爸送去，集团这段时间事多，周爸常常待在集团里回不了家。

饭后，苏茜提议来下象棋，她非要苏好和周扬两人下棋。

苏好以前挺会玩的，但这些年不玩，现在都快忘光了。

周扬坐在沙发上，咬着烟，一脸狂傲的样子："不敢玩？"

苏好抬起头，没有应战。

然而，苏茜接过了他的话："怎么不敢玩？苏好玩得可好了，来，苏好，和他下，你赢了的话，今晚我给你做柠檬鸡爪。"

说着，她把苏好拉了过来。

苏好被赶鸭子上架，低头看着棋盘，正式开始下棋。

周扬手上夹着烟，胳膊搭在茶几上，他发现苏好竟然还挺会玩的，只是，她手指纤细白皙，握棋的时候晃得他无法专心。

苏茜看苏好下得不错，开心地起身去切水果。

苏好的兵被周扬吃了，她愣了一下，想去挪位置，男人的手也跟着伸了过来，一把握住了她的手，指腹轻佻摩擦。苏好抬头对上男人狭长的眼眸，周扬挑眉："抱歉，不小心的。"

苏好用力把自己的手扯了回来，端起一旁的水洒在他的西裤上，也说："抱歉，不小心的。"

周扬低头看了一眼，气笑了。

这时，苏好的手机响了，是沈赫的来电。周扬看到名字，沉默了。苏好的眉目瞬间温柔了很多，她拿起手机，起身走向客厅接电话。周扬坐在原地，捏着棋子，而后将棋子扔回了棋盘上。他整个人往后靠了靠，嘴里咬着烟。

苏茜切好水果出来后看了周扬一眼，随后过去叉了一块哈密瓜塞进苏好的嘴里。

苏茜听得出手机里传出来的是沈赫的声音，她立即不再打扰苏好，转身走了回来，只见阳光洒落在周扬棱角分明的脸上。

他没什么表情，但是身为他的母亲，苏茜怎么会不知道他此刻的心情。

她走过去，弯下腰故意在周扬的耳边说："你不会是喜欢上苏好了吧？"接着又说，"别喜欢她，你没戏。"

苏茜觉得儿子的情绪不太对劲，于是决定这样试探他。

她的话刚说完，周扬就轻飘飘地扫了她一眼。母子俩僵持了三秒后，周扬拿下嘴里的烟，十分轻佻地反问："你从哪儿看出我喜欢她了？"

苏茜笑了笑，叉了一块哈密瓜递给他，说："不喜欢啊，那是妈妈错怪你了。

我还以为苏好今天对你避如蛇蝎是因为你做了什么不该做的事呢，毕竟苏好现在正考虑着沈赫，我看这两个人进展不错。”

苏茜比周扬了解苏好，几番试探下来，苏好既然表示过去的已经过去，就不会再对周扬念念不忘了。起初，苏好心里或许还有一点情绪，但现在肯定没有了。既然她和周扬相处得挺好，那这突然的躲闪和冷淡，说明一定是周扬做了什么。

不管是吃饭还是下棋，周扬细微的举动和神情都逃不过她的火眼金睛。

周扬接过叉子，听到苏茜的话，他垂下眼眸，咬住了那块哈密瓜。

苏茜一连戳中了他的几处痛点。

他将哈密瓜咬碎，身后传来了苏好讲电话的声音，语调温柔如水。

周扬再次咬住烟，伸手去拿棋子，旁敲侧击地问苏茜：“以前有人追过她？”

苏茜本来打算走了，突然听到这话，立马拐了个弯，坐到了苏好刚才坐的位置上。她捧着水果盘，一边吃一边看着周扬，回答：“废话，你以为只有你受欢迎啊？”

周扬不关心苏好，但苏茜不一样，她和成玲联系得多，几乎每次都会聊到苏好，连苏好学生时代被多少人追过她都知道。

“嗯。”周扬嗤笑一声，眉眼却没有舒展开。

从这个角度看过去，苏茜觉得周扬的情绪隐藏得不错。周扬语气散漫地说：“这么说来，还有很多人追她了？”

“那是，我算一算啊……”苏茜假模假样地算起来，之后下了一个定论，“可惜，苏好一般都不会和喜欢自己的人做朋友。”

听到这句话，周扬的手一顿。

“所以，苏好当时就让老师调了座位，远离了那个同桌。我觉得女孩子这样挺好的，不像现在有些女生，明明不喜欢人家，还和人家玩暧昧。”苏茜说起这个，其实是暗指她大学时期的一个舍友——杨柔的后妈。

周扬把烟掐灭在烟灰缸里，抬起眼眸看了一眼苏茜，脸上似笑非笑。

“反正我觉得苏好很好，你看，唐锐出国后，苏好和他的联系也很少，两人这样干干净净的，彼此才能更好地发展各自的未来。”苏茜吃了一块梨，盯着周扬说，“你真不喜欢苏好？”

周扬和她对视了一眼，笑了笑，随后垂下眼眸，拿了苏好的棋子往前走了两步，接着被他的棋子给将了军。

他动作利索，脑海里却闪过了苏茜的话。

苏好打完电话回来，刚坐下，就发现自己满盘皆输。她愣了下，看了苏茜一眼，苏茜窝在沙发的一角，摇头道："不是我干的。"

苏好沉默地转过身，看到周扬坐在沙发上，手插在口袋里，咬着牙签和她对视。

苏好没生气，伸手理了理棋盘，问周扬："还要继续吗？"

周扬的棋术挺厉害的，苏好有种碰上了对手的感觉，本想着一局下完看看自己的水平，再评估一下周扬的水平，谁知道才打了一通电话，周扬就把刚刚局面打破了。

周扬扫了一眼她手上的手机，扬眉道："不了。"

说完，他把牙签扔进垃圾桶，挽起衬衫袖子走向楼梯，顺势拿出手机随意翻了一下。

苏好这种隐忍的性格也不是他喜欢的，本来挺好的棋局被他一手破坏，她竟然能忍得住。

周扬心想，自己是疯了才会看上处处不合自己喜好标准的苏好。

晚饭时，周爸回来了，周扬却要出去了。父子俩擦肩而过时，在玄关处聊了一会儿。周扬此时已经换了黑色衬衫和黑色西裤，他很少穿这款衬衫，袖子挽到手肘处，他一边和父亲聊天，一边漫不经心地靠在鞋柜上，没有正形，和周爸一本正经的样子天差地别。

父子俩聊完天，周扬刚拿起车钥匙，苏好正好在花园里帮苏茜摘了百合花瓣进门，两个人迎面碰上。周扬眉眼锋利，两人擦肩而过时，他的视线落在苏好的侧脸和脖颈上。

苏好往旁边让了让，随后进了门，空气中飘着淡淡的百合香味，周扬眯着眼，忍住回头看她的欲望下了台阶。

她现在还真是冷淡。

接过百合花瓣后，苏茜朝外看了一眼，问苏好："周扬走了？"

苏好"嗯"了一声。

苏茜嘀咕道："行吧，反正就是不着家。"

随后，她喊周爸爸："周勤凯，你管管你儿子吧。"

周勤凯在外间看书，听罢笑道："管不住，别搭理他。"

"啧。"苏茜拉着苏好，"来，今晚也做一顿好吃的。"

苏好去帮苏茜的忙，两个人轻声说着话，互相辅助对方做菜。苏茜见苏好眉眼温和，没有白天时对周扬表现出的那种躲闪，一副落落大方的样子，终于感到了不对劲。苏茜小心翼翼地打探道："周扬……没做什么不应该做的事情吧？"

苏好垂着眼眸切黄瓜，语调没有起伏地说："没有。"

她将情绪掩藏得很好，苏茜都快信了，她迟疑了下，道："说实话，周扬在女人堆里一向是顺风顺水的，我和你周叔叔也没搞懂他怎么被我们养成了这样，不过他这个人不坏。"

苏好点头，这点她不否认。

苏好又拿过一根黄瓜继续切，她感觉到苏茜在替周扬说话，似乎是希望她不要对周扬那么冷淡。苏好想了想今天的表现，确实是不太得体。

苏茜看她点头，松了一口气。

她希望苏好不要讨厌周扬，否则以后苏好不来这个家了怎么办？而且周扬即使现在喜欢苏好，也不会是真的喜欢，他那颗放荡的心，苏茜还不清楚？所以她从来不催周扬结婚，更何况根本催不动，但周扬骨子里是很有掌控欲的，如果他真对苏好动了心思，估计会很霸道，到时候在苏好那里败光了好感就尴尬了。

现在，只能由她这个妈妈偶尔吹吹风，让苏好知道周扬这个人还不错。

晚饭时，周勤凯询问了苏好工作上的一些事，苏好一一回答后，周勤凯又问："在公司和同事相处得怎样？"

苏好浅浅一笑："还行吧。"

"有什么事情记得说。"

苏好"嗯"了一声，心里暖暖的。

吃过晚饭，周勤凯送苏好回家，苏茜非要跟着，于是和苏好一起坐在后排，三人一起去了华晖小区。苏茜本来有些嫌弃房子的老旧，但上楼后看到苏好把房子整理得很干净，就放心了。

一个小时后，苏好送走了周家两口子，洗漱后看了会儿书，就躺下睡了。

第二天是周一，这个周末像没过一样，苏好早上匆匆在楼下便利店买了早餐就赶去了公司。

一进财务室，她就看到陈玉在收拾东西，她愣了一下，才走向自己的办公桌。

陆米米站在陈玉旁边，阴阳怪气地说："这人啊，常在河边走，总有一天要湿鞋，明明可以私下解决的问题非要捅到上面去，还不把张娴姐的劝说放在眼里，真牛啊。”

她虽然没有指名道姓，但明显是冲着苏好来的。

苏好低头喝着牛奶，吃着糯米鸡，头都没抬。

陈玉一直在收拾东西，微信群里有不少人问她是不是被炒了。公司大群里也在聊这个事情，有人说陈玉做事马虎敷衍，被炒了正常，有人说她是诬陷了新来的财务助理，惊动了周总，才被炒了，大家就这个事情在群里展开了讨论。

“哎哟，这个新来的助理什么来头啊？还惊动了周总，她和周总是什么关系？”

“之前陈玉做错了那么多事情都没有被开，这不，财务助理工作做得好，一来就让她原形毕露了，这事儿怪不得人家。”

“不，这个新来的太有心机了，本来可以好好处理的，非要让调监控。谁不知道监控只有曾总以上的人才能开，她明显是知道，毕竟踢走了陈玉，她就可以取而代之了。”

“天哪，好可怕，她该不会也看上周总了吧？你们看她那样，周总能喜欢吗？”

“哈哈哈，周总是瞎了眼吗？就算看上陆米米，也不会看上她吧……”

这时，曾总的小号在群里发了一句话。

“呵，你们太天真了，继续八卦吧。”

“嗯？什么意思啊？楼上这位，你是哪个部门的？”

苏好也在大群里，据她所知，大群里没有曾总级别以上的人，都是底层的员工。她看了一眼，这才知道陈玉被炒鱿鱼了。

快下班的时候，张娴看着人都走了，留下了苏好和她谈话，语气比之前温和一些：“陈玉走了，由你接手她的工作，三个月后再给你招一个财务助理，在这期间我会辅助你。另外，她走的事情和你无关，就她这个工作态度迟早得走。我们不是没给她机会，我让她退下来辅助你，可她不愿意。这是她的选择，你不用想太多，像之前那样好好工作就行了。”

“谢谢张娴姐。”苏好回答，实际上她的内心没有什么波动，之前她还对张娴有点崇拜，现在连那点崇拜之情也没有了。

廖云之前说过，办公室里的同事是很难发展成朋友的，她总算是明白了。

“不客气，这都是你自己争取来的。”说完，张娴也拎着包走了。

苏好坐在位子上翻工作记录表，陈玉被炒得很匆忙，什么都没留下，这个本子是上一个出纳做的，苏好明天就要上手了，今天得把这个看完。

于是，她直接在食堂打了一份晚饭，在办公室里一边吃一边看。

李绣的生日派对请了不少人，李绣穿着露肩的黑色开衩裙，掐着腰，眼睛一个劲儿地往外看。

谁不知道她是在等周扬。

这时，有小姐妹推开门，冲拿着话筒的李绣摆摆手，李绣立马放下了话筒，踩着高跟鞋迅速往门口走去。只见电梯门缓缓打开，男人正低头和李易说话，眉眼含着笑意，目光朝李绣这边了看过来。

李绣紧张得浑身无法动弹，下意识地拉了拉裙摆，娇俏地哼了一声："你可真是难请啊。"

周扬走出电梯，接过李易递来的烟，目光落在女人身上，他本想认真看看她今晚穿的裙子，脑海里却蓦然闪过穿着一条小黑裙，站在台球桌旁眉眼温柔的苏好。

他皱了皱眉。

"你可以拒绝我，但是今晚，你一定要好好陪我过生日。"李绣走上前，一边抱怨，一边不经意地去挽他的胳膊。

周扬嗤笑一声，随后抬起了胳膊，李绣挽了个空。

她愣了一秒，跺跺脚跟在周扬身后，咬着唇盯着他的背影，满眼的哀怨。

周扬没急着进包厢，他站在门边低头抽烟，神情懒散。

李易笑着靠在栏杆上抽烟，包厢里的音乐声震耳欲聋。

李绣跑过去和李易聊了两句，低声说："谢谢哥。"

"堂哥。"李易纠正道。

"好好好。"说完，李绣看了一眼周扬，恰巧看到她的小姐妹拿了手机出来。她不甘心地朝小姐妹招手，两个人嘀咕了一会儿。随后，趁周扬低头看手机的时候，李绣匆匆走过去，落在周扬身后半步，轻靠在周扬肩膀上抿唇微笑。

小姐妹以飞快的速度按下拍照键，一连十几拍，总有能用的。

李绣拿过手机，对李易和周扬说："在外面抽完烟就进来啊，生日派对要开始了。"

李绣的朋友和周扬他们不是一辈儿的，她不敢强求他们立马进来。

楼下的双人舞才是重头戏，李绣光是想想就十分期待。

李易点点头，示意她先进去。

李绣又看了周扬一眼，周扬吹了一个烟圈，烟雾漫上他的眉宇，他低声一笑："知道了，进去吧。"

李绣和小姐妹一进包厢就凑到了一起，两人点开手机，翻着照片，挑选能用的。

这个角度拍出来，照片里的两人挨得很近。

李绣看完，觉得自己和周扬真是天生一对。

她简单地修了图，然后发了出去。

周扬靠着墙，走廊上的人不多，灯已经灭了好几盏，余下的都是暖色系的，反而显得环境昏暗无比，嘴边的红色火光反而更加明显。

周扬点开监控视频，看到办公室里苏好还在加班，明亮的光照在她身上，整个人显得十分柔和，她的头发披散着，后背和腰十分纤细。

周扬突然看了眼外面的雨，接着点进微信对话框。

周扬：下雨了，曾总有雨伞，下班了记得去拿。

他有点紧张地等着她回消息，顺便刷了一下朋友圈，正好看到一分钟前李绣发的动态，配的照片里的人正是他和李绣，文字写着：我和周扬配吗？

苏好评论道：很般配，郎才女貌。

周扬嘴里的烟被他咬断了。

雨越下越大，包厢的门被推开，李绣探头喊道："周扬，堂哥，进来玩啦。"

她的声音脆生生的，目光落在周扬身上，还想说话，只见低着头的男人抬起眼眸，眼底的神色晦暗不明。

李绣瞬间僵住。

眼前的女人看起来娇俏可爱，明艳动人，可周扬轻飘飘地挪开了目光。他拿掉嘴里的半截烟，扔在烟灰缸里，随后站直身子，语气低沉地道："好了，我来也来过了，提前祝你生日快乐。我还有事，先走了。"说完，周扬将手插进口袋，走向电梯。

李绣的脸色顿时变了，她仍然维持刚才的姿势，满眼的无辜。她正想说话，周扬按着电梯，声音里夹杂着冷意道："对了，把你朋友圈里的照片删了。配不配，由我说了算。"

说完，电梯门开了，周扬走了进去，眼里已经没有了来时的笑意，有点瘆人。

李易回头看了一眼堂妹，又看了一眼快要合上的电梯门，扬眉问李绣：“你朋友圈发了什么？”他很少玩朋友圈。

李绣眼眶发红地回了包厢。

李易见状，心想，还得让我自己翻？

趁她删掉前，他赶紧翻了一下李绣的朋友圈，发现她发的是和周扬的合照。

可周扬不是那么小气的人啊。

随后，李易终于明白问题所在了——苏好评论了这条动态。

苏好很忙，饭菜都凉了，因为是晚上，所以这里没什么人，苏好连上洗手间都要斟酌一下。偏偏外面还下雨了，她看了外面一眼，突然觉得有些孤单，又觉得无聊，就看了会儿手机。就在这时，她收到周扬消息的同时，还收到了好几张照片，都是李绣发来的。她随意点开，就看到照片都是李绣和周扬的合影，一连发了六张，两人身处在一个昏暗但有氛围的环境里，看样子是在走廊上。

周扬低头看着手机，嘴里叼着烟，一副十分散漫的样子。

李绣小鸟依人地靠在他身侧，甜美可爱。

发完这些照片，李绣还发了一条消息过来：苏好姐，你觉得我们配吗？

苏好多看了几眼照片，虽然没看到周扬的正脸，可男人似乎很配合李绣。

她正准备回复，就接到了廖云的视频通话，苏好匆忙接了，两人聊了一会儿，再退出来，苏好已经忘了要回复李绣的事情。过了一会儿，她忙完了，起身准备走时，顺手点进了朋友圈，看到李绣发的动态，才想起来还没回复她的消息，就顺手在朋友圈评论了。

苏好提起小包去关窗户，才发现此刻已经风雨交加，她转身下了楼。

苏好站在门口点开软件叫车，等车期间，她打开微信，发现周扬发来的消息她还没有看。

周扬：下雨了，曾总有雨伞，下班了记得去拿。

苏好一愣，曾总那里有伞吗？会不会已经被拿走了？她回头看了一眼电梯和大堂，此时这里只有她一个人。

上上下下也很耽误时间，苏好犹豫了一下，最后决定不上去拿了。

她回到微信页面，想回复周扬，却又迟疑了一下，心想，回复就会有来有往，万一被他误会了怎么办？这个男人喜欢顺杆儿爬。

于是，苏好放下手机，抬头看了看外面。

就在此时，一辆黑色保时捷迎着雨幕开了过来，停在了大厦门口，车身被雨水冲刷得发亮，宛如王者。

苏好皱了皱眉。

下一秒，车门被推开，男人下了车，接着，一把黑色的伞被撑开，他走上台阶，雨伞微微倾斜，露出那张俊朗的脸。

雨幕中，周扬的眼神有些阴冷，他走上前，声音穿透雨幕而来："你是没看微信消息，还是看到了却故意装作没看到？"周扬的每个字都掷地有声。

苏好动了动嘴唇，见他站在雨中比平时看起来还要高大，雨水溅在他的裤腿上，打湿了鞋子，苏好突然觉得自己有点儿过分。

她迟疑了一下，正想说话，周扬却把伞往她这边倾斜，接着伸手握住了苏好的手腕，用力一拽。苏好下意识地往前迈了一步，雨水从她的脸上拂过，她站在雨伞下，头顶的雨噼里啪啦地打在伞面上。

空气里夹杂着湿气，还有淡淡的冷杉香和烟味，再往上是男人的喉结，还有敞开的衬衫领口和锁骨。

苏好转动了一下手腕，正想挣脱，周扬在她的头顶冷哼一声，没松手。他的目光落在她的睫毛和嘴唇上，黑色的雨伞仿佛将他们圈在一个小世界中。

她身上有股说不上来的清香，周扬抓着她的手微微用力，下一秒，男人低下头，在雨幕中堵住了她的唇。

苏好完全没反应过来，她被迫仰头，接着开始剧烈挣扎，她空着的那只手拼命挥舞着，却不知道碰到了什么，啪的一声，伞掉到了地上。

豆大的雨点砸在脸上，苏好狼狈地闭上了眼。

周扬被她推开，他眯着眼，发狠地看着她，随后，他一把将苏好扛在肩膀上，上了两个台阶，然后将苏好推到玻璃门上，抵着她的肩膀，在雨声中反问："我就那么不配喜欢你？嗯？"

苏好浑身湿透了，紧紧地护着怀里的小包，发丝贴在眉眼处，看起来十分柔弱。

周扬的衬衫紧贴在身上，苏好仿佛看到了年少时的他，不过，此时的他阴沉得很。

沉默了几秒，苏好微微一笑："你配吗？"

她问得温柔，但语调里又有一股凉意。

周扬将她的脖子往自己身边带，抵住她的额头，半天没有说话。水珠从他的发丝滑过脸颊，没入衣领，竟是前所未有的狼狈。

两人的衣服都湿透了，伴着夜风，有些发凉。此时，只有呼吸是温热的，仅有的温热让氛围更加暧昧起来，周扬无法控制自己，目光落在她的红唇上，刚刚舌尖缠绕的美妙令他无法忘怀。

雨还在下，他再次低头，正准备去吻她的嘴唇，她猛地一转头，周扬的薄唇落在了她的脸颊上。周扬手背上的青筋冒起，指尖发凉，他用力地闭了闭眼，最后松开了苏好的手，低声道：“我送你回去。”

说完，他转身走进雨幕里，弯腰捡起雨伞，再次将伞朝她倾斜。

苏好一只手抓着衣衫往前扯，避免紧贴身体，视线和男人的对上。

几秒后，她淡定地挪开，平静地道：“我叫了车。”

周扬一声不吭，撑着伞，眯着眼睛看她。

苏好拿出手机看了一眼，因为距离太短，加上下雨，订单竟然被取消了。

苏好皱了皱眉。

“怎么？订单被取消了？”男人嗓音低沉，带着戏谑，“都这样了，你还怕什么？我总不能在车里把你怎么样吧？要不你设定一键报警？”他语气里满是嘲讽。

苏好沉默地看了他几秒，雨伞很大，此刻的他却依然淋到了雨，有种孤寂的感觉。

两个人僵持了几秒，苏好抿唇上前，周扬垂眸看了她一眼，与她保持着安全距离，一起转身走向车子。

周扬开了后座的门，苏好弯腰坐了进去。

车里开着冷气，一上去，苏好身上的鸡皮疙瘩都冒出来了，她摸了摸手臂。门随后被关上，周扬绕到驾驶座，收了伞，看了一眼内视镜，顺手开了暖气，启动了车子。

车里有音乐，不过声音开得小，两个人都没有出声，很快就抵达了华晖小区。此时，大排档都撑起了雨棚，有很多人在吃夜宵，烟火气十足。

苏好伸手去拉车门，没拉开，她皱眉喊道：“周扬。”

“嗯？”周扬嗓音低沉，轻声回应。

“开门。”

男人笑了一声，转过身来，扬眉道：“不如你报警试试？”

苏好沉默了。

周扬脸上的笑意收敛了一些，他皱起了眉，几秒后，伸手将黑色的雨伞扔到了苏好的怀里，接着打开了车锁。

苏好看都没看那把伞，推开门就走入了雨幕里。

周扬愣了一下，下一秒，低低骂了一句，抓了雨伞下车追过去，而后将雨伞举在了她的头顶。苏好加快了脚步，男人在她身后忍不住气笑了。

周扬眼看着苏好消失在夜幕中，她的背影看起来十分柔弱，却偏偏一次也没有回头。

黑色的雨伞遮住了周扬的眉眼，他转身往车子边走去。

保时捷旁，男人身材高大，衬衣看起来价格不菲，却一身湿透，狼狈不堪。短短几分钟，周扬便成了大排档里众人关注的焦点。

看客们纷纷暗叹，有钱人的生活果然多姿多彩。

坐上车后，周扬没急着离开，一支烟燃尽，他捏着烟头，回头看了眼三楼的窗户，随后才启动了车子。

苏好油盐不进，是他多年来踢到的唯一的铁板。

回到一湾山水，恰巧碰到许殿带着走完红地毯的孟莹回来，雨势小了些，两辆车擦身而过，不约而同地摇下了车窗。

许殿挑眉："去哪儿？追苏好去了？"

一语中的。

周扬笑了笑："你猜。"

"没想到你也有今天。"许殿的一只手搭在方向盘上，一副看好戏的表情。

周扬跟他对视了几秒，随后慢条斯理地关上了车窗，踩下油门走了。

回到家，周扬直接进了浴室，洗了个热水澡。洗完澡，他披上浴袍后躺在床头，拿起本书翻看起来。看了几页，周扬的目光落在了"嘴唇"二字上，脑海里紧接着便浮现了苏好刚刚挣扎的模样，想起她柔软温热的嘴唇。

他眯了眯眼，慢条斯理地合上了书，拿起床头柜上的手机。

周扬：睡了没？

果不其然，那头没回消息。周扬垂眸看了一会儿，这才躺下准备睡觉。

进入梦乡后，他仿佛梦到了苏好的身影，可他怎么抓都抓不住，披散着黑发的女人冲他喊："你再过来我就跳下去。"

跳去哪儿？

周扬往下一看，更深处站着一个男人，看不清脸，手里拉着张网。

第六章

我发烧了

苏好回家后迅速去洗了澡，洗完她穿上长袖的睡衣和睡裤，吹干了头发，去厨房里煮了姜汤。一大碗姜汤下肚，苏好感觉她的五脏六腑都暖和了。

苏好靠在厨房的墙壁上休息了一会儿，而后转身回了客厅。

包包已经泡了水，这个包是廖云去云南旅游的时候给她买的，简约大方，是真皮的，不知道里面的情况怎样。

苏好拉开拉链，看到里面没有进水，松了一口气，用纸巾擦了擦外皮。

在沙发上坐了一会儿，苏好这才起身去睡觉。躺下时，她转过身子去关台灯，嘴唇无意间碰到了枕头，轻轻滑过时，突然有种怪异的感觉。

卧室里只有一盏壁灯还亮着，苏好翻了个身，闭上眼。

她很少做梦，这会儿却进入了梦乡，梦里的画面光怪陆离，后半部分开始渐渐清晰，一会儿是周扬的少年时期，一会儿是他现在的样子。而她被他用一根绳子拉着，跌跌撞撞地跟在他身后，看着他身边的女人来来去去，从不间断。

半夜，苏好醒了，她爬起来喝了一杯温水。

这梦也太真实了，她笑出了声。

周扬这个人，看起来就不像会收心的人。

后半夜，苏好睡得很香，被子盖得十分严实，早上醒来时，后背微微出了汗，她起身去洗漱了一番，吃了早餐后准备去上班。

雨几乎下了一个晚上，终于在早上四点多的时候停了。苏好穿了一双带跟的鞋，地下人行通道里进了水，她只好打车去公司。

到公司后，苏好在大堂碰到了曾总，她赶紧打招呼：“曾总早。”

“早啊，苏好。”曾总笑着按了电梯，两个人站在电梯前等。曾总看了她好几眼，发现她没化妆，可皮肤很白。

苏好从电梯门上看到了曾总的眼神，本来忍了几秒，在曾总又一次转头看她的时候，她转了过去，轻声问：“曾总，我做错了什么吗？”

曾总被抓包后有点尴尬，他笑了笑，温和地说：“没什么，只是觉得你皮肤不错。”

“曾总也护肤吗？”

电梯来了，两个人跟着人流走进去，有些人看着首席财务官在和新员工聊天，耳朵都竖了起来。

曾总咳了一声，为了缓解尴尬，回道：“男人也要护肤的，不然老得快。”

电梯里，不少人听到这话，都在憋着笑。

曾总只得故作镇定。

苏好迟疑了一下，说："那下次我把一些护肤方法分享给你吧？"

曾总："……好吧。"真是骑虎难下。

电梯终于到了。

两个人一前一后走出了电梯，曾总揉了揉眉心，心想，都是周总害的，他这辈子都没这么丢人过。

进了办公室，曾总拉开了窗帘，外面的天阴沉沉的。曾总来到办公桌前，首先查看了邮件，又翻看了需要看的报表，最后才打开监控，看了看昨晚苏好加班的情况。

时间线拉得太快，曾总的手指僵住了。

沸节的安保工作做得很好，大堂里有不少监控，大门口也有，且画面十分清晰。于是，曾总亲眼看到向来意气风发的周总站在门口的台阶上强吻苏好，然后将她抵在了玻璃门上。

两个人纠缠许久后，周总进了雨幕里拿伞。

曾总将页面拉大，再拉大，简直不敢相信。

所以，周总这是在霸王硬上弓？

这时，手边的手机响了，曾总顺手接了，眼睛却还盯着监控。

周扬把苏好送到车里的那一幕，男人宽厚的背影看上去竟有些狼狈。

"喂，你好，我是……"

"曾骁。"周扬低沉的声音传来，"你把上一季的财务报表重新发到我的邮箱里。"

曾总愣了一下，马上反应过来，而后立即将监控画面缩小，将鼠标挪到邮箱的页面，探头看了几眼："周总，我昨晚就发了。"

"重新发。"男人声音很低，还有些沙哑。

曾总立马操作了，不一会儿，页面跳转，显示邮件发送成功。

"周总，发过去了，你查看一下。"

"嗯，收到了。"接着，周扬说了几个细节，两个人谈了一会儿。

要挂电话时，曾总迟疑了一下，看着被缩小的监控画面，本想说，既然人家不喜欢你，就不要勉强，话到了嘴边却一转："周总，天涯何处无芳草，何必单恋一枝花。"

一秒后，周扬挂了电话。

今天是苏好正式接手陈玉工作的第一天，她的工位也换到陈玉原先的位置，和陆米米的工位挨得很近。

苏好本不想换工位，但这样一来，陈玉的很多资料都要拿过去，搬来搬去的太麻烦，就干脆换到了陈玉的工位，之后再把新招的助理安排到苏好之前的工位。

陆米米一个早上都很忙，进进出出的，愣是连一眼都没看苏好。

她今天穿的是一件紧身裙，很漂亮。

苏好也很忙，之前她只是辅助陈玉，如今，亲自上手后才知道平时的工作中有那么多细节需要注意。每次拿钱，她都保持高度紧张，网上操作转账也要核对很多遍，收到钱也要核对，还要标明是哪一笔，什么时候进的账，及时做到账本里。

相比之下，办公室里的陆米米和张娴就闲了很多，她们已经很熟练了。

陆米米看苏好的样子，颇有看好戏的意思。

张娴倒是问了几次："苏好，有没有需要帮忙的？"

苏好摇头："没有，多谢张娴姐。"

说完，苏好又开始忙碌起来。

因为太忙，午饭时间到了苏好都没意识到，还是销售部的唐瑜上来找曾总，走前看到她，才敲了敲财务室的门，喊道："苏好，下班去吃饭了。"

苏好愣了一下，抬头一看，已经十二点十几分了。她立马合上了本子，关掉软件，把电脑调成待机模式，随后起身走向门口。

唐瑜冲她一笑，苏好也一笑。

唐瑜的长相和陆米米一样，也是周扬喜欢的那种类型。

两人相伴着下楼，唐瑜觉得苏好身上的气质很温柔，挑了几个话题和苏好聊，苏好应了几句，不冷不热的。但这反而令唐瑜觉得十分舒服，她说："群里的那些话，你不要当真，她们一提到周总就搞各种阴谋论。"

苏好点头道："嗯，我没当真。"

她懒得去看那些，她知道这次陈玉被炒，很多人都把目光落到她的身上，甚至还扯上了周扬。

"那就好，公司里什么样的人都有，今天早上，周总没来开会，群里一群人又在说李小姐昨天生日，今天她和周总肯定成了……啧。”唐瑜说完就笑了起来，苏好也跟着笑。

两个人到了二楼，食堂有不少人在吃饭，几乎没什么空位。

沸节的食堂工作做得很好。环境干净卫生，装修得也很高级，一周五天，菜色不重样，偶尔还有燕窝、银耳或者海参，水果、小吃和甜品都有，营养均衡。

苏好要了牛仔骨和西红柿炒鸡蛋，又要了鸡腿和一小块鱼，还加了西蓝花和空心菜。

供应的汤是鸡汤，里面放了冬瓜片。

这时恰好有人吃完，空出了一个四人座的位子，苏好端着菜过去坐下，拿起勺子喝汤。

唐瑜拿了餐后坐在苏好的身侧，一看到苏好盘子里的肉，立马转开眼：“天哪，跟你一起吃饭简直是受罪。”

苏好一看，唐瑜只要了一份蔬菜沙拉。

“你减肥？”

“是啊。”唐瑜拿着叉子叉了一块青菜叶吃，“天天减，就是减不下去。”

苏好“嗯”了一声，低头继续吃。

唐瑜看到她的菜，羡慕得口水直流，却只能硬着头皮吃蔬菜沙拉。

这时，一个戴着眼镜的男人在对面坐了下来，斯斯文文的，笑着道：“苏好，唐经理。”

两个人一抬头，发现竟然是陆助理。

“陆助理，今天怎么在公司吃？”唐瑜支着下巴笑问。

陆助理笑了笑，喝了一口汤，说：“这不是替周总来处理事情嘛。”

“唐经理，刚刚开会我们还见过的，你这也太惊讶了。”

“哈哈，确实惊讶。”唐瑜看了苏好一眼，没听错的话，陆助理竟然认识苏好？或者，陆助理在追求苏好？

苏好抬起眼眸，朝陆助理点了点头，没有多话。

陆助理微微一笑，夹起青菜吃了一口，接下来，唐瑜和陆助理有一搭没一搭地聊着。唐瑜连汤都没点，很快就吃完了，她恰好有电话来，于是将吃完的餐盘端起，准备放回餐具回收区。

苏好拿的多，还没吃完。

陆助理喝完最后一口汤，拿纸巾擦了一下嘴，拿起餐盘之前微微弯腰，低声道："苏小姐，周总让我告诉你，他生病了。"

苏好没动。

陆助理："他发烧了。"

"让他吃药吧，跟我说有什么用？"

陆助理："……好的。"

他直起身子走向餐具回收区，而后拿起手机发消息。

陆助理：周总，苏小姐让你吃药。

周扬：……怎么说话的？

陆助理这才反应过来，这话像是在骂人。

他立马解释：她让你吃退烧药，她说跟她说没用。

周扬没再回消息，陆助理松了一口气。

苏小姐还是要更铁石心肠一些，周总才能放弃。

唐瑜挂了电话，看了一眼门口，又看了一眼苏好，刚刚，陆助理弯腰和苏好说悄悄话的时候，她恰好看到了。

唐瑜心想，陆助理果然在追苏好。

吃完午饭回到办公室，唐瑜就去午休了。苏好没有午休，她再次投入工作中，未来半个月，她大概都会处于这种极其忙碌的状态。

下午两点多，张娴和陆米米午休回来了，三个人各自忙着自己的事情。

陆米米时不时地就在微信里和陈玉聊天。

陈玉：她怎么样？

陆米米：看样子很忙。

陈玉：是吗？上手了吗？

陆米米：这么忙还能算上手了？感觉比你笨多了。

陈玉：哦。

陆米米：你是不是偷着乐了？之前就让你小心做事，你倒好，真是的。

陈玉：我知道错啦。

陆米米：今天周总好像生病了，我刚刚在走廊上看到他了，心疼。

陈玉：快献殷勤去。

这时，张娴接了一个电话，喊了苏好一声，苏好抬起头，张娴就把手头的资料推到她前面，说："曾总的助理出差了，你帮忙送过去给曾总吧。"

苏好放下笔，应了一声，拿走那沓资料转身出门。

曾总办公室的门没关紧，留有一条缝，苏好轻轻一推，一眼就看到周扬靠在桌旁，掩嘴咳了一下，跟曾总正说着话。听见动静后，男人的动作一顿，抬起眼眸看了过来。

两个人视线相撞，苏好抿了抿唇，走进去，喊了一声："曾总，您要的资料。"

说着，她将资料放下了。

曾总咳了一声，眼神有些游离，随后说："好，放这儿吧。"

明明没什么，可气氛有些莫名的怪异。

曾总问了苏好几个问题。

"刚接手陈玉的工作，感觉如何？"

"还行。"

"如果需要帮忙，记得和张娴说。"

"好的。"

周扬扬着眉看她。

今天，他的领口倒是扣得严实，手虚虚地插在口袋里，曾总看着周扬毫不掩饰的视线，再看苏好这镇定的表情，叹了一口气。早知道就不看监控了，不要知道老板那么多事才好。

"好了，你出去吧。"曾总斟酌了一下，说。

苏好笑着转身，连一个眼神都没留给周扬。可她刚摸上门把手，一只大手就从身后伸了过来，压住了她的手。

那只手十分烫人，苏好一愣，正想挣脱，周扬却压得更紧了，身子也紧紧地贴在她身后，将她笼罩着。

苏好："放手。"

他应该烧得挺厉害的，胸膛一阵阵发烫。

周扬低沉的嗓音在她的头顶响起，竟有几分委屈："我发烧了。"

"知道了，吃药。"她冷静得像个机器人。

周扬沉默了一秒，随后，他收起他的那点委屈，语气低沉，带着一丝热气："我妈让你周三去一趟我家，我来接你。"

"知道了，可以松开了吗？"苏好转动了一下手腕。

周扬眯了眯眼，此刻的病态让他更想贴紧怀里的女人。

他帮她开了门，下一秒，又用力地把门推了回去。

姿势不变，动作不变，气氛不变。

他低了低头，低低地喊了一声："苏好，你好香。"

"咳咳——哎呀，这个东西怎么掉下来了。"紧接着，曾总的文件噼里啪啦地开始往地上掉，一下子将气氛破坏了。

周扬转头，看向曾总。苏好趁这个时候，一把拉开门，大步地走了出去。

曾总对上周扬的眼睛，愣了下，讪笑道："都掉了。"

他指着地上的一堆文件，有些尴尬。

周扬走过去，拿起桌上的烟和打火机，脖子上泛着红晕，他侧头看了一眼："曾总好有心机，可以拿奥斯卡大奖了。"他嘴边叼着烟，语调轻慢。

曾总捏着文件，心想，为了保住饭碗，难道下次要假装没看见？那要是以后两人真成了，不是得罪了未来的老板娘吗？这也太难了……

苏好回到办公室后继续做手头的工作，忙完后，她翻出手机看了一眼微信，果然看到了苏茜发来的消息。

苏茜：好好，周三来家里一趟呀。

苏好迟疑了一下，正思考着要怎么回绝，又跳出来一跳消息。

李绣：苏好姐，我好难过。

李绣：苏好姐，周扬在公司吗？

苏好本来不想回，几秒后，她又改了主意。

苏好：在，他发烧了。

李绣：发烧了？怎么会这样？吃药没？

苏好没再回了，她放下手机，准备晚会儿再给苏茜打个电话。

三点半左右，公司开始了下午茶时间，比较忙的员工一般选择不吃，不忙的员工三三两两到了二楼的餐厅，十六楼的员工今天都很忙，没人下去。

这时，电梯门突然打开，一道明艳动人的身影出了电梯——是很久没有来公司的李绣。

众人看到她，都有些诧异。

李绣提着一个购物袋，还有一杯咖啡，径直走向总裁办公室。

从百叶窗往里看，只看到男人靠在桌子旁看文件。

她一把推开门："周扬。"娇俏的声音响起来。

周扬抬起眼眸，发烧令他的眼里没有了笑意，眉宇间甚至有些戾气，看到李绣后，他的语气有些冷，扬眉道："你来干吗？"

李绣一顿，立马举着小袋子说："给你送退烧药。"

“谁告诉你我发烧了？”

“苏好姐啊！”

周扬咬咬牙：“……”

李绣一来，又给公司的“八卦部”添了新话题，大群里的消息响个不停，苏好关了声音，但还是时不时看到了群里的聊天记录。

“李大小姐来了，天哪，她还是很漂亮。”

“她换车了，有钱人的车子像不要钱似的。”

“换了什么？我看看，好像是奥迪？”

“不管是什么车，我们都买不起，不过，她进周总办公室多久了？”

“他们应该在一起了吧……”

最后这条消息是陆米米发的，语气中带着试探。

就在这时，走廊上传来了高跟鞋的声音，紧接着，高挑的李绣走了过来，将退烧药连同购物袋一起扔进了垃圾桶。

众人转头偷看，李绣的脸色不太好，随后，她进了电梯。

一群人一阵唏嘘，群里又开始讨论。

“周总没收退烧药。”

“两人闹别扭了吗？”

“或许你们都猜错了,他们根本没在一起？周总心里是不是有别人了啊？”

苏好对这些讨论充耳不闻，一心工作。

又过了十几分钟，曾总的助理从外面回来，拐进财务室，随意地将一个袋子放在了苏好的面前，说：“苏好，麻烦你帮忙把这个送去给周总，我和曾总现在要出门了。”

苏好一愣，看了一眼，袋子上印着一家药房的名字。

她沉默了一秒，推了一下袋子，推辞道：“我没时间……”

话没说完，曾总的助理就走了。

苏好一转头，看到曾总拿着文件和手机在打字，两个人并肩离开了。

整个财务室顿时陷入沉寂。

陆米米一个劲儿地盯着那袋药看，张娴迟疑了一下，说：“苏好，既然曾总的助理让你帮忙，那你……”

“张娴姐，我还有好多事情要做。”

苏好话音刚落，陆米米提起袋子，说：“行，我帮你送去。”

说完，不等苏好反应过来，陆米米就踩着高跟鞋转身出了门，而后看了眼垃圾桶。

到了总裁办公室，陆米米不敢直接推门而入，她敲了敲门，男人沙哑低沉的声音就传了出来：“进来。”

陆米米深呼吸一口气，拧开门把手走了进去，她一眼就看到周扬坐在桌子后面，嘴里叼着烟，领口微敞。

他抬起眼眸，看到是陆米米后，眼底的神色顿时冷了几分：“什么事？”

下一秒，周扬看到她手里的袋子，又眯起了眼：“来送退烧药的？苏好叫你来的？”

陆米米第一次看到周扬这一面，有点儿不近人情，不如之前那般风流倜傥又好亲近。

她呆愣在原地，半晌才点头，含糊地回答：“是……是的。”

“滚出去，我不需要。”周扬拿下嘴里的烟，按在烟灰缸里，而后拿起衣架上的外套，一边穿一边走向门口。

见状，陆米米赶紧转身给他开门。

外套穿好后，周扬身上的那股风流劲儿好像又回来了。

陆米米的呼吸一顿，看着周扬走向电梯，他的脖颈都发红了，应该烧得很厉害。可他为什么不吃药？

陆米米失魂落魄地回到财务室，退烧药再次被扔到苏好的桌上。

苏好分神看了一眼，还没说话，陆米米就说：“周总根本不吃。”

张娴也起身走了过来，有些好奇地拿起袋子研究了一下，说：“你们一个个轮着给周总送药，他怎么都不吃？为什么啊？”

“我感觉他烧得很厉害了，不过他今天心情很差，脸色好冷，吓了我一跳。”陆米米此时仍心有余悸。

张娴想了下，说：“确实奇怪，周总很少有这么情绪化的时候。”

“可不是？也不知道是谁惹了他。”

“李小姐送的药他也不要，曾总助理送的药他也不要，谁送的他才要？难不成，他在等谁给他送药？”陆米米说。

张娴笑了起来，神色柔和了很多：“你是不是被吓傻了，你觉得周总会为了谁这么情绪化？甚至不顾自己的身体，连药都不吃？”

“我多想了，周总怎么会这样？只有女人会为他这样，他都是那个拿捏别人的人，怎么会被别人拿捏？”陆米米拿起镜子补妆。

张娴把袋子放在苏好前面的盒子里，对苏好说：“先放着吧。”

苏好应了声，就开始对刚刚收到的几笔账。

苏好的手机就在这时响了起来，有两条新的消息。

曾总：苏好，你把药送给周总了吗？

周扬：苏好，你的心是铁做的吗？

到了下班时间，苏好终于把所有工作都做完了，收拾完桌子，拿起包包，揉了揉脖子，正准备要走。张娴看到她后愣了下，问：“苏好，事情都做完了？”

苏好点头道：“是。”

张娴有些不敢相信，她看了眼苏好的办公桌，说：“还是要多检查检查，别和陈玉一样。”

“不会的，张娴姐。”苏好说完，还是拉上窗帘，离开了办公室。

张娴看了一会儿她的背影，随即摇了摇头。

陆米米刚洗完手回来，看到苏好走了，也愣了一下，随后讥笑道：“这么快就下班了？事情都做完了吗？陈玉刚接手的时候花了一个多星期学呢……”陆米米也提起了小包，说，“张娴姐，明天估计又得被曾总骂了。”

张娴一声没吭，两人一同离开了办公室。

今天一整天天都是阴沉沉的，此刻，乌云黑压压地压在头顶，像是随时要下雨。苏好加快了脚步，刚回到家，她就听见轰隆一声，随后就开始下雨了。

苏好放下小包，去关了厨房和洗手间的窗户。

时间还早，此刻的天色却像深夜时一般。回到客厅后，苏好从冰箱里拿出菜，简单地做了一顿晚餐。吃完后，她还惦记着苏茜今天的邀请，而后拿起手机，拨通了苏茜的电话。

苏茜的声音很快传来：“好好，吃晚饭没？”

“吃啦，阿姨，你呢？”

“我也吃了，今天的雨下得好大，你今天是不是很忙？微信消息都没回我。”苏茜的嗓音很好听，带着笑意，这令苏好后面准备回绝的话卡在了喉咙里。

而后，她看着头顶的吊灯，狠心道：“阿姨，不好意思，周三我可能要加班，没办法过去了。”

“啊？怎么还要加班啊。”

苏好有些心虚，她想少去周家，减少和周扬的见面次数，这样久而久之，他的耐心耗尽了，就不会再在她身上浪费时间了。

苏好很坚决，她这个年纪，要把理智放在情感的前面。

“是啊，我刚接手工作，还不太适应。”苏好硬着头皮说。她心里想着，回头给苏茜做一份无骨鸡爪带过去。

“这样啊，那确实工作比较重要。”苏茜的语气里带着失落，叹了一口气。

苏好只得假装没听到，接着，她扯开了话题。

苏茜的心情似乎终于好了些，她和苏好聊了一会儿才挂电话。

苏好放下手机，呼出一口气，她不擅长撒谎，压力很大。

坐了一会儿后，她拿起书准备看看，这时，手机又响了起来——是沈赫发来的微信消息。

沈赫：好好，我下周又不能出差了。

苏好：没关系。

沈赫：好失落啊，这边太忙了。

苏好：我看看我能不能去京都出差吧？

沈赫：你要来京都出差？

这个月，苏好还要去别的城市出两趟差，苏好记得是东市和京都，到时候和曾总申请一下，应该没什么大问题。

苏好：嗯，沸节在京都有分部。

沈赫：好，我等你。

放下手机后，苏茜端了一杯水上楼。

周扬在一湾山水的这套别墅，她还是第一次来，装修简单到她都不习惯。上楼后，苏茜推门进了主卧室，卧室里的窗帘关着，男人双手搭着额头，闭着眼睛在睡觉。

苏茜坐在床边，看他薄唇紧闭，要不是脖颈处的红晕，还真看不出他发烧了，睡着后也十分有气势，苏茜帮他拉了拉被子。

周扬突然睁眼，看到是苏茜，声音低沉地问：“妈，你怎么来了？”

“你说呢？要不是陆助理说，我都不知道你发烧了。”

“一点小毛病。”周扬轻咳了下，伸手去拿水杯，苏茜赶紧递给他。

周扬起身靠在床头，他穿着黑色睡衣，露出一小片胸膛。

苏茜看着他，说道：“既然是小毛病，你怎么总要苏好给你送药？”

周扬喝水的动作一顿，抬起眼眸看向她。

苏茜耸肩道："苏好说她周三要加班，你说，她是不是在躲你？"

周扬眯起眼，反问道："妈，你很闲？"

"挺闲的。"苏茜慢悠悠地说。

其实，她每次都在试探周扬，周扬总是这副漫不经心的样子，可越是这样，越暴露了些什么。

周扬将杯子放回床头柜上，拿起手表看了一眼，有点儿逐客的意思："妈，你可以回去了。"

"这就开始赶我了？"

周扬问："不然呢，留你在这儿继续试探我？"

他笑了下，拉开被子下了床，不紧不慢地走进浴室。

苏茜叫了一声，起身往外走，嘴里还骂了一句："这个狗儿子。"

她在想什么，瞒不过周扬。

苏茜看他还有精神去洗澡，便不再担心，转身下了楼。

第二天，天色依旧灰蒙蒙的，苏好起床后站在窗边，看细细的雨飘落。随后，她洗漱完，吃完早餐后拿着伞出了门。到了一楼，凉凉的空气扑面而来，秋天似乎就快来了。

地下人行道依旧不能走，那边地处低洼地段，这个时候全是水，苏好只好叫了车。

抵达公司后，苏好下了车，将雨伞插在了门口的架子上，她整理着头发，一路来到电梯前。

她来得早，公司里人还不是很多。

电梯从负二楼上来，苏好一抬头，就看到周扬穿着白色衬衫和长裤，挽着外套，手虚虚地插在口袋里，正眯着眼睛看着她。

气氛一时有些僵冷。

电梯里还有两个人，一个是曾总，一个是陆助理。

陆助理和她打招呼："苏好，早上好。"

苏好本想坐下一趟电梯，被陆助理这句话突然打乱了思绪，她微微一笑，道："早上好，周总，曾总，陆助理。"

打完招呼后，四人又安静下来。苏好后退了两步，正准备说话，曾总突然叫了她一声，招手道："赶紧进来啊，等下人就多了，不好坐了。"

苏好到嘴边的话吞了回去，只得走了进去。三人的站位是呈三角形的，周扬被簇拥在中间。

苏好进去后往曾总那边站了站，结果曾总却往旁边躲去。

苏好愣了一下，只得往陆助理那儿靠。

陆助理扶了扶眼镜，沉默着后退了两步。苏好顿了顿，心想，她总不能过去和他们两人挤在一块儿吧。

最后，苏好和周扬的中间仿佛隔着一条长河，身后的两个男人却挤在了一起。

就这样，电梯一路上到了十六楼，门开后，苏好停顿了一下，想让周扬先走，可周扬没动，曾总和陆助理倒是想走，可老板不走，他们怎么敢走？

于是，四个人僵持了一会儿。

周扬在一旁冷哼了一声，轻描淡写地问苏好："你不走？"

苏好抬头看了他一眼，男人的眼眸十分深沉。

苏好抿了抿唇，收回了视线，随后大步走出了电梯。

她一走，身后的两人总算是松了一口气。

周扬眯着眼睛，跟着苏好也大步走了出去。

一看就知道，一旦吵起架来，苏好这种女人肯定是冷战的好手，能把人直接无视。

周扬觉得自己快疯了。

路过茶水间时，他眼神一扫，看到苏好踮着脚在拿红糖。

周扬看了几秒，将外套递给陆助理，挽了袖子走进去，十分轻松地将红糖包拿到了手。

苏好的手一下抓了个空，白皙的手在半空中停滞了一下，而后仰起头。

男人站在她身后，举着红糖包，居高临下地看着她，低声问："生理期？"

苏好第一次红了脸，她抿了抿唇，喊道："糖！"

"给你？"周扬晃了晃手里的东西，欣赏着她的脸红。她脸上的红从脖子根往上蔓延，一路到耳根，粉粉嫩嫩的，令人很想吻上去。

苏好抿紧了唇。

她向来很在意自己的生理期，但这两天可能是刚接手陈玉的工作，竟然把这件事给忘记了。刚刚，她一出电梯就觉得肚子不舒服，才想起来这个事。

沸节的待遇很好，不仅备有红糖和暖手宝，还备了卫生棉条。

“拿来。”苏好伸手要。

周扬的身子却往后挪了些，让她再次抓了个空，他的目光一直在她脸上打转：“二十八号？准吗？”

苏好的脸更红了。

他在问什么？！

她可以冷脸对待他，但她真不习惯和别人说这个。

“不准，也不是二十八号，不关你的事。”说完，苏好也不要红糖包了，她抓起桌子上的包转身就走。

走了没两步，男人从身后跟了过来，下一秒，红糖包和暖手宝一块儿被塞进她的怀里。周扬低笑了一声，说：“就是二十八号，估计挺准的。”

说完他就走了，只留苏好抱着暖手宝和红糖包在原地发呆。

两分钟后，苏好返回茶水间，准备冲红糖水，她的肚子正一阵阵地疼，她顺便将暖手宝加了热。

陆米米恰好在这个时候进来了，她站在苏好旁边倒咖啡，看了苏好一眼，问道：“刚刚，周总进了茶水间？”

苏好扫了她一眼，点了点头，疼痛让她没力气开口。

陆米米又问：“他来干吗？”

“不知道。”苏好说完，端起红糖水抓着暖手宝就转身离开了。

一路到了财务室，她赶紧把暖手宝放在肚子上，一抬头，就看到桌上多了个暖手宝，她愣了一下，手机便及时响了起来。

陆助理：周总让我拿这个给你，这个比较暖，茶水间的那些都被人用了很久了，不怎么管用了。

苏好：替我和周总说声谢谢。

苏好拿过新的暖手宝，发现这个确实要热很多，苏好用这个代替了刚刚的暖手宝贴在肚子上，随后打开电脑开始工作。不一会儿，张娴也来了，她一来就开始检查苏好的账本和凭证，顺便检查起支票的开头。

这些都是苏好昨天写的，章也是苏好盖的，今天，这支票就要交出去。

陆米米也过来凑热闹，两人不知不觉就检查完了，没想到什么问题都没有，两个人对视了一眼，都没吭声。

早上财务部有个会议，几人去了大会议室。

苏好的肚子还是很不舒服，脸色有些发白，她握着笔，努力集中精神。曾总喊她的名字时，她还有些恍惚，几秒后，她抬起头，挤出笑容道："曾总。"

"怎么了？身体不舒服？"曾总见她这样，愣了一下，说，"没事，我只是夸夸你而已，你昨天的工作做得不错。"

电脑里的入账明细苏好做得很清晰，曾总觉得一目了然，并且不像过去那样要第二天十点过后才能看到。之前的出纳都习惯了第二天才把入账明细全部理清楚，只有苏好是在昨天下班前就处理好的。

陆米米的脸色一黑。

苏好做得越好，越显得她们不行，这令她感受到了威胁。

连张娴都忍不住坐直了身子，看了眼被疼痛折磨得有些恍惚的苏好。

"看你那么难受，散会吧。"曾总有点担心苏好，可他也不好在这里直接问，索性散了会，随后，他带着助理率先离开了。

张娴收拾了东西，轻声问苏好："怎么样？还好吗？"

苏好点点头："我没事。"

"那你自己小心点。"说完，张娴和陆米米转身离开了。

苏好呼了一口气，瘫坐了回去。

她其实很少觉得这么疼，带着这种不舒服的感觉上班确实有些难受。她坐了一会儿，又怕别人也要用会议室，于是收拾之后也离开了。

出去后，她想起还要申请出差的地点，于是进了曾总的办公室，谁知道周扬也在里面，他正低头点烟，听见动静，他抬起头看了她一眼。看到她脸色发白，周扬的眼睛眯了眯，放下烟，只盯着她看。

苏好喊了一声周总，随后直接去了曾总的桌前，说："曾总，我要申请去京都出差。"

曾总赶紧让她坐下，苏好笑道："不用坐，我没事。"

曾总都快出汗了，心想，你没注意到旁边那个男人的眼神吗？

曾总咳了一声，想都没想，说："行，我批了，京都的事情确实比东市简单，东市那边，你一个新来的也搞不定，好了，你快去休息吧。要不，给你放半天假？"

"不用，我没事，等下就好了。"苏好不好意思和他说去京都出差的原因，打起精神点了点头，转身走了。

她刚拧开门，一只手就抓住了她的手腕，一把将她拽了回去，随后将她拦腰抱了起来。

苏好下意识地挣扎起来，周扬抱着她进了曾总的休息室，一把将她扔在柔软的床榻上。他弯着腰，说：“在这儿休息一下，吃不吃止痛药？”

苏好条件反射般地坐了起来，周扬一把压下了她的肩膀，而后俯身抵住了她的额头：“你不休息，不吃药，我就让整个公司的人看看你和我在房间里的样子。”

苏好愣住了，她往后挪了挪，声音也变得冷了点：“我真没事，我的身体我自己知道。”

“是吗？”周扬笑了起来，身子跟着她往后挪，步步逼近，两人呼吸交缠。

两人对视，在这狭小的房间里，处处都是对方身上的香味。

周扬笑得有些坏，苏好被逼到就快躺下了。

她今天穿着衬衫，领口扣得很紧，但由于此刻的动作，衣服看起来已经有点凌乱，微微能看到锁骨处的肌肤。周扬往那儿扫了一眼，随后挪开目光，问：“吃止痛药吗？”

苏好摇了摇头，吃止痛药的话，下次只会痛得更厉害。

“那你只能休息了。”说完，男人直起身子，居高临下地看着她，心里突然有种掌控人的快感，昨天的烦闷一扫而空。

周扬关了房间里的灯，含笑走了出去，这时，他的手机响了起来。周扬拿起来看了一眼，突然抬头问曾总：“她刚刚申请去哪儿出差？”

曾总目不斜视，不敢看休息室，道：“京都。”

周扬的脸色沉了沉。

微信页面里，沈赫发的朋友圈的定位正是京都。

休息室里没开窗户，窗帘也关着，苏好此刻的精神已经好了一些，她坐到沙发上，捂着肚子。以前虽然也疼过，但不像这次持续这么久，或许是因为近期工作紧张。

她深呼了一口气，慢慢觉得疼痛有所缓解。

门在这时被推开，她转头看去，高大的男人端着一杯水，靠着门，看不清神情。下一秒，他走了进来，将杯子放在茶几上，他轻轻扯了扯衬衫领口，声音很轻，似笑非笑道：“怎么突然想去京都？”

苏好靠在沙发椅上，和他对视，说：“出差。”

“只是出差？”周扬敲了敲桌子。

苏好沉默地看着他的手指，随后温和一笑：“也不是。”

“还要去哪儿？”周扬勾起唇，笑意浅淡，像是在拉家常，却又带着几分寒气。

苏好笑笑，说道：“这个属于我的私事。”

好一个私事。

周扬的下颌一紧，几秒后，他站起身，指着杯子说：“喝吧，等会儿该凉了。”

说着，他转身离开，顺手关上了门。

门一关，屋里一片漆黑，苏好在沙发上坐了一会儿，疼痛感已经越来越轻了，她这才起身，拧开门走了出去。

周扬已经不在了，只有曾总坐在椅子上翻看着文件，一回身，看到她出来，他惊了一下：“苏好，你好些了吗？”

“好些了，曾总。”苏好冲他一笑，因不好意思，耳根上又染上了一丝红晕。

曾总下意识地站起来，说：“还觉得不舒服就再休息一会儿吧。”

“不用了，我得回去工作了，谢谢你，曾总。”苏好说完，一把拉开门，离开了办公室。

曾总看她走了，这才慢慢呼了一口气。

回到财务室，坐下后，苏好发现自己的身体还是虚的，有些出冷汗。

陆米米滑着椅子朝她而来，问道：“你怎么去了那么久？”

苏好看了她一眼，道：“曾总问了我一些问题。”

“你是不是还申请了出差？”陆米米试探着问道。

苏好点了点头。

陆米米难以置信：“你手头的工作能做完吗？还申请出差？”

“我不申请就不派我出差了吗？”

陆米米脸色一僵，半晌，她才推着椅子回去。

苏好竟然这么主动，一声抱怨都没有，这一点儿都不合常理。

生理期还是会影响工作进度的，苏好的速度比平时要慢了一些，忙到连午餐时间都给忘了。唐瑜来敲门，她才反应过来，说：“我都忙忘了。”

“我正好去直播间，顺便上来喊你吃饭，没想到你还真在。”唐瑜笑着道，见她脸色发白，问道，“你不舒服？”

“生理……”面对女生，苏好没那么害羞，她指了指肚子。

“啊，懂了。”唐瑜点点头，两人进了电梯，唐瑜又道，“餐厅有红豆汤，你等一下喝点儿，不要吃凉拌黄瓜了。”

苏好笑起来：“那是你喜欢吃的。”

唐瑜这才反应过来。

两人说说笑笑间，苏好感觉肚子已经不那么疼了。

到餐厅后，她们发现今天餐厅的气氛很活跃，再往前，便看到不远处靠窗的四人桌旁，周扬和陆助理居然都在。

难怪一群人都沸腾了。

男人正在打电话，面前放了一份牛排和一杯咖啡。

陆助理的面前摆了个笔记本，旁边也有一份牛排。

看来是餐厅专门给他们开的小灶。

此时的餐厅人很多，一眼看去，不管吃完还是没吃完的人都霸占了一个位置，有些二人座挤了四个人，四人座又挤了八个人。周扬周围的桌子更是爆满，几乎都是女生。

周扬一身风流，衬衫没扣第一颗扣子，一只手捏着手机，一只手敲着桌子，偶尔喝一口咖啡，整个餐厅里，数他气势最强，也最耀眼。

唐瑜悄悄吹了吹口哨："今天吹的什么风？周总竟然也在。"

苏好挪开视线，走去拿吃的。

唐瑜还在减肥，只拿了青瓜和鸡蛋，又配了一份银耳汤。苏好还是荤素搭配，不过，她这次要了份红豆汤。两人拿了餐就去找位置坐，但一直没有找到。

绕了一圈，她们来到了周扬这一排，男人放下手机，目光扫了过来。在半空中，周扬的目光和苏好的目光对上了，他的嘴角扯了扯。

对面的陆助理也看到了苏好，看到苏好在找位置，陆助理迟疑了一下，低声问周扬："周总，我们这儿还有位置。"

周扬看了眼陆助理，而后笑了笑："然后呢？"

"苏小姐……"

周扬往后靠了靠，扬眉不语。

陆助理立刻意会了，转身招手道："苏好，唐经理，这边还有位置。"

一下子，整个餐厅哗然了。

在找位置的苏好和唐瑜一顿，苏好扫了一眼强势霸道的周扬，随后挪开了视线。她想低声和唐瑜说我们再找找，可唐瑜看到陆助理的脸，心里想着，陆助理果然暗恋苏好，立即拉着苏好道："走吧，也没别的位置了。"

苏好愣了一下，下一秒，她坚决地甩开唐瑜的手，说："我坐这里就行了。"说着，她在一个靠近走道的位置坐了下来，旁边是测试部的男生，三个男生因她的到来愣住了。

唐瑜也愣了一下，她犹豫了一下，只得也挤到了苏好的座位旁边，五个人坐了四人桌。

苏好笑了笑，说：“吃饭吧。”

唐瑜：“哦，好。”

整个餐厅的气氛从哗然到寂静。

谁都不敢相信，苏好竟然拒绝了一次和周总接触的机会。

陆助理第一次干这种媒人的活，有些尴尬地收回了手，扶了扶眼镜，迟疑地看向对面的男人。

周扬的眼眸垂着，像是没看这边。

然而，跟了他很久的陆助理怎么不懂？这男人分明是生气了。

他咳了几声，低声道：“周总，苏好这是在躲你吗？”

陆助理已经是第二个这样问他的人了，前一个是苏茜。

周扬看了眼挤在男生堆里的苏好，她披散着发丝，和那些男生攀谈了起来。

他没告白之前，她倒也是这样对待他，可惜，他告白后，这个女人便浑身是刺，冷漠至极。

十几分钟后，周扬拿起外套，理了理衬衫，在众人的目光下和陆助理一起离开了食堂。

路过苏好所在的餐桌时，男人低垂着头，轻飘飘地看了她一眼，接着扬长而去。一桌的人都感受到了他的目光，一个个抬起头，却对上陆助理斯文的脸。

他轻声对苏好和唐瑜说：“苏好，唐经理，你们慢吃。”

唐瑜笑着摆手道：“慢走。”

苏好也冲陆助理点了点头。

陆助理露出了笑容，赶紧跟在周扬身后离开了。

苏好低下头继续吃饭，唐瑜却有些吃不下了，她看着苏好，心想，她竟然对陆助理没感觉？

吃过午饭回去，公司的八卦群再次沸腾了。

“陆助理喜欢苏好！”

“苏好是谁？”

“就是财务部新来的助理啊。哦，现在不能说是助理了，是出纳，苏出纳。”

“这个称呼怎么有点儿奇怪？”

“不管这个，我们先谈谈陆助理和苏好的事。是这样的，据说，苏好和唐瑜去食堂吃饭，没有位置……你们说，陆助理是不是喜欢苏好？！”

“走的时候，他们还打了招呼。”

“之前还有人说，上次在餐厅碰到他们时，陆助理还俯身靠近苏好耳边说话，那姿势可暧昧了。”

“……有时候，眼见的不一定是真的，各位家人。”这是曾总的小号发的话。

“这位兄弟，你知道些什么？”

“……不要被表面现象所迷惑，还有，小心八卦，不要惹怒了神。”

“这位兄弟，你神神道道在说什么呢？”

曾总：我在救你们。

把餐盘放回去后，苏好和唐瑜离开了餐厅，可四周奇怪的目光让苏好忍不住皱了皱眉。

到茶水间后，苏好才知道流传的八卦，她有点儿无奈，打开大群开始解释。

苏好：“陆助理不喜欢我，大家不要乱传，感激不尽。”

说完她也不管别人回复什么，就退出了页面，端着水杯回到了财务室。

陆米米已经到了，她看了苏好一眼，笑了起来：“原来如此。”

苏好没理会她的阴阳怪气，坐下来后继续开始工作。

陆米米拿起手机，和张娴发起微信消息。

陆米米：姐，苏好和陆助理那事儿，你觉得怎样？

张娴：假的。

陆米米：……哦。

张娴：好了，工作了。

她放下手机，看了苏好一眼。

之前，她也猜过苏好和周总的关系，可猜着猜着就没了下文。这会儿又冒出一个陆助理，难不成，苏好真的跟陆助理有关系？陆助理也有开监控的权限，那天，或许是陆助理要来帮苏好，最后没空才求周总过来帮忙？也不是没有这个可能。

第七章

怎么不传传我和她的绯闻

周三这天晚上，周家只开了小灯，整个别墅散发着柔和的光。一群贵妇坐在客厅，正在聊天吃东西，气氛极其好。好几个人问苏茜：“不是要介绍苏好给我们认识吗？”

“对啊，人呢？”

苏茜端着水果缓缓而来。她今晚穿着旗袍，显得很知性，答道：“今天这孩子加班，没时间，下回吧。”

“哎呀，之前听你说这女孩儿多好，现在却见不到人，你是故意吊我们胃口？”

“乱讲。我巴不得把她送到你们面前，听你们夸她呢。”

一群人笑了起来，苏茜拿起一颗樱桃塞进嘴里，不理她们。

这时，楼梯上传来脚步声。

贵妇们抬头看去，只见周扬嘴里咬着烟走下来，人又高又俊朗，眉宇间一片风流气度，贵妇们一阵唏嘘：“周扬，你打定主意不结婚了？”

“是啊，李姑姑。”周扬在酒柜上的烟灰缸里弹了弹烟灰，戏谑地回答。

“你家就你一棵独苗，你妈急着抱孙子呢。”赵翘捏着一颗樱桃笑道，“我们家都快有两个了！你看看你……”

周扬笑了几声，不搭理她们，走向门口。

苏茜看着他这副样子就生气，立即起身追过去，问道：“苏好在加班？”

周扬系着领带答：“可能吧。”

“你作为老板，还能不知道？”苏茜眯着眼睛问。

周扬靠在柜子上，慢条斯理地道：“我哪儿管得了那么多，要不我给你看看？”

苏茜：“快看。”

周扬拿起手机，打开了视频监控，不一会儿就进入了页面。

财务室里空空荡荡的，没有人加班。

苏茜一口气差点没提上来，几秒后，她看向周扬说：“苏好果然是为了躲你才不来我们家的。”

周扬看着监控画面，嘴里咬着烟，没说话。

苏茜委屈得很：“估计以后苏好都不会来我们家了，都怪你，人家喜欢你的时候你不喜欢人家，现在好了，她不喜欢你了，你又要追人家，本来，她和沈赫发展得还……”

周扬抬起眼眸看了苏茜一眼。

苏茜眨了眨眼："难道我说得不对？"

"对，你说得很对。"周扬吊儿郎当地说，眼眸里却没什么笑意，转身就走。

车子一路开往华晖小区，停到了超市门口的停车位上，这个位置，正好对着苏好的主卧室，那里的灯亮着。周扬坐在车里，慢条斯理地抽着烟，看着窗户，他开始给苏好发消息。

周扬：你的肚子舒服点了没？

十分钟过去了，苏好没回复。

二十分钟过去了，苏好没回复。

又过了十分钟，周扬冷笑着拿掉嘴里的烟，慢条斯理地掐灭在烟灰缸上。

周扬：到时候，我要和你一块儿去京都。

第二天，周扬到办公室后喝了一口咖啡，门随之被敲响了，他说道："进来。"

陆助理探头问道："周总，苏小姐刚刚申请将出差地点改成去东市了，你去京都的机票还买吗？"

周扬的手一顿，几秒后，他放下杯子，侧脸冷硬，挥了挥手。

陆助理立即退了出去。

周扬拿起座机的话筒，拨打了苏好办公室的电话。

苏好不知道是他打的，语气十分温柔："喂，你好，这里是沸节财务部，我是苏好。"

周扬靠着桌子，声音低沉，带着一丝隐忍："苏好。"

苏好停顿了一下，听出了他的声音。

接着，周扬敲了敲桌子，问道："不去京都了？"

苏好沉默了两秒，笑了笑："是，我更适合去东市。"

"是吗？"周扬的语气轻飘飘的，下一秒，他压低了声音，带着冷意说道，"你是为了躲我吧？明明是为了去见沈赫，费尽心思，结果因为我……宁愿不见沈赫，也要躲着我，对吗？我就那么可怕？"

这大概是他这辈子最大的挫败。

苏好安静了两秒，接着，她轻声道："既然你知道，又何必来问？不糟心吗？"

周扬的手用力地捏着话筒，青筋凸起，过了一会儿，他扯了扯领带，轻声问："我要怎么做，你才不会躲着我？"

苏好没想到他会问这个，她想了一下，说："等你对我没新鲜感了，不喜欢我了的那天。”说完，她毫不犹豫地挂了电话。

周扬用力地将话筒掼下，扯下了领带，脸色发冷。

她这是在逼他别喜欢她，别追她，他却还在乎着她是不是在躲他。

他周扬还是第一次碰见这种事情！

挂了电话后，苏好发了会儿呆，手机还停留在聊天页面。

苏茜：好好，周末来家里啊。

苏好：阿姨，我周末要和同事出去逛街。

苏茜：好好，你偷偷告诉阿姨，你是不是在躲周扬？

苏好看着这条消息，在内心回复她：是啊，躲到他失去新鲜感了，我就不躲了。

周扬对女人不会认真，他的新鲜感肯定也是有期限的，耐心耗尽了，自然就没了。

“苏好，要不要我帮你订东市的机票？”唐瑜敲门问。

苏好回神，转头笑着道：“先不用吧，我到时候自己订。”

距离出差还有一段时间，唐瑜也要去东市，两人决定一起出发。

“行，要不要一起下去吃个下午茶？”

“不了，我手里还有好多事要做。”苏好扬了扬手里的凭证。

唐瑜耸肩道：“行吧。”

办公室里又只剩下苏好一个人了，陆米米和张娴也都下去吃下午茶了，苏好一个人倒也自在。

接下来的几天，周扬没给她发消息，也没来公司，两个人没再联系。

公司的“八卦部”又开始在群里八卦起来。

“周总是不是谈恋爱了？他都不来公司了，前几天不是来得挺勤的吗？”

“你们这些人啊，一天天就想着周总，人家也看不上你们啊。”

“除了他，还有谁值得聊吗？”

“我听说，李大小姐昨天和周总去了军工科技呢。”

“真的假的？这是在一起了？”

“迟早的事情啊，两个人很般配。”

苏好刚从曾总办公室回来，就看到了大群里的消息，李绣也发来了好几条微信消息，还有三张照片。

李绣：苏好姐，我今天到周扬的公司看了他，他很会拿枪，你看！

第一张照片是在靶场，周扬拿着枪，低着头把玩着，嘴角勾着笑。

第二张照片是周扬在打枪，他嘴里咬着一根牙签，白衬衫配西裤，吊儿郎当，痞气十足。

第三张照片是李绣站在他身后和他合照，比了一个“耶”的手势。

李绣还是和上次一样，笑得张扬又漂亮。不过，这次李绣没发朋友圈，只是单独发给了她，她也不知道该回什么。

李绣：苏好姐，他跟我是不是很配？

曾经，苏好看过一本书，书里说，人越是对什么不安，就越会关注什么。

苏好皱了一下眉，心想，李绣应该没什么不安的。

苏好：很配，这个问题你问了很多遍了，李绣。

她的回答像是大姐姐的提醒一样，李绣果然没有再发消息过来，苏好也就松了一口气。

她放下手机，开始专心工作。

夜晚的靶场灯火通明，几辆跑车停在铁门外，看起来极其嚣张。

靶场的人很多，都是一群公子哥儿。今晚有比赛，几乎没人带女伴，除了家属，比如许殿的家属，江郁的家属，闻泽辛的家属。

周扬是负责人，但他今晚不下场，他枪法不输李易，但他和李易都靠在椅背上抽烟，只看着他们打。

熟悉周扬的人都能感觉到他心情不太好。

柳烟是作为女枪手进来的，她嘴里咬着烟，笑问周扬：“怎么回事？这几天过得不太好？”

周扬嘴里也叼着烟，抬起眼眸看了她一眼，笑了笑，又低下头去，掐灭烟后，他端起红酒喝了一口。

李易起身，过去踢了一脚打算作弊的一个公子哥儿，回来后俯身看了一眼周扬的手机：“在看谁？”

周扬倒是没躲，他手机里的照片上，苏好坐在办公室里，抱着抱枕，正在和唐瑜说话。她穿着A字裙，裙子边开了个衩，衬衫扎进裙子里，头发散落在肩膀上，整个人温柔甜美，有种说不上来的岁月静好的气质。

李易“啧”了一声：“还没追到苏好？周扬，你不行啊。”

江郁也笑了起来："你这几天心情不好，就是因为她？"

许殿："你也有今天？"

三人看好戏般地调笑周扬。

周扬长腿交叠，几秒后，他点燃了一支烟，在椅子扶手上弹了弹烟灰，声音带笑："谁说我不行？都给我等着。"

说着，他拿起手机，起身走到铁栏边，拨通了苏好的电话。

挣扎了很久，苏好打算跟沈赫说自己没办法去京都出差，临时改了出差地点的事情。

消息还没编辑完，就有个电话进来了，苏好一看，是周扬的来电。

她愣了一下。

这个人已经很多天没出现了，加上李绣又发了和他的照片，这是不是意味着他对自己的耐心到头了？

苏好接了电话，声音柔和："喂。"

"苏好。"男人的声音低沉。

苏好应了声："嗯。"

周扬笑了笑："这段时间被我缠怕了吧？我想了想，也冷静了一下，确实，我对你最多也就是征服欲作祟，谈不上喜欢，我想通了，我们还是更适合当朋友。"

既然你想和我做朋友，那我就陪你做朋友。

"怎么样？苏好。"他低沉的声音再次传过来。

苏好回了神，她笑了笑，声音温柔如水："好。"

说完，两人都沉默了，周扬那边有点儿吵，还时不时地有枪声传来。

苏好打算挂电话了。这种气氛，像是两个人吵架后又突然和好，有种短暂的尴尬感。

这时，周扬低笑了一声，问："要不要过来玩儿？"

"哪儿？"苏好几乎是条件反射般地问，语调没什么起伏。

周扬往后看了看，扫了一眼许殿他们所在的位置，他们身边带的都是家属。

周扬一笑，回答道："军工科技的靶场。"

苏好看了眼时间，摇头道："不了，我还得忙。"

"忙什么？"

"给沈赫发消息。"

“哦，行吧，那你忙吧。”

苏好笑了笑：“好，挂了。”

说完，苏好先挂了电话。

周扬看了一眼断掉的通话，他一只手插在口袋里，脑海中想象着苏好给沈赫发消息的画面，下颌微微绷紧。他打开微信，找到苏好的对话框点了进去。

挂了电话后，苏好靠在沙发上，打开了沈赫的聊天框继续编辑信息。

发出去后，发现手机里多了一条新的消息，苏好一看，是周扬发来的，她下意识地想略过，但下一秒还是点了进去。

周扬：不会再躲我了吧？

苏好沉默了一会儿，回道：不躲了。

周扬：那就好，感激不尽。

苏好看了，笑了起来。

这时，微信又有消息进来了，苏好没再回周扬，退出去看，是沈赫发来的哀叹。

沈赫：居然去东市出差，这也太远了，东市哪儿有京都好玩啊。

苏好：没办法呀。

沈赫：好吧，那只能等我下次过去再去找你啦。

苏好：嗯嗯。

成年人的感情掺杂了很多东西，没办法那么纯粹，更没办法不顾一切，所以，异地的朋友要发展也就更难了。

苏好放下手机，拿起记事本看了看。临睡前，她突然想起两天没联系母亲了，随后坐起来给成玲打电话。很快，电话就接通了。

成玲问：“怎么还不睡？该不会是出去约会了吧？”

“没呢，刚刚看完工作日记，正准备睡。”苏好听出了母亲试探的语气。

成玲果然有些失落：“哦，在看工作日记啊，我没什么事，也准备睡了。”

从母亲的声音听来，她的身体好像还不错，苏好稍微放下了心，说：“嗯，没什么事就睡吧，晚安啦。”

“好。”成玲说完，又道，“有空多出去约会，多交一些朋友。”

“好啦，知道了。”苏好笑了下，“妈，晚安。”

挂了电话，苏好迷迷糊糊地就睡着了。

第二天是周五，刚一上班就要开全体会议。

苏好匆忙将牛奶全部喝完，拿着会议记录本就去了会议室。会议室里，人已经来得差不多了，苏好在财务区坐下，低头将手机调成了静音。

突然，好几个人都喊了苏好的名字，苏好不明所以地抬起头，看到陆助理正在擦眼镜，恰好也看了过来，两人的视线撞上了。

会议室里的人哗然，都笑了起来。

苏好愣了一下，才反应过来这些人在开他们的玩笑。

陆助理也愣了一下，他赶紧摆手，随后，一群人就看到周扬和曾总走了进来。周扬轻描淡写地扫了一眼笑着的众人，默不作声地看了陆助理一眼，陆助理的额头立即出了汗。

苏好感觉到这群女人因为周扬的到来兴奋了起来，一个个开始整理起衬衫和头发来。

周扬坐到了最前面的那个位置，靠着椅背，手里把玩着笔，眼眸突然转了过来，抓住了苏好的视线，下一秒，周扬看似不经意地朝她勾了勾唇。

苏好迟疑了一下，低下了头。

男人眼底的那股侵略感确实没了，她松了一口气。

很快，会议开始了。

今天的会议内容主要是谈东市的事情。

东市的分部最近内部产生了混乱，那群人都是周氏集团里的几个股东塞过去的，如今，他们在总部闹得不够，还打算搞乱东市。周扬想下手很久了，沸节的人都是他接过这家公司后重新换血的，都是年轻人，不存在派系的问题，可是分部的那些人迟早会出问题。

曾总负责财务这块儿，责任也很大，他起身打量着财务室的三人，最后对张娴说：“安排招聘吧，多招几个人。另外，苏好，你去京都出差，东市换成陆米米去。”

苏好愣了一下，跟陆米米对视了一眼。

陆米米撇嘴，敲了下桌子，问：“我去啊？为什么？”

曾总笑了笑，指着她说：“你比较厉害。”

这话一出，陆米米没有反驳。

没想到兜兜转转，苏好还是得去京都，她看了周扬一眼，周扬转着笔，一只手握着手机。

没过几秒，她的手机振动了一下。

周扬：我叫陆助理买机票。

周扬：怎么样，我够好吧？送你去见沈赫。

这人倒是坦坦荡荡，苏好都不知道该说什么了。

她默不作声地将手机屏幕按灭了。

这个会议开了很久。

有一个叫齐临的刚升职为总秘书，挂职却是代理总裁。

一群人这才反应过来，周扬以后来公司的时间就更少了，他要把精力都放在军工科技或周氏集团那边，要在短时间内解决东市的问题。周扬给人的感觉一直是风流公子哥儿，做什么事情都让人看不出深意，但此时大家才知道，这个男人是把没有出鞘的战刀。

会议结束后，大群里又开始讨论起来。

“我的天，感觉周氏要出问题了。”

“早就出问题了好吗？之前，周总一直不动东市，就是因为里面的那群人都是‘皇亲国戚’，他睁一只眼闭一只眼，假装没看到，都为了老周总。现在开始动手，说明周氏的问题已经很严重了。”

“那我们呢？会影响我们吗？”

“会个屁，几年前沸节就换血了，不然你们还能坐在这里？”

“海市那群人有一部分都是从这边过去的。”

“难怪那边乱，派系也挺多的。”

“当然了，只有京都分部才是周总接过来后设立的，所以京都是目前最安全的地方。”

“我有预感，东市搞完就会搞海市了，我们最安全。”

“对，该吃吃，该喝喝，就是以后可能会很少看到周总了，这个齐临怎么样？”

“你不记得这个人了？前几年军工的一单收购案就是他一个人完成的。后来，周总把他调到这边让他熟悉业务，现在是用上了吧。”

这次，大群里终于不谈周扬的花边新闻了。

苏好看完了所有聊天记录，才发现这个男人看似什么都没做，实际上却什么都做了，做得悄无声息。这里面还谈到了周氏集团，可周氏集团不是周叔叔在打理吗？

苏好点进了苏茜的聊天框，心里突然有点愧疚。

苏好：阿姨，我周六过去看你。

苏茜：真的吗？太好了，我好想你啊。

苏好：我也是。

苏茜：我让周扬滚！

苏好：不用。

苏茜：要的！

苏好：……

午饭时间，苏好下楼去找唐瑜，两个人到了餐厅，餐厅今天依然热闹，看这个情况，莫名有些熟悉。往前一看，果然周扬在，他依然坐在上次的座位上，抿着咖啡，翻着杂志，抬眼就看到了苏好。

他的手指一松，杂志随之落下。

陆助理也转过了头，可等他转头看到苏好时，全场哗然，还有人笑了起来。

陆助理不是沸节的员工，他是军工科技的人，不在大群里，很少听到些什么八卦消息。

他此刻有些纳闷，随后转过头去，与周扬的眼眸对上，男人笑着，眼底却没有半丝笑意，有点儿冷。

这是怎么了？

打了饭之后，唐瑜笑着凑在苏好的耳边嘀嘀咕咕。

苏好推了她几下，说道："别乱说，真的没有。"

"是吗？那这次，我们坐在周总他们附近？正好有位置。"唐瑜拉着苏好的手走过去，苏好有点无奈。

这时，她的手机响了一下，她打开一看，是周扬的消息。

周扬：过来坐，这里有座位。

周扬：总不会是还在躲我吧？

苏好：没躲，我正要过去。

餐厅确实已经没有座位了，只有周扬那里还有两个，还是可以看风景的好位置，上次硬挤着和别人坐那边其实不太好，有单独的座位还是单独坐比较好。

唐瑜拉着苏好挤过去，坐在周扬隔壁，苏好坐下后，一群人又笑了起来。

她的座位和陆助理的挨得很近，可以说是陆助理一伸手，就能摸到苏好的腰。当然，他得站起身来才行。周扬所在的位置更方便些，坐着就能直接摸到。周扬吊儿郎当地靠着椅子，嗓音低沉地问苏好："你和陆助理闹绯闻？不怕我告诉沈赫？"

餐厅里的声音很杂，苏好只好拿起手机给周扬发消息。

苏好：没闹，是公司里的人乱说的。

周扬：哦，是吗？

苏好不回了，放下手机好好吃饭。

议论的声音还是不断传来，有人调侃陆助理："喜欢什么样的女人？苏出纳这样的，你喜欢吗？"

陆助理这才反应过来，他立即看向周扬。

周扬似笑非笑地看着他，似乎也在看好戏。

陆助理冷汗直流，赶紧解释道："我有女朋友了，大家别乱说。"

无中生"友"——大家都懂。

一群人又笑起来："谁啊？哈哈哈，带过来给我们看看啊。"

陆助理顿时坐立难安。

绯闻里的另一个主角苏好安静地吃着饭，唐瑜推了她几下，她都当没感觉到。她是来吃饭的，不是来炒作绯闻的。

苏好喝汤时，身后的男人起身，手背不经意地蹭了一下她的细腰。苏好回头，只见周扬拿起外套，在众人目光注视下离开了，没有看她一眼。

那一蹭仿佛只是不经意，苏好便不当回事。

电梯一路到了十六楼。

陆助理拿着手机，额头还在出汗。

两人进了总裁办公室，周扬放下外套，在桌边翻了一下刚送来的文件，几秒后，他拿起烟点燃，靠在桌上，语调散漫地喊道："陆起。"

"周总。"陆助理咳了一声，扶了一下眼镜。

周扬抬起眼眸看着他，笑了一下："你喜欢苏好吗？"

"不喜欢！"陆起回答得飞快。

周扬低笑了一声，吹了个烟圈出来，嗓音低沉，带着压迫感："最好是。"

陆助理擦了擦额头上的汗，心想，我是不是得去找个女朋友？

"这些人是不是眼瞎？"周扬捏着烟，眯眼道，"怎么不传传我和她的绯闻？"

陆助理心想，你之前喜欢的又不是这一款！

陆助理拍马屁道："周总，今天苏小姐没有躲你了，这是好事，你……你加……"话没说完，周扬就抬头看了他一眼，陆助理后面的话立即卡在了喉咙里。

周总的脸色怎么看起来更不好了？

定下去京都出差后，陆助理下午三点就订好了商务舱的机票。

苏好收到航空公司的短信后，本想给沈赫发条消息，而后想了想，准备给他一个惊喜。

今天不用加班，苏好答应了苏茜周六去看她，下班后，她顺便去了趟超市，买了不少鸡爪，回去后，苏好就开始腌制柠檬无骨鸡爪。

周六一大早，看天色好了些，苏好收拾了一下次卧，把之前多买的一套四件套给洗了，准备晚上换上。如果母亲要过来住，还要再买一个空调。

苏好一一计划好，将这些写在了手机备忘录里。大约十点，苏好起身去将柠檬鸡爪打包，装了满满一大盒，而后换了套衣服，准备出门时接到了周扬的电话。她站在门口锁门，接通电话，道："喂。"

"我在门口，来接你。"男人低沉的声音传来。

苏好一愣："你接我？"

周扬低笑一声："是。"

"哦，那你等会儿，我锁个门。"苏好反应过来，锁了门下楼。

她今天穿的是碎花裙，领口有点大，可以看到锁骨，皮肤白皙，头发披散着，她一路来到黑色保时捷旁，伸手拉开了副驾驶座的门。

苏好匆忙地坐上去，拨弄了几下头发，看向周扬，问："你怎么知道我今天要去你们家？"

周扬嘴边咬着烟，单手搭在方向盘上。

刚刚，他愣愣地看着她下楼上车，那一刻，他以为这个女人是自己的。

周扬的目光落在她的锁骨处，半天没吭声。

"周扬？"苏好系好安全带，回过身喊了一句。

男人眼里的光闪了一下，笑了一下，回神道："我猜的。"

说完，他坐直了身子，踩下油门将车开了出去。

车里有淡淡的香味，外面艳阳高照，苏好靠在椅背上，她看了一眼身侧的周扬，敏锐地感觉到他的心情似乎不是很好。

她又看了他几眼。

周扬眉眼锋利，单手转着方向盘，他知道她在看他。

周扬觉得自己不能表露出占有欲，他笑了笑，一只手解着衬衫的领口，语气轻佻地道："看什么？我不追求你了，你又喜欢上我了？"

他侧脸没什么神情，有点儿距离感，仿佛回到了没告白时的状态。

苏好温柔一笑，道："没看什么。"说完，她挪开了视线。

车里，两人都有些安静。

掉转车头时，周扬用余光扫了她一眼，她久违的温柔回来了。

他咬了咬牙，心想，他得忍。

车子一路开到了周家，两个人一前一后地进了别墅。

苏茜在沙发上等着苏好，一抬头，看到两个人一块儿进来，顿时愣住了。

两人在玄关处说了两句话，周扬见苏好没找到鞋子，帮她拉开一旁的鞋柜，从里面拿了一双粉色的拖鞋递给她，他语调散漫地道："你有段时间没来了，鞋子换了地方放。"

"哦。"苏换接过后换好了鞋子。

周扬放下车钥匙，扯了扯领口，走进去倒了一杯酒。苏好则走向苏茜，在苏茜面前晃了晃手里的盒子，苏茜起身一把抱住苏好："好好，我想你啦。"

苏好微微一笑："阿姨，我也想你了。"

"是吗？你都拒绝了我好几次了。"

苏好有点儿不好意思，赶紧将盒子放在了茶几上。

苏茜打开吃了一口，掩着嘴一个劲儿地叫着："好好吃啊。"

苏好笑了起来，她转过头，问道："周扬，你吃吗？"

苏茜见状，瞪大了眼睛。

周扬放下酒杯走了过来，低头看了一眼那鸡爪，嗤笑了一声："不吃。"

说完，他拿起一旁的文件转身上楼了，落在苏好脸上的眼神不超过两秒。

苏茜在一旁全看到了，她呆了呆，随后，她拉着苏好进了厨房。保姆在择菜，苏茜趁着苏好在帮忙，偷偷溜出厨房跑上了楼，一把推开了书房的门。

周扬正靠在桌子上打电话，抬起眼眸看了她一眼。

苏茜眯着眼走上前，敲了敲桌子。

周扬慢条斯理地放下手机，扬眉问："妈，有事？"

苏茜叉着腰，和他对视了几眼，又看了一眼桌上的手机，问："你……不追苏好了？"

周扬吊儿郎当地一笑："不追了，也没那么喜欢。"

苏茜狠狠地瞪了他一眼："我就知道！"

苏好拒绝他几次，他早就没耐心了，该放弃了。

苏茜心情复杂，一时不知该说什么，再想想，觉得周扬放弃了也好，这样，苏好和周扬又可以做朋友了，苏好还能继续和沈赫发展下去。

就是不知道为什么，苏茜心里还是有点儿失落。她看着周扬，有点儿恨铁不成钢。

“那以后，以朋友的身份相处，你得对苏好好一点儿。”苏茜说。

周扬眉眼含笑，点头道：“一定。”

苏茜又看了他一眼，想从他的眼里看到些什么不同，可他还是那副风流不羁的样子。苏茜转身离开了。她恨自己怎么还对他有期待，这个人就应该孤独终老。

吃午饭的时候，苏茜一个劲儿地给苏好夹菜。其实之前，她还是希望周扬能够成功追到苏好的，毕竟她那么喜欢苏好。

作为一个母亲，苏茜的心情太复杂了。

苏好有点无奈，她的碗里已经有两个鸡腿了，她挡下苏茜的筷子，说：“阿姨，我够吃了，都吃不完了。”

“你太瘦了，得多吃点。”苏茜继续给苏好夹菜，苏好握着筷子认命地吃。

周扬在对面喝汤，看见这一幕，笑了起来，笑声低低的。

苏好看了他一眼。

周扬也拿起筷子，夹了一块五花肉放到苏好的碗里：“多吃点，你太瘦了。”

抱起来没有手感。

吃过午饭，周扬便上楼处理工作了。

苏茜拉着苏好到客厅看她的旗袍。苏茜收藏了很多旗袍，有些是刺绣，有些是苏绣，每一件都价值不菲。苏茜看着苏好秀美的脸，想起昨天和成玲通话的内容。

成玲希望苏好赶快找到新的对象，她对苏好一直有愧疚，苏好大学没读完就承担起整个家庭的支出，照顾完苏爸爸又得照顾她，还因为苏爸爸之前的承诺，不得不选择和唐锐结婚，结果唐锐却不爱苏好，导致两人离婚。现在，苏好能重新开始，成玲最关心的就是她的下一段感情，所以，几乎每次打电话成玲都会从苏茜这儿探探口风。

苏茜伸手拨了拨苏好额头的发丝，道：“好好，你……你和沈赫现在发展得怎么样了？你妈妈挺操心你的，她最放不下的就是你……”

苏好一顿，自然也想起母亲上次打电话时的试探，她笑了笑，低头一看，手机里又有新的微信消息了，正是沈赫发来的。

“你去试试这条。”苏茜突然将一件粉色的旗袍递给苏好。

苏好接过来，顿了一下，被苏茜拉到了一楼的衣帽间，换上了那件旗袍。

苏好觉得有些不习惯，拉了拉开衩的地方。走出来后，苏好看到周扬系着领带，挽着外套，从楼梯处走下来。两个人四目相对，周扬的脚步一顿，紧紧地盯着她。她身上的旗袍开衩比较大，大腿露出不少，无端地多了一股优雅气质，像从画里走出来的。

两人无声对视了几秒后，苏好的微信又收到了沈赫的新消息。

可能是因为一直在想沈赫的事，苏好迟疑了一下，转头看向周扬，像朋友一样问道：“周扬，你能和我说说沈赫的家庭背景吗？”

周扬系着领带的手指一紧，强装镇定道：“你想干什么？接受他吗？”

苏好抿唇笑了笑，没回答，可表情不言而喻。

周扬眯着眼，松开领带，一步步地走到苏好的跟前，男人身上的冷杉香扑面而来，夹带着少许的烟草味。苏好下意识地往后退了两步，可随之，他的手便往她的肩膀处伸来。

苏好的眼神变了，脚步退得更快，结果一个踉跄，崴了一下，纤瘦窈窕的身子往后倒去。周扬皱了皱眉，大手一伸，及时揽住了她的细腰，身子一旋，下一秒，周扬将苏好抵在了墙上。两人的呼吸更近了，周扬眼含戏谑：“退什么？你肩膀上有根头发，你不知道？”

他单手搂着她，另一只手挽着外套。苏好转头一看，的确有根头发掉在肩膀处。她伸手去摘，眼前的男人顺势松开了她，仿佛刚刚真的只是扶她。

丢掉头发后，她看了一眼周扬，他在抽烟，俯身用着茶几上的平板电脑，衬衫扎在裤腰里，衬得腰身劲瘦。

苏好挪开了视线。

刚刚她是有些急了，苏茜的话和母亲的试探导致她失去了理智。

苏茜端着水果出来，看到苏好后眼睛一亮：“好好，你好适合穿旗袍啊。”接着，她走过来，一把拉住苏好的手腕，“我刚刚听到你说想了解沈赫家里的事？我知道。”

“那麻烦你了，阿姨。”

“来来来，太好看了，我先拍张照片。”苏茜放下水果盘，拿起手机对着苏好拍照。

苏好有些腼腆，笑着躲了躲。

“好了，坐，我来和你说说沈赫家的事。”苏茜准备模糊沈赫的家世，简单说说就好。对她来说，只要感情好了，家世都不是问题。

她拉着苏好坐在沙发上，苏好侧着身子，旗袍的开衩处有白皙的长腿露出来。

“沈赫是家里最小的……”

苏茜话还没说完，对面的沙发上也坐下一个人，苏茜跟苏好看过去，周扬长腿交叠，慢条斯理地扬眉道：“你们继续。”

苏茜收回视线，拉着苏好继续说：“他有一个姐姐，一个哥哥。”

“姐姐叫沈璇，是《摩登杂志》的创始人。哥哥叫沈令，十五岁就研究生毕业，现在在科蓝生物学院当教授。”周扬接过了苏茜的话茬。

苏茜的喉咙一紧，不知道周扬想干什么，故意吓苏好吗？

“目前，沈家还没有继承人，沈令在研究生物，不会接手，沈赫迟早是要接管家族事业的。”他微微往前俯身，手搭在膝盖上，笑着看苏好，“你也要加油。”

苏好安静地看着他，一句话没说。

《摩登杂志》是如今国内最热门的杂志，涉及多个领域，航天、生物都有涉及，因为足够多元化，这杂志一直很火，沈璇也是富豪榜上有名的人物。

至于沈令，读大学那会儿，她就听说了这个人，是个学神，虽然那时候她不太在意，但这名字如雷贯耳。

沈赫竟然是他们的弟弟？

“周扬，滚！”苏茜抓起抱枕狠狠地扔向周扬。

周扬轻松地接住后，将抱枕放在沙发上，吊儿郎当地一笑：“妈，她迟早要知道的。”说完，他拿起柜子上的钥匙，朝门口走去。

他轻轻地推开门，外面的阳光射了进来，男人的眼眸微微眯起，眼里带着一丝得逞的笑意。他当然知道苏好顾忌的是什么。

周扬低笑了一声，大步走了出去。

“好好。”苏茜看向苏好，怜爱地摸了摸她的脸，说，“感情如果够深，别的都不用怕。”

苏好回过神，朝苏茜笑了笑：“我知道，阿姨。”

如今也只能走一步算一步了。

她的手机上又收到了沈赫的微信消息。

沈赫：好好，你在做什么呀？

苏好：在周家，和苏茜阿姨在一起。

沈赫：嗯，我刚刚突然有点儿事，电话打到一半就给挂了。

苏好：没事。

两个人一来一往地聊着，苏茜在一旁看到，也没有打扰他们，还给苏好塞了点儿吃的。苏好觉得不好聊太久，便和沈赫约了随后再聊，接下来的整个下午，苏好都专心陪着苏茜。

从平时的聊天中，苏好也能猜到周氏现在确实面临着一些问题，好在周扬很早就做了准备，他名下的军工科技已经独立出来，不会卷到这个旋涡里。

吃过晚饭，苏茜接到了周扬的电话，聊了一会儿后，苏茜兴奋地抓着苏好的手道："走，去靶场，今天有比赛，还是决赛。"

苏好愣了一下，苏茜立即和苏好解释："周扬的靶场每一年都要举行一场射击赛，今年是第五年。前几年都是周扬拿了冠军，今年开始，他不下场了，下场的都是一些新人。你平时应该多参加这种社交活动，多认识些人。"

苏茜心里有计划，如果沈赫和苏好最后没成，那苏好还有其他选择。

苏好被苏茜拉着往外走，她只能跟着。周家的司机一路把她们送到了军工的靶场，整个靶场里灯火通明。苏好跟着苏茜下了车，脚踩在沙石上。

这里很偏僻，铁栅栏那儿的几个人正在聊天，周扬穿着白衬衫和西裤，手上夹着烟，低低地笑着，满眼风流气度，姿态散漫。

察觉到她们过来，周扬抬起头，拉开铁门，道："妈，你又来凑热闹了。"

"阿姨还是那么年轻，今年十八了吧？"几个公子哥儿吊儿郎当地和她打招呼，一个个油嘴滑舌的。

苏茜打过招呼后，拉着苏好走了进去。

苏好穿着碎花裙，好看的侧脸和白皙的肌肤令不少公子哥儿探头看来。

几人挤在周扬的身侧，问："扬哥，那是谁？你老婆吗？"

"皮肤可真白，能反光。"

"腰也很细，我能追吗？"

周扬被簇拥在中间，嘴里咬着烟，眼神落在苏好的身上，笑了笑，说："你们猜？"

"没想到扬哥你喜欢这种类型的？贤妻良母型啊。"

"进去。"周扬走到烟灰缸旁，掐灭了烟，走了进去。

几个公子哥儿急忙跟了上去。

靶场正在比赛，李易是教练，站在一旁拿着夹板记录。看到苏好和苏茜走进来，他点头示意了一下。看客台上有不少苏好认识的人，许殿夫妇，江郁夫妇，还有柳烟，他们先和苏茜打了招呼，然后和苏好打了招呼。

苏好朝他们微微一笑，和苏茜坐在了一张长沙发上。

正在比赛的有八个公子哥儿，还有十几个人坐在看客台，很是热闹，还有一些评委在喝茶聊天，看起来既正式，又散漫。

苏茜一个个和苏好介绍那些人的家庭背景。

“这个人是东市应家的。”

“这个人是海市陈家的。”

“黎城宴家。”

“黎城李家。”突然，耳边传来男人低沉的声音。苏好转过头，周扬侧过身子，倒了一杯红酒递给她。苏好迟疑了一下，伸手接过，递给了苏茜，周扬又倒了一杯递给苏好，苏好接了。

周扬看了一眼苏茜，问：“妈，你这是在干吗？”

苏茜喝了一口红酒，感觉到酒里放了许多冰块，她皱着眉头，说：“你说呢？当然是给苏好……”

“找备胎？”周扬笑着反问。

苏好夹在这母子俩中间，有点儿无奈。

这时，门口传来爽朗的笑声，是李姑姑的声音。苏茜让周扬照顾苏好，她起身去找李姑姑的碴。

她一走，长条沙发上只剩下了苏好和周扬。苏好往旁边挪了一些，周扬的后背抵着沙发，狭长的眼眸不经意地看向她，想将她扑倒在这沙发上强吻。

想到这儿，周扬低头抿了一口咖啡，顺着她的目光看到正在看比赛的陈家少爷——陈与。陈与穿着兜帽上衣和牛仔裤，靠在桌子上和别人说话，侧脸竟然有点儿像沈赫。

周扬的手虚虚地搭在膝盖上，低声道：“那是陈家少爷，陈与。”

苏好回过神，转头看他。

周扬眼神有些晦涩，他勾唇一笑，问：“是不是很像沈赫？”

苏好没应声。

刚刚，她一眼看去也觉得有点儿像，所以多看了两眼。

“陈与也准备联姻了，他两个月前还谈着大学的女友，但是为了家族不得不放弃了，最后选择了家里给他挑的那个女人。”他一边说，一边慢条斯理地抿着酒，锁骨微露，眼里看不出情绪。

苏好突然问道："你像是在和我说，我跟沈赫不可能。那你当初还把他介绍给我？"周扬摇着酒杯的手一顿。

几秒后，周扬一口喝尽了杯中的酒，随即，他抹了下嘴角，放下杯子，看向苏好。两人本来就离得不远，此刻，连呼吸都近了许多，苏好的表情却十分冷静。

周扬脸上带着笑意，说："我和你说这些，难道不是想给你提个醒吗？你们得先培养感情，才会有未来。"男人散漫无畏，不在乎她的眼神。

苏好抿了抿唇："知道了。"

说完，她拿起手机翻起朋友圈，恰好看到李绣发了一张喝奶茶的照片，女孩子嘴巴鼓鼓的，很是可爱。苏好顺手给她点了赞，正想开口，身侧的男人却站了起来。周扬扯了扯衬衫领口，朝李易那儿走去，而后在李易的桌上拿了一支烟，靠在墙壁上抽着。

除了李易，其他人都看不到他的表情。

周扬嘴里咬着烟，问："看什么？"

"心情不好？"李易放下手里的笔，上前拽下了那名一连打了三发都没中的公子哥儿，把人弄走后，他回头靠在椅子上，研究起周扬的表情来。

周扬嘴里的薄荷味正在口腔里四处流窜，李易一眼看出了这个人心情很差。

"我还没见过你这样呢。实在不行就找个新的女友谈恋爱，何必和苏好死缠？她又不是你喜欢的类型。"李易很少说这么多话，他也抽起了烟。

周扬没应声。

他将烟叼回嘴里，走到操作台上，拿起枪上膛。

砰——一枪入圈。

砰——两枪入圈。

砰——三枪入圈。

"周扬，你下场了？！"

"大佬就是大佬，扬哥，你可真帅！"

"枪枪入圈呢！"

周扬很快就引起了轰动，一群公子哥儿都往他那儿围过去，比赛都没人看了。

苏好一抬头，就看到周扬的嘴里咬着烟，收起了一脸的散漫和风流，侧脸冷硬，眼睛微微眯起，一时间，这个男人在苏好心中的形象颠覆了。

有人在一旁讨论着周扬。

“如果当初扬哥没有做军工，应该早就入伍了吧？”

“是啊，他和李易哥有一拼。”

苏好还是第一次见他这样，她被挤到了人群外。

周扬偏头吐掉嘴里的烟，抬起头时，目光越过人群，落在苏好的脸上，眼里竟然带着几分戾气。接着，男人的枪朝苏好这儿举了起来。

全场哗然。

人群中，苏好不躲不闪地看着他。身后橘色的灯光落在苏好的身上，将她衬得纤弱柔软，裙摆随风飘摇，她脸上的温柔和月色完美融合。

不少人顺着周扬的动作看到了苏好，纷纷流露出羡慕的眼神。

周扬举着枪，在微风中看着女人，心脏一下一下地跳动着，杂乱无章。

就这样，两人僵持了将近一分钟的时间，周扬才收回了枪。

李易在一旁将一切看了个透。

随后，他拿了烟递给周扬，周扬接了，只是放在手里把玩。

“周扬！”一包烟被人从外面扔了进来，恰好砸中了周扬的头。

一群人转头一看，苏茜气冲冲地指着周扬呵斥：“你干吗这么对苏好？吓死我了！”

“苏茜姨，扬哥开玩笑的。”

“就是，扬哥怎么舍得对这么美的女人下手，您别生气！”

苏茜心里气不打一处来，紧紧地抓住苏好的手。

这时，一个男声传来：“茜姨，要不我先送你们回去？”是陈与的声音。

周扬用力捻断了手里的烟，转身从人群中挤出来，看向陈与，散漫一笑：“回去比赛。”眼里的压迫感十足。

陈与顿了顿，“哦”了一声，不敢和周扬反抗。

“妈，苏好，要回去了吗？”周扬扣上衬衫的纽扣，上前看着苏好和苏茜。

苏茜看他这副吊儿郎当的样子，十分生气，问道：“你刚刚在干什么？”

周扬低低一笑，目光掠过一脸平静的苏好，随即，他伸手捏住了苏好的手腕，正好捏住她的脉搏。苏好将手往回缩，周扬似笑非笑地看着她：“心跳不是没有加速吗？显然，你不怕。”

苏好很想狠狠地瞪他一眼。

她确实没什么怕的，虽然那时候的周扬整个人很锋利，仿佛与黑暗融为一体，有些令人胆寒，但不知道为什么，苏好是真不怕，只有周围的人在胆战心惊。

“你别碰苏好。”苏茜一把拉开周扬的手，紧紧地抓着苏好。

苏好伸手安抚了一下苏茜。

周扬扬眉道：“行了，是我的错，我送你们回去。”

李易拿了车钥匙递给他，周扬接过后，微微鞠躬道：“妈，请？”看着倒像个绅士。

苏茜冷哼了一声，拉着苏好走在前面。苏好的心里暖暖的，笑着挽紧了苏茜的手，周扬的手插在口袋里，眼神落在苏好的身上，手机忽然响了起来。

李易：英雄难过美人关。

许殿：周扬，你完了。

江郁：苏好完全不像外表看上去的那么柔弱，周扬，你惨了。

李易：他没追上人家，好像还打算和人家当好朋友。

许殿：什么？好朋友？哈哈哈……

宴行：对不起，我看了好久聊天记录，终于看懂了你们的故事，周扬，你不是挺牛的吗？怎么突然和她当起了好朋友？

江郁：挖了坑给自己跳吗？

许殿：你迟早要后悔！

周扬开了车门，将手机放在卡槽里，眼睛往外一扫，苏好和苏茜一左一右地上了车。

这里靠山，风很大，苏好的头发都被吹乱了。

其实，除了周扬跟她对峙的那一会儿，她的心思都在沈赫那儿。

她还是决定和沈赫继续发展一下，不管以后如何，也算是给大家一个交代。此时，她的心情平静了很多。早在来黎城之前，她就做好了打算，要尽她所能地让母亲没有遗憾，但是她也得保证自己的未来，不能大意，不能冲动，要谨慎对待。

她之前的婚姻一直是母亲心里的刺。本来她和父亲之间的感情是很好的，就因为这根刺，两个人也吵过几次。父亲去世的那天，母亲的哭声让苏好惊醒了。母亲后悔在父亲去世前还和他吵架，苏好怎么会不难受？如果不是因为她，父母也不会吵架。

人死了就什么都没了，遗憾一旦留下，就是永远的。

而现在，苏好告诉自己一定要走好每一步，要对得起自己，对得起家人，绝不能让母亲再多留一次遗憾。

第八章
不如以身相许

三人决定先送苏茜回去，苏茜看苏好没有被吓到，心里松了一口气，眼看车子就要到周家了，苏茜低声问苏好：“今晚有没有看中哪个男生？”

苏好回过神，“啊”了一声，她轻微摇头：“没。”

“怎么会没有呢？”苏茜有点儿恨铁不成钢，“今晚有那么多公子哥儿。”

苏好笑了笑，压低声音道：“我也就看了一会儿而已，没看全。”

“回头我给你发照片！”苏茜拍了拍她的手，“多个选择也好。”

车子突然刹停，苏茜拉着苏好下意识地往前扑去，好在两个人都系了安全带，没有撞到。

周扬下车拉开一旁的车门，懒懒地道：“妈，下车。”

苏茜皱眉，今晚她对周扬很不满意，斥责道：“开了那么久的车还能急刹车！”

周扬勾唇一笑，风吹乱了他的衬衫领口，他重复道：“下车。”

他背着光，看不太清脸色，苏茜没察觉到他眼里的不爽。下车后，她对周扬说：“把苏好安全送到家。”

“知道了。”周扬顺手关上车门，回到驾驶位，挪了下内视镜，苏好一抬头，恰好对上了他的眼眸，周扬好整以暇地挑眉看她，问，“要去喝酒吗？”

苏好摇头：“我不会喝，不去。”

周扬点头：“行。”

随后，他一路开出了周家别墅。

此时正是晚上十点多，外面车水马龙，车里放了轻音乐，景色一路后退，气氛十分宁静。周扬突然问道：“苏好，你除了做饭，还有别的爱好吗？”

苏好正专注于外面的景色，淡淡地回答：“没有了。”

“是吗？”周扬笑了笑。

——无趣的女人。

苏好想了一下，说：“你的爱好应该挺多的。”

“没什么特别的爱好。”周扬回答得散漫。

车子抵达华晖小区，这里依旧烟火气十足，夜宵档的生意红红火火。

苏好解开安全带，说：“周扬，谢谢你。”

男人的眼神落在内视镜上，点点头：“早点睡。”

“晚安。”说着，苏好推开车门，她微微打了个哈欠，快走到楼下时，楼上突然传来激烈的吵架声。

周扬抬头一看，有什么黑色的东西正从上往下落。

周扬眼眸一缩，下一秒便用力推开车门，大步上前抓住苏好的手腕往怀里带，并拉着她后退了几步，两人撞在了柱子上。

苏好回头一看，身后是一地的玻璃碎片。

周扬的气息有些乱，几秒后，男人低低地骂了一声，有种劫后余生的感觉。

这声巨响也令大排档里的人猛地都站了起来，场面顿时有些混乱。此时风很大，在吵闹声中，苏好回了头，吓到失语。即使一地的碎片离她还有些距离，仍然令人心生恐惧。

周扬看着那些碎片，心一个劲儿地猛跳着，他收紧了放在苏好腰上的手，知道她无恙后，他拿起手机报了警，语调冷硬："东深路华晖小区，有人高空抛物。"

周扬又打了房东的电话，语气更加冷了："章辛华，滚过来！"

章辛华是苏好的房东，两个人有互加微信。

苏好回了神，挣扎着离开周扬的怀抱，愣在原地。大排档的老板跑出来，冲着楼上破口大骂，楼上的窗户摇摇晃晃，看不出是谁做的这事儿。

碰见这种事情，谁都做不到多冷静。今天被砸的不是苏好，也会有别的人。大排档的老板每天要接待那么多客人，这些客人都可能会成为不幸的人。

警察和房东没有来之前，很多人在围观，周扬拽住苏好的手腕："别过去。"

他语气很冷，带着一丝隐藏的怒火。

苏好回头看他，她的眼里温柔如水，在这吵闹的环境里像一汪清泉。

周扬靠在车门上，被她看得心中怒火少了许多。他下意识地舔了舔嘴角，嗤笑一声："看什么？"再看就强吻你。

苏好摇头说："吓到了。"

"到车里坐。"他一把将车门拉开，让她进去，车里比外面安全多了。

苏好说："不用，你要喝水吗？我去买。"

他的额头有汗滚落，苏好觉得他应该也吓到了，周扬却俯身进了车里，拿出一瓶矿泉水递给她："喝这个。"

"我不喝。"苏好推开。

这时，警车来了，章辛华的车也来了，两辆车一块儿停下。章辛华从车里下来，看到周扬后赶紧上前道："扬哥，好久不见。"

章辛华很年轻，穿着黑色T恤和破洞牛仔裤，转头看到苏好，他笑着讨好周扬："扬哥，这是你女朋友啊？真漂亮。"

周扬刚刚还很不爽，气势强盛，此时听到这句话，心中的不爽少了一点儿。

苏好却轻柔地道："我不是他的女朋友。"

章辛华一愣，他是人精，一看周扬的表情就猜到了什么，听到这儿，他眨眨眼，只见周扬的脸色更沉了。

好在民警过来了，民警中有李易的师弟，和周扬也算认识。几人交谈了一番，周扬指着六楼的窗户，语气里带着冷意说道："602，章辛华，你调监控出来看。"

"好嘞。"

这里的三栋楼都是章辛华名下的，他是不折不扣的年轻包租公，因此，他舍得花钱装监控。监控画面调出来后，大家发现果然东西是从602扔出来的，省了排查的时间。章辛华带着民警上楼抓人。苏好作为现场的目击人和受害者，现在还不能走。

不一会儿，602的租户被带下来了，这是一对年轻男女，因为吵架，女方将本来打算丢掉的玻璃扔向了男方，男方躲开后从窗口掉下了楼。

此时，两人见到这个情况，腿都吓软了。章辛华像小弟一样站在周扬这边，让这两个人收拾东西走人，别的都听警察这边的安排。

折腾完已经接近零点了，苏好很少熬夜，她对这些都不懂，可这两人吵架差点闹出人命来，这种事情确实不能饶恕。

只是，连警察都误会了，以为苏好是周扬的女朋友，那对情侣和苏好说话的时候也是一个劲儿地称呼周扬为"你的男朋友"。

你的男朋友。

你的男朋友……

周扬站在门口抽了一支烟，薄荷味很浓，嘴里凉凉的，他眉眼低垂，听着一声声的"你的男朋友"，眼底荡起一丝笑意。

很快，苏好又开始强调："他不是我的男朋友。"

周扬狠狠地咬了一下烟，看了一眼腕表，随后转身对苏好说："回去吧。"

苏好应了一声，走了出来。

章辛华十分好奇周扬什么时候换口味了，居然会喜欢这种温柔似水的美人。

这次回家十分顺利，苏好上楼开了门，困意来袭，她洗漱完后躺下，连眼睛都快睁不开了。这时，手机响了起来，她半睁开眼看了一眼消息。

周扬：睡了？

苏好：嗯，晚安。

苏好：另外，今晚谢谢你。

周扬也刚洗完澡，穿着黑色睡衣，身材修长，一只手用毛巾擦着头发，另一只手去拿床头柜上的手机，看到苏好发来的内容，他低头打字："不如以身相许，如何？"

停顿几秒后，他又一个字一个字地删掉了。

男人的脸色也随之变得阴沉起来。

和苏好做朋友后，为避免她再躲着他，他连这种玩笑都不敢开了。

又过了十来分钟，屋里的灯才关掉，周扬躺下准备休息，领口敞开，隐约可见线条分明的胸膛。

梦里，依旧是那细如柳枝的腰身，怀里的柔软令人沉迷。随后，巨大的黑幕压来，他将女人转了个身，压在车门上，她偏过头不看他，却露出了白皙的脖颈。看着那片肌肤，周扬低头凑过去，只碰了一下，他的手指就猛然收回，身子却将她压得更紧。

轰隆一声，男人睁开眼，掀开被子下了床，一边脱衣服，一边走进浴室里，冷水从花洒里倾泻而下，周扬抓了抓头发，睁开眼睛，眼里带着强烈的欲望。

过了几天，终于到了苏好出差的日期，她早上没去公司，在家收拾行李，公司已经给她订好了机票。苏好拿着行李独自打车去了机场，陆助理在门外等她，看到她进来，他上前帮她拿过行李，又与她保持着适当的距离，说："周总已经在候机室了。"

苏好愣了一下，这才反应过来，问："周扬也要去京都？"

"是啊，周总早就决定了。"陆助理帮她托运了行李，带着她走向候机室，苏好没有多问，候机室里只有周扬，正懒懒地坐在椅子上看杂志。

听见动静后，周扬抬起头，眼神扫了过来。

四目相对时，男人眼里的神色意味不明，苏好打招呼道："周总好。"

上次那个晚上之后，两人一直没再见面，周扬一直没来公司，齐临当上了代理总裁。沸节的人也渐渐习惯了齐临的存在，至于周扬，他只存在于公司的八卦群里了。

周扬合上杂志，似笑非笑地反问："周总？"他看苏好坐下的位置与他隔了两个座位，慢慢地朝她那边挪了过去，有些吊儿郎当，"怎么不叫周扬了？"

苏好看了他一眼，拿起手机看消息，廖云让她帮忙买点京都的特产寄回去。

苏好语气平淡地回道："在工作时间叫周总，不是应该的吗？"

周扬又笑了笑，眼神却落在她的脸和脖颈上，她今天穿了吊带裙，配了一件防晒衣。他眯了眯眼："今天怎么穿了吊带裙？为了见沈赫，这么费心？"

"太热了。"苏好回复完廖云的消息后放下手机，也拿起杂志看起来。

周扬轻轻地咬了一下牙，退回到自己的座位上。

身后的陆助理尽量减少了自己的存在感，他看到周扬手背上的青筋暴起，又听到周扬提到沈少爷的名字，有些不明所以。他不明白周总和苏小姐到底是什么情况，周总的眼神看似不亲昵，比以往更有侵略性，可他一旦面对苏小姐，又立刻变成温润无害的样子。

陆起：曾骁，有件事儿我不明白。

曾总在忙，没有回他的消息。

陆助理放下手机，耐心等着。

很快就要登机了，三个人起身顺着走廊走到安检口。

机场里的人很多，周扬却依然鹤立鸡群，气势强盛。三人排队登机，周扬和陆助理让苏好排在他们前面。她后面站着的是周扬，男人身上带着淡淡的香味，偶尔队伍动起来，她的肩膀会抵到他的手臂，或偶尔相碰一下。

排队的人很多，不少站在苏好前面的女生掩嘴回头看周扬，女生们可能以为苏好是周扬的女朋友，被苏好看过一眼后，十分不好意思地回过头去，接着几人凑在一起，隐隐约约的声音传了过来。

"明星吗？"

"好像不是，特别像黎城周家那位少爷。"

"你认识？"

"杂志上见过……黎城有很多男人长得好看，有人说这里盛产高富帅。"

"真的吗？都是富二代吗？"

"不要小看这群富二代，据我所知，都挺牛的。"

三人在议论声中过了安检。

从黎城飞往京都，时间略长，由于早起，苏好上了飞机就觉得困了，躺下就开始睡觉。周扬翻着杂志，回头找空姐要了毛毯给她盖上。盖好后，有一边顺着滑落下去，陆助理离苏好近，下意识地伸手想帮忙拉起来，却看到周扬解开安全带站起身，准备过来，冷冷地看了他一眼。陆助理沉默了几秒，用力一拽，苏好身上的毛毯整个掉到了地上。

陆助理闭上眼，开始装死。

周扬冷哼一声，捡起毛毯给苏好盖好，两个人挨得十分近。

他两手撑在她的座位扶手上看着她，她没涂口红，素面朝天，他眼眸一深，低下头，贴住了苏好的红唇，触感柔软至极，他握着扶手的手一紧。

这时，苏好放在包里的手机响了一下，周扬猛地挪开身子，随后站直了。

苏好睁开眼，他立即回到了自己的座位上坐下。

苏好迷迷糊糊地看了一眼手机，发现只是闹铃响了，随后，她抓紧毯子继续睡。周扬揉了揉嘴角，过了一会儿，他掀起眼皮，看了一眼埋头在毛毯里的女人，看着看着，他抬起头，与陆助理四目相对。

陆助理扶了下眼镜，他目睹了全程，斟酌了一下，随后语重心长地说："周总，你这样偷偷摸摸的不太好，还是光明正大一点儿吧。"

周扬立刻冷了一张脸。

陆助理感觉自己得罪老板了，立即闭上眼继续装睡。他确实想不明白周总为什么要这么偷偷摸摸的，这一点儿都不像周总的风格，之前好歹是在追苏好，现在看起来，像追，又不像追，还偷亲她，也不知道是哪个环节出了错。

直到飞机抵达京都，陆助理收到了曾总的回复，他才恍然大悟。

曾骁：你是说周总和苏好吗？

曾骁：周总似乎是在以退为进，准备和苏好当朋友呢，就是为了不吓到苏好。

陆起：……突然觉得周总有点卑微。

曾骁：可不是！我也觉得！

陆起：你好像很兴奋。

陆助理放下手机，看了一眼正在解安全带的两人，心说：苏小姐，加油！

苏好也不知道自己怎么这么能睡，睡了一个多小时后，她起来吃了一顿飞机餐，而后翻着杂志，看了没多久又困了，再次睡了过去，再醒来，飞机已经到京都了。此时艳阳高照，苏好坐起来，掩着嘴打了个哈欠。周扬合上杂志，看了一眼腕表，敲了敲她面前的桌子，说："喝点水，要下飞机了。"

苏好应了一声，把桌子上的水喝完后解开了安全带。

躺了将近三个小时，苏好身体都软了，她起身后有些摇晃，周扬伸手抓住她的胳膊，扶住了她。她的防晒衣顺势滑落下来，掉到胳膊上，肩膀处锁骨分明，周扬垂眸看了一眼，说："衣服拉上去。"

苏好立即拉了上去，说："本来就想拉上去的，不用你提醒。"

周扬的脸黑了几分，随后挪开视线，拿起手机。苏好背起斜挎包走向舱门，周扬走在她的身后，陆助理落后两人两步。商务舱里的人不算多，还有空余的舱位，三人顺着人流走了出去，隔着玻璃都能感受到外面有多热。

出了机舱，来到机场内部，苏好把斜挎包拿下来，将身上的防晒衣脱下来塞进了包里。她的吊带裙是黑色的，加上穿着高跟鞋，乌黑的长发披在肩膀上，一下子就成了这儿的一道风景线。

周扬的领口微敞，挽起袖子，露出腕表，手里随意拿着手机和机票，俊脸上一副风流样，也是吸引人的，可他死死地盯着前面的女人。

她竟然脱下了那防晒衣，路上的人都在看她。

他咬了咬牙，走上前和她并肩走着，嗓音低沉地道："不冷？"

"很热。"苏好看了他一眼，回答。

周扬："我觉得挺冷的。"

"真的还好，要不，你多穿一件外套？"苏好回头看了一眼陆助理，陆助理手里拿着的正是周扬的西装外套。

周扬："你穿吗？"说着，他就招手让陆助理上前。

陆助理递出外套，周扬接过来，准备搭在苏好的肩膀上。

苏好皱着眉躲开："我真不冷，你自己穿吧，免得等一下又发烧了。"

周扬的手停顿在半空中。

苏好快走了几步，拿出包里的手机翻看，想着要不要给沈赫发微信消息。

陆助理看到周扬愣在原地，只能陪他一起发愣。

他认识的周总一直以来都很霸道，风流成性，偶尔兴起倒也宠人，但大多数时候，他都是拿捏着女方的，很少会碰壁。

陆助理思考了一会儿，给了周扬一个台阶下："周总，这里的空调没那么冷。"

周扬回头看了他一眼，几秒后说："闭嘴。"

随后，他大步走上前，到了苏好的身侧，手机也恰好来了电话，他接了起来，眉宇间的冷意淡了一些。不一会儿，三人取了行李来到出口。

出口在一层高架桥下面，没那么晒，公司的车已经过来接了，停在门口。

周扬挂了电话，又解了一个衬衫纽扣，顺手拉开车门，示意苏好上车。

苏好刚准备上车，一辆黑色奔驰车就开了过来，停在公司商务车的旁边，车门推开后，沈赫从车里下来了："好好！"

他的声音清朗，容貌秀气，在这儿十分惹眼，吸引了不少人的目光。

苏好转头看他，随后愣住了：“你怎么……”

“哈哈哈，是苏茜阿姨和我说你今天到京都，你要给我一个惊喜是不是？”沈赫大步走了过来，满脸笑容，又看向周扬，“周扬哥，好久不见！”

周扬捏着门把手的手指紧了紧，随后松开，他笑着将手插进口袋里，不动声色地道：“好久不见，是我妈跟你说的？”

“是啊，是苏茜阿姨给我发的消息，让我过来接好好。”

“是吗？”周扬笑了笑，看着沈赫，漫不经心地问，“是不是挺惊喜的？”

“那当然啦。”沈赫看向苏好，“走，我们去吃饭，周扬哥，要不要一起？”

周扬看了一眼苏好，苏好神情平静，没有欢迎的意思。

周扬磨牙，嗓音低沉：“不去了，你们去吃吧。”

“那好吧，好好，走了。”沈赫朝苏好摆手，苏好微微一笑，这时候，沈赫才看到苏好穿的是裙子，眼前一亮，“这还是我第一次见你穿吊带裙，很漂亮。”

“偶尔会穿，我听说这里很热。”苏好轻声回应。

“是啊，是真的热。”

两人交谈的声音渐渐小了，周扬站在车旁听着他们的对话，低头咬了一支烟在嘴里，气势逼人。打火机被他打开又关上，却没有想要点烟的意思。

陆助理在一旁觉得又热又冷，天气很热，冷却是从周总身上传来的。

直到那辆黑色奔驰车开走，周扬才将打火机扔到了垃圾桶里，俯身坐进车里。

陆助理不敢坐后座了，关上门后上了副驾驶座。他回头看了一眼，周扬靠在椅背上，闭着眼睛，侧脸冷硬，眉宇间的风流味淡了很多。

京都本来就是国际都市，高架桥纵横半空，沈赫一边开车一边和苏好聊地标建筑，介绍小吃之类的。

闻氏集团的大厦就在金融中心区，沈氏紧挨着闻氏，苏好一眼就看到了，沈赫没和苏好说这个。车子进了中心区，高楼大厦林立，车流量很大，红绿灯也多，一路走走停停。沈赫这次的工作似乎比之前要忙许多，车开了没多久就接到了电话。

后来这一路上，他的电话就没断过，最后到了一个大厦的停车场，沈赫拿出一张卡刷了一下，开进去找了一个车位停下。

此时，夕阳正落，沈赫朝苏好点点头，表示自己先打完电话。

苏好微笑着靠在椅背上玩手机，等着他打电话。

电话那头是个女声，听起来是在和他聊工作，女生的声音倒是蛮好听的。

十来分钟后，电话挂了，沈赫笑着说：“好好，我们去吃寿司。”

苏好点头：“好啊。”

随后，两人下车走向装修奢华的寿司店，门外挂了个“岛”字，很有意境。

里面的人穿着和服出来接待两人。

里面灯光十分昏暗，两人落座后，沈赫一边倒水一边问苏好：“工作忙不忙啊？”

苏好用湿纸巾擦着手，说：“一般吧，你呢？”

“我忙啊，最近都没办法去黎城出差。”

“你还在帮你姐夫吗？”

“是啊，哈哈哈……”沈赫放下水壶看了苏好一眼，她将头发扎了起来，两条细肩带衬得她皮肤更白了，沈赫的心多跳了一下，他给苏好倒酱油，又问，“好好，你最近好吗？”

“很好。”苏好给他挤芥末。

“少挤一点，我怕辣。”沈赫见状，赶紧道。

见苏好一下子全挤完了，沈赫一阵哀号，哀号过后又笑了起来。

苏好也跟着笑。

苏好不吃刺身，沈赫只点了一份，剩下的都是熟的寿司，配着茶，苏好吃了许多。两人吃吃聊聊，沈赫和苏好讲了许多事情，苏好一直听着，不会觉得不耐烦，偶尔还会问他。

苏好拿着纸巾擦嘴角，眉眼弯弯，笑出了酒窝，沈赫看着看着，有些失神。

两个人聊得十分愉快，时间不知不觉地过去，等两人反应过来，已经快晚上十点了。

沈赫本来还想约苏好去别的地方玩，可已经这么晚了，苏好第二天还要工作，沈赫只能送苏好回了酒店。

酒店就在市中心，离得不远，是公司给苏好订的，环境特别好。沈赫看到这酒店也放了心，车子停下后，苏好解开安全带，正准备推门出去，沈赫已经过来给她开了门。苏好笑着说：“你回去吧。”

沈赫看着她，下一秒，他伸手抓住了苏好的手腕，苏好一愣，两人视线对上。

苏好看了一眼他的手，正想说话，沈赫却松了手，他笑道：“晚安。”

苏好：“晚安。”

沈赫转身回了驾驶座。

苏好站在原地，车窗被摇了上去，看不清车里的情形。车子开走后，苏好转身，脚步微顿，眼神与不远处的男人对上，他的手上夹着烟，满眼的风流气息，目光从她的手腕处滑过，随后移到她的脸上。

“回来得这么晚？干什么去了？”周扬的声音带笑，吊儿郎当。

苏好：“要你管。”说完，她走进了大堂。

周扬的眼神冷了几分，只盯着她那白皙的手腕。

纤瘦的身影消失在门口，周扬站直身子，将烟掐灭了，跟了上去。大堂的空调开得很足，凉风扑面而来，女人的发丝因走动而随意地飘荡着。

之前，陆助理给苏好发过微信消息，房卡寄放在了前台处。苏好去前台拿了房卡走向电梯，恰好电梯下来，门开了，苏好按了十八楼，再抬头，周扬也进来了。

不知道是换了环境还是京都奢华，纸醉金迷，周扬即使穿着简单的衬衫和西裤，看起来也是风流味十足，甚至比在黎城更显得风流了许多，活脱脱就是一个玩世不恭的公子哥儿，和这个城市十分合拍。

苏好后退两步，低头把玩着手机。

电梯里又进来一个女生，看到周扬后眼睛一亮，女生穿着红色吊带裙，大腿边的布料因特别设计显得有些皱，腿又长又白，脸上化了精致的妆，一头波浪卷发，和苏好完全不同。她站在周扬的身侧，和周扬竟然有些般配，两人一看就是一个世界的人，苏好则显得格格不入。

女生拨弄了一下头发，迟疑了一下，拿出手机点开了微信二维码，伸到周扬的面前。

周扬掀起眼皮看了她一眼，女生甜甜一笑，周扬也笑了，手上却没有动作，他一转头，对上了苏好的视线。

苏好正看着好戏，猝不及防地被周扬抓包，她耸了耸肩，挪开了视线。

女生看到两人的对视，这才认真地看了苏好一眼，随后发现苏好并没有看周扬，但男人的眼神一直落在女人身上，两人即使没有说话，其中的气氛也不太对劲。

看到这儿，女生默默地收回了手机，很快，电梯到了她所在的楼层，她走了出去，电梯门再次关上。

从八楼到十八楼不过一瞬间。

十八楼都是套房，一共三间，但今晚，只有苏好和周扬住在这里。

门上写的是英文，苏好拿出门卡，朝自己的房间走去。她刚要刷卡，周扬却一把抓住苏好的手腕，捏住沈赫刚刚握到的地方，苏好一愣，回过头看他。

男人含笑道："你开错门了，是隔壁那间。"

苏好回头一看，门上写着1801，她低头看卡片上写的数字——1802。

"抱歉。"苏好抽开自己的手，转身走向自己的房间。

周扬在原地抱着手臂，懒懒地看着她的背影。

眼看她刷了卡，他又上前一步，再次抓住她的手腕，紧接着将她转了个身，抵在门上。

卡片掉落在地，苏好的手被压在门上，眼前的男人俯身凑到她耳边，轻轻地问道："你喝酒了吗？"

他抓的依旧是沈赫碰过的地方。

鼻息间窜进来一股浓郁的酒味，很烈，苏好皱眉挣扎，她扭动手腕，白皙的肌肤瞬间发红。

"你喝酒了？"苏好心想，难道这人喝醉了？

她身上的清香味扑面而来，钻进他的鼻子，紧接着钻进他的骨髓。周扬低笑了一声："是喝了，还喝了很多，但我没有醉。"

虽然这样说着，他却轻晃了一下，另外一只手不经意地压住苏好的另外一只手，苏好整个人都被压在了门上，仿佛可以随意采摘的花朵。

周扬隐藏在眼眸里的欲望呼之欲出，如烈火一样，可他面上仍然装作镇定，说："我真没醉。"

"松开我，你醉了。"苏好挣扎着。

"你别动，我有点儿晕。"周扬抵着她的额头装醉，用指腹摩擦着苏好的手腕，像是要擦掉沈赫留在那里的痕迹。

苏好踢了他几下："既然晕了，就回去休息！"

"我是真的晕，你怎么还踢我？"周扬皱眉看着她。

"你总这样抓人是什么毛病？"苏好的眼里很平静，她见识过父亲喝醉后的胡搅蛮缠，以为周扬这样算是正常的。

"我没毛病，你别踢我。"周扬笑着躲她的脚，目光却落在她的红唇上。

他的眼神微微变了，他想吻她，可是又不敢。

想到这里，他捏着苏好的手更紧了，脸色渐渐地沉了下来。

他为什么要和她当朋友？！

这男人是变色龙吗？苏好察觉到他脸色的变化，说：“周扬，你再不放开我，我就不客气了。”

周扬听着，勾起嘴角，脸上扬起漫不经心的坏笑：“你想怎么不客气？要不要跟我发生点什么？”

苏好皱了皱眉，下一秒，她狠狠地朝他的下盘踹去。

周扬快速躲开，抓着她的手腕往怀里一带，用力地捏住她的下巴：“你踢哪里呢？”

苏好一只手空了出来，她扇了周扬一巴掌，力气不算大：“这是你应得的。”

周扬没躲开，被这一巴掌打蒙了。他愣了一下，而后笑了起来。苏好却已经离开他的怀抱了，说：“回去喝点醒酒药，我等会儿让前台给你送上来。”

说完，她捡起地上的卡，刷卡进门，将周扬留在了门外。

回到房里，苏好立即给前台打了电话，并给陆助理发了消息，让他上来看看周扬。

陆助理订了十七楼的套房，这层楼明明还有多余的房间，不知道为什么他会把自己的房间订在十七楼。

陆助理看到消息后呆住了。

周总不会喝醉酒的，他酒量可好了。

但既然收到了消息，陆助理还是赶紧戴上眼镜，踩着拖鞋上了楼。电梯门打开，陆助理一眼就看到周扬站在房间门口，他正把烟掐灭在隐形烟灰缸里，一只手虚虚地插在口袋里，垂着眼眸，不知道在想什么。

陆助理小心地走过去，问：“周总？”是有点酒味，他闻到了。

周扬抬起头，看了他一眼：“你怎么来了？”

“您喝醉了？”

“你觉得我醉了吗？”周扬揉了揉嘴角，反问。

“没。”陆助理松了一口气，又看到了周扬嘴角的红印，看起来像是被人扇了巴掌，问道，“周总，你的脸……”说着，陆助理的视线不由自主地看向了苏好的房门。

周扬冷冷地问：“你在看什么？”

陆助理猛地收回视线，对上周扬的眼睛，看到了他眼里的醋意。

陆助理后背冷汗直流，心想，以后看到苏小姐，我得戴着眼罩吗？

“没看什么，就是想问问苏好回来了吗？”

周扬笑了，靠在墙壁上问：“你在这儿装什么呢？不是她叫你上来的吗？”

陆助理正想说话，电梯门就开了，前台送了醒酒药上来。

周扬接过，随后示意让他们走。陆助理看周扬这副样子就知道他根本没醉，于是转身和前台一块儿下楼了。

周扬刷卡进门后，将房门关上，走廊里终于恢复了安静。

苏好拿了睡衣去洗澡，她站在花洒下，看到手腕上的红印，用力地搓了搓。

她的皮肤跟母亲的一样，稍微碰一下就容易留下痕迹。她搓了一会儿后发现印子更红了，也就不管它了，心里想着另一件事情。

她今晚本来是想和沈赫确定一下关系，但不知道是不是出于女人的直觉，从她上了车后，她就发现沈赫一直有所顾虑，她便一直没有开口。如果他顾虑很多，两个人确实不好在一起。

苏好低下头，长发披散在肩膀上，紧贴着肌肤。

其实她不急，但她也不能一直拖着沈赫。

洗完澡出来，苏好坐在窗台上擦着头发，她推开窗户让风进来。

直到睡前，沈赫都没发消息过来，苏好给他发了句“晚安”。

直到凌晨一点多，沈赫才回复了一句“晚安”，不过那时候苏好已经睡熟了。

早上醒来后，苏好看到这条消息，马上回复沈赫。

苏好：早。

沈赫：早啊好好，需要我送你去公司吗？

苏好：不用，公司就在附近，我走路过去。

沈赫：好的。

这次他倒是回复得很快，两人来来回回聊了几句，苏好起身洗漱之后换了一条A字裙，搭了一件简单的上衣，将头发扎了起来，拿起工作包出门。

周扬的房门还没开，苏好看了一眼便下了楼。

陆助理发了沸节的定位过来，从这里走过去，只需要过一个红绿灯路口就到了。

苏好在楼下的餐厅吃完早餐就去了沸节。

京都的分部主要是做直播的，人员不多，都是年轻人，接待苏好的也是一名出纳。这出纳是个漂亮斯文的女生，看到苏好还叫姐，把该给苏好的资料都准备好了，两人开始对账。

苏好觉得，京都的分部确实像他们聊的那样，没那么多乱七八糟的事情，出纳甚至没有问沸节总部的人事调动，只是专心做事，难怪业绩这么好，没两年就赶超了东市和海市。她刚刚进门时还看到不少美女，都是沸节打造的网红，即使苏好平时不怎么看短视频和微博也认识几个，她们的名气确实不小。

苏好和女生一起叫了外卖作为午餐，下午四点多，两人就对完了账。苏好和女生打了招呼准备走，就接到了沈赫的电话。

“好好，我在你公司楼下，我们去吃饭吧。”

苏好笑了一下：“好。”

到了大堂，苏好看到沈赫的车就停在门口，他正靠着车门等她。

看到苏好来了，沈赫立即站直身子，笑着看向苏好。

这时，一辆宾利车在一旁停下，周扬从车里下来，看到他们两人后愣了一下。随后，他解开外套的纽扣走过来，眼神不经意地朝他们扫过去。

“去哪儿？”他笑着问。

沈赫拉开车门道：“去吃饭。”他说完，停顿了一秒，笑道，“周扬哥，一起去吃饭吗？我和苏好请你。”

周扬慢条斯理地反问：“你和苏好请我？”

“是啊，你去吗？”

周扬看向苏好，苏好已经坐到了副驾驶座上，她探头看了沈赫一眼，又看了周扬一眼，道：“一起？”

周扬笑了笑，随后伸手开了车门，他对沈赫说：“你开车带路吧，我跟在后面。”

坐进车里后，周扬靠着椅背，点燃了烟，看着前面那辆奔驰车。

两辆车都是黑色的，车身流畅，奔驰车里却坐了一个女人。

周扬脸色阴沉地盯着前面的车。

沈赫扣上安全带后，偏头看了苏好一眼，笑道：“今天工作忙不忙？”

苏好已经扣好了安全带，她捏着手机摇头：“还行，没那么忙，你今天上班吗？”

“上，我刚从公司出来。”沈赫深深地看了她几眼。

她今天穿着白色上衣和A字裙，简单大方，可能是因为工作的缘故，还涂了口红，颜色淡淡的，衬得她的五官更加柔美了。

“今晚吃粤菜吧？”沈赫一边启动车子一边问。

苏好点头：“好啊，很久没吃了。”

“说起这个，就想到了你做的菜。”沈赫仿佛在回味。

苏好笑着靠在椅背上，没有回话。沈赫笑了笑，掉转了车头，拐上了另一条路。身后的宾利车缓缓地跟着，男人的手肘抵在车窗上，嘴里咬着烟，两辆车一前一后地融入车流。

车子很快到了昨天那片商业区。两辆车一起进了大厦的停车场，沈赫将卡递给苏好，苏好伸出手去刷卡，挡杆抬起来后，苏好把卡还给沈赫，回头不经意地看了一眼外视镜，周扬也递了卡出来，骨节分明的手倒是好看。

沈赫将车停下后看着苏好，苏好正在看手机，一抬头对上他的视线，两个人猝不及防地对视了几秒钟，随后，苏好笑了起来：“嗯？”

沈赫的喉结动了下，放在方向盘上的手又紧了紧，一副欲言又止的样子，车里的气氛顿时变得难以言说。

直到隔壁宾利车的门关上，周扬过来踢了一下沈赫的车门，两人才回神，沈赫笑着和苏好说：“到了。”

“嗯。”苏好解开安全带，推门下车。

阳光很刺眼，光打在脸上，苏好抬手遮住光线。

苏好的身后是一轮夕阳，头发被风吹得飘起来，妙不可言。

两个男人恰好看过去——一眼仿佛万年。

沈赫正在关门的手一时没收回来。

周扬咬着烟，手插在口袋里，心跳如擂鼓，如果他会画画，肯定先把这一幕画下来。

“走啊，你们俩在发什么呆？”苏好的胳膊被晒得有点儿痛，看他们俩没反应，她拍了下车顶。

沈赫回过神，真心实意地道：“好好，你好美。”

周扬却喉咙发紧，一个字都说不出来，十分憋屈。

心里话被沈赫抢先说了不说——即使他想说，但他能说吗？

当什么朋友？当个屁朋友！连最基本的竞争资格都没有。

口袋里的手机响了起来，是李易发来了消息。

李易：柳烟今天琢磨了一下你现在的情况，你好像一个小三啊，周扬，你该不会真的在做小三做的事儿吧？

周扬：闭嘴。

第九章

你是不是没被女人甩过

“这家店的排骨不错，还有肠粉，苏好，黎城那边的肠粉也挺出名的吧？我还没吃过呢。”沈赫走在苏好的身侧，满眼都是笑意。

苏好想了一下，说：“我也没吃过。”

“是吗？那下次我们去吃吧。”沈赫立即道。

苏好看了他一眼，见他眼睛发亮，应了下来：“好。”

周扬将烟掐灭在门口的烟灰缸里，跟在他们身后，听到这番对话，他“啧”了一声，随后拐进了洗手间。他走到洗手台前，一伸手，水哗啦啦地流了下来。他弯腰洗了一把脸，随后抬起头，双手撑在洗手台上，眼里一片阴沉。他舔了一下舌尖，几秒后又低头洗了一次脸。最后，他靠在洗手台边点了一支烟。

说实话，他这辈子没这么狼狈过。

现在，他碰不得苏好，更霸占不得，还得眼看着她随时准备跳入沈赫的怀抱。

这种滋味，跟凌迟一样。

而她到底哪里好？他真搞不懂自己。

两人选了靠窗的位置，沈赫将窗帘拉上，光线没那么刺眼了。苏好和沈赫坐了下来，沈赫拿了菜单递给苏好：“想吃什么？看着点。”

桌上还有个二维码，沈赫扫进软件去点单，接着说：“周扬哥呢？他怎么还不来？”

两人刚刚看到周扬去洗手间了，嘴里好像还咬着烟。

苏好看一眼洗手间的方向，说：“可能去抽烟了吧。”

“好吧，周扬哥好像都单身两年多了，他怎么还不交女朋友啊？”沈赫一边在软件上点菜，一边说。

苏好低头看着他：“他还没接受李绣呢。”

“周扬哥也是，李绣追他这么久了，还端着干吗。”

苏好：“端着这个词用得挺准的。”

点完菜后，沈赫抬起头，笑道：“我也觉得用得好，周扬哥看着就花心，我听我姐夫说，他都没有真正喜欢过以前的那些女朋友。”

“哦，是吗？”苏好点点头，心想，和她想的一样，这男人没有真心。

“是啊，我给周扬哥打个电话。”说着，沈赫找到周扬的号码打了过去，刚通上话，男人就走了过来，手里提着一瓶红酒，外套被他脱下来搭在手臂上。

周扬将红酒放在桌上，勾唇道：“这瓶酒送给你们喝，我还有事儿，今晚就不跟你们一起吃了。”

“啊？”沈赫愣了一下。

苏好抬起头，周扬站的位置挡住了头顶的光，眼里带着笑意。

苏好看他衬衫的领口敞着，隐约有水珠，看来今晚是有约会了，苏好拽了一下沈赫，低声道：“他有约会吧？”

沈赫顿时恍然大悟：“啊，这样……”

周扬听到苏好这样说，眯了眯眼睛，而后低笑起来，接话道：“是，我有约会。”

他用手指敲了敲桌面，手背上隐约可见青筋。

“周扬哥，那你去约会吧。”

苏好也跟着点头，周扬深深地看了苏好一眼后，转身离开了。

走到门口，他恰好收到了沈赫的微信消息。

沈赫：周扬哥，本来今晚请你吃饭是想谢谢你介绍我和苏好认识的，你让我认识了这么好的女人，虽然……

后面的字没有再发过来。

周扬也不在意，他看了几眼后，将手机扔在了副驾驶座上，下颌绷紧，半天没动。

这一晚，沈赫好几次欲言又止，苏好都当作没发现，两个人开了周扬送的那瓶红酒，一边喝酒一边聊天，一顿饭吃了将近三个小时。苏好不太会喝，很快就有点上头了，她随即摆手表示不喝了。

沈赫的酒量稍微好一些，没喝醉，但人有点晕，他笑着朝服务员招手买单，谁知道服务员却说苏好买过单了。

这中间，苏好去过一趟洗手间。

沈赫愣了一下，看向苏好，突然想起两人第一次见面时苏好主动买单的事情，她主动买单意味着两人还可以吃下一顿饭。他的眼睛亮了一些，伸手扶着苏好，说：“好好，起来。”

苏好笑了一下，提着小包站起来，在沈赫的搀扶下下了台阶。

沈赫叫了代驾，让人把车开过来，两人上了后座，苏好靠着窗户，她头脑还是清醒的，只不过走路好像踩在棉花上。

沈赫报了苏好住的酒店名字，随后，车里安静下来，两人都没说话。苏好在和酒精抗争，沈赫却在斟酌些什么，一路沉默着到了苏好所在的酒店。

沈赫掩嘴打了个酒嗝，一把推开车门去扶苏好。

苏好站稳后，摆手道：“我没事，我能站稳。”

“我送你上去吧。”

苏好却转身看着沈赫，问道：“你有话想跟我说吗？”

沈赫愣了一下，几秒后，他笑着摇头：“没有。”

“那我上去了。”苏好朝他挥手，说着，她走向大堂。

沈赫迟疑了一下，还是上前把她扶住，一路送进了房间。

苏好一沾床就更晕了。

沈赫在她的床边坐了一会儿，给她拉好了被子，这才起身离开。

深夜，酒店七楼的清吧里歌声飘扬，舞台上的女歌手坐在高脚椅上，手抱着吉他，一边弹一边唱。她的视线落在吧台上穿白衬衫、眉眼风流的男人身上，他戴着价格不菲的腕表，捏着酒杯，一口一口地抿着，偶尔低头笑，笑容诱人。

不少女人围在他身边。这当中，有昨晚八楼的女生，她穿着高跟鞋和超短裙，支着下巴看他。她和李绣相似，都是周扬会喜欢的那种女生。

“有女朋友吗，帅哥？”

周扬抬起眼眸，一眼看穿她的试探，似笑非笑地反问：“你说呢？”

“昨晚那个……是不是啊？”女生有些懊恼，可又喜欢他这副样子。

周扬笑了一下，挽了一下袖子，问：“你觉得是不是？”

“我觉得不是，她不适合你，我才适合你。”女生笑道。

周扬低低一笑：“嗯，你说得很对。”可至今，他的脑海里都还是她。

“帅哥，交换一下房卡？”女生神情张扬，将房卡放在手心。

周扬懒懒地看着她手上的房卡，脑海里却都是苏好的吊带，周扬勾了勾唇，放下酒杯，拿起一旁的外套，转身离开。

女生呆愣了一下，而后感到一阵失落。

出了清吧，周扬搭乘电梯时，在电梯里遇见了前台，前台见到他后，立即喊了一声周总。

周扬“嗯”了一声，理了理衬衫的领口，问道：“1802 的房客回来了吗？”

“回来了，好像喝醉了，一位男士送她上了楼。”

周扬猛地睁开眼睛：“什么？”

前台被他的眼神吓了一跳，又重复了一遍，并说那位男士已经离开了。

周扬应了一声，手插进口袋里，眼睛盯着电梯里跳动的楼层数字。

电梯很快抵达十八楼，周扬手里拿着一张 1802 的房卡，他刷开了门，一路开灯进去，来到主卧室，站在床边，看着熟睡的苏好。几秒后，他弯腰摸上苏好的嘴唇，低低一笑："沈赫要放弃你了，苏好，你该怎么办？"

床上的女人没反应，酒精让她沉沉地睡着，衣服和裙子被压住，一头漆黑的长发披散在肩膀和被子上，房里光线昏暗，女人白皙的肌肤在灯光下如玉一般。

周扬的手指在她脸上来回抚摸："我本以为沈赫能坚持挺久的，没想到……"

周扬笑得有些畅快："这算不算老天在帮我？嗯？"

男人俯身，薄唇凑近苏好，呼吸交缠，她身上有淡淡的酒气，是红酒的味儿，香甜，唇贴上的那一刻，周扬的眼睛一眯，手滑过她的脖颈，准备扣住她的后脑勺。

就在这时，苏好突然翻身，并用力地打了过来，恰好打中了周扬的另外一边脸。周扬的动作猛然停住，下意识地屏住呼吸，有些紧张地看着床榻上的女人。

苏好打了他一巴掌后，顺手抓起床上的另一个枕头抱在怀里，卧室里再次陷入安静。

"还挺厉害。"周扬弯腰看着睡着的女人，他将手伸进被子里抓出她的另一只手，他轻轻地咬了一下她的手指，随后给她盖好被子，揉着嘴角离开了房间。

一出门，电梯门恰好开了，陆助理拿着几份文件，看到周扬从 1802 房间出来，他愣了一下，又看到周扬侧脸上的巴掌印，陆助理当场僵住，张了张嘴，道："周总。"

"拿来了？"周扬伸手接过文件。

陆助理又看了一眼关上的房门，心想，周总又干了什么？而且看他的脸色，明显正春风得意，这是……干了什么坏事吗？

周扬从文件里抽了一张马达设计图，又把剩下的塞回陆助理的手里："回去休息吧。"说完，周扬拿出自己的房卡，刷卡进了 1801 房。

陆助理顿了顿，厚着脸皮跟了上去，小声地劝道："周总，您现在和苏小姐还是朋友……小心她再像之前那样躲着您。"

周扬冷冷地看着陆助理，只见陆助理扶了扶眼镜，目不斜视地转身走了。

下一秒，周扬冷哼了一声。

苏好一觉睡到天亮，一次都没醒过来。她梦到了很多人，周扬、父亲、母亲，还有唐锐，都在梦里走马观花地闪过。醒来后，苏好坐在床边发了会儿呆，有点茫然，直到手机闹铃响起，苏好才起身去洗澡。昨晚喝了酒，加上出了汗，衣服都皱得不像样了。

苏好换了牛仔裤和上衣，一拉开门，就见隔壁的门也开了，周扬穿着衬衫和西裤走出来，一看到她就扬眉道："早。"

苏好："早。"

两人一同走向电梯。

男人的手插在口袋里，淡淡地问道："昨晚几点回来的？"

苏好想了一下，说："不记得了，可能九点多吧。"

"喝酒了吗？"

"喝了点儿，就是你昨天送的那瓶红酒。"

电梯来了，周扬用手抵了一下，含笑道："你先进。"

苏好也不客气，走进去时，她陡然看到他的脸上有淡淡的巴掌印，她多看了两眼，觉得像是女人打的？

周扬对上了她的视线，勾唇问："看什么？"

苏好咳了一声，移开了视线。

"要看清楚点吗？"周扬偏过头，指着自己的脸说，"一个女人打的，是不是挺狠的？"

他弯下腰，衬衫的领口微敞着，苏好猝不及防地看到了他的锁骨，她立即移开了眼神，只说："是有点狠，你做了什么？"

周扬转过头看着苏好，两人挨得很近，他的眼底带着戏谑："你猜？"

苏好往后退了两步，说："反正不会是什么好事。"

"哦？你这么了解我？"他语气中带着调侃。

苏好突然发现他的心情很好，心想，难道他恋爱了？

电梯到了一楼，周扬要和苏好一起去沸节，陆助理一早就开了车来等着，两人从酒店大堂走出来。

这时，一辆黑色奔驰车开了过来，车缓缓地停在门口，接着，车窗被摇了下来，沈赫探头道："周扬哥，早上好，好好，早上好。"

准备上宾利车的两人脚步一顿，苏好笑着问："你怎么来了？"

"来接你上班啊。"沈赫打开副驾驶的车门，说，"上车，难得能送你上班。"

苏好顿了顿，看着车里满眼带笑的沈赫，想到昨晚他欲言又止的神情，心想，他要强颜欢笑到什么时候？

最后，她决定就当什么都不知道，她带着微笑走向那辆奔驰车，坐上了副驾驶位。站在宾利车旁的周扬手扶着车门看向这边，沈赫和苏好朝他挥手，周扬脸上的笑意全然消失，只余下一脸的冷漠。

陆助理一声不敢吭，坐在车里安静地等着。

不一会儿，车门被用力地关上，周扬慢条斯理地拿起一支烟咬住，眉宇间浮上了戾气。

——他忍够了。

酒店和沸节离得不远，到沸节门口后，苏好解开安全带，对沈赫说："我下车啦。"

沈赫点点头："好好，你出差多久？"

"两三天吧。"苏好看着他道。

沈赫的嘴巴张了张，最后又把想说的话咽了回去，问道："好的，你吃早餐没？"

"公司里有早餐，我在公司里吃。"这是昨天那个女生告诉苏好的，她让苏好今天早点过来，两人可以一起吃早餐，苏好答应了。

"那好，我还想着带你去吃早餐呢。"沈赫笑着道。

有时候，他看起来确实像个小男孩儿，清秀的长相具有欺骗性。

"下次。"苏好说完，推开车门下了车。

沈赫目送她进了大厦。

地下车库的通道里，一辆宾利车缓缓开下去。

苏好出了电梯，对面的电梯门也开了，周扬走了出来，两人视线相撞，周扬看了她一眼，笑了一声，率先走了进去。苏好看着他的背影，跟了上去，只觉得他不如早上那么开心了，眉宇间有着淡淡的戾气。

苏好在小会议室和出纳整理账本时，听到周扬在大会议室里发火，所到之处野火燎原，寸草不生。

两间会议室离得很近，苏好一抬头，就看到他正拿着文件砸一旁站着的人。

周扬这人向来是一副看起来风流倜傥好调侃的样子，很少表现出这么狂躁的一面。

出纳低声道："天哪，周总也会发这么大火？好可怕，好在我们今天不用开会，不然我会被吓死。"

苏好多看了周扬几眼。

周扬扯了扯领口，恰好看过来，两人四目相对，男人的眼里滚动着不明的情绪。苏好看到后愣了一下，再看过去时，周扬却已经收回了视线，只留下坚硬的侧脸。

整个会议室没人敢大喘气，之前培养起来的网红被人挖走了，她带走了粉丝和流量，对方公司还频繁挑衅。营销部经理此时正站在周扬面前，他朝陆助理示意了一下，希望陆助理能帮忙说两句。

陆助理看到周扬的视线短暂地在外面停留了一刻，立即低声道："周总，这里和小会议室离得有点儿近，声音太大的话会影响到那边对账的。"

周扬转头看着他，一声不吭。

陆助理扶了扶眼镜，假装无辜。

几秒后，周扬冷着声音问："隔音很差吗？"

"是的。"营销部的经理也不清楚这和隔壁的小会议室有什么关系，但他先这么回答了。

周扬的眼神扫了回来，看着跟前的人笑了一声，声音有点儿冷："你挺会说啊？"

"不敢。"经理额头冒汗。

但接下来，大家都发现周扬的怒火小了很多。会议结束后，一群人往小会议室看去，却只看到一个纤瘦的背影在忙碌，谁也没看到她的长相。

周扬将宾利车开出车库后，就看到熟悉的黑色轿车停在沸节门口，此时还不是下班的点儿，这车已经来了。周扬脚踩油门，擦着奔驰的车门而过，摩擦的声音吓到了车里的沈赫，也吓到了门口的保安。大家眼睁睁地看着两辆车因摩擦导致了一大片刮痕。

沈赫解开安全带下了车，去宾利车旁敲了敲车门。

宾利车窗缓缓被摇下，周扬靠在椅背上看着沈赫，几秒后笑了起来："等苏好？"

车里的男人浑身带着锋利的气息，沈赫此时才有所察觉，他应了一声："是，周扬哥，这车你怎么开的？"

"就这么开的。"周扬推开车门，笑着从车里下来，他懒散地靠在车门上，一副吊儿郎当的样子，却令人感觉到一丝威胁。

沈赫下意识地站直身子。

两人无声对峙，空气仿佛在燃烧。

之前沈赫还有点蒙，但此时，他的第六感出现了，他喊了一声："周扬。"去掉了哥字。

"你在犹豫什么呢？"周扬开口就很犀利，他的手插进口袋里，站直了身子，走到沈赫的身侧，两个人并肩而立。

"当初我介绍苏好给你，是因为你喜欢她这个类型。我知道你们家庭不对等，但你我从来不是看门第的人。我本来想着你能再坚持坚持，甚至突破这个点，最终赢得美人归，可现在看来……你好像不太行？既然你不太行，那就不要怪别人下手了，尤其是我。"周扬低着头，说话时像是在看脚下，漫不经心的，和聊天一样，却句句像把刀，直直捅向沈赫的心。

沈赫难以置信地看向周扬。

周扬伸手揉了揉嘴角，偏头看向他，两人视线相撞。沈赫看到他眼底志在必得的气势，脸色猛地大变，他咬了咬牙："我还没放弃。"

"哦？是吗？"周扬懒懒回应。

沈赫脸色不善地盯着他。

周扬泰然自若，沈赫浑身紧绷，两人形成了鲜明的对比。周围的人都能感觉到他们之间的战火，有些人甚至下意识地留下来看戏，两个男人的肩膀互相抵着，谁也不服谁。

这时，苏好从大堂里出来，看到这一幕，她愣了一下，接着快步走下台阶，喊道："沈赫，周扬……"她的声音由远而近，宛如清泉一般。

下一秒，她却看到两辆车刮花的情况，她问道："怎么回事？车怎么这样了？"

沈赫迟疑了一下，看着苏好。苏好见他脸色发白，下意识地看向周扬，周扬脸上嚣张的气焰弱了很多，说："剐到的。"

"谁剐了谁的车？"

虽然这么问，但苏好的眼神一直看着周扬。

周扬眯起眼和她对视，几秒后，他揉了揉嘴角："我剐的。"

苏好"哦"了一声，又看向沈赫："你怎么了？"

沈赫摇头，对着苏好笑了笑，表示没事。

可苏好不信，她走过去看了看车，又回头看了看周扬，眼神有点儿犀利，她的意思是，这明显是周扬欺负了沈赫。

周扬：“……你别这样看我，我赔，行了吧？”

“是你刮的，当然由你赔。”苏好一脸的理所当然。

周扬满身的气焰在看到苏好时全灭光了，到嘴边的话在看到苏好的眼睛时咽了回去，他怕她再次躲着自己。

周扬脸色阴沉，转身踹了一下自己的车。

沈赫则赶紧拉开车门让苏好上车：“我们去吃饭。”

苏好看了周扬一眼，这才弯腰上了车，心头有怪异的情绪浮上来。

沈赫关上车门，随后启动车子，开上了大路。此刻正是下班高峰期，人很多，车子走得并不顺畅，车里的气氛也有点儿沉默，苏好的手机响了好几次，是唐瑜和廖云发来信息。

苏好一边低头回复，一边等沈赫说些什么。

可是沈赫一直在开车，俊朗的脸上带着一丝愁容，苏好看了他几眼后收回了视线，专心回复唐瑜的微信消息。

唐瑜：京都好玩吗？

苏好：在工作呢，还没怎么玩。

唐瑜：一定要抽空去玩，那边有很多帅哥，不过，陆助理也和你在一起吧？

苏好：我跟他没关系。

唐瑜：哈哈哈，知道了，他前两天在我们公司论坛上发了帖子，求我们别再传他和你的事情了，有人会生气。你说，谁会生气啊？该不会是曾总吧？

这条消息本来是以开玩笑的语气发来的，苏好看着看着却沉默了，好似有什么东西在脑海里一闪而过。还没等苏好抓住，沈赫的声音在身侧响起：“好好，你想吃什么？”

苏好抬头一看，车子停在一个新的商业大厦门口，人来人往，很多餐厅的招牌被挂在上面。苏好看到一家面食做得不错的餐厅，她指着招牌对沈赫说：“吃这个？”

“好，这家店的挂面不错。”沈赫笑着回应，神情比刚才轻松了很多。

苏好见状，心情也放松了一些。

苏好跟着沈赫下了车，本来这是一段很短的路，但由于晚高峰塞了会儿车，这时候，天色已经有些昏暗了。

沈赫介绍这家餐厅，苏好专心地听着，说：“居然是御厨啊。”

“是啊，其实这里的手工面更好吃，不过我个人喜欢挂面多一点儿。”沈赫带着苏好走进去。

苏好看着这家面店，装修确实高档，两人找了个双人座位，一人一边，桌子有点儿小，两人的膝盖在桌下碰在了一起。

沈赫看了苏好一眼，默默地挪开了膝盖。苏好也将膝盖往一旁挪去，两人刚刚的亲密因这个动作又产生了一点儿距离，沈赫握筷子的手紧了些。

这时，服务员过来给两人点餐，苏好看了几眼，选了挂面。

沈赫笑道："我也吃挂面。"

苏好看着他笑，觉得这样的男孩儿可能更适合快乐活泼的女孩儿。最重要的是，那个人要有好的家世背景，不要让他那么为难。

不一会儿，挂面上桌了，沈赫给苏好切了羊肉片放进去，拌在一起。

苏好撒了些葱花，然后搅拌到一起，香味一下子就出来了。

沈赫说："羊肉就是要切成片才行，有嚼劲，放进去煮就软了，没那么好吃。"沈赫又给苏好切了羊肉片。

苏好笑着让他给自己也弄点，别光顾着她。

沈赫看了她几眼，笑得十分灿烂，却继续将羊肉片往苏好碗里放。

两人一边吃一边聊天，沈赫谈起了家里的事情，比如，他姥爷上个月回京都了。

苏好只说换了工作岗位。

沈赫突然问："周扬哥对你好吗？"

苏好一愣，看着沈赫说："他很少来公司。"

"那他没怎么帮到你？"

"我又不是没手没脚，干吗要他帮？"

沈赫"哦"了一声，过了一会儿，又道："周扬哥太花心了。"

苏好又看了他几眼，没说话，只低头吃面，脑海里，有很多画面跳了出来。

吃完面还不算很晚，沈赫去买单，苏好去门口接电话，沈赫将账单递给收银员的时候，看着账单出了神。

这次，苏好没有买单，是不是意味着——他们没有下次了？

电话是苏好的母亲打来的，她唠唠叨叨地说了一些家里的事情。苏好站在门口听得发笑，又得知她的身体好多了，看了眼天，说："不如找个周末，我接你来黎城住一段时间？"

成玲这次没有再拒绝，过了一会儿，成玲笑道："好啊，你什么时候休息？

我收拾一下行李。”

“等忙完这段时间吧。”苏好道。

“好。”

母亲挂了电话，苏好正准备走，却看到了一条微信消息，是廖云发来的。

廖云：你知道吗，唐锐要回来了。

苏好沉默地看了一会儿，回复道：嗯，知道了。

难怪母亲突然答应来黎城。

“好好，可以走了。”沈赫走到苏好身侧道。

苏好点点头，跟着他下了台阶，走向奔驰车。天色已经全黑了，车子疾驰在回酒店的路上，车里的音乐舒缓地响起来，两个人都异常地沉默。

一路开到酒店，车停在昨晚的位置。

苏好解开安全带，车里的音乐声也跟着停止了，两人都有点小心翼翼。

沈赫的一只手搭在方向盘上，他看着苏好，有点茫然。

苏好笑了笑，道：“沈赫，我们就到这里吧。”

没有迟疑，态度是很坚决的。

沈赫感到一震：“好好。”

苏好的头发有些凌乱，却仍然不影响她的柔美，她说：“我希望你不要再犹豫了，好好去走自己要走的路。”

“不是的，好好。”沈赫握紧方向盘，说，“是我姥爷让我二选一，要么联姻，要么就变得更强大，但我不能被情所困。我选择变得更强大，就代表我得短暂地放弃你，可是我知道我不能让你等我，所以我很犹豫。”

原来如此。

苏好笑起来，朝他伸出手。

沈赫迟疑了一下，伸手抱住了她，下一秒，他说：“你也要好好的。”

“我会的。”苏好拍了拍他的肩膀。

此时，她确实要比他成熟。沈赫的眼眶都红了，苏好去意已决，拉开门下车的那一刻，苏好内心也是轻松的。她没有回头，绕过巨大的石壁屏风，恰好看到一个男人站在那儿，他的手插在口袋里，嘴里咬着一支没点燃的烟，眼神阴冷地看向这儿。

他什么都看到了，包括两人的拥抱。

周扬往她这儿走来，苏好不得不停下脚步往后退，下一秒，她撞上了石柱。

男人背着光，居高临下地看着她：“男女之间会有纯友谊吗？嗯？”

苏好很淡定，一切都明了了，周扬一直在欺骗她。

苏好轻声问道：“周扬，你是不是没被女人甩过？”

“是没有，怎么了？”周扬往前一步，手搭在苏好的头顶。

他的身上带着淡淡的烟草味，苏好紧靠着柱子，一句话不吭。

两个人对看了一会儿，周扬垂下眼眸将烟蒂弹入了一旁的垃圾桶里。

酒店大堂的人不多，凉风徐徐吹来，这儿的光线不太好，苏好的眼里既没有谴责，也没有别的情绪，但周扬莫名产生了一种自惭形秽的情绪。

他还是第一次因为一个女人产生这种情绪。

他微微低头，躲过她漂亮的眼睛，看向她红润的嘴唇。

她没有抗拒，周扬径直逼了过去，俯下了高大的身子。

一开始，这个吻是温柔的，他试探，她没躲，周扬渐渐放肆起来，往里探去。苏好的睫毛颤了几下，接着眼睛慢慢合上，合上的那一刻，周扬将她往怀里带，低头吻得更狠了。

为了这一吻，就算之后她躲到天涯海角，他也要把人找回来。

酒店门口人来人往，有人伫立，觉得这两人像在拍电视剧一样。

苏好喘不上气来，捶了他好几下。

周扬舔了一下她的上唇，略微将身子挪开了一些。

苏好缓过气来，低声道：“松开。”

周扬依旧看着她，说到底，他还是有点儿怕。苏好一抬眼，周扬立即松开了手。苏好得到了自由，踩着高跟鞋走向大堂。大堂里有一些刚刚看到他们接吻的人，包括前台。前台一个劲儿地看着苏好，她被吻得脸颊发红，眉眼带着淡淡的媚意，美得夺目。

她进了电梯，门刚要合上，一只大手从外面抵住了门，门开后，周扬走了进去，他看了她一眼，按了十八楼的电梯。

“要吃点儿什么吗？”他理了理衬衫袖口，低声问。

苏好站得很直：“不吃。”

周扬的手机在这时响了起来。

闻泽厉：我小舅子放弃那位美人了！你这个混蛋，你做了什么？我不会放过你！

哦？放弃了？这么快吗？

周扬看了一眼便收起了手机，看向苏好。

那他们刚刚在拥抱是为什么？是离别前的拥抱？

几缕发丝垂在苏好的耳边，周扬伸手撩了撩，苏好看了他一眼，周扬坏笑了一下。

电梯到了十八楼，苏好率先出了门，周扬的手一松，她的发丝轻飘飘地落下，贴回了脸颊。苏好拿出房卡，刷开了自己的房门，正准备进去，周扬抵住她的门，俯身道："晚安。"

苏好看着他，淡淡地回道："滚。"

周扬一笑："好，这就滚。"

门关上了。

苏好放下包去拿睡衣，手机恰好响起来，苏好拿起来一看，是李易发来的两个视频。

第一个是周扬喝醉的那晚，苏好进房间后，周扬的醉意一下子就没了，还站着抽起烟，等陆助理给他送文件。

第二个是昨晚苏好喝醉，有个男人进了房间，正是周扬，他进去了多长时间没人知道，但出来后，周扬的脸上多了一个巴掌印。

这个男人从头到尾都在撒谎，演戏，装醉。

苏好看着这两条视频，结合今天两车的刮痕，明白了一切都是周扬干的。他一直都没放弃过自己，于是采用了迂回战术。

苏好：你不是周扬的朋友吗？

李易：是啊，但是也可以为你服务一下。

苏好：视频你是怎么拿到手的？

李易：你们住的酒店是闻泽辛的，沈赫是闻泽辛的大哥的小舅子，视频是他提供的。

苏好：感谢。

李易：不客气。

放下手机后，苏好拿了睡衣去洗澡，热水冲刷着她的身体，她的脑袋却没有停止思考，一个劲儿地转着。

周扬不是说没被甩过吗？不知道那个滋味……那就尝尝吧。

洗完澡出来，苏好躺在床上看了眼微信好友列表，将沈赫的名字取消了置顶。

第二天一早，苏好洗漱完，就有人敲门，她过去打开门，看到是酒店的服务员。

服务员推着餐车说："早，苏小姐，这是你的早餐。"

餐车上放着一束红色的玫瑰花和精致的早餐。

"是周总订的，希望你今天能有个好心情。"服务员穿着制服套装，推着餐车进门。

苏好往一旁让了位置，没有拒绝这份心意。

服务员把早餐一样一样地放在茶几上，又把玫瑰花放在一旁，之后便推着餐车出去了。苏好关上门，在茶几旁坐下，拿起勺子开始吃早餐。

吃完后，苏好看都没看那束玫瑰花，起身出了门，手机此刻响了起来。

周扬：吃了没？好吃吗？

苏好：还行。

周扬：我先出门了，有些事儿要处理，晚上别在公司吃。

苏好没回消息，匆匆赶往沸节。清早的沸节人很多，苏好走到哪儿都有人看她，她觉得有些莫名其妙。进了小会议室，门还没关上，她就听到有人在外面说话。

"长得好温婉，不像周总喜欢的类型啊。"

"但是好耐看，她化了淡妆吧？皮肤好好。"

"居然能让周总不发火，这是什么神仙美女？"

"她要是我们部门的就好了，简直是免死金牌啊。"

门关上后，出纳也来了，她看着苏好，眼睛亮亮的："姐，你认识周总啊？"

苏好翻开账本，说道："不认识。我们开始吧？"

"哎，好。"出纳看苏好一脸淡定，突然觉得，周总或许是在追人家？但估计没成。

有人的地方就有八卦，昨天周扬的脾气确实大，那是营销部经理第一次碰见周扬发火。他年纪还轻，又是周扬提拔过来的，多少有点崇拜周扬，跟周扬有关的事情他都有些好奇，于是今天苏好成了八卦的中心。

苏好在公司吃午餐时，被不少人围观，但她很淡定，即使听说了昨天周扬在会议室的事情，她依然没有过多的情绪，这不在她需要想的范围之内。再说，八卦能当真吗？显然是不能的。

下午，账本很快对完了，京都的公司十分让人省心。一切事务都简单明了，而且采购部为了给公司省钱，还在这个月换了一家供应商，价格比上一家便宜很多。京都公司的人多，支出却比海市那边要少。

由此可见，周扬这人做事也有一套自己的办法。

苏好从公司出来时才四点多，外面的天光还一片大亮，她看了一眼周围的高楼大厦。她一个人懒得逛街，回到酒店后换了一身睡衣坐在沙发上玩手机，看出纳的笔记本。

大约六点半时，天色暗了下来。

这时，门响了一下，苏好起身开门，门外依然是早上的那个服务员，他笑着说："苏小姐，晚上好，这是你的晚餐。"

苏好看着上面的大龙虾，皱了一下眉。

服务员将晚餐放在桌上就走了，苏好站了一会儿才回到沙发边坐下，呆呆地看着这一堆吃的。

不一会儿，门开了，苏好抬起头，只见周扬抱着一束玫瑰花，挽着外套走进来，眉眼含笑："看我干什么？吃晚饭。"

苏好坐着没动。

周扬将玫瑰花放进她怀里，看了她一眼，笑道："喜欢吗？"

"不是很喜欢。"苏好没接花，把周扬推开了一些。

周扬扬眉，笑着将这花和早上的那束放到一起。

"你喜欢什么？百合？或者满天星？"他站直身子，挽起衬衫袖子，走进厨房洗手。

苏好看着他："房卡什么时候还给我？"

周扬看了她一眼："不还了。"语气无赖。

他笑着来到沙发边，摘下腕表，拿起龙虾"咔嚓"一下掰开，取出里面的肉放在她唇边。

苏好垂眸看着，周扬屈膝举着。

两人僵持了几秒，周扬忽而一笑："要不，我喂你？"

苏好看了他一眼，张开嘴，肉就被送进了她的嘴里。

男人的手指在她的嘴唇上压了一下，苏好张嘴咬了他一下。

周扬挑眉，低笑一声。

接着，他继续挑龙虾肉，领口微敞，整个人显得玩世不恭，肆意风流。两人都心知肚明，周扬防着苏好再次躲他，如今的行为显然是在追求她，也在一步步试探她。

苏好却不闪不躲，只要她能和他有一点儿互动，周扬就很满意了，昨晚的那个吻美妙到令他难以忘记。

事实上，今天苏好的所有行为都在周扬的监控下。

苏好则假装不知道这个男人的把控，连她什么时候下班，他一定也一清二楚，她心里也有自己的计划。

“还有一点儿，吃完。”周扬靠着沙发，捏着肉喂苏好。

苏好撇开头：“不吃了，很饱。”

“饱了吗？”周扬看着她的肚子。

苏好推他：“滚。”

周扬低低一笑：“不滚。”

“你的事情快弄完了吧？”周扬去厨房洗了手，出来后打了前台的电话让人上来收空盘。

苏好玩着手机，应了一声。

“行，这几天也要准备回黎城了，想去哪儿逛一下吗？”周扬走到沙发边问她。

“不去。”苏好抬头看了他一眼，又低头看手机，整个人看起来有些懒散，显得她特别有女人味。

周扬看着看着，俯身堵住了苏好的嘴唇，又吻了她一次。苏好愣了一下，捏紧了手机，她一开始全身紧绷着，而后才慢慢放松下来，周扬则更加深入进去。直到门口传来轻微的声响，苏好才推开他，站起身道：“你和那些空盘一起走。”

说着，她走进房间把门关上了。

周扬靠在沙发上，手抵着嘴角摩擦了一会儿，之后笑着去开门。

服务员进来后，周扬拿起外套开始打字。

周扬：晚上早点睡。

苏好：快走。

周扬：啧，好，这就走。

他不急。只要她不躲，什么都好说。

周扬跟着服务员一块儿离开，顺便关了门。苏好在卧室里看书，脸颊还泛着红晕。

他还挺会接吻的。

她冷笑了一声。

第十章
我想吻你

临睡前，廖云打了视频电话过来，此时苏好脸上的红晕已经下去了很多。房里没开灯，有些昏暗，她接起视频，走到窗边。

廖云看了一眼，问道：“在酒店？”

“是啊，太暗了吗？我开一下灯。”苏好伸手按了开关，房间里瞬间亮了。

廖云看到后，说：“环境不错，你好像也胖了。”

苏好捏了捏自己的脸：“有吗？”

“有，气色也不错，之前照顾你爸的时候，你的脸色特别苍白。”

“还好吧。”

“看来你现在的生活过得不错。”廖云感叹。

苏好坐在窗边，身后是高楼大厦，廖云欣赏了一会儿，问苏好：“有没有谈男朋友？”

苏好神情不变：“没呢。”

“没？”廖云觉得，苏好这么好的女人去了大城市，一定会有很多人追求。大城市的人不都不太在乎一个人的过去吧？

“没，不急。”

“是不急还是没遇到合适的人？”廖云问得小心翼翼，她知道苏好不在乎，但是她害怕她的话伤害到苏好。

苏好笑了笑：“真不急，当然，也没遇到合适的人。”

“他们都瞎了吧！”廖云呸了一声。

廖云又说：“阿姨是不是要去黎城玩一段时间？”

“是啊，我准备过一两周去接她过来。”苏好心里有点儿感激，廖云这么快就得到这个消息，说明她经常去看自己的母亲。

“我都没有空，不然的话，我也一起去玩玩。”回江市是一个小城市，山水都好，就是不如大城市繁华。

“等你休年假过来，这边有住的地方。”苏好抓抓头发，面对廖云时，她更放松一些。

廖云点头：“好啊。”迟疑了一会儿，她又问道，“那个，周扬……现在怎么样？”

苏好一愣，以为廖云猜出了什么，可又见廖云好奇的眼神，她回答：“他啊，还是那样吧，变得成熟了。”

“很帅吧？”

“还行吧。”走到哪儿都有人关注，吸引着很多女人。

廖云叹了口气：“他们这样的人，肯定过得很好。”

苏好笑着扯了扯睡裙，手机突然响了起来。

周扬：睡了？

“谁发消息给你啊？都这个点儿了。”廖云贼兮兮地问。

苏好抬头笑着回答：“公司的同事。”

“男的？”

“女的。”

“你别骗我。我还有件事要跟你说。”廖云的语气突然严肃起来，苏好心里有了预感，果然，廖云道，“唐锐这周回来，还有，他可能也要去外面发展，我听说可能是去海市，但是……也可能是去黎城。你怎么想？”

“我能怎么想？”苏好笑着反问。

廖云突然笑了：“对，你能怎么想？外面的世界那么好，男人那么多，总不会最后还要跟他纠缠到一起吧，我们苏好肯定有很多人追。”

苏好光是笑，懒得理她的自说自话。两人向来什么话都能聊，又聊了一会儿才挂电话。时间有些晚了，苏好去倒了一杯水，喝完后刚躺下，就有语音通话打进来，她一看，是周扬的电话，于是接了起来。

“我准备睡了。”她声音柔和。

周扬还在看文件，说：“嗯？那得说晚安了？”

苏好：“晚安。”说完，语音通话挂断了。

周扬一愣，随后笑了。

挺拽啊，苏好。

挂了电话后，苏好没有立马睡，她点开了廖云的聊天框，打了字又删除。

其实，她很少和别人谈感情方面的事情，因为好像没什么可以谈的，如今看来看去，也只有廖云能聊上两句，可字打出去，她还是后悔了。

这时，手机响了起来。

唐瑜：睡了吗？什么时候回黎城？

苏好：还没睡，可能过两天吧。

唐瑜：好的，有点想你了，你说怪不怪？

苏好：不怪。

苏好迟疑了一下，打了一大段字，又删除了。

苏好发现，她竟然没一个人可以聊感情，她就着床头灯点进朋友圈，随意地一翻，看到李绣发了一个论坛链接，她点进去看了看，下载了一个软件，接着，就看到了一个情感帖子。

故事是这样的：前男友是个花心公子，现在他想找我复合，并且一再地破坏我正在发展的感情，我该怎么办？

下面的评论五花八门，什么都有。

有人问："你还喜欢你的前男友吗？"

楼主回答："还是有点好感的。"

楼主又说："但之前是他甩了我的，什么都是他说了算。"

又有人回复："那你就先答应他，然后这次，你来甩他。"

苏好在这个回复楼层点了个赞，心里那点儿话也不想倾诉了。

她放下手机，很快进入了梦乡。

接下来的两天，苏好把手头的工作做完，收到了陆助理订的机票，周扬还有需要收尾的工作，所以定了周六的飞机，苏好周五早上就完成了工作，下午回酒店睡了一觉。

醒来后，她洗个澡，换了衣服去二楼的餐厅吃饭。

这是个西餐厅，苏好点了一份牛排，一边吃一边看风景。

前面的椅子突然被拉开，周扬坐了下来，他解开领带，说道："我的消息还没回呢。"

"没看。"苏好看了他一眼，随后拿起刀叉准备切牛排。

周扬长腿交叠，伸手拿过苏好的碟子，又拿过她的刀叉切牛排，声音低沉带笑："得这样切，你那样切要切到什么时候？"

他要切，苏好就让他切，她端起果汁喝了一口。这两天他也很忙，不过每天，他都会让服务员送吃的给她，玫瑰花也变成了百合花，还挺用心的。

苏好侧过脸看向窗外，周扬切好牛排，叉起一块递到她嘴边，苏好回过神，看了他一眼。

周扬还是第一次这么服侍一个女人，他把叉子往前推了推："嗯？"

苏好这才不慌不忙地张嘴。

她的脸上没笑容，就算只是扫他一眼，也像是在瞪他。

周扬笑问道："你对每一个喜欢你的男人都这样吗？"

苏好吃着切好的牛排，鼓着腮帮子说："怎样？"

"爱理不理。"周扬又叉了一块送到自己嘴里，两个人共用了一对刀叉，他说完后，顿了一下，眼里的神色又深了些，"哦，我错了，你对沈赫还挺热情的。"

不但热情，温柔，还有崇拜。

在台球室里，她看沈赫的那一眼，仿佛眼里全是他。

想到这儿，周扬的心里一阵烦躁。

苏好心想，你还敢提沈赫？

两人吃完了苏好那份牛排，苏好全程都没碰过叉子。

周扬放下刀叉，用纸巾擦了擦嘴角，问道："晚上还有时间，陪你逛街？"

苏好起身道："不用你陪，我自己去。"

"哦？"他一笑，拿起外套和领带，招来服务员买单。

苏好看了他一眼，自己先走了。她打算去商业区逛逛，买点儿东西给母亲和廖云。

下了楼，周扬从身后一把握住她的手腕，低声道："我带你去。"

说完，也不管她什么反应，他拉着她就朝那辆黑色的车走去，他拉开副驾驶座的门，有些强硬地把她推了进去。

苏好坐进去后，忍不住问他："你对每一个女人都这么霸道吗？"

周扬一听，笑了，他低头看她，手肘搭在车窗上，点了点她的鼻子："只对你而已。"

他的情话简直信手拈来。

苏好笑了笑。

随后，她开始摇车窗。

周扬只能松开了手，绕过车头去驾驶座，这时，李易恰好发来了微信消息。

李易：闻泽厉说晚上请你去喝酒。

周扬：不去，要逛街。

李易：你说什么？你要逛街？

周扬：很稀奇？

李易：你的第一任女朋友为了让你陪她逛街哭了三个小时，你理过她吗？

周扬：有这回事？

他想了下，第一任女朋友……长什么样？想不出来。

周扬启动车子，看了苏好一眼。

苏好低头看手机，她又点进了情感论坛，里面的小故事都挺有趣的，她看得专注，手无意识地捏着耳朵。周扬看得略微入迷，伸手捏住了她的手指，苏好惊了一下，抬头看来，周扬勾唇一笑："耳朵痒吗？我亲亲就不痒了。"

苏好一把甩开他的手。

周扬也不在意，启动车子开向商业区。这个点儿正是热闹的时候，商业区人满为患，苏好没怎么来过这种地方，她一边走一边看。

周扬的手插在口袋里，懒洋洋地走在她身侧，问："你要买什么？"

苏好想了想，说："旗袍……"

"买给我妈？你买不起，太贵了。"周扬一下就猜到了，"不如买这个。"说着，他伸手搂住她的腰，把她带进了一家卖丝巾的店铺。

苏好立即反应过来，苏茜也喜欢丝巾，她眼睛微亮，过去挑选起来。

周扬懒懒地靠在沙发上等她。

这店属于中高档，但周扬穿戴着一身名牌，加上他的气势和长相，实在令人无法忽视，好几个人围过来给苏好介绍，苏好最终选了一条紫色的丝巾。

买单时，苏好的手机响了起来，竟是云绿发来的消息。

云绿：好好，我告诉你件事儿，沈赫的姥爷突然回国……是周扬告的密。

苏好握着丝巾的手一紧。

她淡定地刷了卡，随后拿了袋子走向周扬，周扬伸手要接她的袋子，苏好的手却缩了回去。下一秒，她踮起脚凑近周扬的耳朵。

周扬愣了一下，随即搂住她的腰，偏过头听她说话。

苏好却轻声道："周扬，沈赫的姥爷是你叫回国的？你怎么那么能耐呢？"

苏好的声音温柔似水，语气却像一阵凉风吹过周扬的后背。

周扬浑身一僵。

苏好突然的主动让周扬受宠若惊，谁知道她提的却是沈赫的事情。

周扬耐心地解释："就算我不叫他的姥爷回国，沈赫迟早也要面临一样的抉择，他该放弃还是要放弃。"

他还不知道自己错在哪儿。

苏好扫了他一眼，推开他继续逛街。

周扬被推开后在原地站了一会儿，看着不远处背影纤瘦的女人，即使看不到脸，他也能感觉到她身上带着一股冷意。

她倒是一次都没回头，一个人也能逛，完全不搭理他，好像他在不在都无所谓。

周扬的手握着栏杆，冷冷地想，沈赫就那么重要吗？

换成以往，碰见这种女人，他早就转身走了。

几秒后，周扬拽了一下衬衫的领口，大步上前，从身后一把握住苏好的手腕，转头盯着她看。

苏好看了他一眼，略微挣扎了一下。

周扬沉声威胁："再闹的话，我就在这里吻你吻到腿软。"

苏好又看了他一眼，这次倒是没挣扎，就是依然不理他。

她的性格确实如此，一旦有不满就不理人。

又逛了一会儿，苏好去化妆品店买口红给廖云，她抬手去接东西，周扬只得放开她的手，又搂住她的腰。

苏好还是不理他。

两人之间的气氛看上去有点怪，周扬从没被女人这样对待过，服务员都在看他们，心想，这位女士一看就是被宠着的。

周扬淡淡地看了一眼服务员，服务员愣了一下，立即挪开视线，小心翼翼地给苏好介绍口红："这个色号适合皮肤白的，如果想提亮皮肤的话就选这个。这款是斩男色……"

苏好拿着两支口红，看着手腕上的颜色。她皮肤白，涂两个颜色都很好看，一个是淡橘色，一个正红色。服务员夸道："你皮肤那么白，什么颜色都适合的。"

"我不是买给自己的，我看看。"苏好打算去照下镜子，她低头看了一眼男人的手臂，随即拍了一下。

周扬冷哼一声，低头看手机，不理会她。

苏好也不理他，拿着两支口红去买单。付完款，周扬对服务员说："刚刚她摸过的那几款都包起来。"

服务员一愣，另一个人应了一声："哎，好的好的。"说完，她立马兴奋地去拿，最后装了将近三十支口红，把苏好没碰过的也都装进去了。

苏好提过袋子看向周扬，周扬没看她。苏好趁他刷卡签名的时候准备走，结果刚拐了个弯就被他搂了回去，跌进了他的怀里。

周扬放下笔，看了她一眼，眼里充满戏谑："跑？挺能跑的。"

接着，他接过袋子，顺便抢过她手里的两个袋子，搂着她离开了。

苏好依然不搭理他。

周扬看了她几眼，语气有点儿烦了："你还要生气到什么时候？你很会冷战啊。”

苏好紧闭着嘴巴，仿佛没听见他说话。周扬的眼睛眯了起来，也没再说话。

之后，苏好进了一家燕窝店。

买完出来后，周扬靠在栏杆上，一只手提着袋子，一只手插在口袋里，跟着苏好进了电梯。一进到电梯里，周扬随即把苏好推到了电梯壁上，他捏住她的下巴往上抬："你牛了一个小时的气了，也该够了。"

苏好背抵着电梯壁，看着他眉宇间淡淡的不耐烦，笑了起来："你这么烦，怎么不走啊？"

周扬："你以为我没想过？"

"想到就要行动。"苏好笑得温柔，一边的酒窝若隐若现，话却如刀子一般。

周扬紧盯着她，几秒后，他扬眉凑过去，在她耳边亲了一下："不走。走了岂不是如你的意了？"她好不容易才不躲他了。

两人有机会这样相处，能忍就忍吧。

"你好香。"他的吻落在她的脸颊和脖颈上。

电梯到了一楼，外面的人纷纷呆滞地看着电梯里的一幕，高大的男人将女人压在电梯壁上，似乎在亲吻她，气氛十分暧昧。

"电梯到了。"苏好强装镇定，耳根却发烫。

周扬抬起头扫了一眼门外熙熙攘攘的人群，接着伸手搂着苏好往怀里带，苏好的半张脸埋在他的胸膛处，跟着他走了出去。

他俩走出去时，其余的人纷纷让道，一些人看到周扬的长相，脸都红了。

到车旁后，周扬拉开车门，把苏好送进副驾驶座，而后启动了车子。

到了酒店，苏好去后座提袋子，唯独漏拿了周扬买的那一袋，周扬开了车门，拿过那袋子塞进她怀里。

"这是我给你买的，你怎么光给别人买？"他的手插进口袋里，说道。

苏好愣了一下："我不要。"

说完，她把袋子扔给他。

"我又不是没有，买那么多我用不完。"苏好转身进了酒店。

周扬咬着牙看她，几秒后，他将那袋子扔进了垃圾桶。

苏好半只脚进了门，回头一看，周扬站在垃圾桶边点烟，一副懒散的样子，他两手空空，袋子的提手部分露在垃圾桶外，十分打眼。

苏好闭了闭眼，命令道："捡起来。"

周扬不理她。

苏好伸手去推垃圾桶的盖子，周扬低头看了她一眼，随即一把握住她的手腕。

苏好抬头看他，周扬有点抵挡不住她的眼神，问道：“这口红你为什么不要？”

“三十多支，我用到猴年马月？”

周扬：“一天用一个颜色。”

“浪费。”

周扬：“女人就应该浪费。”

“我不喜欢。”苏好挣扎着去拿袋子，心想，那些口红得值多少钱？

周扬捏紧她的手腕，看她十分坚持，几秒后，他将烟放进嘴里，自己伸手去拿。

路过的人都好奇地看着两人。

这时，陆助理也过来了，周扬见到他后冷声道：“过来！”

陆助理愣了一下，扶了一下眼镜，只见周扬将一个袋子扔给他：“送你了。”

说完，周扬抓着苏好的手腕，拉着她进了大堂。苏好跟着他，回头对陆助理说：“你如果觉得没用就拿去退了，里面有票。”

“哦。”陆助理低头一看，呆住了。

我用什么口红？！那么多支！要不……在朋友圈卖了？

今天两人虽然逛了街，但真谈不上开心，从得知周扬不择手段后，两人之间的气氛就十分不对劲。苏好虽然不理他，但也留了余地。

到了十八楼，苏好拿出房卡刚压上感应器，周扬就抓住了她的手腕，苏好抬眼，周扬靠在墙壁上看着她。

走廊上很安静，灯光是暖色系的，气氛有点暖。

两个人都不说话，周扬就这么握着苏好的手腕。

周扬沉声问：“你不喜欢玫瑰花、百合花，又不喜欢口红，那你喜欢什么？”

这还是他第一次问女人这些，苏好听得出他语气中的诚意，她心里的抗拒少了些，她说：“我之前说了，我没什么爱好。”

“不喜欢衣服、包包？嗯？”

“不是不喜欢，只是觉得够用就可以了。”苏好的语气也柔和了很多，她和廖云家庭背景相当，她们花钱都是有度的，比如她需要买什么东西就去买，不会多看一眼别的东西，因为她不需要，也不想增加不必要开销。

“哦，我追求你才买了这些，你也不要吗？”周扬多少有点理解，所以即使觉得刚刚的行为丢人，但还是把丢掉的东西捡了回来。

苏好看了他几秒钟，随后轻声道："有你这么买的吗？"

如果他是买给别人的，那她管不着，可是买给她，她用不着，他还直接扔掉，那得枉花多少钱？多浪费！

周扬气笑了，他抓着她的手腕把她往怀里带。苏好皱眉，下意识地往后退，下一秒，她还是摔到他怀里了。

周扬抵着她的额头说："给我一个吻吧？"

他还知道问了？苏好在心底冷笑。

苏好挪开视线道："我要是说不呢？"

"不啊？"周扬低笑了一声，"我听不见。"

说完，他的薄唇贴在了她的嘴角，接着慢慢地挪动，堵住了她的嘴唇。苏好用拳头打了他一下，周扬顶开她的牙齿辗转地吻着。

周围十分安静，全世界只剩下心跳加速的声音。

夜深了，苏好洗完澡躺在床上，这才想起今天没有回云绿的微信消息，她马上拿起手机开始打字：云绿，谢谢你。

云绿：哎呀，不客气，你们都在京都？

苏好：是。

云绿：嗯嗯，好。

浴室的水关了，周扬穿着浴袍出来，腰带松松垮垮地搭在身上，露出大片胸膛，他坐在床边，身子往前倾，打开了手机里的微信群。

周扬：出来。

几秒后，群里才有了反应。

许殿：这么晚不睡，是没夜生活？

李易：肯定是没有。

江郁：发生了什么？

许殿：哈哈哈，估计是追人不顺利。

宴行：恭喜周总，又失败了？

周扬：啧。

他擦了擦头发，将手机扔在床头柜上，上床休息。

第二天早上，苏好醒来后开始收拾东西，八点左右，门突然被打开，周扬靠在门上问："好了没？"

"好了。"苏好推着行李箱出门。

她今天戴了一顶帽子，穿着及膝的淡紫色半裙和一件白色T恤，来到门边后，她回头看了眼房间。周扬抱着胳膊，目光落在她帽子下的脸上，用手将帽檐轻轻一挑，帽子被掀开，苏好紧接着看了过来。她眼里水光流动，周扬沉默地看了她几眼，又将帽子放了回去，低声道："漂亮。"

"谢谢。"苏好回答得很淡定。

周扬嗤笑了一声，拉过她的行李箱走向电梯。

陆助理正等在电梯旁，此时一看到他们，便赶紧过来帮忙推两个箱子。

下楼后，三人一起前往机场。

今天天气依然很热，进了机场就舒服多了，办完了手续，三人去了候机室。陆助理不敢离他们太近，苏好跟周扬则坐在大沙发边。周扬还有工作，手上一直拿着笔记本，随时翻看着。

苏好则在看爱情论坛里的小故事。

这时，苏好的手机响了一下，来了微信消息。

李绣：苏好姐，你们出差回来了吗？

苏好：坐九点半的飞机回来。

李绣：哇，那快了。周扬在你身边吗？

苏好：他好像在工作。

李绣：你开个视频我看看！

苏好顿了一下，那边很快打来了视频电话，苏好挂断了，接着，她偏头拍了一张周扬的侧脸照发给李绣。

照片发出去一会儿后，李绣才回复。

李绣：苏好姐，我知道他在追你，我本来是想试探你一下，想看看你还会不会搭理我，没想到你还肯给我发他的照片。这么看来，你肯定不喜欢他，那就说明，我还有机会？

苏好看了半天才反应过来，随后笑了起来。

李绣这种坦然大方的女孩子还挺可爱的。

苏好：是啊，你一直都有机会，要加油。

李绣：苏好姐，你真好。

苏好本想说点什么，想了一下又迟疑了。下一秒，她的手机被人抽走，苏好抬头一看，周扬正在看她的聊天页面，一目十行。看完后，他的脸色冷了下来。

苏好伸手道："手机给我。"

"你不喜欢我？李绣还有机会？"周扬关了她的屏幕，将手机举高。

他无心看她的隐私，但她偷拍他的时候被他发现了，他想看看她在干什么，结果却发现她在和她的情敌聊天，还鼓励人家。

苏好起身去拿手机，周扬也跟着站起身，逼得苏好跌坐了回去。

周扬俯身，眯着眼，居高临下地看着她，苏好也沉默了。

周扬低声道："你知道侵犯我的肖像权有多严重吗？"

苏好没应声。

"我可以告你。"

苏好："我删除就好了。"

"收回你刚刚说的话。"周扬把她困在怀里，道。

"不收。"

两人对峙着，候机室的气氛也随之变了。

几个同样坐商务舱的乘客怕这两个人打起来，只有陆助理怕周扬突然在这里吻苏好，毕竟周扬是不可能打苏好的。

好在这时，登机时间到了。

苏好要起身，周扬不让，两人又对视了一阵子，周扬才站直身子，把手机扔在苏好的怀里，苏好拿起手机，默不作声地放进自己的包里。

周扬拿起笔记本和机票，挽着袖子看了她一眼，而后把笔记本递给陆助理，他十指紧扣地握住苏好的手，走出了候机室。

苏好挣扎不开，也就任他所为了。

两人过了安检，周扬扯了扯领口，心里觉得有些烦躁。他的脑海里全是苏好和李绣的对话。他以前从不在乎这些，现在却变了。

上飞机后，苏好翻看着杂志，周扬也在看，两人没说话。苏好看完杂志后点了一份小蛋糕，吃到草莓的时候，周扬突然伸手抢过去，张嘴咬走了那颗草莓。苏好看了他一眼，默默回头吃了自己的。周扬看她一脸平静的样子，眉心皱得很紧。

飞机抵达黎城后，苏茜给苏好打了电话。

"好好，过来家里吃饭。"

苏好看了身侧的周扬一眼，男人戴着墨镜看她，镜片映出了她的脸。周扬抿紧薄唇，道："我就不回去了，军工有事，我让司机送你回去。"

苏好："我自己坐车去。"他不回去，她就不耽误他的时间了。

周扬冷哼一声，眉宇间还有淡淡的烦躁，他握住她的手腕，把人带到出口处。军工的司机开来的是商务车，拉开车门后，周扬把苏好推进了车里，动作霸道。

苏好坐下后冷冷地看了他一眼，随后低头看起手机。

周扬和陆助理上车后，对司机道："去蓝湾。"

车一路开到蓝湾，苏好坐在里面，周扬比她先下车，顺便伸手把她拉了下来。

苏好说道："谢谢。"语气客气又疏离。

周扬冷哼一声。

苏好推着行李往别墅走去，周扬站在原地看着她的背影，她连头都没回一下。

陆助理站在他的身侧，默默地拿下眼镜，低声道："周总，苏小姐现在对你的态度，像不像你以前对你前女友的态度？"

周扬回头扫了陆助理一眼。

陆助理咳了一声，将眼镜戴上，而后说："周总，和闻总约的午餐时间到了。"

周扬转身回到车里。

陆助理心想，苏小姐真厉害，以前，周总对前女友的态度也和她现在一样，耐心到头了转身就走。以前那些女人太喜欢周总了，只要周总有一点儿不爽，她们马上就老实了，有时还会回头来对周总撒娇。如今，苏小姐压根没打算撒娇，周总也该尝到那种滋味了吧？

这样挺好，总要有人治一治周总，就是不知道周总能忍到什么时候。

"好好。"苏茜接过苏好递来的礼物后，抱住了苏好。

苏好笑着回抱她："苏茜姨，我很想你。"

"我也想你啊。"苏茜松开苏好，上下打量，"好像黑了点儿。"

"对啊，京都好热。"

一说到京都，苏茜就想起沈赫的事儿，下意识地看了苏好一眼，见苏好神情自然，苏茜便开始在心里骂儿子，但又觉得沈赫也太经不起磨炼了，这么快就放弃了。

苏茜想，这些人都会后悔的！

"茜姨，你看看这条丝巾，喜欢吗？"苏好不知道苏茜心里所想，只拿起一旁的盒子拆开递给她看。

苏茜一看，眼睛一亮："喜欢喜欢，你怎么买这么贵的东西？这都快赶上你一个月的工资了。"

"没那么多，打折了。"苏好赶紧说。

苏茜看了她一眼，没拆穿她的谎言——这个牌子哪里会打折。

她拉着苏好进屋，保姆端了水果出来，两人坐在沙发上，苏茜细细地看着苏好，几秒后，她说："周扬在追你？"

苏好咬着苹果，"嗯"了一声。

苏茜："别让他好过。"

苏好有些心虚，不敢看苏茜。

她总不能告诉苏茜她真打算给周扬好看吧？

军工科技的空中餐厅里，周扬坐在沙发上，不经意地看了第八次微信消息，他咬着块饼干，随意点进朋友圈，就看到陆起发了几条朋友圈。

陆起：特价，有人要吗？

九张配图都是口红的照片，周扬没想那么多，只继续往下滑着看。

随后，他在下面看到了苏好的评论。

苏好：多少钱啊？

一分钟后，周扬回复苏好：你有空在这里看口红，没空发个消息给我？

周扬左等右等，也没等到她回消息，他陷在沙发里，手握着手机，一会儿点进苏好的朋友圈，一会儿点进她的聊天框里。

为了等来她的消息，他此刻坐立不安。

"看什么？那么入迷！"一条长腿突然踢了他一下，周扬抬起眼眸，对上了闻泽厉的那张脸。

闻泽厉解开西装外套纽扣，坐在他对面的沙发上，拿了一支烟点上，冷哼一声："干吗像失了神一样看着我，我还没找你算账呢。"说完，他用力地把烟扔在烟灰缸里。

周扬挑眉，将手机顺手放在桌上，淡定地问："算什么账？能算清吗？"

"周扬，你就是个王八蛋。"闻泽厉指着他骂，"你害我差点儿被那个沈大小姐弄死，你还好意思说？这不都是账？"

"那是你老婆。"周扬拿起桌面上的香槟，倒在两个酒杯里，端了一杯给闻泽厉，“私事我们先放一放，说一下兴宴国际的事情吧。”

闻泽厉接过酒，“啧”了一声：“感情好就是老婆，感情不好就是沈大小姐。”

周扬也笑了一声，摇晃了一下酒杯，加了几块冰进去，喝了一口，不经意地又看了一眼手机。屏幕上风平浪静，一点儿反应都没有。他的神色沉了几分，拿起一旁的文件递给闻泽厉：“你看看这个价格合适吗？我们派了人过去谈这个事情，但我们对他们内部情况不太熟悉，总感觉这人留了一手。”

闻泽厉接过来翻开，看了几眼，立即道：“这价格给高了，回头他再保留几分，你就成冤大头了。”

周扬咬着冰块一笑：“还想从我手里刮油？这人有点胆量。”

“这人不能用，你要是收购成功，最好早点对他下手。”闻泽厉说完，放下文件去夹冰块，却见周扬的眼神飘向了手机，明显心不在焉。

“怎么一直盯着手机看？”闻泽厉伸手去拿周扬的手机，被周扬躲开了，闻泽厉的手搭在膝盖上，看周扬放下手机后还多看了一眼，他心里大概有了数。

周扬：“没什么。”他镇定地放下手机，拿起平板电脑翻出一组数据，继续和闻泽厉交谈。

闻泽厉摸出手机，在群里发了消息。

闻泽厉：周扬是不是没追到苏好？

许殿：恭喜你，终于发现了！

闻泽厉：哈哈哈，我和他谈个事情，他看了七八次手机，估计是在等消息呢，我瞬间解气了。

李易：苏好是那么容易追的吗？天真！

许殿：你确定今晚能谈成事情？

江郁：……我都快不相信这是周扬了。

李易随后发了一张照片，是陆起发的那条低价出售口红的朋友圈，他将苏好和周扬的评论回复用涂鸦笔标了出来。

闻泽厉：哈哈哈，好酸。

苏好的午饭是在周家吃的，苏好和苏茜下厨，周爸也回来了，吃完饭后，周爸要出去办事，顺便把苏好送回了华晖小区，苏好和他道别后拉着行李箱上了楼。

苏好靠在沙发上休息了十来分钟，而后起身打扫次卧，把之前买的一块地毯也铺上了，弄得很温馨，还拍了照片发给成玲。

成玲发了语音消息过来："很漂亮。"

"妈，你喜欢吗？"

"可喜欢了。"

当初，苏好照顾爸妈的时候，就算生活再艰难，家里都是干干净净、舒舒服服的。夫妻俩一直认为女儿很好，嫁到哪儿都会有人珍惜，可惜至今没有一个真正珍惜苏好的人出现。

"这几天回江市有雨吧？下雨你就不要出门啦，免得头疼。"

"知道了，今天周末吗？你放假？"

"是。"

这时，门铃响了，苏好去开门。

门外，周扬手插在口袋里，叼着烟看她，嗓音低沉地道："喝杯水。"

语音通话还开着，在苏好发愣的时候，成玲立即问："谁啊？"

苏好看着眼前的男人，他正在解领带。

苏好低声道："妈，周扬过来了，我给他倒杯水。"

成玲怎么都没想到来的人是周扬，她愣了一下。

她本来还在开心，以为是正在追求苏好的男人，一听到是周扬，她立马失望了，而后她应了两声："是周扬啊。"

苏好去倒水时，闻到周扬身上有酒气。

这一瞬间，高大的身躯从身后贴了上来，周扬低头，还在解领带，他的声音在苏好耳边飘过，热气洒在苏好的脖颈上："玲姨，好久不见，你的身体还好吗？"他是对着手机说的。

"好，还不错，周扬，谢谢你照顾苏好。"成玲有些尴尬，但很快调整好了语气。

苏好转过身把手机放在他耳边，并示意他拿着，周扬假装没看到，领带解了半天都没解完。他笑着偏头，道："不用客气，都是应该的。"他的视线却落在跟前的苏好身上，她穿着一套家居服，领口松松垮垮的，吹弹可破的肌肤隐约可见。他的眼神有些放肆。

苏好将手机拿好，转身走向餐桌，对成玲道："妈，就这样吧，我明天再打电话给你。"

"好。"成玲也松了一口气。

挂了电话后，苏好放下手机，倒了一杯水递给周扬。周扬靠在沙发上，领带垂着，整个人看起来桀骜不驯，他说：“喂我呗，大忙人。”

苏好把水杯放到桌子上，轻声呛回去：“大忙人，你自己喝。”

苏好进次卧把垃圾袋拿了出来，而后走到门边放下。周扬依然没碰那杯水，他虽喝了酒，眼神还算清明，酒精作祟，看到她后，焦躁少了很多。他的目光追随着她，看她解决了垃圾，又进厨房去了，不知道要干什么，只看到她伸手去拿砧板，袖子滑落下来，能看到肌肤白得如玉一般。

“苏好。”

“什么事？”苏好的声音传来。

周扬：“你是穿B罩杯吗？”

苏好一愣，几秒后才反应过来，接着，厨房门“砰”的一声关上了，似乎带着些许怒火。

周扬低笑了一声，一口气喝完了整杯水，走到厨房门外说：“你都喜欢什么？搞特价的口红吗？嗯？”

里面有杂乱的声音传来。

周扬又道：“你这个消费观念得改改，苏好，需要什么记得和我说。”

“周扬，你很闲？”女人的声音从门里传来。

周扬一笑：“很忙，但你不回消息，我就要来看看。”

“那你看完了，可以走了。”

“是得走了。”周扬的手机响了很多遍，陆起还在楼下等着。

周扬又敲了敲门，里面的声音小了一些。

周扬：“苏好，你出来，我想吻你。”

声音又变大了，像是无声的抗议。

门外传来声音，陆起扶着眼镜探头进来看，周扬看到他，眉头一皱，陆助理咳了一声：“周总，得走了。”

周扬看了一眼腕表，又看了一眼厨房门，说：“我走啦。”

苏好：“走吧。”她依然没开门。

周扬很想推开门，但还是妥协了，他转身走向门口，现在的心情已经好多了。

他顺手关上门，随后指着一旁的垃圾袋说：“拿下楼扔了，我就不计较你在朋友圈卖我送她的口红这件事。”

陆助理额头冒汗，立即应了，弯腰拿起垃圾袋，跟在周扬身后离开了。

楼下的轿车开走十来分钟后，苏好才从厨房里出来，她又拿了一袋垃圾出来。

她准备买些新的厨具，所以收拾了厨房。

她出来后，看到成玲发来了消息。

成玲很少打字，这次却发了两条文字消息。

成玲：好好，妈知道你当初是由于你爸的原因才结的婚，那个时候你还……还对周扬上心，这么多年，妈也不敢跟你提这个事情，但现在，我还是要说一说，希望你能明白，他不适合你，我不希望你受伤。

成玲：如果是我多想了，你就当我啰唆吧。

苏好：妈，我一直明白。

成玲那边没回复了，估计也是希望话题到此结束。

苏好又补了一句：你照顾好身体，别操心我的事情，我心里有数。

有些人可以想一想，但不能得到。

何况，苏好从来不喜欢想，因为没那个时间。

周日一早，沸节公司的大群里不停地相互招呼，苏好是被唐瑜喊出来的，她还在被窝里，一眼便看到了群里的消息。

“苏好，晚上出来聚餐，我们搞定了东市分部。”

“苏好，一定要来。”

“苏好，我去接你。”

消息都是唐瑜发的，苏好看她那么兴高采烈的，回了“好的”，随后把地址发给了唐瑜。下午五点左右，唐瑜开车过来，苏好匆匆换了一条黑裙子，拿着包下了楼。唐瑜在车里朝她挥手：“这儿，快，你这里不能停车。”

苏好走得飞快，上了副驾驶座后，松了一口气。

唐瑜笑道：“这个小区就是这点不好，不能停车，但其他都很好。”

苏好点头。

唐瑜这次去东市立了大功，估计很快会升职，此时满脸春风，像谈了恋爱似的，苏好大抵猜到了，便跟她道喜。

唐瑜哈哈一笑：“嗯，等升职了再请你吃饭。”

苏好笑起来：“好。”

第十一章
留着下次给你

聚餐地点在一家酒店的三楼，是自助餐。她们在门口就碰到了不少沸节的员工，不单是唐瑜满面春风，陆米米也是。几个人还在楼下碰到了齐临，齐临斯斯文文的，拿着手机在打字，和她们一块儿上了电梯。他作为代理总裁，走在后面，让她们先上。

大家和齐临一起的机会不多，挺多人对他很好奇，一个个都在偷看他。到三楼后，唐瑜拉着苏好进了餐厅，一群人拼了一张很长的桌子，曾总和齐临坐在最前面，财务部和营销部的员工紧挨着他们，后面就是其余部门的人了。

齐临起身说了一些场面话，让大家放松吃，放松玩。

自助菜品大多数是海鲜，看得大家眼冒金光。

光吃东西还不够，唐瑜作为这次的功臣，她站起身，敲了敲碗筷，说："我们来玩一个游戏，喊单双数，接不上的人要回答一个问题。"

大家都叫好。

唯有曾总无奈地道："又玩这个，你们对别人的隐私就那么感兴趣吗？"

"当然了！"所有人回答得理直气壮。

苏好没玩过，但是她听他们说过后，很快就理解了。

这时，齐临叫了"一"。

数字一路往下，好几个人出错，问的问题都是大群里经常八卦的。

苏好也发现了，这些人是真的热衷于八卦。

这时，身后一个高大的男人走了过来，在前方坐下，一群人看到他，都愣了一下，接着哗然了。

周扬将西装外套挂在椅背上，笑着道："继续啊。"

他轻描淡写地扫过苏好的脸。

"周总，好久没跟你聚餐了。"

"就是，要一起玩吗？"

周扬拿了一颗薄荷糖放进嘴里，吊儿郎当地道："玩啊，我陪你们玩玩。"

"哇！好啊好啊。"

一群人兴奋了起来，陆米米开始报数，轮了一圈后，到了苏好这儿。苏好吃了一块蛋糕，嘴角边还有点儿奶油，她抹了一下，随后便报错了数。

陆米米立即抓住了错误："错了。"

苏好反应过来后，有点儿无奈，她笑了笑："问吧。"

陆米米看着苏好那张漂亮的脸，问道："三选一，结合现实，如果让你选，你是愿意嫁给周总，曾总，还是陆助理？"

“哇，送命题！”

陆助理刚坐下，差点儿一屁股摔到地上。他和曾总一块儿看向周扬，周扬却笑着看向苏好。

苏好轻轻地扫了他们三人一眼，说：“曾总，他居家。”

周扬脸上的笑容消失了。

所有人齐刷刷地看过去，曾总跟见了鬼一样，颤颤巍巍地站了起来，满脸惊恐。

一群人连忙问：“曾总，你没事吧？”

曾总的后背都冒汗了，他咽了一下口水，看了一眼周扬。

周扬支着下巴说：“坐啊，这么紧张干什么？苏……苏出纳这么看得起你，是你的福气。”

曾总有些崩溃。

只有知道内情的陆助理一脸同情，走上前拍了拍他的肩膀，又给他扶正了椅子，笑道：“坐吧，能坐一会儿是一会儿。”

曾总：“……”

“曾总，你怎么了？那么怕老婆吗？”

“苏出纳就是说你居家而已，没说要嫁给你啊。”

“哈哈哈，第一次见曾总这么害怕，稀奇。”

“对啊，曾总居然是个妻管严。”

曾总惶恐不安地坐下，心想你们这群在刀尖上跳舞的人是不会明白我的心情的！

曾总一眼都不敢看苏好，怕落进旁边这个男人锋利的眼里。

陆米米宣布继续从她那里开始报数，餐桌上的气氛也开始慢慢活络起来。

很快，到了周扬那儿，周扬回答了一个数字，看着苏好。

苏好拿饼干和果汁时恰好对上他的眼神，她没什么表情地转回头来。男人靠着椅背玩着笔，眉宇间没有了刚刚那般风流相，严肃了一些，他喊数时也有笑意，但不明显。

游戏一轮接着一轮，不少人等着周扬翻车。

直到苏好喊完数，到了周扬那儿，他错喊了数字。

一群人立即沸腾了：“终于翻车了！”

“苏出纳，快问一个世纪问题。”

“啊！我好想问！”

苏好不知道问什么，这时，唐瑜塞了一张字条给她，苏好摊开了看，随后，她看向周扬。两人隔着桌子对视，苏好问道："最近，有碰到你想要和她结婚的人吗？"

这话虽问得没什么意思，却是个爆炸性的问题。现场的人纷纷屏住呼吸看向周扬。周扬仍旧维持之前的姿势，敲着桌子说："没……有。"

他看着苏好的眼睛，竟失神地心虚了一下，皱了皱眉。

苏好点点头，放下字条。她仿佛早就料到了。

其余的人则哀号一声——八卦没了！

不少人吃海鲜时配了红酒，结束的时候，一群人便开始你送我，我送你，公司还叫了不少代驾。唐瑜也喝了红酒，她被派了一个代驾，准备和苏好一起回去。苏好应下了，提起包走下楼，唐瑜挽着她的手，嘀嘀咕咕地说如果升职了她打算在黎城买房子。

苏好扶着她："小心点。"

这时，曾总恰好走到身侧，苏好转头，想起他今晚的惊慌，面上带了些歉意："曾总，我……"

话没说完，曾总就立即笑着道："苏出纳，晚安。"随后，他加快脚步跑了。

苏好："……"

唐瑜见状笑了起来："曾总怎么那么害怕？难道家里真的有母老虎？"

苏好正想回答，一名服务员追出来喊住她："里面掉了一份文件，是不是你的？"

苏好回头："不是吧。"

"不是的话，我们就扔了啊。"

苏好："……稍等，我去看看。"

说着，她跟唐瑜说了一声，唐瑜摆手道："没事，我先下去。"

随后，苏好看着唐瑜上了电梯，她转身回到吃饭的地方。刚走进去，门一关，她的手腕就被抓住了，苏好转头就对上了周扬的脸，他抿唇看了她几眼，哼笑："我送你回去。"

说完，他转身就往另一部电梯走去，苏好这才反应过来文件的事情是骗她的。

到了负一楼，周扬拉着苏好往前走，到车边后，他把人推倒在车门上，一只手撑在她的头顶，用膝盖抵住她，眼神晦涩："你那么喜欢曾总？没想到我们苏好还起了当小三的心思。"

苏好的手腕因为挣扎有点发红了，她握着手腕，说："我要是小三，那你之前算什么？"

她在暗讽他也干了插足破坏别人关系的事儿。

周扬额头的青筋都冒了出来，他气笑了："所以说，你就是成天都想着结婚的那种女人，妄想用婚姻绑住一个男人。"

苏好微笑道："我就是这样的人。"

"苏好……"周扬抓着她的两只手，低头道，"你什么时候才肯答应我？"

苏好抬眼，回他一句："你猜？"

这是她的口头禅，用来敷衍不想应付的人。

周扬的神色深了几分，他第一次觉得这两个字刺耳得很。

苏好的手机在这时响了起来，在空旷的停车场里显得回音很大。苏好低头去拿手机，周扬垂眸看着，不经意地看了眼她的来电显示，见是唐瑜，他挑了挑眉头，凑过去亲了一下苏好的脸颊。

苏好躲开后接起了电话。

"好好，你下来了吗？"

"来了，你等我。"

周扬一把抢过她的手机，苏好猛地捂住他的嘴巴，眼里带着几分冷意。

周扬一愣，眯了眯眼睛。他竟然慌了。

苏好趁机抢回了手机，立马挂断。她再次踮脚，看样子好像要搂他，周扬没动，握着她的手倒是松了些，鼻息间是苏好身上的香味，那片柔软令他心跳如擂鼓。

苏好凑到他耳边，轻声道："有一个吻，我留着下次给你。"

"什么？"周扬扬起眉。

苏好红润的唇在他的耳边轻轻擦过，周扬扣紧她的腰，将她抱进了怀里："不如现在就给？"

"你不想让我躲你吧？不想就放手，我和唐瑜一块儿回去。"

几秒后，周扬松了手。苏好转身走向电梯。

周扬靠在车门上，黑着脸。

几秒后，他拉开车门，又用力地甩上。

这种处处落下风的感觉真不爽。

接下来的一周，不知道是不是"躲"字诀见效，周扬耐心地在等一个吻，苏好再没见过周扬。不过，她依然能在公司收到他让人送的玫瑰花，整个公司还在八卦群里问是谁在追苏出纳，而且每天送花，说明对方家境不错。

苏好不好处理这些花，就干脆分到了各个部门，让公司多了一点浪漫气氛。

她处理完手头的事情，在周六的早上回了回江市。

东市，周扬手下的人踹开了一间别墅的门，周扬走进去，里头的两个男人来不及跑，跳了起来。周扬抬手，示意对方坐下来："别走，坐下来谈谈。不是挺厉害的吗？拿走了那么多设计图。"

"周扬！你爸当年是谁扶起来的？本来是轮到我爸的，是我们……"那两个人指着他说。

周扬低头点烟，随后缓缓地走过去，弯腰看着两人，他勾着唇，眼底带着戾气道："啊……说起这个事情，我想起来了，逼我爸卖股份的。"

两人脸色一白。

周扬嘴边咬着烟，几秒后冷笑道："你们逃不掉了，这笔账从今天开始算，那点儿利息会让你们把牢底坐穿的。"说完，周扬踹了两人一脚。

他嗤笑一声，擦了擦手，拿起手机一看，看到了苏茜发来的消息。

苏茜：儿子，告诉你个好消息，苏好回回江市接成玲了。对了，唐锐回来了！就是苏好的前夫，他现在也在回江市！

周扬：你再说一遍。

回江市属于三线城市，除了市中心比较繁华，其余都是街头小巷，历史感重，巷头巷尾面貌老旧斑驳。苏好拉着行李箱进了小区，小区里有不少邻居坐在绿化带旁边的椅子上聊天，看到苏好后纷纷和她打招呼。

"苏好，回来啦？"

"哎呀，长胖了。"

"你妈在家呢，估计又在养花呢，现在看着可真精神了。"

苏好去黎城快四个月了，在邻居们的嘴里，她却仿佛只是去买了个菜而已，一个个都很热情。苏好冲他们微笑，一个个打了招呼，没有半点儿陌生感。

打完招呼后，苏好拐进楼道。家在六楼，苏好走得挺累的，额头出了薄薄的一层汗。她拿了钥匙开门，刚进去，就看到成玲站在窗边看她养的花。

成玲掩嘴咳嗽了一下，看到她后说："回来啦，厨房里还有饭，快去吃吧。"

"好，你又咳嗽了？"苏好不急，放下钥匙后去翻看放在桌上的药。

人年纪大了，什么毛病都有了，成玲前些年查出了血糖高，一开始没注意，后来发展成了糖尿病，接着还查出了脂肪肝和高血压，经常腹部疼，偏头痛，血压高起来会晕一整天，如今都是靠吃药和调整饮食来控制。

“昨晚有点儿着凉，喉咙痒。”成玲放下花，说，“我把花带去黎城吧？”

“可以，你想带什么就带什么。”屋里有淡淡的药味，估计成玲今天熬了中药，苏好转身进厨房端了饭菜出来。成玲以前做饭味道偏重，如今为了身体，盐和油都不敢多放，做出来的菜也显得十分寡淡。

苏好面不改色地吃完了。

成玲揉着腰走过来，坐在她对面，说：“感觉你比上次出差前胖了一些。”

苏好喝完没什么味道的汤，拿纸巾擦了擦嘴角，笑道：“是啊，吃得好，住得也好。”

周扬在追她，一日三餐全给她安排好了，她又没运动，自然就胖了。

成玲看她在黎城这些日子气色好多了，感到很欣慰。

成玲看了苏好一眼，苏好假装没看到成玲的眼神，端起空碗去了厨房。成玲将厨房打扫得很干净，只是垃圾还没丢，苏好弯腰将垃圾袋提起来，打了个结。

成玲坐在餐桌旁，说：“那个唐锐……”

“我知道，他回来了。”苏好走到门口，说道，“等会儿我们去看看唐叔他们，毕竟就住在楼上。”

门刚拉开，楼梯口就传来了脚步声，男人向她走来。两人四目相对，苏好愣了一下，而后放下手里的垃圾袋，说：“好久不见。”

唐锐捧着一份切好的水果，他看着苏好笑了笑：“好久不见，我妈说你应该到了，让我拿水果下来。”

苏好站直身子，伸手说：“谢谢，进来坐吗？我刚刚听到楼上有动静，怎么了？”

“没事，唐莹把东西摔到地上了。”唐锐的视线落在苏好的脸上，她的脸比以前红润了很多，他挪开视线，看向站在鞋柜旁的成玲，“成姨，你好。”

“好。”成玲对唐锐不无怨怼。这人为了事业决定和苏好离婚，如今他回来了，倒是衣冠楚楚，又是这小区人人喜欢的，可苏好呢，顶着离异的身份都不好找男朋友。

唐锐估计也知道成玲的想法，他看向苏好说：“我就不进去了，有空再聊。”

苏好点头：“好。”说完，她拿着水果进了门。

水果是唐锐父母给的，唐锐父母对苏好向来不错。当年苏好要照顾父亲，唐锐父母一直在帮忙，甚至在最难的时候出了些钱。虽然后来苏好还给了他们，但这份情，成玲一直都记得。

关上门后，成玲接过水果，说："晚上再去他们家看看汇珠和健生吧。"

"嗯，我买了些礼物，妈，你看看怎么样？"苏好将礼物拿了出来。

成玲看着，点头道："行，挺贵的吧？"

"不是很贵。"

"那就好。"

成玲拿叉子戳了块水果给苏好，苏好张嘴咬下，而后，她拿起手机给苏茜和廖云报平安。不巧的是，廖云陪她的母亲去海市看医生了，是好不容易预约上的，所以这次苏好和她没法见面了。

报完平安，手机又响了两下。

T：我妈想请你们吃饭，有时间吗？

苏好看了一眼成玲，顿了一下，想到成玲刚刚的神情，一口回绝了。

T：好吧，那你呢，有时间吗？

苏好：我也没有。

这时，云绿也发了消息过来。

云绿：你回回江市了？

苏好：是啊。

云绿：啊，我还想请你去玩呢。

苏好：客气了，等我回黎城吧。

云绿：嗯，周扬有没有跟着去回江？

苏好：没。

云绿：没一点儿结婚的诚意！

苏好笑了笑，他本来就没有结婚的打算，她早就知道了。

周一早上，沸节众人忙得团团转，曾总和齐临从会议室里出来时，电梯门恰好打开，高大俊朗的男人从里面走了出来。

众人一愣，立即喊道："周总，早上好。"

"早。"周扬抬起眼眸，勾了一下嘴角，他指了指曾总，"进来。"说完便推开了办公室的门。

曾总现在看到周扬就头皮发麻，他抹了一下额头的汗，和齐临对视了一眼。

齐临笑了一下："安息。"随后，他进了代理总裁办公室。

曾总无奈地走进自己的办公室，见周扬靠在椅背上，嘴边叼着一支烟，显得整个人吊儿郎当的。曾总打听了最近发生的事情，笑着拿起打火机，说："周扬，恭喜啊，除掉毒瘤啦。"

周扬看着火光跳跃，点燃烟后，他说："坐。"

明明是工作日，周总仍旧是一副玩世不恭的样子，不认识的估计都以为这人是个纨绔子弟，只会谈恋爱，扶不上墙，但只有认识他的才知道，这人狠着呢。

"周总，有什么指教啊？"

"唐锐认识吗？二〇〇八年高启招进去的。"

曾总一顿，想了一下说道："认识，这人接到邀请第二年才去高启报到，看起来斯斯文文的，但工作能力不错，如果不是这次变故，估计会一直待在华尔街，最近好像回国了。"

周扬摸了下嘴角，笑了起来："哦？真是高启出来的，最近有猎头找他吗？"

"当然了，这等人还没离职就已经有很多人挖了，周总想要这个人？"

周扬又笑了笑："没事，我就是问问，之前听说过这个人，但没怎么注意。"

"现在怎么注意到了？"曾总多嘴问了一句，总感觉不太对劲。

周扬吸了一口烟，低头吹出烟圈，道："知己知彼，百战百胜啊。"

"他会成为周总的敌人？"

"情敌。"

"他在华尔街谈过恋爱没？"周扬又问。

曾总还没消化完，又听到这句话，想了想后说："据我所知是没有的。"

"是吗？"周扬冷笑。

曾总看着周扬的神情，琢磨了半天，心想，如果是情敌的话，这个人应该和苏好有牵扯。难道是前男友？或者前夫？

"你平时很居家吗？"周扬突然问。

曾总呆了："啊？还……还行吧。"

"怎么个居家法？"周扬又问。

曾总："我……教你？"

晚上，苏好和成玲提着礼盒上楼敲门，开门的是唐锐，他换了一身衣服，看到苏好后愣了一下，成玲立即开口道："你爸妈呢？"

"在屋里呢。"说着，唐锐让唐莹去叫人，而后去烧水。

苏好跟着成玲的脚步进了门，唐家父母走出来，看到苏好，眼睛一亮："好好，最近还好吗？"

"我最近很好，伯父伯母，好久不见。"

"人来了就好，还买什么礼物。"汇珠拉着苏好到沙发边坐下。

坐下后，成玲说："她说是一点儿心意，既然买了你们就收下吧。"

"真是的，孩子在外面赚钱不容易，成玲，你也不说说她，本来我们打算请你们吃饭的，你倒是忙。"汇珠瞪了成玲一眼。

成玲笑了笑。

唐锐烧好水，端过来泡茶。

水雾缭绕，唐锐看向苏好，竟然有种雾里看花的感觉。苏好还是一贯的温婉，说话轻声细语的，很博大人的好感。唐锐收回视线，专注于跟前。

坐了一会儿，成玲拉着苏好准备走。

走到门口，汇珠突然问道："好好，你什么时候回黎城？"

苏好斟酌了一下，说："还不清楚。"

汇珠有些失落。

苏好微微一笑，跟着成玲转身，母女俩挽着手下了楼。

苏好把自己的衣袖从成玲手里拉出来，说："我不会说的，别扯。"

成玲揉了一把她的头发："就怕人家一问，你就傻傻地回答了，她明摆着就是想要唐锐和我们一起去黎城。刚才你没听说啊，唐锐有很大可能要去黎城，他刚刚眼神几次落在你身上……"

说到这儿，成玲便不再往下说了。

进门后，苏好就去收拾行李了，主要是收拾成玲的东西，床上的手机突然收到一条来自支付宝的转账消息。

苏好一看，是周扬转了钱过来，一转就是十万。

周扬：我怕你不够用，先拿着。

苏好：我有钱。

她马上给他转了回去。

周扬：什么时候回来？

苏好：还没确定。

周扬：呵，撒谎。

实际上，苏好已经买了第二天的高铁票，她待不了太久。苏好趁着周末把一切给安排好了，第二天下午，苏好拉着两个行李箱下楼，跟邻居打了招呼后上了车。

成玲看苏好额头出汗，有些心疼，拿着纸巾给她擦了擦，说："别人要是表达什么，你记得给点儿机会，不要一下子就拒绝别人，也不要不搭理人，或者躲着人家。"

"好，知道了。"

出租车抵达了高铁站入口，这里不能停车，苏好拿下行李箱就走。上小坡时，母女俩拉着行李箱，有些吃力，突然有人帮忙推了一下。母女俩一愣，转头一看，唐锐也拉着黑色行李箱，对她们说："苏好，成姨，好巧。"

"好巧。"成玲皱了下眉，看了一眼他拉着箱子的手，说道。

苏好看了成玲一眼，问唐锐："你也是坐今天的高铁去黎城？"

"是，昨晚临时买的票。"

苏好点点头，不再说话，成玲挡在两个人中间，有些沉默。

苏好收到苏茜发来的消息，问她到哪里了。

苏好：刚准备上高铁。

苏茜：好的。

成玲看唐锐身形高大，刚刚帮苏好扶箱子的那一下，不知道为什么，心里竟然有些软。女儿在外，做母亲的总希望能有人照拂一下，于是，成玲不打算再继续阻挡两人来往，三人检票后，一同坐上了电梯。

唐锐问苏好："黎城热吗？"

"挺热的，你找好房子了？"苏好语气平常，就跟朋友聊天那般。

唐锐点头："是啊，公司给找的。"

进了车厢，三人不在一个车厢，但只隔了一个车厢，苏好和成玲坐下后，成玲探头看向唐锐的车厢，只隐约看到他露出的半边肩膀。成玲拍了苏好一下，苏好正在喝水，突然一抖，水洒了一些出来，她看向成玲："嗯？"

成玲的话到了嘴边，还是咽了回去。

到黎城已是下午三点，正是黎城最热的时候，这个时间，黎城本应该进入秋季了，但气温迟迟不降，依然每天高达三十摄氏度。

三人出站后，唐锐看苏好用手遮着额头，他迟疑了下，说道："苏好，成姨，公司派了车过来，你们和我……"

话没说完，唐锐就看到一辆黑色悍马车开到了他们身边，车窗被缓缓摇下，车里男人的眼神落在唐锐的身上，锐利如刀。半晌后，周扬下车提起苏好的两个行李箱，低头看着苏好，勾唇道：“回来了都不吭一声？”

他说这句话时语速很快，声音也小，身边的几个人还没反应过来，周扬已经看向成玲：“成姨，好久不见，您越来越年轻了。”

成玲一时半会儿没反应过来，过了好一会儿，才说：“周扬，是好久不见，你成熟多了。”

他们最后一次见面是苏好上大学时的一个暑假，周扬看似年轻，但长相出众，办事有章法，十分耀眼，就是长得太好看了，眼底像含情一般，一副吊儿郎当的做派。

如今再一看，他更加耀眼了。

成玲看了苏好一眼，好在苏好面色自然，她这才稍微放下了心。

“成姨，您客气了，走吧，我妈在家等着你们呢，她很想你们。”周扬说着拉开了后座的车门，示意她们上车。

随后，他提着行李箱走向了后备厢。

这时，一辆银色轿车开了过来，停在旁边。唐锐看向苏好，眉眼弯了一下，说：“苏好，成姨，既然有车来接你们，那我就先走了。”

“好的。”成玲回道。

苏好摆摆手，唐锐却没急着走，从钱包里抽出一张卡递给她，唐锐说：“这是这些年攒下的一些工资，离婚的时候说过要给你的，现在你拿着。”

苏好这才想起来，当初离婚离得匆忙，她什么都没要，唐锐说过要给她补偿，但她一直没当一回事。

“这么久了，就算了吧。”苏好摇头。

“拿着。”唐锐抓住她的手腕，把卡塞进了她的掌心，随后走向车子，往周扬那儿看了一眼。

周扬关上后备厢，抱着胳膊冷冷地看着他。

空气中，硝烟四起。

“成姨，苏好，该走了。”收回视线后，周扬把车门推开，含笑邀请。

苏好扶着成玲上车，成玲低声道：“没想到他还记得，你就收着吧，汇珠当年生病，你总是往医院跑……”

要是没有苏好，他们这几个人不知道会怎么样。

苏好让母亲上车，看成玲坐好了，她半边身子刚上车，手腕就被周扬握住了，她回头一看，周扬用力地掐着唐锐抓过的地方。苏好用力地收了手，关上了门。

周扬嗤笑一声，绕到驾驶座启动车子。

苏好低头一看，她的手腕处都红了。

悍马开出了高铁站，下了斜坡后掉头，往蓝湾开去。

车里空调温度低，让人感觉很舒服，成玲看着外面的景色，苏好一一给她介绍。成玲听得入迷，她想了下，说：“但是楼也太多了，看不到天空。”

苏好说：“是啊，我刚来的时候也是这么想的。”

母女俩笑起来。

苏好的声音很好听，柔柔的，周扬下意识地伸手调低了音乐声，又把内视镜往下调了调，镜子里映出她半边肩膀和脸。他眯了眯眼，含笑道：“成姨，有空的话，我带你去黎城最高的金融大厦，那个地方离天空最近。”

“是吗？多少层楼？”

“五十三层。”他嗓音低沉，说话带笑，显得亲近。

“这么高？”成玲有些好奇。

“是，顶楼还有个空中餐厅，可以去吃饭。”周扬看了一眼内视镜。

苏好恰好也朝内视镜看去，两人四目相对，男人的神色深了几分。

苏好默不作声地挪开视线。

成玲：“在那么高的地方吃饭，会很吓人吧。”

“那倒不会，您去了就知道了，我妈也经常去。”

“好。”

周扬这才挪开视线，他已经在心里把苏好吞进肚子里了。

四点半左右到了蓝湾，太阳还是很大。苏茜在门口等着，看到车子来了，立刻冲了下来。不等周扬下车，她直接拉开门，喊道：“成玲！”

成玲看着苏茜，笑了起来，拉着苏茜的手下了车，两人紧紧抱在一起。

“我的天，想死我了。”

“可不是，我也想你了，你怎么一点儿都没有变？”

“是吗？都有皱纹啦。”

苏好坐在车里看着，也跟着笑起来。随后，她转身下车，刚踩到地上，周扬就搂住了她，低头问道：“你跟唐锐是什么情况？还一起坐高铁回来？”

苏好皱眉，推他说：“关你什么事？”

“呵……总不会是要复婚吧？嗯？”他捏住她的下巴，想让她抬起头。

苏茜和成玲喊着他们两人的名字走来，苏好猛地后退两步，逃出了周扬的怀抱。周扬倒也没再把人拉回来，只站直了身子去拿行李箱。

苏好看着他宽大的后背。

他也只敢偷偷摸摸的，一旦碰上她的母亲，他的手倒是松得快。

这人的心思她清楚得很。

苏茜挽住苏好的手臂，三人进了屋，保姆已经在准备晚餐了，苏茜带着她们坐了下来。

苏茜和成玲在两年前见过一面，后来成玲身体不好，不让苏茜再去看她，苏茜便没再去，只是一直保持着电话联系。

如今，看着成玲的年纪和自己差不多，却已经一身病痛，苏茜实在是心疼，拉着她一个劲儿地唠叨："你这个病得调理，我觉得最好是运动起来，你干脆别回回江了，就在这里和我做伴，每天和我练练瑜伽，有些小毛病渐渐就没有了，你就是太操劳了。"

"练瑜伽有用吗？"

"不一定有用，但肯定没有坏处。"

苏好在一旁帮她们剥橘子。

周扬进屋后把行李箱推给保姆，拿了平板后，他抓住了苏好的手腕。苏好一回头，他低头叼走了她手里的一瓣橘子。

周扬靠在沙发上，垂眸看着她。

这时，她的手机响了起来。

T：苏好，我还有一样东西要给你，刚刚忘了，你把地址给我，我给你送去。

"不许发！"周扬咬着牙压低声音道。

苏好却发了"华晖小区"四个字。

周扬的脸色瞬间变得难看。

发完消息后，苏好抬头对上了周扬的眼眸，男人眼里怒火跳跃。

成玲去了洗手间，苏茜转头看着他们，拉着苏好问道："他说什么呢？"

苏好收回了视线，和苏茜低声说了两句话。

苏茜笑了起来，看着周扬道："你有什么资格让苏好不发消息？唐锐不能知道苏好的地址？再怎么说，苏好和唐锐至少也有三年的感情，和你呢？"

周扬的眼神变得阴鸷起来。

苏茜反问："难道不是吗？"

周扬一句话不吭，看向苏好，搭在扶手上的手紧了紧。

三年是什么概念？

眼前这个女人，和那个人同吃、同住、同睡。

而此时，不知为何，周扬竟然想起了从前那个暑假，她为了他胸前的纽扣往他怀里扑来，却被他躲开了。

那会儿，她的脸上是什么表情来着？

被他抓住后，她的脸上又是什么表情？

没有拿到那颗纽扣，她说了些什么？

“吃饭啦。”保姆的声音传来。

苏茜拉着苏好往餐桌那边走，成玲也从洗手间出来了，苏好抽了纸巾给她擦手。

坐下后，成玲问苏茜：“周扬不吃吗？”

“别管他。”苏茜用公筷夹菜。

苏好看了男人一眼，也给成玲夹起菜来，几秒后。周扬点了烟往餐厅走来，他的神情已经恢复，拉开椅子，笑着给三个女人夹菜，手里还夹着烟。

苏茜瞪了他一眼：“把烟掐了。”

周扬一笑：“行啊。”

说完，他又抽了一口。

成玲见状，低声和苏茜说：“周扬长得这么好看，应该有挺多女孩子喜欢他吧？”

“他不着调，你又不是不知道。”苏茜也管不了周扬，但是她挺担心苏好的，周扬追苏好的事情她也不敢告诉成玲，就怕增加成玲的担忧。

好在苏好一直都很平静。

周扬掐灭烟后看了苏好几眼，苏好专注于吃饭。桌上有虾，她给母亲剥虾，她总是这样，做事认真，为人体贴，话不多，没什么存在感。在公司也是这样，大家都觉得她很适合做出纳工作。

虾剥得多了，她纤细白皙的手指上沾了汁液，周扬的眼神落在上面，无法挪开，随后，他的腿被人狠狠地踹了一脚。

他皱着眉回头一看，苏茜压低声音说：“你给我注意一点儿你的眼神！”

周扬挑眉，笑起来：“我的眼神怎么了？”

“你说呢？”苏茜怕成玲看出来，她不仅怕成玲担心，还怕最后两人没成，成玲的身体会承受不住。

周扬没再说话，他笑了笑，端起汤来喝。

苏好也看了他一眼，默不作声地给成玲夹菜。

吃过饭后，苏茜想留下成玲，但成玲更想去看看苏好现在住的地方，还想给苏好布置一下房间。苏茜想了想，说：“行吧，那我送你们回去。”

“我送。”周扬道。

苏茜突然拍手，说：“那就让周扬送我们一起过去吧，我也过去看看。”

苏好笑道：“好。”

成玲临走前把从回江带来的特产拿给了苏茜，苏茜眼睛一亮，抓着成玲的手问：“你怎么记得我喜欢吃这些啊？”

成玲看了她一眼，说：“上大学那会儿，你天天盼着我给你带这些。”

“我都不好意思了。”苏茜掩嘴笑了笑。

车子启动后，成玲和苏茜在后座聊天，驾驶座和副驾驶座上的两人却很安静。苏好低着头看手机，发现唐锐回复了她的消息。

T：好，离我住的地方不远。

苏好没再回复。

苏好对唐锐的怨怼并不多，当初两人是协议离婚的。这些年，两人也一直还有联系，知道彼此的近况。只是这次唐锐回国没有告诉她，她确实有点儿意外。

“在和谁聊天？”男人低沉的声音传来。

苏好抬起头，才发现快到华晖小区了。她看向驾驶座，周扬盯着她的手机，眼里情绪翻涌。沈赫当初都没让他成这副样子。

苏好：“唐锐。”

周扬用力捏了捏方向盘，几秒后，他嗤笑了一声，低声说：“看来，你还真打算复婚？”苏好懒得理他。

过了天桥就到了华晖小区，快到时，苏好发现她那栋楼的楼下站着一个高大斯文的男人。

车停稳后，后座上的两人下了车。苏好正要拉开车门时，周扬却一把握住了她的手，将她往他的怀里带，苏好抬起头，男人堵住了她的嘴。

“苏好，你和他复不了婚。”周扬只说了这句话，随后松开了她。

苏好皱了皱眉，狠狠地擦了擦嘴巴：“神经病。”这是她第一次骂人。

“就算我和他复婚，也和你没关系。”

说完，她“砰”的一声关上了车门。

周扬跌回椅背，闭上了眼睛，他的情绪波动很大。

苏茜和成玲站在后备厢旁，看到苏好下车，立即朝她招手。苏好走过来，成玲指了指站在楼梯口的人，对她说："唐锐来找你？"

唐锐有点儿迟疑，也往这儿看来。

"是。"苏好招了招手。

唐锐见状，往这边走来，随后和苏茜、成玲打了招呼。

唐锐近几年在事业上很是成功，整个人显得沉稳了许多。苏茜见了他，想挑毛病却挑不出，她只好打量着唐锐。成玲见他们有话要说，拉着苏茜边走边说："我们先上楼？"

苏茜应了一声，回头看了一眼悍马车，心想，周扬怎么还不下车？

苏茜拍了拍苏好的肩膀，向苏好比了个"加油"的手势，随后和成玲先上了楼。

两个长辈一走，苏好和唐锐一时相对无言。苏好笑了笑，拿出银行卡递给唐锐："这张卡我不需要，你还是拿回去吧。"

唐锐却说："你不收，我可连觉都睡不好。"顿了顿，唐锐又道，"你总不会想让我去算你帮了我家多少吧。"

苏好："我那都不算什么。"

"可我一直记得。"唐锐看着她。

这些年，他一直在忙事业，回过头想想，却总能想到她。

他将手里的袋子递给苏好，苏好看了一眼，没接。

"这是你父亲之前送你的项链，你不是一直在找吗？"

苏好一愣："在你那儿？"说着，她伸手接了过来，低头一看，眼眶一红，她笑着说，"真的是，谢谢你。"

唐锐看她突然红了眼眶，捏紧了拳头。

项链失而复得，苏好心情激动，问道："要上楼坐坐吗？"

"你住这儿？"唐锐抬头看了几眼。

"是。"

"她住三楼。"一个男声从身后传来。两人转过头，只见周扬叼着烟走来，接着搂住了苏好的腰，"上去坐坐吗，苏好的前夫？"

苏好挣扎了一下，周扬却并不为所动，霸道至极。

他眯着眼看着唐锐，唐锐也不退半步。两个男人已经是第二次这样对视了，周扬的气势本来就更强，压制着唐锐，可唐锐也不服输。

苏好从周扬的怀里挣脱出来，扬手打了周扬一巴掌。周扬偏过头，干脆扬起另一边脸，觍着脸说："不如再打一次？刚刚我只是轻描淡写地吻了你一下，是不是生气了？"

唐锐的拳头捏得更紧了，他哑着嗓音道："苏好……"

苏好没看他，只是狠狠地看着周扬。

"滚。"苏好说完，转身就走。

走了不到两步，周扬上前从身后把她扛到了肩上。

苏好更崩溃了，大声喊着："周扬，放我下来！"

周扬冷笑："你猜我放不放？"

唐锐这才反应过来，他追上楼。周扬扛着苏好转身，居高临下地盯着唐锐，说："唐锐，我叫周扬，你记住了，黎城的周扬。"

听见"黎城的周扬"几个字，唐锐立即反应过来，周扬是名门世家出身，周家是四大家族之一，他的猜测果然没错。他站在台阶下，看着周扬，问："你要怎样？"

周扬笑道："不怎样，只是警告你一下。你真要上来就上来，顺便看看我要和她做些什么。"周扬的脸上带着笑，眼里却只有冰冷的情绪。

唐锐脸色果然变了。

周扬冷冷地看了唐锐一眼，转身上了楼。

来到三楼门口，周扬把苏好放了下来，苏好扬手又是一巴掌，打的是周扬刚刚送过来的另一边的脸。周扬笑着把手插到口袋里，问："巴掌打齐了？"

苏好靠在门上看他，怒火藏在眼里。

苏好狠狠地瞪了他一眼，而后转身敲门，也不管苏茜和成玲会不会看到周扬这个样子。门是苏茜开的，看到苏好时，她见苏好脸色不太对劲，愣了一下，问："怎么了？"

苏好摇头道："没事。"

她平复了一下心情，才走了进去。她本以为周扬会进来，谁知苏茜把门关上了，苏好回头看了一眼，问道："门外没人？"

"没有啊。"

苏好没吭声，看了一眼门的方向，随后走了进去。

苏茜下意识地打开门出去看了一眼，发现周扬正靠着墙壁抽烟，接着，她看到周扬的侧脸上有巴掌印，愣了一下。联想到苏好的神情，苏茜骂了一句：“活该！你是不是又对苏好做什么了？”

周扬嘴里咬着烟，心里也很烦闷，他摆手道：“我去公司了。”

苏茜看他这副样子更来气了，只送了他一个字：“滚。”

本来，成玲想看看这房子有什么需要收拾的地方，谁知道苏好都收拾好了，干净又温馨。苏茜更喜欢苏好了，拉着苏好问道：“墙纸是你自己贴的？”

“嗯，原先那个租户把墙壁画得脏兮兮的，我就换了。隔一段时间还要换新的，这些墙纸贴得不牢固。”苏好按压着边角处说道。

“还挺有意境的。”苏茜看着墙纸，这墙纸是两幅画，颜色很淡，但风格相同，苏茜转头和成玲说，“你干脆别回回江市了，在这儿住得了。”

成玲笑了笑：“看看吧，我本来想着帮苏好收拾一下，没想到用不上我。”

苏茜坐在成玲身旁，说：“以后谁娶了苏好，那可太有福气了。”

“我也一直这么认为，不过现在这个社会，光贤惠有什么用啊。”成玲终究得承认，现在的人结婚讲究的是门当户对，还要看女方的事业和能力。她的眼神有些黯然，当初如果苏好也有事业，不单单是照顾家庭，那唐锐也不一定舍得和她离婚。说到底，是她拖累了苏好。

“有用啊。”苏茜立即道，“你不懂，现在的男人啊……”

苏好听着两人聊的话题，有点儿无奈，她走过去拿出冰箱里的饺子馅儿和皮儿，放在餐桌上，说：“要不我们包点儿饺子晚上吃？”

“好久没包过饺子了！”苏茜立刻站起身。

成玲脸上的愁容也少了一些，跟着起身说：“我看看你弄的馅儿。”

三人围着桌子开始包饺子，场面十分温馨。

至于周扬去哪儿了，没人再提起。

第十二章
想尽办法留住她

周末很快过去，成玲在这儿住了下来，苏好也回公司上班了。进入办公室后，苏好就听到大群的消息提示音不断地响着。

“高麟来了一位新的操盘手，长得好帅啊。”

“你在哪儿看到的？”

“我早上去找我男朋友吃早餐，在他们餐厅看到的，据说是从华尔街高启回来的。”

高启是华尔街数一数二的金融公司，里面的操盘手都是出了名的，但大多数都是欧洲面孔，偶尔有一两个亚裔的，长得也都是油头滑面的，很少有那么帅的亚洲面孔，这一下便激起了千层浪。

陆米米：“照片呢？照片给我看看。”

“我没敢偷拍，我叫我男朋友发给我。”

几秒后，一张侧脸照传了过来。

男人的睫毛很长，他正在看文件，西装笔挺，长相斯斯文文的。

“真的好年轻。”

“确实帅，又多了一个去高麟溜达的理由了。”

苏好抽空看了一眼，发现照片里的人竟然是唐锐。

她整理好账本拿给曾总，回来后便收到了唐锐发来的微信消息。

T：苏好，能一起吃个午饭吗？我和你离得挺近的。

苏好：我得回家。

T：哦，好的。

现在成玲在家，苏好就不在公司吃午饭了。成玲觉得她跑来跑去太麻烦，让她在公司里吃，苏好拒绝了。

母女俩说说笑笑地吃完午饭，苏好便回了公司，云绿却突然发了消息给她。

云绿：好好，晚上过来酒庄玩吧？我们好久没见了。

苏好：好。

她上次答应过云绿，这次不能拒绝。她想了想，打了“周扬去不去”几个字准备发给云绿，谁知又收到了一条来自周扬的微信消息。

周扬：七点半我接你去酒庄。

苏好：嗯。

她回复完周扬后，将云绿聊天框里没有发出去的文字删掉了。

苏好看了一眼日历，已经快十一月了。

下午六点多，苏好在公司食堂吃了饭便回了十六楼处理事情。今天她没有穿特别正式的套装，上衣是花色的，配一条A字裙。七点出头，周扬来了电话，苏好接起来，说：“我准备下去了。”

周扬低沉的声音传来：“嗯，等着呢。”

他的声音带着少许的笑意，像是情人间的低语。

过了几分钟后，大堂传来了脚步声。很多人都下班了，只有几盏灯还亮着，苏好踩着高跟鞋走出来，长发披肩。她将头发扎了起来，袖子滑落下去，露出了白皙的胳膊，她抬眼看过来，两人四目相对。

周扬突然很想看她对自己笑一下，就像那次摘草莓时她露出的酒窝。

眼看着她离自己越来越近，周扬拉开副驾驶座的车门，伸手抓住了苏好的手腕。

苏好愣了一下，而后借着他的力气坐了进去。

她没抗拒，周扬松了一口气。

苏好拉过安全带，说：“云绿给我发了消息，说今晚在酒庄聚会。”

周扬笑道：“她们似乎都很喜欢你。”

苏好看了他一眼，他脸上的巴掌印淡了很多，只是嘴边还有一条红痕，恰恰给他增添了一些野性。

她笑了笑：“我也很喜欢她们。”

“哦？男的他还是女的她？”周扬把目光从她脸上挪开，启动车子，问道。

苏好又看了他一眼，说道：“我没你那么风流多情。”

周扬低笑了两声。

此时的气氛不错，不如昨天那般针锋相对。

车子一路开往酒庄，酒庄还是上次那个，环境幽雅，苏好下车后，周扬带着她走了进去。苏好看着他们相握的手，没再挣扎。

进了大厅后，一群人转头看来，看到两人交握的手都愣了一下。

“有点儿堵车，今晚似乎还要下雨。”周扬拉着苏好在双人沙发上坐了下来，而后拿了两个酒杯，其余的人看着苏好，苏好微微一笑。

李易拿下嘴里的烟，问道：“你们俩在一起了？”

苏好笑而不语。

周扬看苏好不回答，眉眼舒展，笑起来：“是。”

说完这话，他的心跳得厉害，低头点烟，手搭在扶手上，接着轻轻地搭在苏好的肩膀上，开始把玩她垂落的发丝。

“那得请喝酒啊！”江郁不敢相信，立即招手让阿良拿酒来。

许殿擦了擦眼镜，眯着眼看周扬和苏好：“是不是真的啊？”

周扬志得意满：“你们说呢？”说完，他伸手搂住苏好的腰。

苏好顺从地往他这儿靠，他垂眸看着苏好，苏好也看着他。

周扬突然堵住她的嘴唇，辗转吻着。

其余的人愣了几秒，而后纷纷叫了起来。

“真成了。”

“周扬，我还以为你要等好久呢，这么快就追到了？”

“我不服。”

李易扔了烟，拿起酒瓶倒酒，说：“今晚周扬请客。”

周扬用手指摩擦苏好的嘴唇，抬起头笑道：“请就请，我都包了。”

李易一笑，指着阿良说：“拿最好的酒来。”

云绿拉了拉苏好的手腕，苏好凑过去，云绿问：“真的？”

苏好还是笑而不语。

云绿看她笑得那么温柔，心想，肯定是真的了，但周扬会珍惜苏好吗？

云绿紧紧抓住苏好的手，孟莹也凑了过来，塞了一颗青梅给苏好，苏好接过来，说了声“谢谢”。

孟莹看着她，两人视线相对，苏好朝孟莹一笑：“你拍的戏我很喜欢。”

“我也很喜欢你。”孟莹说。

柳烟笑了一下，踢了一下桌子，苏好看了柳烟一眼。

在四个女人里，只有云绿一副忧心忡忡的样子。

接着，大家开始和上次一样玩骰子，不知道是谁开了头，惩罚变成了男人罚酒，女人被罚坐在男人腿上喂酒。

柳烟和李易都是单身，不参加。江郁和许殿恨不得一个劲儿地输酒，周扬输了两次，苏好喂酒时，他还没尝够就没了。之后，周扬又输了一次，苏好俯身拿起酒瓶给他倒酒，酒水一滴不落全进了杯子，而且刚刚好。苏好端起酒杯，周扬一派风流地揽住她的腰，苏好喝了一大口酒，抵着他的额头慢慢地往下滑。

周扬的手猛地一紧，苏好勾唇一笑，随后堵住了他的嘴唇，轻轻地将酒喂进他的嘴里。两三秒后，周扬反客为主，仰起修长的脖子，酒顺着嘴角溢出来，两个人却没停。

其余的人见状纷纷起身离开。

下一秒，周扬抱着苏好绕到酒柜后面，将人抵在了墙壁上，狠狠地吻着她。

苏好的呼吸有些乱，她搂着他，他低头忘情流连，苏好闭了闭眼，几秒后，她靠在周扬的耳边低声道："我们就这样吧，周扬，你我以后再不相干。"

这句话宛如一盆冷水泼了下来，将周扬淋了个措手不及。

周扬还没反应过来，便被苏好用力地推开，随后，她扣好纽扣，拿了包便转身走向门口。

周扬后退两步，样子有几分狼狈，一秒后，他追了出去。外面竟然有出租车在等她，苏好钻进车里，看都没看周扬一眼。

出租车疾驰而去。

周扬骂了一声，一边扣着衬衫的纽扣，一边拿了车钥匙递给阿良，说："开车！"

阿良被周扬吓到了，立马跌跌撞撞地爬上车。

周扬黑着脸坐在副驾驶座上，指着前面那辆出租车沉声道："跟上。"

说完，他狠狠地踹了一下车门。

他低头拿着烟，烟草入嘴，他清醒了一些。两辆车子在黑夜里疾驰，黑色的悍马车性能好，本来应该能立马追上的，但是不知道为什么一直没追上，而后又错过了一个绿灯，只能眼睁睁地看着那辆出租车消失在视线里。

阿良十分焦急，绿灯一到，他奋起直追，终于在过天桥后看到了那辆出租车。

那辆出租车停下后，身材玲珑的女人从车里下来，长发披散在肩膀上，不管是侧脸还是正脸，都美不胜收。

苏好上了楼梯，周扬摇下车窗，偏头看着楼梯口，她走得不快，只要他现在下车，就能把她抓回来。但此时，他终于冷静了下来，他玩着手里的烟，眼底戾气逼人。

她曾经问过他，有没有被女人甩过。

原来她做的一切都是在为今天做铺垫，之前，她说还有一个吻留给他，是指这个吻吧？

依她那个性格，他还真没想到这点，她甩他是想给他个教训？

车里一片安静，阿良只觉得周总很吓人。周扬看了一眼三楼的窗户，隐约可见橘色的光，似乎还有人影晃过。

这种女人又不是哪都没有，他周扬缺这样的女人吗？

周扬低头揉了揉嘴角，对阿良说：“送我回一湾山水。”

阿良应了一声，小心翼翼地启动了车子。他看了一眼周扬，他的语气平稳了，可脸色依然难看，眉宇间带着挫败和狼狈。

三楼，苏好靠在扶手上理着上衣领口，他在这里吻过，即使不摸，苏好都能猜到，肯定留下痕迹了。好在包里有遮瑕膏，她拿起镜子对着擦，遮住后又理了理头发。

她其实对接吻和上床这种男女之事很陌生，跟唐锐仅有那么一次。那时候，两人都很紧张，毫无章法。那时候，他们是想发展感情的，想试试看能不能爱上对方，下了床也很羞涩，第二天都不敢看对方。

华尔街的邀请函也是在那个时候递到了唐锐的手里，唐锐收到邀请函后，心思都放在了邀请函上，尝试发展感情这件事情就被耽搁了。

后来，唐锐开始进修，十天半个月都不回家，两人的婚姻只剩下一张结婚证维持着。

这样说来，反而是周扬吻她吻得多，这也算是一种缘分？

苏好想着想着，笑了起来。

过了一会儿，苏好接到了电话，她低头一看，是成玲打来的。苏好站直身子，一边按了接听，一边拿钥匙开了门。

成玲从里面看了她一眼，问：“这么晚？”

苏好一笑，挂了电话，说：“今晚和朋友出去，回来晚了，你吃饭没？”

“吃了，给你留了点儿，当夜宵吃吗？”

“不了，我不吃夜宵。”她现在满肚子都是酒，说，“我去洗澡，你早点儿睡。”

“衣服我收了，在你房间。”

“好。”

苏好走进房间，洗完澡出来后，成玲还没睡，看样子是在等她。成玲坐在沙发上一个劲儿地在打瞌睡，苏好无奈，上前扶起她，说：“妈，去睡啦。”

“你洗好了？我把衣服……”

成玲说着就准备去洗手间，苏好扶着她进了次卧：“睡吧，衣服明天再说。”

成玲揉着额头说：“哎，真是不能熬夜。”

成玲在回江的时候都是八点多就睡觉，现在已经多熬了几个小时。

苏好笑着把她扶到床上，说：“以后别等我了，困了就去睡，身体重要。”

“身体不行了。”成玲躺到床上后，眼睛就睁不开了。

苏好给她盖好被子，调了一下灯，这才出门把客厅的灯关了，留了一盏壁灯，而后回了房间。落地镜里隐隐约约可见人影，苏好看了一眼，才发现自己的领口处全是吻痕。

好在成玲太困，不然肯定都看见了。

她躺下后，顺手拿起了手机——周扬没发消息来。

他那么聪明的人，一下子就能悟出其中的道，这不奇怪。至于他刚刚追到门口却没有跟上来，想必也是觉得没必要，得不到就算了，毕竟他一向不缺女人。

苏好于是拉黑了他。

回到一湾山水后，周扬脱了衬衫去洗澡，这次，他没开热水，水越冷，他越是清醒。水珠顺着发丝滑落，他手撑着墙，刀削般的侧脸上全是水珠，脑海里都是她的样子。

她的皮肤那么白，吮一口就是一个印子。

周扬冷笑了一声，伸手关了水。

一个女人而已，两天就能忘。

周扬回到床边后开始翻看文件，桌上的手机消息响个不停，他扫了一眼，是群里的消息。

江郁：哈哈哈，周扬，你才和苏好在一起不到两个小时就被甩了？

许殿：感觉如何？

许殿：哈哈哈，让我笑一会儿。

江郁：你怎么打算？追上去没有？

周扬：没追，不打算要了。

群里顿时安静了几秒。

李易：哦，很好。

许殿：啧。

江郁：呵，厉害，还是周扬厉害。

周扬冷笑了一下，放下手机又看了一会儿文件，随后才躺下休息。

梦里依旧有那抹纤瘦的身影，她有一头乌黑的长发，双手端着汤。

而后是她站在台球桌旁，温柔地注视着他，漂亮的眼睛里带着崇拜之情。

还有她在阳光下露出酒窝，提着篮子往他这儿走来，裙摆摇曳，她与他擦身而过。

最后是在靶场中，她无惧而坚韧地与他对视。

半夜，黎城下起了雨。

周扬猛地从床上坐起来，被子顺着胸口滑落，露出胸膛，他抓了抓头发，眉眼间带着烦躁。他掀开被子下了床，站在落地窗前点燃了烟，冷冷地看着窗外漆黑的雨夜。

第二天早上六点多雨就停了，苏好在成玲的嘱咐下依然带了伞。

在电梯里，她碰见了曾总。

曾总一看到她，立即往旁边让了让："早啊，苏好。"

"早，曾总。"苏好站在他身边。

曾总默不作声地后退了两步，好在电梯里只有两个人。

很快，电梯门开了，拥进来大批的员工，唐瑜也在其中，她一进来就抱住了苏好的手臂："早。"

"早。"苏好看着她笑。

公司的宣传部总监也在，她挤到曾总的身侧，低声和曾总讨论："曾总，这次拍宣传片和杂志，你们部门要安排人吗？我看陆米米不错。"

曾总一愣，这才想起来，快年底了，要重新做宣传片了。

曾总说："陆米米去年不是没选上吗？"

"是啊，今年再让她参加一次呗。"

曾总："好啊。"

电梯一路往上，员工一个个下去了，到了十六楼，电梯里只剩下苏好和曾总。门开后，曾总走了出去，而后听到了脚步声，他一回头，就看到她那玲珑有致的身材，只见她走进了茶水间，低垂着眉眼去拿桌上的茶杯。

曾总在原地看了一会儿，随即大步地走向办公室，接着，他拨打了宣传部总监的内线电话。

泡了一杯牛奶后，苏好端着杯子回到办公室，只见陆米米在涂口红，一副春风得意的样子，陆米米看了她一眼，说："早啊。"

"早。"苏好回道。

接着，她开了电脑。她和陆米米是话不投机半句多，平时都是在微信里和唐瑜聊天的，除了工作，她和陆米米基本没有什么共同话题。

陆米米看了她几眼，又看了张娴一眼。

张娴起身拿了一沓凭证递给苏好，说道：“重新整理一遍，你昨天弄得乱七八糟的。”

苏好看了一眼：“好。”

这几天，张娴都会以这个为由让她重新整理票据，但实际上整理不整理区别不大。

苏好做事快，也懒得跟她计较。

张娴无非是觉得苏好做事很仔细，挑不出毛病，她们看不惯，所以总给苏好找些事情做，以此证明苏好也没有那么厉害。

吃过午饭，苏好休息了一下，随后打开文档开始写离职申请。

她了解过公司的离职程序，离职申请是没有模板的，只能靠自己写。

苏好的离职原因很简单：一是真心不愿和周扬再有什么相干；二是做了这份工作才发现上升空间并不大；三是了解了唐瑜的工作内容，发现销售也没那么难；四是苏好的英语还不错，她打算转做外销。

苏好写完了离职申请，桌上的电话突然响了起来，吵醒了正在休息的陆米米，陆米米离得近，顺手就接了。

是曾总的电话，陆米米马上精神了，她坐直了身子，叫道：“曾总。”

曾总不知说了什么，她眉梢一喜，下一秒，脸色又变了变，她转头看向苏好。苏好看了她一眼，没说话。陆米米放下话筒后，脸色有些难看，说：“曾总让我带你下楼拍宣传片和杂志。”

苏好关掉文档，顿了顿，道：“非得去吗？”

陆米米整理了一下衣服，说：“是，名字都报上去了，你以为是在开玩笑呢？不是你自己报名的吗？”

“不是，我没报。”苏好起身说。

陆米米一听，脸色更不好了。

刚刚曾总的语气很坚决，所以其实是曾总给苏好报的名？

陆米米走在前面，她一边按电梯，一边想，曾总太偏心了。

两人坐电梯到了四楼的直播部。

拍摄器具都在，宣传部的人也都在，门外站着不少人，都是公司有名的美女，直播部来的人比较多，其余部门都是零零散散的，去年唐瑜拔得头筹，今年她没再参加。

美女总有优越感，直播部的要自信很多，进去拍了几张照片出来后，根本就不把苏好这些人当回事。苏好坐在椅子上，拿出手机翻看着附近的外贸公司的招聘信息。

陆米米一个儿劲地和那些个美女较劲，她进去时，带着一股志在必得的感觉。

陆米米出来后像换了一个人，浓妆艳抹，卷着头发，一身风情。随后轮到了苏好，苏好拿着手机，推开了门。里面有几个熟悉的人，看到苏好后，他们朝她招手。齐临竟然也在其中，他坐在椅子上，看到她后笑了笑："是曾骁让你来的？"

苏好点点头。

宣传部总监看了看苏好的长相，她伸手来拉苏好："来，今年我们打算做一种风格，目前还没定下来是哪一种，我们看看你适合哪种。"

衣服都挂在衣架上，一看就是高档货，总监拿起好几款对着苏好比画，化妆师和造型师也在一旁研究。最后，造型师打了一个响指，从里面拿出了一件浅色的旗袍。

总监眼睛一亮："就是这个！"

说完，三个人簇拥着苏好进了换衣间，不一会儿，她们又拉着苏好出来化妆。

这是苏好第二次穿旗袍，这件旗袍的颜色偏淡，但开衩的位置还挺高，镜子里的脸被化妆师涂涂抹抹，头发也烫卷了一些。

苏好站起身，卷起的头发将她的脸半遮住了，她抬起眼眸看过来，三个女人心口直跳。

接着，三人拉着她出去。

齐临等人一抬头，看到苏好她们出来了，纷纷停止了手上的动作。

这时，门被推开，周扬走了进来。他朝苏好看过去，两人四目相对不过一秒，苏好挪开了视线。周扬沉默着拿下嘴里的烟，而后看向齐临，指了指他。齐临立即回神，起身往周扬那儿走去。

一屋子的人因苏好这一身旗袍鸦雀无声。

周扬看了齐临一眼，走到一旁掐灭了烟，问道："还没回过神？"

齐临笑了下，说："回了。"

周扬用力掐灭了烟，额头的青筋顿起，他说："我得出差一段时间，沸节你先看着，找个由头把海市的人都炒了，后果我来承担。"

齐临点头："好。"

"京都有不少人在挖人，你过去一趟，有其他心思的一个不留，都让他们滚。"

“是。”

周扬问：“那个人……是苏好吗？”

齐临有些讶异，他看了周扬一眼，才发现周扬的眉宇间少了些风流气，多了一丝戾气，眼睛下面还有少许黑眼圈，整个人看起来没什么精神。

齐临低声道：“是，是苏好。”

周扬笑了一下。

拍完照片，苏好本以为可以走了，谁知道摄影师顺便把视频也拍了，其间还换了两件旗袍。

苏好空闲下来后，看了一会儿手机，发现公司大群里有九百多条消息。

“定了苏好！”

“天哪，苏好打败了一大拨美女，那得美成什么样啊，我都没见过。”

“到底是什么样的美人啊？我也要见一见。比唐瑜还好看吗？”

“是真的好看，旗袍照出来后，我们齐总的眼睛都直了，我的天！”

唐瑜给她单独发了好几条微信消息。

唐瑜：恭喜恭喜，今年你拔得头筹了，成了沸节的形象代言人。

唐瑜：你我姐妹共享天下。

苏好这才反应过来，她这是被定为宣传片和杂志的女主角了。她没回复唐瑜，毕竟怎么好意思和她说自己要离职了呢？她已经看不到明年的杂志和视频了。

飞机停在一湾山水的私人停机坪。

周扬戴着一副黑色墨镜，穿着白色衬衫和长裤，低头看了一眼腕表，而后上了飞机，陆助理紧跟上去。里面空间很大，两人坐下后，机长低声道：“周总，不好意思，还有一位工作人员因堵车还在路上。”

周扬眉梢一挑：“还得等？”

“快到了，不好意思。”机长又看了看表。

周扬“啧”了一声：“行。”

几分钟后，一个女人理着衣服走了进来：“不好意思，周扬，我来迟了。”她喊了他的名字。

周扬皱着眉看过去，看到一张熟悉又陌生的脸。

他一时想不起来她是谁，问：“你是谁？”

池琳吐了下舌头：“把我忘记了？”

周扬想起来了："哦，好久不见。"

"是的，很久了呢。"池琳还是那副嚣张又自信的模样。

不一会儿，她就进了机舱，让周扬和陆助理系上安全带。

飞机起飞后，她坐在周扬对面，笑眯眯地看着周扬，和读书时一样。

周扬浏览着文件，对池琳的动作视而不见。

或许不是视而不见，而是对她没心思，他的脑海里全是那件开衩的旗袍。想到这儿，他皱了下眉，随后合上笔记本，转头看了一眼窗外。

飞机已经开始平稳飞行，池琳解开安全带，起身给周扬倒了杯水，动作无可挑剔，有着难得的温柔，引得周扬看了她一眼。

另一名空姐在给陆助理倒茶，她的脸上也有酒窝，周扬抬起眼眸看了她一眼。

空姐看了池琳一眼，便过来为周扬服务。

池琳冷哼了一声，站在一旁笑。

这个空姐更温柔，她的一举一动和苏好几乎一模一样。

"周总？"空姐温柔地道。

周扬往后靠，问道："叫什么？"

"林巧。"

"名字不错。"

"谢谢。"连说谢谢都像苏好。

林巧看周扬揉了几下额头，低声问道："要我帮你揉揉吗？"

周扬摇头："不用，你们都去休息吧。"说完，他闭上了眼。

他这是下了逐客令。两个女人对视了一眼，有些失落，随后转身离开，擦身而过的时候还故意撞了一下对方，以示不服。

池琳是带着目的而来的，而林巧碰巧被周扬吸引。

陆助理低声问："周总，要不，我给你泡杯咖啡？"

周扬："嗯。"

他竟然不想去碰她们。

不管是池琳那种他一直以来都喜欢的类型，还是这个温柔的空姐林巧，他连调侃她们的心情都没有。对苏好，他是因为吃不到所以才惦记的吗？

飞机飞行了几个小时，终于抵达苍元山下的停机坪。这儿属于机密地，飞机得立即返回。

飞机落地滑行时，林巧来给周扬收拾杂志。周扬揉了揉眉心，拿出手机看了一眼，恰好收到曾总发来的一条语音消息："周总，苏好辞职了。"

周扬愣了一下，他起身说："你再说一遍，她怎么了？"

"苏好辞职了。"

沉默了几秒，周扬沉声问："是吗？"

周扬看了眼窗外，外面是一望无际的草地。

林巧看了周扬一眼，发现他竟然失了神，她低声提醒："周总，可以下飞机了。"

周扬没应，他拨打了苏好的电话，却发现是空号。

——她拉黑了他。

离职没那么简单，曾总在办公室里语重心长地劝她。

不单是曾总，连齐临都过来了，两人一边泡茶一边劝她："你上班都快一年了，再熬一熬，两年就过去了，是不是？"

"对啊，你工作做得不错，要是再把会计这一块学习起来，以后在财务室，你就是老大了。"这番话里甚至暗暗给出了升职的承诺。

"何况，你又是周总让来的，突然走了也不好，他现在在外地出差，估计得要过一段时间才回来，不如你再考虑考虑？"接着，两人又搬出了周总。

看苏好不为所动，两人换了个方向。

"是不是对待遇有什么意见？我们可以商讨。"齐临端茶给苏好。

苏好赶紧伸手接过："齐总，我自己来，待遇方面我觉得没问题，但我有别的规划。"

"别的规划是什么？说来听听，说不定我们可以帮忙呢。"齐临满面笑容，似乎只要苏好开个口，他什么职位都能给她安排。

苏好摇头："我觉得在公司没有发展空间。"

"没有吗？没关系啊，还有周氏呢，周总旗下有不少公司，一定有你想要的职位。"齐临挖空了心思劝说，总之不能让苏好走。

曾总在一旁频频点头。

周总这次出差有很重要的事，面见的人也很重要，没办法立即回来，所以，他们绝对不能让苏好在他出差的这段时间离开公司，不然他们两个人都没法交代。

苏好还是摇头，她端着茶，轻抿了一口就放下了。

"你现在离职很亏的。"曾总有些着急了，拿着合同翻着说，"你看看，你最近还成了公司形象代言人，别人求都求不来的，你靠着这张脸就成了，多厉害。”

“我也不知道，我要是走了，你们就再换个人吧。”苏好的语气虽然不凌厉，但就像竖起了铜墙铁壁，任他们怎么说，都没办法窥探到她的心思。

齐临突然看向曾总，曾总也皱着眉。

苏好一直是一副温柔乖巧的模样，谁能想到她如此坚定，说走就走，丝毫没有商量的余地，对待遇方面的诱惑她都无动于衷，这倒是让他们有些欣赏。

“那你等会儿，我处理个事情。”曾总放下合同，转身出了办公室。

屋里就剩下了苏好和齐临，齐临继续泡着茶，苏好不太好意思，低声道：“齐总，我来吧。”说着，她伸手就去拿茶壶。

齐临不好跟她争，放了手。

热气缭绕，苏好手指骨节纤细，手腕白皙，宛如一幅画。

她低垂着眉眼，难免令人想到穿旗袍时的她，要是穿着旗袍泡茶，那该多美啊。

齐临想着想着，便挪开了视线。

曾总处理完事情进门，看苏好泡好了茶，愣了一下后，他的手机响了。

曾总赶紧接了起来，而后满脸疑惑地将手机递给苏好：“苏好。”

苏好抬起头，看到来电显示，她愣住了。

“接一下。”曾总低声提醒。

眼前两个人都看着，苏好只好接过来，手机背面有些烫，苏好说：“你好，周总。”声音依旧柔和，却带着淡淡的疏离。

那一晚，两个人肌肤相亲的画面猛地浮上心头，周扬冷不丁地觉得心痛了一下，他皱着眉，低声道：“这个时候走不理智。不是说了我们再不相干吗？现在是齐临在管理公司，你可以当这是一家新的公司，你工作经验不足，离开沸节可不好找新的工作。”

他倒是实实在在为她着想。

苏好的眉目温和了一些，回他道：“不是因为你，我是有自己的规划才离职的。”

“我不是导火线吗？”周扬忍了几秒，突然出声。

“算是。”苏好说，“但不是必然因素。”

几秒后，周扬道：“把手机给曾骁。”

苏好把手机递过去，曾总马上接了过来，他看了苏好一眼，随后起身去外面接。这个点儿恰好是下班时间，整层楼的人都走得差不多了，阳光投射在玻璃上，一片金黄。

曾骁挨着墙壁，叫道："周总。"

"想尽办法留住她。"

曾总咳了一声，说："苏好看起来挺坚决的，那么柔弱的一个人，没想到那么有主见，我看她去意已决。"

"我不想听这些。"

接下来的行程，任何通信设备都要关掉，周扬没时间耗在这上面了，他扔下这句话便挂了电话，留下曾总呆立在原地，一个头两个大。

他只希望周总早点儿回来，自己来留人。

接下来的一段时间，没有人能联系到周扬。苏好离职的路也很艰难，公司不少人知道她要走，但上面迟迟不批，到底为什么不批，没有人知道，还有人猜测是因为齐临看上了苏好，才让她留下。

一时间，流言四起。

曾总一直想着将此事拖到周扬回来，周扬这次要去一个多月，和苏好打算好的离职时间差不多，但没想到今天迎来了老总裁周勤凯。

"周总，您很久没来过沸节了吧？上次来还是前年年底。"曾总亲自泡了咖啡奉上。

周勤凯一身西装革履，斯文儒雅，看了看办公室，接过咖啡喝了一口，道："是啊，很久了，如今沸节发展成这样，我还挺意外的。"

沸节是新媒体行业，收购回来的时候是个快倒闭的公司，周勤凯把它交给周扬管理的时候，只是想用它来安置集团总部那些炒不掉的"皇亲国戚"，周扬却很看好这个行业，于是在别的城市开了分部。

如今，沸节在新媒体行业已经占有一席之地，预计明年就能上市了。

"小周总能力过人，周总你可以放心了。"曾总笑道。

他原先也是周氏总部的，跟过周勤凯一段时间。

"是啊，他的手段比我这个做父亲的厉害。"周勤凯的脸上浮现出淡淡的自豪感，他放下咖啡杯，对曾总说，"今天我过来，是有件事情要说。"

"周总你说。"

“苏好的离职申请，赶紧批了。”

曾总愣了一下，吓出了一头冷汗：“啊？”

周勤凯敲了敲桌子，说道：“听不清吗？我是说，苏好要走就让她走。”

曾总：“可是小周总……”

“我的话没用了？”

曾总：“……不是。”

从电梯里出来，苏好一眼就看到了站在门口的唐锐，她一顿，四周暧昧的眼神已经扫了过来。

唐瑜顶了顶苏好的肩膀：“唐帅哥又来了。”

苏好无奈，径直走到门口。

唐锐收起手机看向她，苏好下了台阶，他跟了上去：“好好，晚上去吃饭吗？”

他耐心十足。

这已经是他第五天来请她吃饭了。

她一次都没答应过，他依然每次都来问。

本来两人之前还有一些话题，也会在微信上聊天，可他的目的一显露出来，两人之间反而没了话题。

苏好走在前面，停下脚步回头看他。

唐锐身材高大，在华尔街摸爬滚打多年，身上却完全没有半点儿油腻感，清爽干净，除了那双偶尔显得世故的眼睛，有时确实看起来就像刚结婚时那样。

苏好说：“你这是为什么呢？”

“顺从自己的心。”唐锐垂下眼眸，“这些年……”我一直后悔。

他欲言又止。

后面的话他没说，苏好也能猜到，她笑了笑：“其实你和我当朋友更适合，怎么就非要打破这个局面呢？”苏好觉着男人有时候挺可笑的。

她捏紧了包，朝人行道走去。

唐锐立即跟了上去：“苏好，你在找工作吗？我给你介绍吧。”

“不用，我还不至于找不到一份工作。”

唐锐快走两步，来到她身侧，问道：“那你有目标了吗？”

苏好看了他一眼，没有回答。

唐锐一路跟着苏好到了华晖小区的门口，苏好要上台阶时，唐锐突然挡在了苏好的面前。他舔了下嘴唇，看着她说：“我们可以重新开始，这一次，我绝对不会放弃你。”

苏好笑了笑：“让开。”

唐锐迟疑了一下，往旁边让了让。

苏好越过他上了楼梯。

男人怕缠，女人也怕。

苏好现在一看到他就紧张，不知道该怎样应对他。

进了门，成玲端了菜出来，假意问道：“他又送你回来了？”

苏好看了一眼，厨房的窗户被推开了，刚刚成玲应该就站在那儿看。

苏好放下包，“嗯”了一声。

“行吧。”成玲倒是没再说什么。

唐锐放弃苏好是她心里的痛，如今，他后悔了，她心里的疙瘩也渐渐消失了。

苏好去洗手，把汤端出来，坐在餐桌旁说：“明天上最后一天班，后天我得去面试。”

成玲点头：“嗯，好。”

周勤凯去过公司后，曾总立即批复苏好的离职申请。人事部也安排了招聘，新的出纳前两天就到了，苏好这两天在做交接工作。她在网上投的简历也有了结果，英语好的人做外销很吃香，苏好锁定了一家新公司，准备去试试。

成玲其实反对过她离职，但看唐锐现在发展得那么好，成玲多少有点不服气，再加上苏好和她谈了离职后的好处，还说自己可能有机会开公司，成玲也就不反对了。

第十三章

怎么就想到结婚了

苍元山的研发室里，周扬看完了桌上的图纸，抓起一把模型枪把玩。

聂劢穿着一身制服，站得笔挺，他伸手扳了一下周扬的手腕说道：“你有点心不在焉，在想什么？”

周扬走过去，放下枪，摇头道：“没想什么。”

“你明显有心事。”聂劢“啧”了一声，“儿女情长？”

聂劢走过去，站在他旁边，拿着图纸说：“材料有点难找，你得费些精力了。”

“放心。”周扬回他一句，“做好了有军功吗？”

聂劢：“你都开了军工科技了，还想着军功。”

周扬嗤笑一声。

陆助理端了咖啡进来，聂劢指着周扬问陆助理：“他怎么了？”

陆助理看着周扬，对聂劢说：“大概在想某个人吧。”他也不确定。

四天后，私人飞机停在停机坪，周扬和陆起走出深山，上了飞机。空姐换了两个熟悉的人，坐好后，陆助理打开了平板电脑，周扬翻着手里的文件。

陆助理点开了曾骁发来的微信消息。

曾骁：陆起，这事儿你跟周总说吧，苏好已经走了。

陆助理顿觉头皮发麻，半个月就变天了吗？他捏紧了平板电脑，慢慢地将它推到周扬的眼前。周扬偏头一看，文件轻飘飘地落到了地上。

几秒后，周扬伸手拿过了平板电脑。

他既没有回复曾骁的消息，也没有去看别的消息。他只是垂眸看着公司论坛，一页一页地翻了过去。

论坛里的帖子很多，苏好走后，公司里有许多种猜测，有人说见到了老周总过来，也有人说别的。最后，周扬看到了一个帖子：高麟的操盘手在追苏好，两个人曾经是夫妻？

周扬关掉了平板电脑，眼皮一个劲儿地跳。

走了就走了。急什么？怕什么？

心口的气为什么那么不顺？心为什么还那么疼？

陆起看着周扬，一声都不敢吭。空姐送了咖啡过来，陆起怕打扰到周扬，赶紧示意空姐放到桌上，空姐愣了一下，而后乖巧地放下了杯子。

飞机终于抵达了黎城。

陆助理开车将周扬送到了沸节，周扬看着电梯的数字一直往上，直到到了十六楼。

周扬一声不吭地来到财务室门口，脚步微顿，他将手插在口袋里，看向苏好之前坐的位置，那里已经换了一个人，看不清长相，身材不如她。

“周总？”陆米米拿着本子转身，看到他后眼睛一亮。

张娴听见动静后也站了起来，温和地喊了一声：“周总。”

周扬的眼神如利刃一般，几秒后，他指着她们两个人说：“都炒了！”

“还有你。”周扬指向那刚招进来的人。

陆米米脸色一白，张娴也跌坐到了椅子上。

其余在场的人都愣住了，一脸的错愕。

曾总跑出来，得知消息后踉跄了两步，满头的汗。

“周总，你凭什么炒了我？”陆米米回过神后有些不服，冲出来问道。

周扬冷漠地看了她一眼：“有胆子欺负苏好，没胆子承担被炒的结果？”

“周总，什么意思？我们怎么欺负她……”陆米米依旧不服，下意识地往前走。

曾总立马拦住她，冷声道：“闭嘴！”

“周总！你说清楚啊，凭什么……”陆米米的眼眶红了，她急得一个劲儿地想往前走，她当着那么多人的面被炒掉了，多丢人。

周扬眯着眼，居高临下地看着她，一声不吭。

陆米米的话卡在喉咙里。

闹剧结束了，几个人簇拥着周扬走向会议室。

曾总低声问陆助理：“周总这是在找人撒火气？”

陆助理：“也不尽然，他看了公司的论坛。”

曾总一愣，也明白了一些事情——论坛里有不少陆米米和张娴孤立苏好的帖子。

开完会，天色已黑，一行人从会议室里出来。

周扬低头点着烟，陆助理把车开了过来，停在他脚边。

周扬抬起眼眸看了他一眼，示意他先走。

陆助理应了一声，下车后关了车门，说：“周总，那我先回去了。”

周扬头都没抬，吹了一个烟圈。烟雾缭绕，风扬起他的衬衫衣角，他把玩着手机，收到了苏茜发来的几条消息。

苏茜：回来了？怎么还不回家？

苏茜：这段时间唐锐在追苏好，成玲都要被感动了，你啊……

苏茜：幸好你和苏好没成。

周扬按下侧边的键，屏幕瞬间暗了，上面映出一双狭长的眼睛，还有他嘴里叼着的烟。

周扬将手机放回口袋，下了台阶开车门，黑色悍马车掉头开出大路。

周扬揉着嘴角，等他反应过来时，车子已经停在了华晖小区的门口，他的脸色顿时冷了下来。

四周熙熙攘攘，人来人往，超市门口人进人出，灯火通明，人排档已经支起了棚子。

周扬看了几眼，掐灭了烟，握上方向盘准备离开，就在这时，人行道上走过来一个女人，长发飘飘，穿着一袭黑色裙子。她正低头看着手机，再抬起头看向华晖小区门口，而后露出了笑容，隐约可见一边的酒窝。苏好再低头，眉眼温柔，嘴角还带着一丝笑意。

她因为谁笑了，又想到了谁？周扬来不及细想。

夜色如水，周扬推开车门走向苏好，一把抓住她的手，看着她，到嘴边的话在看到她漂亮的眼睛后，竟然没了开口说出的底气："苏好……"

他这辈子没向女人低过头。此时，憋在喉咙里的"你看看我"几个字怎么也说不出口，他只得用力地抓紧了苏好的手腕。苏好有点猝不及防，而后，她看清了周扬的脸，一下子有些恍惚，大概是因为自从那次甩了他以后，两人一个多月都没见了。

"周总，请问有什么事吗？"苏好的语气仍然充满了疏离，宛如夜色一般凉。

她被抓住了手腕，两只手只得往中间并拢，身体随着动作弯曲，锁骨呈现出好看的弧度。周扬的目光刚扫到那儿，就被苏好捕捉到了，她露出了嘲讽的笑，随即用力地甩开了周扬的手，转身走向小区。

周扬下意识地想追上去，看着苏好窈窕的身材，他想上前搂住她，将她困在怀里，可脑海里闪过她的笑容，周扬的脚步又停住了。他将手虚虚地插在口袋里，望着那抹身影消失在楼梯口，而她没回头。

他在这里干什么呢？他刚刚是在向她低头吗？

几秒后，周扬转身走向悍马车，手摸到车门后，高大的男人猝然转身，三步并作两步地走向楼梯口。到了三楼，周扬屈指敲了敲门，门打开之前，他下意识地伸手理了理领口。

突然，一室的光影漏了出来，开门的人却是成玲，成玲看到周扬，诧异地道："周扬，这么晚了，你怎么过来了？"

看到成玲的那一刻，周扬的理智回来了一些，他的眼里有少许的笑意，勾着唇道："开车路过，过来看看，成姨，在这边住得习惯吗？"

说着这话，他的眼睛却扫视着屋里，他比成玲要高一个头，此刻视野清晰，一望而尽。

主卧室的门开着，隐约可见人影，她在床头柜那儿，听见动静后，往外看了一眼，而后又收回了视线。

"习惯，你妈昨天下午还来和我们一起吃了饭，听说你出差了？"有了女儿的陪伴，成玲近几日的精神面貌好了很多，看着周扬，满脸的笑意。

"是啊，出差了，有点儿忙。"周扬控制不住自己的眼睛，总往主卧那儿看，然而，卧室的门很快就被关上了。

他眯了眯眼睛。

成玲这才反应过来："我都忘了，进来坐吗？"她后退两步，邀请道。

让他进来也不知道该说些什么，可不让他进来也不太合适。

周扬回神看向成玲，用眼角余光看着紧闭的卧室，笑着说道："不了，太晚了，车子还停在外面，成姨，晚安。"

成玲默默地松了一口气："晚安。"

周扬转身下了楼梯。

成玲停顿两秒后关了门，楼道陷入了寂静。

周扬摸出口袋里的烟和打火机，低头点燃了一支烟，却没有抽，只是看着细长的烟在无声地燃烧，随着他的动作翻动，跳跃的火光里似乎映出了一个女人的脸。

关门后，成玲想到周扬，他长成这样确实是个祸害，七尺男儿，一身刚硬，却风流多情，笑起来处处留情，一看就不安分。他长得像周勤凯，但周勤凯稳重儒雅，不知道是什么把周扬变成了现在这个性情。

"怎么突然把门关了？"成玲看卧室的门重新打开，又见苏好拿了睡衣出来，问，"你在换衣服？"

苏好应了一声，随后拿着睡衣进了浴室。

浴室里飘着香气，苏好买的那款沐浴露即使只是放着不用，也有淡淡的香味。成玲用不习惯，沐浴露都是苏好在用。苏好站在花洒下，温水兜头而下，她仰着脖子，心想，周扬这是没得到她，所以才惦记的吗？

他的样子真像唐锐后悔离婚的那可怜样。

这些男人可真好笑。

苏好闭上眼睛，开始洗头发。

再坚强再懂事的人，心也是肉做的。唐锐当初提离婚时，她起初是不知所措的，但是她知道他收到了邀请，他一直都是有野心的人，所以她只难过了一个晚上，第二天就给忘了。

沈赫放弃她时，她看出了他的意思，到嘴边的“我们交往吧”几个字马上就咽了回去。

沈赫是个单纯的男人，一直欲言又止，磨到最后，只好由苏好来开这个口。

沈赫的不挽留也让她有点儿难过。

周扬是唯一让她感到很爽的人，他大概也很错愕吧，转身走掉的那一刻，她感受到了主动权捏在自己手里的快感。

没什么人能稳稳留住，还是靠自己更好。

洗完澡后，苏好穿上睡衣出了浴室。

“你今晚和新同事的聚餐怎么样？”看到苏好出来，成玲强撑着困意问。

苏好一愣，过去把电视关了，问道：“你怎么还没睡？”

“想知道你新工作的事情啊。”

苏好点头：“很好，他们是一群热情的人。”

苏好新找的这家公司名叫美通，公司自主开发了一个购物网站，就叫美通，和亚马逊是一个类型，但主要是针对东南亚国家的。公司还小，人员也不多，加上苏好，一共六个人，财务由老板娘负责，老板负责运营，另外三个都是研发人员，苏好是第一个全职应聘上班的外销人员，其余兼职的外销人员遍布在全国各地。

一去公司，苏好就受到了同事们的一致欢迎，老板娘当晚安排了聚餐，整个公司只有苏好和老板娘是女人，其余的都是男人，对女同事也更宽容一些。

苏好能感受到他们的真诚。

“那就好，我还在担心呢。”成玲一颗心放了下来。

“不用担心。”苏好笑着上前扶起她，“睡吧。”

第二天是唐瑜的生日，下午，苏好就收到了她的短信。

唐瑜：晚上请你吃饭，我过生日，你一定要来。

苏好答应了下来，忙完工作后，唐瑜开了车过来接她。

唐瑜摇下车窗，看着小区愣了一下，问："这里还藏了个公司呢？"

苏好拉开车门，坐上副驾驶位，说："是，里面藏了不少公司呢。"

"都是些小公司吧？"唐瑜知道，有很多小公司会选择这样的小区作为办公区域，降低创业成本。

苏好说："是啊。"

唐瑜"啧"了一声："小公司好啊，一不小心就当老总了。"

说着，她想起昨天周扬在公司一口气炒了三个人的事情。今天一早，财务部群龙无首，只因周总一怒为红颜，不顾公司死活，无奈之下陆助理、齐总和曾总可怜兮兮地处理着账务。

唐瑜正想试探些什么，谁知手机突然响了，她一看消息，立马受到了惊吓。

周扬：苏好和你在一起？

周扬：你今天生日？我去给你庆生。

唐瑜请的都是营销部的人，其中还有两个是直播部的。苏好和唐瑜进去时，整个包厢的人都愣住了，接着，一个个想要站起来，唐瑜指着他们说："不用迎接，别客气。"

"我们迎接的是你吗？我们迎接的是苏好！"唐瑜的助理赶紧给苏好拉开座位，说，"苏好，请坐。"

苏好扬眉，说："谢谢。"

这些人也太热情了。

看苏好坐下后，其余的人才纷纷坐下，唐瑜"啧"了一声，坐在苏好的身侧。

昨天的事情在公司炸了锅。前段时间，大家还在探讨一举成为公司代言人的苏好长什么样子，没过多久却出了这件事，一群人立即对苏好肃然起敬。

他们都是老员工，经常在群里八卦，知道周扬对待女朋友和对待追求者的态度。这个男人向来是高高在上的，对女朋友再好也是有底线的，更不用说因为她们而拎不清，周扬开会的时候也从来不允许女朋友来公司。

之前之所以说周扬对陆米米好，就是因为他两年前的女朋友在公司楼下碰到了陆米米和周扬一块儿下楼，立马吃醋了。第二天，那姑娘跑来公司，趁着周扬不在，闹着要炒掉陆米米。后来，这事儿被周扬知道了，警告了那姑娘，虽然两人没分手，但谁都看得出周扬和那姑娘的感情其实就那样，反而是陆米米在那段时间风光无限。

可再风光又有什么用，如今，他为了苏好，不单炒了陆米米，甚至连即将升职的张娴都一起炒掉了，就因为所谓的她们孤立了苏好。

于是，所有人看向苏好的眼神热烈而亲切。

“苏好，你试试这个？这个好吃。”

“还有这个，这个排骨味道好棒啊。”

“苏好，你喜欢吃海带吗？我给你舀吧。”

唐瑜这个寿星遭受到了冷落，但她无所谓，还陪着给苏好夹菜，苏好立即摆手：“够了，够了，今天是唐瑜的生日啊。”

“对，是唐瑜的生日，我们敬你。”他们仿佛才想起来，转身端起酒杯向唐瑜敬酒。

唐瑜笑着举杯：“感谢你们这么多年来的支持，让我能有今天这个成绩，多谢多谢。”

在销售方面，唐瑜非常厉害，她在沸节是有名的销售女王。

“哎呀，不用客气，我们都还要靠你养呢。”

“哈哈哈，来，干！”唐瑜将酒杯往前举。

苏好站在她旁边，也倒了一大杯酒，她看着干练的唐瑜，还有这么多跟随她的人，内心真诚地祝福，又十分羡慕。苏好端起酒杯，跟着大家一起碰了碰唐瑜的杯子，眉眼弯弯地送出祝福：“恭喜，祝你早日买到房子。”

“哈哈，我喜欢这个祝福。”唐瑜碰了下苏好的杯子，笑眯眯地道，“会的，明年我就买，到时候你记得来做客。”

苏好点头道：“好。”

众人仰头喝酒，苏好也仰头喝了一大口。

唐瑜一把挽住她的手，说：“我等着你罩我。”

酒挺烈的，苏好喝完酒后，只觉喉咙一阵发烫，她掩嘴打了一个嗝，听到唐瑜这话，还以为是在开玩笑，没有当真。

一顿饭吃了一个多小时，外面天色也渐渐黑了，唐瑜安排了KTV包厢，一群人打着酒嗝从餐厅里出来，拿了蛋糕又转战到隔壁的KTV。

进包厢后，众人东倒西歪的，开始点歌。

酒精上头，苏好坐在椅子上，掩嘴悄悄打了个哈欠。

唐瑜进包厢后开始频繁外出，好像在等什么人。过了一会儿，她进门后坐到了苏好的身侧，发现苏好有点醉了，立马拍拍她的肩膀：“苏好？”

苏好看了她一眼，抿唇一笑，眼里有水光。

唐瑜心想，真漂亮。

这时，包厢的门被推开，众人转头看去，周扬挽着外套走进来，目光在包厢里扫了一圈。

众人吓了一大跳。

“周……周总！”

他们平时根本没有机会和周总待在一个包厢里，只敢在群里八卦，偶尔开个会，也只能远远地看着周总的身影，连近身的机会都没有。

唐瑜看到周扬，立马站起来：“周总。”

“你就挑了这么一个地方庆生？”周扬显然有些嫌弃，“连停车位都没有。”

周扬掐灭了烟，说：“换个地方。”

本来大家觉得这地方挺好的，被周扬这样一嫌弃，突然觉得确实不怎么样了。

周扬看到沙发上的苏好，动作一顿，下意识地把外套递给了唐瑜。

周扬挽了下袖子，问道：“她喝酒了？”

“对，刚刚喝了点儿，好像醉了，苏好太不能喝了。”

男人挽起袖子走过去，嗤笑一声：“她是不能喝，一杯倒。”

之前在京都，她醉得连他吻她都没发觉。

苏好揉着额头，一只手扯着领口，似乎很热的样子。周扬有些紧张，几秒后，他蹲在她面前，仰着头看她。

她醉得分不清东西南北，眼里含着水汽，也低着头看他。

周扬喉咙口一紧。

苏好歪了歪头，一边的长发垂下来，她眉眼弯弯，而后挤出一抹浅浅的笑。

周扬顿时觉得呼吸不畅，心脏好像要跳出心口一样，怦怦地响着。他低头骂了一声，下巴抵在苏好的膝盖上，眉宇间带着笑。

他想，周扬，你完蛋了。

在场的人看到这一幕，纷纷震惊了。

“这……就是俯首称臣吗？”有人悄声说出这句话。

几分钟后，周扬将喝醉的苏好打横抱了起来，看着唐瑜道：“既然她醉了，我就送她回去了，你们换个地方，去星空俱乐部吧。”

唐瑜眼睛一亮，心想，托苏好的福，今晚赚到了。她应了一声，问道：“周总，这衣服……”

“给她披上。”

唐瑜立即上前，将外套披在了苏好的肩膀上。

苏好已经完全醉过去了，靠在周扬的胸口，呼吸绵长。

唐瑜低声道：“周总，你要把苏好安全地送回家，苏好妈妈和我加了微信好友，她会问的。”

周扬挑眉：“知道了。”

说完，他看了怀里的女人一眼，大步地走向门口。

悍马车停在门外，周扬把人放在后座上，系上了安全带。苏好的头靠着座椅，周扬没离开，撑着手看了她一会儿，几秒后，他伸手拨弄她额头的发丝，挑起她的下巴，盯着她的睡颜看了好一会儿才松手去启动车子。

这儿离苏好住的地方倒是不远，车开了没多久，周扬就听到苏好的手机响了，借着等红绿灯的空当，周扬拿出手机看了一眼。

是成玲的电话。

周扬咳了一声，没接，把手机放了回去。

车子很快到了华晖小区，小区门口站着一个高大的男人，周扬眯着眼摇下车窗，看了那人几眼。

是唐锐，他冷笑一声。

随后，周扬转身，弯腰去解开苏好的安全带，将人拦腰抱起，他低头亲了一下她的额头，再抬头，就对上了唐锐探究的眼神。

视线相撞，周扬的眼里冷了几分，他低头又在苏好的额头上亲了一口，接着慢慢往下移。

“周扬！”唐锐终于忍不住了，喊了一声。

空气中有酒味，唐锐猜想，苏好大概是醉了。

苏好的手机又响了起来，估计还是成玲打的电话。

周扬皱了下眉，抱着苏好走向楼梯。唐锐看清了他怀里的人就是苏好，脸色一变，也跟着上了楼，周扬却冷冷地道：“滚。”

唐锐不搭理他。

两人较着劲来到了三楼，大概是听到了动静，有所感应，门立刻被打开了，成玲往外一看，只见两个男人站在外面，气场十分不合。她愣了一下，再一看，发现苏好躺在周扬的怀里，成玲睁大了眼睛：“苏……”

“成姨，苏好在唐瑜的生日会上喝醉了。”周扬搂紧了怀里的人。

她贴在他的胸口，每一次呼吸都几乎要他的命，他得赶紧把人放下来。

“这样啊，进来进来，辛苦了。”成玲反应过来，让开了位置。

周扬用余光扫了一眼唐锐，一边无声冷笑，一边走进屋里，跟着成玲进了主卧室。他把苏好小心地放在了床上，苏好的房间里有她身上的香味，周扬收回手时，视线在她的房间里不经意地扫了一圈。

成玲给苏好盖好了被子，便招呼周扬去客厅。

周扬理了理衣服，出去后却见成玲看向唐锐，嘴角带笑问道：“你今晚吃饭没？”

周扬的脸色变了。

成姨很喜欢苏好的这个前夫？

唐锐来的次数多了，就算不待见，多少也和成玲有话说了，成玲的态度又软化了一些，于是总能聊得不错。周扬站在一旁，抢话道：“成姨，有点儿晚了，我们也该走了。”

正和唐锐聊着的成玲愣了一下，随即看了一眼时间，才发现快九点半了。

她有些不好意思，看向周扬说：“周扬，谢谢你送她回来。”

“不客气，成姨，都是一家人。”周扬眼里的不满被他隐去，只留下了笑意。

“是。”成玲点头。

周扬放下茶杯，起身看了唐锐一眼。唐锐神色自然，他也察觉到了成玲态度的变化，而这正是他握在手里的筹码。他起身放下茶杯，和周扬一起走向门口。

两人身高差不多，周扬的气场要强很多，即使不说话，也比唐锐更有压迫感。

两人出门后，成玲本想去关门，谁知周扬用手拉着门，看了一眼卧室，对成玲说：“成姨，不用送了，我来关门就行了。”

“没事。”成玲还想说话，周扬却含着笑意，低垂着眉眼关上了门。

门一关，楼道里就黑了。周扬看了唐锐一眼，摸出烟点燃。

唐锐捏着栏杆，沉默不语。

楼道里没风，气氛压抑，两股暗流对碰着，一时间硝烟四起。

两人往一楼走去，周扬捏着烟，突然转身，下一秒，他出了拳，干净利落地朝唐锐的脸打过去。唐锐避无可避，伸手捏住了他的手，周扬冷笑一声，狠狠一踹，踢中了唐锐的肚子。唐锐翻了个身，朝周扬的肩膀出拳，周扬轻擦而过，用力地掐住唐锐的脖子，将他推倒在扶手上。

周扬逼近唐锐，低头说：“怎么？真想复婚啊？”

唐锐的额头上青筋冒起，他也冷笑：“复婚不行吗？你能和她结婚吗？”

“哦？”周扬嗤笑，眼底满是阴狠，低声道，“能啊，我出现在这里，决心就已经很明显了。吃个回头草，你还有理了？”他的声音阴冷。

唐锐的脸憋得通红，却依然用尽力气和他较着劲，唐锐冷笑：“她不会嫁给你的，你有太多的黑历史。”

“说得好像你没有一样。”

“我和她至少有三年的感情。”

“牛啊。”

三年了不起？

唐锐不服输，虽然很疼，但他一句求饶的话都没说。

周扬再次用力，冷笑道：“我倒要看看你能坚持到什么时候。”

“绝不放手。”

“是吗？”

下一秒，周扬松了手，长腿一踹，唐锐翻身躲开了。

唐锐练过泰拳，周扬偏爱格斗更多些，两个人打了起来。

在狭小的楼梯间里，有人尖叫了起来。

章辛华接到电话，说有人在他的房子那里打架，便急急忙忙开车赶来了。他的嘴里还咬着一个哨子，攒足了劲儿正准备骂人，结果此刻哨子掉到了地上，他惊呆了。

“原来……是周扬哥啊。”

两人你来我往，唐锐还挺不好对付的，一招一式都很正宗，他那么斯文，打泰拳却没什么违和感。周扬抵挡着他的每一招，腹肌隐约可见。

不少人已经开始看戏。

随后，周扬再次狠狠地将唐锐推倒在墙壁上，伸手抹了抹嘴唇，说：“我小看你了。”

唐锐咬紧牙，呼吸有些不畅：“呵。”

章辛华拿出手机对着两个人拍了一阵，而后发给了许殿。

章辛华：哥，周扬哥为什么要打这个人？

许殿：情敌，他在华晖小区吗？什么时候打起来的？

章辛华：居然是情敌，周扬哥疯了吗？他把一身的本事用来对付情敌？太玄幻了！

而在周扬几人的兄弟群里——

许殿：快看，周扬和别人打起来了！

李易：……牛。

江郁：哈哈哈，那是谁？苏好的前夫？周扬也有这一天啊？使的是格斗术？

李易：格斗，聂夋估计很后悔，教了他格斗术，却被他拿去打情敌，大材小用。

闻泽厉：哈哈哈……让他欺负我小舅子，活该，看看他的嘴，还被打到了！丢人！

宴行：你们的生活那么精彩吗？以前都是一群女人为了周扬打起来，现在，他为了一个女人和别人打了起来，你们不发到朋友圈去宣传一下？太精彩了！

这个晚上，周扬为了女人和情敌打架的事情传遍了整个黎城的世家圈。

“你们骗人！周扬怎么可能为了女人打架？！”

“就是！我不信，视频肯定是假的。”

李绣：“骗人！骗人！骗人！”

天空露白，苏好宿醉醒来，早上起来时感觉头疼欲裂。洗漱完后，成玲也醒了，她给苏好泡了蜂蜜水，打着哈欠说：“昨晚你醉得太厉害了，幸好有周扬送你回来，还有唐锐。”她想了一下，及时补了一句。

苏好一顿，转头看向成玲。

成玲哈欠连天道：“是周扬抱你回来的，你醉得不省人事了，以后还是别喝那么多酒了。”

苏好看着桌布上的花纹，应了一声，问：“唐锐呢？他来干吗？”

成玲没那么困了，扎起头发说：“他不是经常来等你，就为了和你说上一句话吗？”

“早上想吃什么？”成玲走进厨房，问道。

苏好：“都行。”

她转身进房间，换好衣服后，头没那么疼了。她拿起手机一看，今天的消息有很多，一个晚上的时间，收到的消息是平时的几倍。

唐瑜：对不起，昨晚我想得不周全。

苏好没回，继续往下滑，就看到了沸节的一个私人群，里面都在说一个视频。

苏好点开后，就看到周扬和唐锐两人以拳头相对。

视频只有二十多秒，两人打得很有章法，你来我往，周扬的嘴角还出血了。

看起来，打架地点就在她家楼下，这两个人是离开后到楼下打的架？

“@苏好，周总这是为你打架吗？”

“我还从来没听说过他会为一个女人打架。”

“苏好，你好有福气，这个视频在朋友圈传遍了。”

“苏好那么漂亮，确实值得，你们没看到她穿旗袍的视频，我的天，美得我身为女人都羡慕了！据说那天周总也在现场，是不是当时一见钟情了？”

“肯定是一见钟情，苏好这种温柔姐姐降不住他的。”

“苏好，吃早餐啦。”成玲喊道。

“来了。”

那些人全然不在乎苏好在不在群里，一个劲儿地讨论着。苏好退出了微信，拿起包转身出了卧室。吃过早餐，苏好出了门。楼梯里的灯时好时坏，只有一点儿光线投射进来。

到了一楼，苏好的脚步略微一顿，往旁边一看，周扬叼着烟笑道：“早。”

他挽着袖子，露出半截手臂，上面有青紫色的痕迹，脖颈处也有一小块儿，看起来野性十足。

苏好没应，接着往另一边看，唐锐揉着嘴角说：“苏好，酒醒了吗？”

两个男人一左一右堵住了她，周围的人都齐刷刷地看了过来。苏好抿了一下嘴唇，抬脚就走，唐锐准备跟上，手机却突然响了起来，他接了电话后匆匆去拦出租车。

周扬将手插在口袋里，懒懒地跟在苏好的身后。

“好好。”他嗓音低沉地问，“你那个公司太小了，要不要考虑换个工作？”

苏好没搭理他。

周扬咳了一声，道：“又不搭理人了，真想和我不相干吗？”

“我想你想得心都痛了。”

苏好猛地停住脚步，狠狠地看了他一眼。

周扬的脚步也顿住了，他竟然有些怕苏好，他揉了揉嘴角，嗓音低了一些：“我想跟你谈恋爱，你答不答应？”

“不答应。”

周扬牙根一咬，半天才从牙缝里挤出一句：“那我下次再来问。”

苏好这次找的工作单位离华晖小区很近，走着没几分钟就能到。她走在前面，身后的人跟着，她咬紧了牙根，心想，这人就赶不走了吗？

好在她很快就进了小区，一路上了楼。

小区有门禁，周扬进不去，他盘算着想把小区买下来。小区看起来很新，入住率也高。周扬转过身去，看到一辆同款车型的悍马车停了下来，车窗缓缓被摇下，许殿戴着银边眼镜，靠在窗边笑："干吗？学我呢？"

周扬"啧"了一声："你猜？"

"有点难。"许殿含笑道。

周扬站得笔直，青紫色的伤让他看起来痞气十足。

"一个晚上没睡？"

"你是专门来看戏的？"

许殿低笑："可不是嘛。"

周扬冷了脸，踹了下车门，半晌，他无奈地靠在车旁，低着头点烟，说："她油盐不进，太难了。"

"你想好了？"许殿单手握着方向盘，看了他一眼，"要和她在一起的话，可就不如以前那么潇洒了。"

周扬低下头，闭着眼睛说："我想了一个月，但还是……没逃过。"

许殿大笑起来："活该。"

美通是针对东南亚而存在的公司，这些年，欧洲的生意没那么好做，很多创业者都转去做起了东南亚的生意。不单是美通，不少公司都进军了东南亚市场。东南亚有一个很大的集成网，美通要在这个网站里抢客流量。

苏好负责美妆这一块，口红、唇膏和眼影是最畅销的产品。正好赶上这几天搞活动，流量猛增，苏好一直在后台刷新产品，咨询也随之多了起来。

有两家公司都在和苏好抢流量，一家叫联沃，一家叫乘风。

因为苏好是公司唯一的女员工，三个研发人员有空就来给苏好送吃的。

老板娘叫琪琪，她站在后面说："苏好，你的数学好像不错，挺会卡着时间刷新的。"

苏好笑着道："我摸清了规律。"

琪琪点头道："你卖得比她们好很多。"

"谢谢。"

"不客气。"琪琪从苏好的桌上偷偷拿了一块饼干，一边吃一边走。

研发人员小七坐在苏好的身侧，问道："你有没有收到什么邮件？"

苏好在回复后台咨询的人，一连串的英文刚刚打出去，随后，她转头问："什么邮件？"

小七眨眼道："关于收购的。"

苏好一愣："美通要被收购了吗？"

"我们网站做得好，有人想收购，另外两家也快被收购了，资本家想一家独大。"

"那我们要屈服吗？"

"我看老板不太想，他只想找个投资人。"

苏好点头："这才对。"

苏好心里松了一口气，她不希望刚来上班就遇见这种事情。

话音刚落，苏好的办公邮箱发出了提示音，小七跟着紧张了一下，说："点开看看。"

苏好点开后，看到邮件上赫然写着：沸节总经办。署名是陆起。

苏好心想，周扬真是阴魂不散。

小七一看，说："真是！"

小七转头喊道："老板，又来了又来了。"

"来什么啊？"老板姓严名崇，冲出来看到邮件后，对苏好说："让他滚。"

苏好咳了一声，在邮件里敲下了几个字。

周扬进军工科技后，感受到了大家的目光，他将手插在口袋里，靠在墙上。

几个人在看模型，陆助理低声道："周总，给美通发邮件了，不过……对方回了。"

陆助理打开页面给他看。

对方只回了一句话："多谢喜欢，但是请滚。"

周扬眯着眼道："这是谁回的？"

陆助理低声道："苏好。"

陆助理又道："最近联沃干不过美通，今天活动的流量被苏好抢了一大半，苏小姐不当出纳，做外销也挺厉害的。"

周扬轻抚眉心："我没觉得她差，她这个性格在哪儿都行。"

他早上让苏好离开这个小公司，是因为他要进行一场大型收购。

资本家向来喜欢大手揽权，现在正是向东南亚输出中国产品的好时机，周扬计划把这三家小公司都收购了，整合后做个大的。没想到苏好进了一家最难收购下来的公司，现在还给他甩起了脸色。

他拿了颗薄荷糖丢到嘴里，脑海里全是她温柔的笑容。

苏好忙到快六点半才下班，恰好小七也刚忙完，两人就一起走了。

天色渐暗，两人刚到小区门口，一个高大的男人吊儿郎当地靠在车旁抽烟，看到苏好后，他下意识地站直了身子，下一秒却又看到了她身侧的男人。

他的脸色微变，不动声色地走到了苏好的身侧。

小七说话说到一半，突然卡住了，看着男人，他有些尿。

苏好皱紧了眉，转头看了一眼。

周扬勾唇一笑："吃晚饭了吗？我请你吃饭？"

苏好不理他，继续往前走。这时候正碰上有人下班，人行道上有电动车匆匆而过，苏好的手腕被周扬一把抓住，整个人被她往后带了两步。

苏好愣了一下，正想要说话，周扬的手就松了，他将手插在口袋里，俯身说："我不是故意的，总要护着你，不是吗？这地方确实有点乱，明天给你换套房子，好不好？"他侧着身子，领口微敞，眉眼带着笑意。

苏好看了他一眼，两人四目相对。

他的眼底带着少许笑意，还能看出有些紧张，苏好突然问："你想干吗？"

"谈恋爱呀。"说完，周扬直起了身子。

他眼里带着冷意，看向小七，说："滚。"

小七吓了一跳，条件反射般就想走，但还是硬着头皮忍了下来。

苏好听见周扬的话，有些恼火，她一把拽住他的领口，道："不要这样对我的同事。"

周扬一惊，几秒后略微低头，说："好，让我不要这样的话，你和我说句话就好。"

虽然这样说，周扬手臂上的青筋却冒了出来。

她在维护这个人，这个人是谁？！居然还陪她下班回家！

"小七，你先回去吧。"苏好松开了周扬的领口，转头和小七说。她的眼里有愧疚之情，语气也放软了，加上她温柔的嗓音听起来像在撒娇，挠得人心里痒痒的。

"好吧，那我先回去了，其实我只是跟你顺路，我先走了。"小七立马收回了打量周扬的眼神，赶紧走了，走了几步后，他立马跑了起来。

周扬和苏好站的地方是人行道的边缘，再往下就是车道。

周扬看着苏好，她早上是扎着头发去上班的，下午回来时，头发披散在肩上，露出锁骨，手臂白皙，骨节纤细，能看见血管，看起来十分柔弱，令人手足无措。

他低声问："吃饭了吗？我们去吃饭好不好？"

苏好也在斟酌。

他站在车道边缘，挡住了半边的光线，她抿唇，仰起头，姿势像是在索吻。

周扬的眸色突然变深了一些，他正想说话，苏好说："你以后能消失吗？"

周扬一顿，几秒后，他勾唇道："不能。"

他脸上的伤口没好全，勾唇时带着一点凌厉感。

苏好有些失望，她垂下眼眸，说："那就不要怪我不把你当回事了。"

说完，苏好转身就走。

周扬在原地看着前面纤瘦的身影，几秒后，他追了上去，道："不如你直接告诉我，怎么样你才会回心转意？"

苏好没理他，径直进了超市。

超市很小，环境也不怎么样，周扬还是第一次来这种地方，他皱了一下眉，当初考虑到苏好的经济条件，便选了这么一套房子，胜在交通便利，唯一不好的就是鱼龙混杂。

他不得已跟了进去，苏好刚刚的话又被当成了空气。

她一边选菜，一边看着手机，估计在回别人的消息。

周扬没想到自己会有这么一天，他站在他看不起的地方低头看她，她很会选菜，手指纤细，发丝滑落，周扬没忍住，伸手勾住她的发尾，往上撩了一下。

苏好马上拽回自己的头发。

周扬的手忽地收了回去，插进了口袋。

他和这个地方格格不入，路过的人都要看他一眼。男人眉眼俊朗，气质不凡，脸上却带着淤青，站在美女身侧，成了这方天地的一道风景。

"今晚做土豆丝吗？"周扬没话找话，"我还没吃饭，成姨在家等你？"

苏好转了个身，看了他一眼。

这时，有人推车过来，他伸手抓住苏好，把她往怀里带了一下。苏好的手里都是东西，踉跄了一下，额头撞上了他的胸口，周扬恨不得把她紧紧搂在怀里，但他不敢，只能任由她走开。

苏好本以为他是故意的，回头一看，是有人要过去。

她甩开他的手，转身走了。

周扬抿唇跟上，好一会儿，他看她选了毛巾和牙刷，说："你理理我，苏好。"他的嗓音软了下来，苏好差一点就心软了，她咬牙去买单。

周扬还是跟着，苏好把东西放在收银台上，调出手机付款码，刚递过去，就看见周扬的手伸了出来，似乎要抢着刷卡。苏好扫了他一眼，周扬舔了下嘴角，慢悠悠地收回了手。

苏好付款成功，而后提着东西出了门。

周扬走在她的身侧，嗓音低哑地道："我给你提？"

"不用。"

拐上楼梯，周扬仍然跟着苏好，快到三楼时，苏好突然转了个身，周扬的脚步一顿，懒洋洋地站在矮一点的台阶上。

橘色的光线投在她身上，让人心醉。

苏好："滚。"

周扬勾唇道："不滚。不追到你，我不罢休。"

周扬上了一级台阶，贴紧着苏好，苏好往后退，他却盯着她说："我是认真的，百分之一百，我已经在想以后要生几个小孩了。"

苏好看着这张俊脸，一时竟然无言。

"你想娶，我就得嫁吗？周扬，你怎么那么爱做梦？"说完，她转身就走。

周扬没跟上去，只在后面笑着说："慢点儿，摔了还得我去抱你，我乐意得很，但恐怕你不乐意。"

"砰——"不远处传来了关门声。

周扬站在原地，风吹过他的伤口，他揉了揉，靠在栏杆上。

他刚刚没经过思考就说出来那些话，说完也没有后悔。

这代表刚刚说的都是他的真心话吗？

想了好一会儿，他笑了起来。

怎么就想到结婚了？

进屋后，苏好放下菜，成玲正好从洗手间出来，顺手接过购物袋，说："这边的土豆怎么这么大，幸好你只买了一个。"

苏好"嗯"了一声，她拿出毛巾和牙刷，说："妈，之前的毛巾和牙刷就不要用了，我买了新的，和你之前用的是一个牌子的。"

成玲看了苏好一眼，说：“乱花钱。”

但她还是喜滋滋地拿去换了。

苏好伸了个懒腰，刚坐到沙发上，手机就响了起来，她拿过来一看，是唐锐的消息。

唐锐：最近总是加班，有点儿忙。

唐锐：苏好，我是真的后悔，非常后悔，我在美国经常想到你，我留着那条项链看了好几百遍，看到它就像看到了你。

苏好：唐锐，你好好工作吧。

虽然她目前还有耐心，但以后就不知道了，唐锐如果再这么纠缠下去，等她没了耐心，可能就要把这个人踢出她的世界了。

唐锐似乎也知道她的底线，每次都是摸到底线的边缘又缩回去，他不如周扬那么霸道，总是像温水煮青蛙。苏好就算想狠一点儿，都像是一拳打在了棉花上。

她一直记得唐锐出国的那一年她父亲病重，进了重症监护室，唐锐从国外打了一大笔钱回来，帮她渡过了难关。后来，苏茜带着专家组来给父亲做手术，给父亲延长了两年的寿命。

人情债要还，可很难还清。

后来的几年，苏好除了还钱和还人情，还要照顾父母，要学做饭。每次苏茜回回江市都会夸苏好的手艺又好了，她夸一次，苏好的心里就好受一些。好在没过两年，房子就拆迁了，虽然小城市的拆迁款不多，但还了钱也足够生活了。

第十四章

周总的小马甲

这几天高麟很忙，有人出差，有人留守。

唐锐接了几个委托，他水平高，一回国就有很多人盯着，有些委托是推不掉的，不少企业纷纷派人上门找他，令不少人眼红，公司派了助理和团队给他。

唐锐有单独的办公室，此时，偌大的办公室里只有他一个人，这时，身后的门被推开了。

“唐总，你怎么了？心情不太好？”团队中唯一的女同事送了咖啡进来，问道。

唐锐盯着股线图，接过咖啡，脑海里却是苏好发来的消息。

他觉得那话像是在暗示些什么，可往细了想，心口就痛。

他摇摇头，揉了揉眉，说：“没什么。”

“我看你是为情所困。”女同事拉过凳子坐下，说出来的话十分犀利。

唐锐转头看她。

女同事笑了笑，带着自信说：“说来听听，或许我能帮上点儿忙。”

唐锐放下了咖啡。

他脸上的淤青更多了一些。

世上没有不透风的墙，女同事也看了视频，能和黎城周家的公子哥儿打起来，唐锐的胆子也挺大的，大家都暗自替他捏了一把汗。

唐锐迟疑了一下，看着电脑说：“我从小在爷爷奶奶身边长大，很少跟父母待在一块儿，不过每次我爸都要提醒我，叮嘱我，说我从出生时就带了婚约，我想着，这又不是古代，还搞什么婚约，可后来妹妹身体不好，我爸迷信，说结婚就好……”

“结婚第二年，我妹妹的身体就好起来了，挺神奇的，对吧？”说完，他看了女同事一眼。

女同事点头：“是的。”

“我们两人相处就很拘谨，在家里也不怎么多说话，晚上却还要躺在一张床上。她很忙，因为她要照顾父亲，她父亲的身体没有因为我们结婚就好起来，反而总住院。我呢，要去上课，回家的机会很少。过了那个阶段，我就觉得顶着已婚这个身份不太合适，但学业忙，工作忙，我和她聚少离多，就耽搁了。那时没想那么多，第三年，我完成学业回到家里，工作也找到了，就是上班的地方有点儿远，但我们见面的机会多了，也说得上话了。她负责打理家里，我连衣服都不知道放在哪里，但她能找出来，那时候我就有了一个念头——我要和她试一下。”

“我有意无意地去接近她，她性格特别温和，看我主动接近，也猜到了我的意思，但她没有闪躲，我们就顺理成章地在一起了。不过我们都没什么经验，好在她也不在意，我们之间也越来越有话题了。”

“再后来，我有幸收到了华尔街发来的邀请函，我挣扎了很久，她应该也看出来了，但是默不作声，没有表现出任何不满。那个时候能收到华尔街的邀请，是一件多么令人振奋的事情啊。”

“然后，你们就离婚了？”女同事一针见血地问道。

唐锐“啊”了一声，说：“是啊。”

女同事说：“我觉得，你做得最错误的一件事就是放弃了她。”

“没错。”唐锐喝了一口咖啡，又道，“她现在对我很冷漠，对我做的很多事情都没有触动，我感到很挫败。”

女同事说：“或许，她不只是碰到了你一个人这样对她。”

女同事笑了笑，又说：“经历多了就无动于衷啦，现在谁能让她心动，这个人可能就有机会，周总能吗？”

办公室外，男人挽着西装外套，默不作声地将外套递给陆起，随后捏着烟走到吸烟区，一只手撑在扶手上，下巴线条冷硬，盯着烟灰缸。

此时，周扬的脑海里全是唐锐说的话。

过了好一会儿，周扬才说：“他不是个东西，那我呢？”

陆起脱口而出：“您也不是。”

话一出口，陆起就后悔了。

周扬转过头看他，陆起抿紧唇，握紧了外套，有点儿心虚。

几秒后，周扬冷哼了一声：“你们都是这么看我的？”

随后，他理了理衬衫领口，准备进唐锐的办公室之前，他停顿了下，说：“我确实错了。”声音低沉。

陆起能看出周总这段时间的改变。一个人的改变从言行和表情都能看得出来，就单说最近发生的事情，基本都不是周扬以前会做的。他从来不吃女友的醋，也从不在意女友的过去，更没兴趣去了解，她们只能顺着他的意，更别提甩脸色给他看。

很难想象周总追一个女人的时候，还带着几分讨好。

早上，成玲做了很多鸡蛋饼，苏好装起来带去了美通。美通不像沸节，不包吃，大家都要自己顾自己，为了多睡几分钟，不吃早餐的人很多。

苏好带了早餐来，公司里的人都疯了，一个个拿着一次性手套吃得满嘴是油。

琪琪也吃了，不过她的心情不是很好。

苏好看了她几眼，就开始处理晚上收到的单子，把单子打印好后，苏好去了仓库。

仓库就一个房间，货堆了很多，苏好一样一样地打着包。这时，门口有声音传来，她回头一看，是琪琪，她神情恹恹的，站在她身边看单子。

苏好想了下，问道："心情不好？"

"嗯。"琪琪道，"有点儿后悔结婚了。"

"怎么了？"

"结婚后好烦啊，我不喜欢他爸妈，他爸妈也不喜欢我，但是节假日还要去他家，我又不想假装喜欢他们。"琪琪叹了一口气，将单子贴在包装袋上，接着道，"如果让我选择，我一定会谈一辈子的恋爱。"

苏好顿了一下，弯腰去拿口红，检查过后再打包，过段时间生意再好一些，美通就要多招些人了。苏好说："结婚不好吗？"

"不好。"琪琪抱着苏好的手臂，叹气道，"真的，你不知道黎城有多少年轻姑娘会赚钱，她们不结婚，只恋爱，享受生活。"

苏好点点头，大城市的姑娘想法确实新潮。

琪琪低声道："你别看严崇这个样子，还是有很多人喜欢他的，知道他结婚了也不放过他，为了这个事情，我都快烦死了。"

苏好一愣。

琪琪耸肩道："我倒不怕，公司都是我的，他就是挂个名而已，我就是烦。"

"不过还是要注意。"苏好提醒道。

琪琪点头："知道，昨晚我们吵架了，现在都不想和对方说话。"

苏好拍了拍琪琪的肩膀，安慰了她一会儿。

两个人在仓库里完成打包工作就走了，琪琪的心情似乎也好了很多。苏好拉开椅子坐下，昨晚廖云发了消息给她，说看过医生了，正准备回回江市，唯一的遗憾就是没有见到苏好。

苏好笑着回复："以后会有机会的。"

随后，她一边聊天一边看后台消息。

桌上的手机响了起来，苏好点开，发现李易发了一张照片过来。

照片里，唐锐和一个女同事坐在一起，两人在说话，唐锐看着女同事，眼里满是温柔。

苏好皱了皱眉。

李易：周扬说让你看看这个，是不是也该拉黑唐锐，这样才公平。

苏好：韩倩倩，我认识她，她和唐锐是很多年的朋友。

李易：哦。

那头，周扬黑着脸把手机扔给李易。

李易接过来扫了一眼，顿时笑了起来。

他拿下嘴里的烟，晃了一下手机："挑拨离间失败了？"

周扬狠狠地拽了一下衬衫领口，说："怎么才能让她把我从黑名单里放出来？"

李易："跪一下？"

周扬："……"

琪琪心情不好，下午又和严崇吵了一架。不到六点，她就要拉着苏好去逛街，苏好不得已，只能匆匆给成玲打了个电话，说晚上不回家吃饭了，随后和琪琪坐车去了购物中心。

来黎城这么久，她只和成玲来过一两次购物中心。

琪琪要吃酸菜鱼，苏好只好陪她去，两人点了酸菜鱼后，看见外面有按摩椅，又跑去按摩。

苏好很少这么折腾，这也算是舍命陪君子。

琪琪说完自己和严崇的事情，又问苏好："你那么漂亮，应该有很多人追吧？"

苏好一顿，说："没有。"想了想，她又觉得有点假，说，"算有吧。"

"都是什么样的人啊？"琪琪很好奇，眼睛睁得很大。

苏好抬眼一笑："不值得一提。"

琪琪："没事，会碰到合适的，你那么好。"

苏好又一笑，夹了块鱼肉低头吃起来。

吃过晚饭，琪琪想去买衣服，说："不开心就花钱，花够了，心里就舒服了。"

苏好点头道："解压。"

“对，哈哈哈。”

琪琪一口气买了几千块钱的衣服，她让苏好也选一选，苏好选了一条裙子。

这个月底是苏茜的生日。

苏茜的生日过完就该过年了，时间过得挺快的。

黎城仿佛没有冬天，每年进入腊月天才会开始冷。

结束后，琪琪拦了俩出租车，两人上车后，夜幕降临了。

到了华晖小区，苏好推开车门的瞬间似乎踩到了什么。

“苏好。”男人低沉的声音传来。

苏好转过身，只见周扬来到了她面前，他不经意地看了她一眼，而后半蹲下去，低头给她系起鞋带，万千灯火打在他的身上。

不远处，琪琪呆住了。

紧接着，一辆嚣张的红色跑车停了下来，李绣下了车，震惊地看着周扬。

那还是周扬吗？！

今天为了上班方便，苏好穿的是裙子，配了双小白鞋，她刚刚踩到了自己的鞋带，鞋带开了。周扬在灯光下有条不紊地给她系着鞋带，苏好愣了两秒，而后条件反射般后退了两步，脚刚刚离地，周扬一把握住了她的脚腕。

“你的脚可真细。”男人的嗓音带着几分戏谑。

与此同时，一道娇嫩的声音传来：“周扬！苏好！”

苏好抬头，看到了许久不见的李绣。李绣穿着鲜艳的粉色T恤，露出了大长腿，脸色有些发白。一身的张扬扑面而来，又像是强撑着的纸质堡垒，随时会垮。

不知为何，苏好想起最开始众人的议论，——你不是他喜欢的类型。

苏好用力地抽回了脚。

眼前的男人没有任何防备，摔倒在地，他的脸上还带着错愕。

苏好转身就走。

“苏好！”周扬喊了一声。

苏好没有理会，只加快了脚步，飞快地上了楼梯。

李绣捂着嘴巴，眼睁睁地看着她追了这么久的男人。即使摔倒在地上，他也飞快地站起身来，冷漠地看了她一眼，眼底还带着警告，随后，他追着前方纤瘦的身影进了楼梯口。

她简直不敢相信，大喊了一声：“周扬！”

她看了看楼梯口，又看了看周扬摔倒的地方。

他从来没有这么卑微过。

那不是他。

他怎么可能为了一个女人变成这样？！

上楼后，苏好的脚腕还有周扬摸过的余温，她走得很快，身后的脚步声逼近，苏好已经来到了三楼。她还没掏出钥匙，就被男人抓着转过了身，周扬俯身，一只手撑在门上，低头看她："跑什么？"

他将她困在怀里，她的鼻息间满是他身上的冷杉香，苏好心情平复了下来，说："松开……"

话没说完，周扬"啧"了一声，又蹲了下去，拉起她的鞋带说："还没系好，你一边跑，我一边想着你可别摔了，但想想，又觉得摔了也挺好的。"

苏好想后退，却退不了，后背贴在门上往下看。

他还真的在系鞋带。

楼梯间的灯光十分昏暗，苏好不知道该怎么办，跑又跑不了，身后的家门她也不敢敲，怕成玲开门后看到这一幕被吓到。她想蹲下去自己系，可地方太小。

她闭了闭眼，说："周扬，我看到李绣了。"

周扬挑眉："嗯？"

"她不是你一直喜欢的类型吗？"

鞋带系完，周扬的手顿了一下，视线落在苏好的小腿上，她皮肤白，小腿也细，一只手就能握住，白色的裙摆轻微飘动，他很想吻她，要是能咬一口就更好了。

"其实你和她更般配。"

"哦？"周扬维持着动作，手搭在膝盖上，抬头看她，说，"我和你更配，浪子就是要被你这种女人收服的。"他起身抵住她的额头，"你来收服我，好不好？"

身后的门发出了声响。

苏好狠狠地推开周扬，转过身。

门开了，屋里的光投了出来，成玲有些惊讶地问："你们俩怎么站在……"

苏好立刻进了屋，扔下购物袋，走到餐桌旁倒水。

成玲愣了几秒，随后看向周扬，周扬理了理衣服，含笑道："成姨，晚上好。"

"晚上好。"成玲迟疑了一秒，问道，"吃晚饭没？"

她找不到话题，只能往饭上说。

周扬的视线扫向屋里，那抹身影站在餐桌旁，头都没回。

他垂眸笑了一下，说："还没吃，路过，就过来看看您。"

虽然这段时间见到周扬的机会多了，但一听到他说来看她的话，成玲还是不太相信。可人已经到门口了，成玲思考了一下，说："要不，进来我给你下碗面吃？"

"好啊。"周扬跟着成玲迈进了屋。

他看向苏好，苏好却放下杯子，转身进了卧室。

成玲招呼周扬坐下，走到主卧室那儿，探头问苏好："苏好，你吃夜宵吗？"

苏好站在衣柜前，摇头道："不吃。"

"好。"迟疑了一下，成玲说，"周扬在呢，你有空就出来一下。"

成玲很怕苏好像过去那样再次喜欢上周扬。

疯狂地追他，最后失魂落魄。

苏好关上衣柜门，应道："知道了。"

随后，她在原地站了一会儿才走出去。

周扬斜靠在扶手上，随手翻着杂志，他抬起眼眸看她，勾唇一笑。

厨房里传来了声音，成玲说："好好，给我拿点儿葱。"

"来了。"苏好转身去阳台上拿了两根葱递给成玲后，她就靠在门上看着成玲。

周扬放下杂志，起身走到苏好的身侧，跟着她一块儿看向厨房，他声音低低地问："晚上逛街去了？买衣服了？什么衣服？"

苏好不理他。

周扬笑了起来，凑近道："老婆……"

这一声"老婆"叫得苏好的脸色都变了，她狠狠地看着周扬，却不吭声。

这时，厨房里传来了成玲的声音："好好，这两天怎么没看见唐锐？"

周扬的脸色也变了。

成玲的声音又传来："好好，妈其实想了一下，可以给唐锐个机会，听听他心里的想法。他给我们的那张卡，每个月都有钱进来，我看了一下流水，他从开始就把所有的工资都给你了。"

周扬的脸色更难看了。

他伸手要去推厨房门，苏好看到后心口一跳，立即上前抓住他的手。

她的眼底带着警告的意味。

周扬垂眸看她，下一秒收起了手，苏好的腰突然被他用力地搂住，他低头凑在她耳边，阴恻恻地道："有空和成姨说一声我在追你，我每个月都给你工资，你帮我收着，好不好？"

她见识过沸节的流水，那些钱，她可管不了。

苏好怕成玲听到，把声音压得很低："滚。"

周扬紧紧地搂着她，听到这话，紧咬了牙根。

苏好："走不走？你真想吃面？"

从来没有哪个女人敢这么和他说话，周扬突然有点儿委屈，他说："我真没吃饭。"

"那你吃完了滚。"苏好说。

周扬不敢发火，怒极反笑，还是冷笑。

成玲后来的话断断续续，两人基本没听了。

她看到两个人都站在厨房外，愣了一下："怎么都站在这儿？"说着，她把面放在餐桌上，"周扬，来吃吧。"

"谢谢成姨。"周扬笑着说。

"这面容易坨住，你赶紧吃。"

苏好转身进了卧室，顺手关上了门。

周扬拿着筷子看着那扇门，咬紧了牙根，随后低头吃起了面。

苏好进入房间后没开灯，只坐在床边，窗户半开着，楼下的大排档很吵，喝酒、划拳、聊天，声音嘈杂，烟火气十足。

她藏在黑暗中，不知道在想什么，脑海里走马观花地闪过很多人。

几秒后，她倒在了床榻上，闭上眼叹了一口气。

逛街太累，脚有些酸，不一会儿，苏好就睡着了。

迷迷糊糊中，她听到外面的人走了。

苏好翻了个身，继续睡她的觉。

"周扬。"女生娇俏的声音传来。

周扬抬起眼眸看去，只见火红色的跑车边，李绣靠着车头，无助地抱着手臂。她妆容精致，锁骨处文了一个"Z"，是半年前追周扬的时候文的。

"周扬。"她又喊了一声。

周扬的脑海里却闪过苏好纤细的脚腕和白色的裙摆。

她喊"小七"的声音怎么会那么温柔？那喊老公呢？

周扬闭了闭眼，一把拉开车门，上了驾驶座，启动车子，将身后那辆跑车和女生都给忘了。

到了蓝湾，周扬下了车，甩上车门后靠在车头前，抽完了一支烟才走向大门，手机也适时地响起来。

沈赫：周扬，无论你和苏好走到哪一步，我都会一直等她，你最好不要给我机会。

周扬狠狠地踹了一下门，几秒后，他冷笑着打了几个字。

周扬：那你就等着。

消息发出后，他大步地走上台阶，脸色阴沉，苏茜坐在沙发上，问道："回来啦？"

周扬没应，从冰箱里拿了一瓶水，拧开瓶盖喝了一口。他脸色很差，苏茜看了他几眼，迟疑了一下，不想去招惹他，加上有消息过来了，她只顾着去看平板电脑。

周扬走向柜子，随意地一瞥，便看到苏茜在给成玲发微信消息。

苏茜：成玲，你把这个人名片推给苏好，这个男生不错。

周扬手撑在沙发上，低着嗓音道："妈，别给我添乱了，行吗？"

他的嗓音中竟然有几分委屈。

苏茜眨了眨眼，这才反应过来："你哭了？"

周扬没吭声，一把抢过苏茜手里的平板电脑，看了一眼。

她这次给苏好介绍的不是家庭显赫的，而是章辛华，靠拆迁富裕起来的小子。最重要的是，目前，章辛华是苏好的房东，两个人见面的机会很多。而且，章辛华家里为了给他介绍对象，已经降低了要求，说是只要是个女人就可以。

他有预感，如果一开始给苏好介绍的是章辛华，说不定他们早就成了。

他的手上青筋顿起，随后，他将平板电脑扔给苏茜，看了她一眼，便转身上楼。

苏茜愣了几秒，后背无端凉了几分。

她回过神，急忙喊道："阿姨，快，我好冷，给我煮点儿姜汤喝。"

随后，她穿上拖鞋，走向厨房。

上楼后，周扬翻出了章辛华的电话号码，马上打了过去。

很快，那头的人接了："扬哥。"

周扬靠在桌子旁问道："我妈给你介绍对象了？"

"好像是，我妈刚刚把她微信推给我，我还在外面呢。"

“你有小号吗？”

“有吧。”

“很好。”周扬舔了下嘴角。

“什么意思啊，扬哥？”

第二天一早，厨房里传来了忙碌的声音，成玲拿着锅铲问苏好：“苏好，我今天多做点，你带去公司跟同事一起吃？”

苏好正在洗漱，满嘴的泡沫，她看了成玲一眼，点头道：“好，谢谢妈。”

“没事，对了……”成玲咳了一声。

苏好挑眉道：“什么？”

成玲一笑：“我在微信里给你推了一个人，你回头加一下他。是苏茜介绍的，好像是我们的房东，挺精神的一个男生。”成玲心头的阴霾少了很多，笑容都轻松了一些。

苏好一愣，吐掉泡沫后，她问道：“章辛华？”

“好像是。”

苏好只在高空抛物那晚见过他一次，交房租都是微信转账，两人没说过话。章辛华也不发朋友圈，也可能是屏蔽了这些租客。

他还见过她和周扬的纠缠……他还肯和她聊聊？

苏好换了衣服出来，成玲已经将早餐放在了桌上，苏好坐下后，成玲看着她，说：“等会儿记得加人家。”

苏好应了一声，心说，我已经有他的微信了呀。

提着给同事们准备的早餐，苏好下了楼，风很大，冬天要来了，苏好拉紧了身上的外套。

公司所在小区门口值班的大叔突然抱了一束玫瑰花给她。

苏好一愣：“林叔？”

林叔一笑：“这是早上花店送来的，说是送给你的，这儿有卡片。”

他把卡片抽出来，苏好接过来一看，发现花是周扬送的。

老婆，早啊。——周扬

苏好把卡片插了回去，对林叔说：“你随意处理吧。”

说完，她刷卡进了小区。

林叔站在原地，而后拨了个电话：“周先生，她没要，让我随意处理。”

那头，男人的声音很低：“嗯。”他早猜到了。

进了公司，苏好一眼就看到琪琪和严崇坐在沙发上，琪琪的手放在严崇的手里。

苏好笑了一下，过去把早餐放在他们面前，说："今天是小笼包。"

琪琪立马抽回手，笑道："谢谢你，苏好。"

"不客气。"苏好看着他们，笑了。

看来经过一个晚上的时间，他们已经和好了。不一会儿，其余的人都来了，大家争抢着吃早餐，开心得很，最后还抢着给苏好发红包，苏好没收。

琪琪坐到苏好的旁边，说："那个……早餐钱还是要给的，加在你的底薪里吧？"

苏好本来想说不用，就听琪琪说："能不能每天都帮忙做？如果哪天不做也没关系……"

苏好看了琪琪一眼，思考了一下，觉得母亲有事干更精神，她说："我和我妈商量一下。"

"太好了！"琪琪歪着脑袋一个劲儿地看着苏好笑。

苏好察觉到了她的目光，看了她一眼。

琪琪一笑："我昨晚看到了，那么帅的男人给你系鞋带，那人是谁？你居然还说不值得一提，太谦虚了。"

苏好当时没怎么注意，不过琪琪在后面下车，看到了也是正常的，她顿了一下，说："也就那样。"

"你说说，他这个人怎么样？"

"还好，但是……"苏好打开了手机，屏幕上映出她的脸，"他……"

"是不是有很多女人喜欢他？他应该挺风流的吧？"琪琪立马接过苏好的话。

苏好点了点头。

琪琪："我大概能猜到。你知道他的手表要多少钱吗？"

苏好摇摇头，她很少关注这个。

"两千多万。"琪琪压低声音道，"他肯定很有钱，是不是纨绔富二代？"

苏好："不是。"

琪琪睁大眼睛道："那就是真大佬了，这你都不要？那你要什么样的？"

苏好看向琪琪，眉眼柔和，想了一下，说："我不知道怎么和你形容。"

"也是，每个人都有自己的思想和对感情的追求，我懂的。"琪琪摸了摸苏好的头发。

苏好笑着看了琪琪一眼，继续开始忙手里的事情。

苏好终于有了交到朋友的感觉。

虽然之前云绿也算是她的朋友，但她毕竟还是周扬那边的人。

上午过去一半，苏好才看了一眼微信消息，成玲推了章辛华的微信给她，苏茜也推了，两人推的并不是苏好已经加过的微信号。

苏好看了几眼，退了出来，而后就发现好友申请里多了一个人，苏好点开后，发现正是章辛华。

苏好顿了一下，点了通过。

她刚通过，那边就发了消息过来。

Z：苏好，吃早餐了吗？

苏好：吃了。

Z：天气冷了，记得多穿点。

苏好：谢谢，你也是。

Z：我能叫你好好吗？

苏好：可以。

Z：好好，你说话好简洁，有没有什么想问我的？

苏好：目前还没有。

Z：好吧。

军工科技里，周扬打完字，整个人放松了下来，他拿下嘴里的烟，骂了一声。

“有点儿紧张，啧。”他掐灭了烟，喝了一口凉掉的茶。

陆助理站在一旁，手里拿着文件，他看着周总不小心打出了“老婆”两个字，然后又删除，接着还想约苏好去吃饭，结果又删除，最后打了“我想你”三个字，再删除……

于是，聊天记录就变成了现在这样。

陆助理觉得周总有点可怜，问：“周总，您这样好吗？”

“不然呢？”周扬抬头看他，“不然，你教我？”

陆助理摇头：“我不会教。”

周扬又拿起手机，专注地看着聊天页面，想了一会儿，又开始打字。

Z：你是回江人？回江有一条溪叫回溪，我听说有一个很出名的故事，你能给我讲讲吗？

中午回家吃完饭，苏好才看到这条消息，她心想，章辛华还去过回江？

想起那个故事，苏好心底有点儿柔软。

有人曾经唱过一首歌，叫《回溪的水》，歌里说回溪的水是给许愿人留的，人有三世，如果接下来的两世，两个许愿人还想在一起，就要喝一口回溪的水，以此约定三生。不过，一般是婚后七年的夫妻才可以去，因为很多人熬不过七年之痒。

故事太真，很多人不敢太随意，去喝的人反而越来越少。

苏好也曾经想过去喝那儿的水，那是最美的爱情见证。

苏好把故事简单地发给了他，过了两个小时，才收到回复。

Z：很美的故事，像你一样美。

下午的事情没那么多，苏好把不是很热门的产品图更新了一遍，琪琪和严崇一整天都没怎么出来，其余的人拥到苏好的身侧和她聊天。

小七说："我们放假前要去冬游，你们觉得哪儿好？"

"去走钢索吧？"萧华说。

"我觉得不错，苏好，你呢？"

苏好："我不熟，你们安排就好。"

"好，那我们就一致决定去走钢索了，我去告诉老板。"

三人都是满脸的兴奋，苏好多少也有点期待。

小七说："今年肯定要去，隔壁公司的人今天也去了，好像是去的迪士尼乐园，拍了很多照片，羡慕死我了。"

"我也羡慕。"

苏好和三人一块儿下班，四人都是单身狗，并且都宅。三人簇拥着苏好出门，结果碰上了隔壁公司的人回来，一群人吵吵闹闹，横冲直撞，苏好狼狈地撞上了一个人。

她抬头，却看到了周扬的身影。

周扬看了一眼撞她的人，眼底带着警告的意味，随后低下头，眼眸里映出她的脸，低声道："下班了？我来接你。"

苏好说："不用。"

她从他怀里逃出来，往门口走去，刷卡出了门才发现他竟然进了小区。

也是，能收买值班室的林叔，区区一个小区门禁怎么挡得住他？

她低头走着，和周扬对视的瞬间，她看到了自己，仿佛也看到了他眼里藏着的温柔，苏好不愿多想，很快男人就从后面跟上来了。

几秒后，他来到她的身侧，低头看着她，嘴角带笑，问："谈恋爱吗？"

苏好狠狠地瞪了他一眼。

周扬摸摸嘴角，说："那我明天再来问。"

走到楼梯口，苏好上了台阶，走得很快，夕阳余晖落在她的后背，白皙的脖颈露出一截。周扬跟在她身后，视线落在她身上，一时没有说话。

两个人一前一后地爬着楼梯，楼道里只有他们两人，苏好用余光扫到他露出的那只上千万的腕表，整个人看起来依旧是一副玩世不恭的样子。

苏好收回视线，不再看他。

快到三楼时，苏好猛地转过身，站在台阶上，眼里带着警告看着周扬，周扬本打算抽烟，她突然的转身让他的动作一顿。

下一秒，他下意识地拿下嘴边的烟，问："嗯？"

苏好："回去。"

周扬挑眉道："不能去你家喝杯水吗？我想见见成姨。"

苏好："……"

这时，周扬的手机响了起来，他眉头一皱，发现电话是陆起打来的，他接了起来："说。"

"上次那批材料出问题了。"陆起尽量冷静地说。

"知道了，我现在过去。"周扬一边说，一边看了一眼苏好。苏好立即转身，三两步就上了三楼，她进门后反手将门一带，楼道里顿时安静了。

成玲正在家鼓捣面粉，此时天色尚早，见苏好回来，她说："给你泡了一杯柠檬蜂蜜水，快凉了，去喝吧。"

"好。"苏好端了杯子，在餐桌旁一边喝水，一边和成玲聊天。窗外的余晖渐渐地没入云里，母女俩安静地聊着天，十分温馨。

成玲没提出要回回江市，苏好暗自开心。

"你和房东聊了吗？"成玲揉着面，看了苏好一眼。

苏好坐在椅子上，点点头："嗯。"

"他这个人怎么样？"

"还可以。"苏好想不起章辛华的长相，在她印象里，他很年轻，对着周扬喊哥，但在微信上聊天的那个人挺稳重的。

"那就好，先聊着，楼上最近很闹腾，等过两天这房东回来了，我去找找他。"

成玲心里有了期待，精神更好了一些。

至于唐锐，成玲知道苏好对他没什么感觉，可她作为过来人，能看得出唐锐眼底有情，她希望苏好在感情上是占上风的那个人。成玲看了苏好一眼，见她在玩手机，便不再说什么了。

吃过晚饭，母女俩坐在沙发上看电视。

苏好的手机一直在响，她穿着家居服，蜷着腿回复微信消息。

苏茜本来说这个周末是她的生日，结果又说她记错了，应该是下周。

苏好忍不住笑了起来。

Z也给她发了消息：吃晚饭了吗？

苏好：刚吃，你呢？

Z：还在忙，你喜欢喝酒吗？

苏好：一般，我不是很能喝。

Z：看得出来。

Z：回江大学是不是有一条幽冥小路？

苏好：这你也知道？

Z：那年去回江，顺便去了回江大学，走过小路，像是看不到头，以为要走到天长地久，结果那是一面能推开的墙，设计得还挺巧妙的。

苏好：是啊，第一年去上学时，我被舍友骗过去，走了一半才发现身后没人，吓死我了。

Z：你可真胆小。

苏好：你很喜欢回江？

Z：对，很喜欢。

苏好：那你喜欢黎城吗？

Z：我是在这儿长大的，这里是我的根，谈不上喜欢还是讨厌，但如果我爱的人在这儿，我会更有归属感。

苏好看着这段话，心口跳了一下。

Z：你有归属感吗？

苏好竟然不知道该怎么回答，几秒后，她发了一个笑脸过去。

Z：看来是还没有吧，要怎么样，你才能有归属感？

盯着聊天页面，苏好更不知道该怎么回复了。他看起来是在试探，但又不像，他的言语中没有暧昧之情，可每一句话都像在吊胃口。

苏好心想，这个人很厉害。于是，她只是发了几个表情过去。

Z：要斗表情包吗？我不大会。

苏好：我也不会。

Z：你在家？

苏好：嗯。

二十分钟后，外面有人敲门，苏好起身去开门，发现门外是外卖小哥。他手里提着一大袋东西，问她："是苏小姐吗？这是一位自称Z的先生给你点的。"

苏好接过袋子，粗略地看了一眼，里面是蛋糕，还有一些水果，里面有一张卡片，落款是Z。

她的微信上又收到了一条消息。

Z：收到东西了吗？

苏好对外卖小哥说了声"谢谢"，然后回复他：收到了，太多了。

Z：多吃点。

成玲俯身翻看那袋东西，而后问苏好："谁送的？"

苏好说："房东。"

成玲叫了一声："这怎么好意思，怎么买了这么多，这是什么？"

她抽了一个盒子出来，盒子里是各种口味的雪媚娘。

苏好探头一看，回答她："雪媚娘。"

"这个好像挺好吃的。"成玲也喜欢甜食。

苏好应了一声，又给Z回消息表示感谢。

那头没再回了。

苏好和成玲吃了一些，剩下的被成玲放到了冰箱里，她还挑了一些装到了袋子里，让苏好明天拿去公司分给同事尝尝。

苏好洗漱之后回了房间，又下意识地拿起手机看。

Z：要睡了？晚安。

苏好：晚安。

第二天，苏好依然在门卫那儿看到了玫瑰花，比昨天的那束花要大很多，苏好还是让林叔自行处理，提着早餐和零食上了楼。到了公司，一进门，几个人都看着她，苏好好奇地问道："怎么回事？"

琪琪过来接过苏好的袋子，挤眉弄眼道："昨天那个给你系鞋带的帅哥又来了？这栋楼的公司都知道了这个事情，不仅如此，还有人问我那个男人叫什么。

你可得小心了。”

苏好打开电脑，问道：“我得小心什么？”

“小心人家挖墙脚啊，我当时就在旁边，她们还跑过来问我。”

苏好打开手机，看着屏幕，语气平静地道：“他向来如此。”

到哪儿都有女的惦记。

琪琪：“那他得足够爱你，你才会有安全感啊。”

苏好笑了笑，却没再回话。

这时，严崇从办公室里出来，气冲冲地将文件扔在桌上，骂道：“沸节也真够不要脸的！我给他报个天价过去！”说完还很不爽，他狠狠地推了一下桌子，“呸，什么人啊！”

“怎么了？”琪琪问。

严崇坐了下来，说：“他们又开了一个网站，直接花钱抢流量，才一个早上，流量已经被他们抢走百分之三十五了！”

琪琪气得跳起来：“太过分了！”

“联沃和乘风已经被收购了！”严崇想了一下，说，“实在不行，我们也花钱，跟他斗到底。”

琪琪：“我赞同。”

苏好：“我来操作。”

所有人的斗志都被激发了，没人再八卦苏好，大家都开始忙碌起来。下午，美通抢回了百分之八十的流量，爆了单，苏好忙起来额头全是汗，紧接着，她收到了一封邮件。

陆起：苏小姐，我佩服你，周总砸钱都干不过你。

与此同时，李易、许殿和周扬等人聚在一起，江郁拿着一份文件，笑着扔到周扬的怀里，随后说：“听说你输给苏好了？”

周扬翻文件的手一顿。

许殿笑了起来：“不仅输了，还输得挺惨的。”

“哈哈哈，活该！”

李易：“追不到就算了，还输给人家，真丢人。”

周扬一声不吭，只看了他们几眼，咬了咬牙，问陆起：“现在怎么样了？”

陆起：“我们只剩下百分之十的流量了。”

周扬暗道：行，还是老婆厉害。

第十五章
该当我女朋友了吧

今天没办法准时下班了，苏好一直忙到了八点多，老板夫妇二人要请客，一群人在楼下的店里吃了晚饭，商讨接下来去东市游玩的计划。今天的事情一出，他们一天就完成了半个月的销量，严崇一高兴，决定把团建的计划提前到这个周末。

苏好有些期待，这是在沸节的时候所没有的。这里没有钩心斗角，大家为了一个目标而前进，这次，沸节提出收购，反而让美通的人更加团结了。

回到家已经十点半了，苏好轻手轻脚地洗完澡已经是十一点多了，她躺到床上，拿起了手机。

Z：今天忙吗？

苏好：很忙，刚回来。

Z：辛苦了。

苏好：你呢？在家吗？

Z：还没，在外面。

十分钟后，苏好困了，眼皮开始打架，这时候，手机又响了起来。

Z：有件事情，我想和你说，其实，我爱上了一个回江姑娘。

看到这条消息，苏好的睡意没了一大半。她不知道怎么回复，好半天才坐起来，她靠在床头，心想，这是一个心里有了人的男人吗？

苏好：难怪你对回江那么熟悉，她现在好吗？

Z：我也想知道她好不好。

Z：你好吗？

苏好：我当然好了。

Z：我错过了她一次，不想再错过她第二次。

苏好：那是要争取的。

Z：回江是南方城市，她性格如水，但咬牙切齿的模样也很好看，让我痴醉。

苏好：是吗？真好。

他一定很喜欢那个姑娘，无处诉说，才会来和她这个回江人说，难怪从一开始，他就在问回江的事情。苏好的心里有点儿空落落的，她又坐了一会儿，他也没再回消息，或许是因为夜深了。

苏好听了他的故事，有些惆怅，她抱着膝盖，愣愣地看着飘动的窗帘。

第二天，苏好睡过头了，急急忙忙提着早餐到了公司，一边吃一边工作。吃完早餐，琪琪看了一眼一旁的玫瑰花，问苏好：“今天的玫瑰花你收下了？”

苏好转头一看，这才反应过来，早上来得太匆忙了，林叔把花递给她的时候，她顺手就接了。

琪琪拿出里面的卡片，递给苏好。

卡片上面写着：早，我的苏好。今天也要加油，再赢我一回，怎样？

落款是周扬。

“又来了！沸节的网站又开始花钱了！”严崇喊道。

小七：“办他！”

苏好：“好的。”

今天，沸节的网站没那么好对付，他们似乎换了一个外销，找到了窍门，整个早上，美通的人应付得手忙脚乱。苏好和对方几乎打成了平手，后来，苏好换掉了一部分图片，换上了买一送一的图。

快十二点的时候，美通终于抢了百分之四十的流量回来，所有人都松了一口气。

苏好倒在椅子上，拿起手机，这才发现Z昨晚给她回复了“晚安”。

昨晚的惆怅现在已经淡了很多。

她看向电脑，发现工作可以让自己忘记很多事情。

她又看了一眼Z的头像，这才放下手机，继续工作。

周末很快就到了，由于到了东市还要住一天，苏好简单收拾了一下行李，上了公司的车。

严崇租了一辆商务车，是七座的，公司里一共六个人，座位刚刚好，他还请了一个司机。

苏好坐在后排，靠着窗户，此时，她的手机又响了起来——是唐瑜发来了消息。

自从上次唐瑜生日，苏好被周扬送回去之后，她就没再和唐瑜联系。

唐瑜：好好，唐锐最近好像摊上事情了，他帮闻家的子公司操盘，遇上了釜底抽薪，有点惨。

苏好：他……没事吧？

唐瑜：不太好。

苏好：谢谢告知。

唐锐的工作她不懂，迟疑了一下，苏好还是发了一条微信消息给他。

苏好：唐锐，你还好吗？

苏好等了一会儿，那头没回应，她沉默了几秒，而后放下手机，没再多问。

窗外的景色飞速倒退，他们进了东市的范围，这里的景色比黎城更美一些，没那么多高楼大厦。不久，车辆就抵达了度假山庄。

天气很凉，苏好穿着薄外套，远远地就看到两座山中间的钢索。

小七摘下帽子，指着那儿说："等会儿我们就去那里玩，紧张吗，苏好？"

苏好笑了笑："还行。"

"不要紧张，我们都在。"小七拍了拍苏好的肩膀，转身进了酒店。

苏好也跟了上去。

六人每人一间房，都有落地窗和阳台，后面还有游泳池。

苏好给成玲发消息报了平安，然后下楼去吃饭。

小七说："还要爬一个小时的山才能到山顶，你们要坐缆车吗？"

萧华摇头道："不要，难得来一趟，爬爬山也没什么。"

琪琪靠着严崇，点头道："对，我们也要爬。"

苏好自然没有异议。

几个人吃完饭，拿了地形图后，开始爬山。苏好的体力不错，其他人似乎不太行，走走停停的，琪琪抱住苏好的胳膊，说："好好，你真坚强，一句累都没说。"

相处下来，她发现苏好好稳重，性格温柔，很少叫苦叫累，不抱怨，什么都看得透，也什么都能承受得了。

苏好喝了一口水，看了琪琪一眼，说："我也累，可说了也没用，还不如闭嘴留点儿精力。"

严崇看了苏好一眼，拍了琪琪一下，说："你学学苏好。"

"我学不来！"琪琪故意唱反调。

苏好眼看着他们要吵起来，赶紧往前走了几步，终于快到山顶了。

他们的运气还不错，此时，山顶的等待区没什么人，一群人立马去穿安全装备。

钢索其实不长，苏好落在后面，看小七他们在钢索上走，似乎很简单，可站在边上往下看，青山绿水，十分空旷，看不见底，脚下一阵发虚。

琪琪和严崇一块儿走过去时，琪琪一个劲儿地在尖叫。

严崇扶着她，说道："快，走两步就过了，别叫了……"

"啊——"两人终于走了过去，琪琪跌坐在地上，看着苏好道，"好好，要不你就别来了，原路返回吧，太吓人了……"

苏好已经穿好了装备，她抿了抿唇，安抚了一下琪琪。

想到过了钢索，几人就可以下山了，苏好长出了一口气，按教练的指点踩上了钢索。

踩上钢索的那一刻，苏好身体摇晃，脚下发虚，她看了一眼山谷，眼前一黑，定在了原地，不知道该怎么办了。

“苏好，过来啊！”小七的声音从对面传来。

这时，钢索尽头摇晃了一下，苏好转头看去，一个高大的男人穿着安全装备走了过来。他手中的腕表看起来十分眼熟，低头理了一下领口后，他的脸映入眼帘，苏好呆住了。

周扬眉梢一挑，单手抓住了头顶的扶手，走了两步，说：“你的胆子也够大的，转过去，往前挪，别看脚下。”

他是什么时候来的？

苏好挪不动脚，只紧紧地抓着扶手。

他一走，钢索就会动。苏好咽了一下口水，控制不住地去看下面的景色。

周扬来到她跟前，抬起她的下巴，一只手虚虚地扶着她的腰，在她耳边说：“走，往前，别吓我，你的脸色很苍白。”

小七和琪琪急得要命，一个劲儿地看着苏好身后的男人。

周扬的手抵在苏好的后腰处，给了苏好支撑，苏好嘴唇颤抖了一下，慢慢地迈出了第一步。

“加油。”周扬的声音从头顶传来。

苏好又咽了一下口水，一边哆嗦着，一边往前走，好几次，她都感觉自己的脚没有触碰到钢索，踩空了，而后，他的手托着她，将她拉回原地。苏好的手心里全是汗，看着对面的人，一步一步地走到了最后的踏板上。

苏好觉得整个人都在颤抖，周扬下来后，两个教练上前解下了他们身上的装备。

苏好上前几步，站在亭子的边缘深呼吸。

她总是隐忍着，努力懂事，照顾家人，不让家人担忧，事事体贴，可后来，被放弃的总是她。一件件事情像一根根弦，在苏好的脑海里崩断了。

周扬挽起袖子，拧开瓶盖，将水递给苏好。察觉她偏过了头，他将她的肩膀转了过来，随后，一颗泪珠落在了他的手背上。

两行清泪顺着她的脸颊滑落，她皱了皱眉，想躲。

周扬扔了水，一把扣住她的后脑勺，苏好跌到他的胸膛里，好闻的冷杉味飘来，竟让苏好有些安心，苏好脱口而出道："吓死我了……"

周扬抬手，轻抚她的头发，他的手也在抖。

"走过来就好，我也要被你吓死了。"

苏好已经很多年没这么哭过了，泪水一串串地滑落，落在他的胸口，苏好抿着唇，有些不好意思，将脸挪开了一些。周扬的手一用力，苏好又贴了回去，她的脸红了，声音哑哑地道："我没事了。"

"不多哭一会儿？"周扬转了个身，将苏好揽着，不让其他人看。

哪有叫人接着哭的？不是应该让她别哭吗？

苏好摇摇头，伸出手朝着琪琪的方向晃："纸巾。"

周扬偏头看着她的手，勾了勾嘴角，又转头看了琪琪一眼，琪琪好半天才反应过来，急忙把纸巾递给苏好。苏好接过纸巾，趴在周扬的胸口擦眼泪，周扬又将一瓶水拧开，递给了苏好，苏好仰头喝了几口。此刻，她的眼睛、鼻子和嘴唇都红红的，喝水时匆匆对上周扬的眼眸，他扬着眉梢，好几次与她的视线相撞。

从周扬的胸口退开后，苏好看到他胸前的衬衫湿了一大块儿，问他："能干吧？"

周扬也低头看了一眼，说："能。"

他慢条斯理地握住苏好的手腕，说："下山吧。"

这儿地方小，人来人往的，又有阳光，加上情绪紧张，导致每个人都心浮气躁的，他们已经待得够久了。

苏好略微挣扎了一下，却没有像以前那样果断。

严崇觉得这个男人看起来很眼熟，半天没猜出来他是谁，只好起身说："我们下山吧。"说完，他揽着琪琪的肩膀转过身。

小七他们也跟了上去，苏好和周扬走在后面，她挣脱了周扬的手，低头看着脚下的路，手无意识地拨弄着路边的花草。

周扬一只手拿着矿泉水瓶，另一只手插在口袋里，走在她的身侧。

"喝水吗？"低沉的嗓音在她的身侧响起。

苏好摇摇头，她看了一眼，刚刚两人喝的是同一瓶水。

周扬："那就等下去了再喝，这里的水是不好喝，我上来得急，也没自带。"

苏好小声问："你怎么上来了？还有，你怎么也来度假山庄了？"

他的声音里含着笑意："你说呢？要不是因为你，我来这儿干吗？"

苏好扭过头去看风景。

前面，琪琪和严崇走走停停，琪琪好几次转过身来，对着苏好挤眉弄眼，苏好假装没看到。

上山容易下山难，一条路只够两个人并肩走。两个人好几次撞到一起，周扬偶尔会拉她一下，气氛变得有点儿暧昧，苏好也有点儿不知所措。

苏好："这儿挺舒服的。"

周扬应了一声，问她："喜欢这儿吗？"

苏好："还行吧。"

周扬："下次带你去别的地方。"

苏好没出声，也没看他，只是看着风景，她的鬓角有些汗珠。

周扬摸了摸鼻子，觉得稀奇，此时暧昧气息萦绕，她还主动和他说了话。

他欣喜若狂，欣喜过后却不知道该说些什么。

他现在怎么有点儿像小学生？

苏好也察觉到了暧昧的气氛，她拿着纸巾擦眼睛，没事找事做。

很快，几人抵达了山下。这个点儿，太阳和风都很大，山顶钢索处传来的尖叫声更大了。

度假区的停车位里多了很多车，其中有两辆豪车并排停着。

进了山庄，一楼是休闲区和游泳池。靠着吧台的桌子旁坐了三个男人，个个都很俊朗，气质出众。不少人盯着这儿看，苏好刚上台阶，就认出了正是李易他们。

她朝李易他们点头打招呼，随后转过头看向周扬。

周扬将空矿泉水瓶扔到垃圾桶里，回头看她，问道："要和我们一起吗？"

苏好："我和公司同事一起。"

周扬往她同事那儿看了一眼，点头道："晚上一起吃饭吗？"

"我问问他们。"她是认真在考虑。

周扬内心欣喜，咳了一声，又问："好，你晚上游泳吗？"

"我不会。"

"我教你？"周扬微微俯身，将手插进口袋里，问道。

男人眉眼含情，问她时的语气认真且专注。

苏好抿了抿唇，说："晚上看吧，应该有空。"

她没把话说得太死。

周扬勾唇道："好，我等你的消息。"

苏好应了一声，转身走向琪琪所在的那桌。琪琪立即起身，给苏好拉开了椅子，又看了一眼吧台旁的那桌人，全是帅哥，十分养眼，追苏好的男人眉目含笑，似乎正在被其他人调侃。

果然，帅哥都是和帅哥玩的。

苏好坐下后，小七立即推了杯果汁给她，苏好说了谢谢。琪琪拉着苏好的手，问："他是为了追你才追到这儿来的吗？"

苏好："应该是吧。"

"别谦虚，就是。他的朋友都好帅。"

刚说完，琪琪就被严崇拍了一下，严崇凑过来问道："苏好，我怎么觉得他们那么眼熟啊？"

想起这两天两家公司的斗争，苏好僵了一下，她搅动着吸管道："或许是见过？"

"应该见过，那个戴眼镜的，好像是孟影后的老公。"严崇想了一下，又觉得不太可能。

琪琪立即反应过来，要站起来看，却被严崇一把拉了下来。琪琪睁大眼睛，问："真的吗？是真的吗？苏好。"

苏好过了一阵才回答："我也不熟。"她和许殿没讲过几句话。

这些人锋芒太盛，每次聚会时，苏好都是安静地待在角落里的那个人。

琪琪拍了拍苏好的肩膀，说："我能理解，你和他们不像是一个世界的，不认识是正常的。"

苏好抬起头，笑着捏了一下琪琪的鼻子。

坐了一会儿后，几人准备回房休息一下，晚一点儿再出来游泳。苏好和琪琪挽手走向楼梯，吧台边那桌的男人还没散，正在聊天，苏好看过去时，周扬正好抬头，两人四目相对，他将手里的烟拿了下去，挑眉朝她笑。

苏好看了一眼他胸口，此刻衬衫已经干了，领口敞开着，他还是那副吊儿郎当的样子。她的嘴边浮起淡淡的笑意，随后转身上了楼。

那笑意很淡，周扬只见那酒窝一闪而过，捏着烟的手指下意识地弹了一下，心跳如擂鼓，几秒后，他偏头低笑起来。

李易踹了他一脚："啧，够了啊。"

许殿喝着果汁，"啧啧"两声道："从山上下来后，你们之间的氛围真是翻天覆地。"

“不枉我们陪你来这儿了。”江郁一边看手机，一边说，“要不是来得这么急，就应该让我老婆也跟着来。”

周扬吊儿郎当地咬着烟，目光还落在苏好离开的地方，说：“现在让她们过来也不迟。”

江郁放下手机说：“不了，晚上我们几个要打牌，你去游泳吧，哈哈哈。”

这次，李易来东市是有工作的，许殿也是，两人算是顺路，周扬则是来追人的，只有江郁是来看热闹的。

得知苏好上了山，还要去走钢索，周扬连手机都没带，坐着缆车就上去找她了。一上去，他就看到苏好站在钢索上，周扬心里一紧，和排队的人换了一下位置，迅速跟了上去。

他什么没玩过？比这更细的钢索他都走过。

可看到苏好在那儿晃，仿佛会要了他的命。

那一刻，他觉得自己完了。

过了那个钢索，他本想凶苏好，想问她怎么好端端的要跑来走钢索。

可一看到她的眼泪，他瞬间就尽了，脱口而出的只有安慰的话。

回到房间，苏好一身都是汗，便去洗了个澡，热水冲刷着身体，苏好闭上了眼睛，脑海里闪现出在山顶的那一幕。

不得不说，哭出来的感觉真的很好，像是压在心口的一块石头终于被挪开了。

周扬的那句“加油”给了她走过钢索的勇气。

他身上的冷杉味确实好闻，也令人安心，就像那天晚上经历的空中抛物一样。

洗完澡后，苏好在洗手池旁洗脸，鼻子上的红色已经没了，眼睛还有点儿红，她拍了拍脸，转身出了浴室，简单地吹了一下头发就躺下了。

落地窗敞开着，风吹到身上，很是舒服。

苏好一觉睡到手机响起，她迷迷糊糊地伸手接了，声音还带着睡意。

男人沉默了几秒，下意识地放低了声音：“醒了吗？”

苏好：“快了。”

那头轻笑了一声：“那我再等等？”

“好，我睁一下眼睛。”

周扬又笑道：“我不挂，等你睁眼。”

苏好的脑袋这才开始运作，瞬间清醒了几分，随后，她捏着手机，看了一眼号码，来电显示是个陌生号码，她这才反应过来，是周扬。她坐起来，靠在床头，突然想起了什么，说："我忘记问琪琪要不要一起吃饭了。"

周扬又笑了一声，他声音低沉地说："没事，你现在问吗？还是吃完游泳池见？"

苏好想起了严崇的怀疑，说："还是游泳池见吧。"

"好。"他倒没强求。

"我挂了。"苏好说。

"嗯，我等你挂。"

苏好有点儿不好意思，随后挂断了电话。

她转头一看，外面的天色已经暗了，再一看时间，已经七点了。

微信群里的消息不断。

小七：苏好，醒了吗？

琪琪：我刚醒，严崇打游戏打到忘记叫我了。

萧华：我现在出门。

三程：我也是。

苏好：我起来了，在换衣服，稍等一会儿。

公司人少，大家都像朋友一样。苏好今天心情不错，换了衣服就出门了。

他们的房间都在一层，一开门，一个个都出来了。

"苏好，晚上有海鲜大餐。"琪琪抢了严崇的耳机，抱住苏好的手臂。

苏好说："这么好。"

"是啊，你带泳衣没？"琪琪问道。

"带了。"

"太棒了，走。"

六人走向餐厅，他们来得晚了，餐厅已经没什么人了。

几人找了张大桌子坐下，餐也开始上了。

琪琪愣了一下，指着那些菜问："这不是我们点的吧？"

"这是周先生给苏小姐加的菜。"服务员微笑道。

几人马上看向苏好，苏好的耳根有点儿红，她拿起筷子说："吃吧。"

"好啊，吃吧，多了这么多！"琪琪两眼放光。

几人吃完已经快八点了，度假山庄亮起了灯，泳池这里也亮着两盏大灯，十分热闹。一群人下楼回房间换了泳衣，苏好买的泳衣是黑色的，搭了一条披肩。

穿上后，她没看镜子，出门后直接下了楼。

许多人来来回回跑动，地面有些湿，苏好踩着拖鞋小心翼翼地走着，大老远就听到了琪琪的笑声。

她抬起头来找人。

不远处的躺椅上，李易撞了周扬一下，说："人来了。"

周扬回头一看，呼吸都差点停止了。

灯光下，苏好白得如玉，她的腿又细又直，手抓着披肩，隐约可见贴身衣物，还露出了肚脐。

她看着别处，像是在找人，眼里泛着光，似有水珠。

周扬起身往她那儿走去。

眼前的光突然被遮住，苏好回过神就看到了周扬，男人低头，眯着眼看她，问："是谁买的这件泳衣？"他的嗓音有些暗哑。

苏好："我自己买的。"

周扬死死地盯着她那双大长腿，低声道："幸好现在是晚上。"

苏好没听清，她还在看琪琪，回神看了周扬一眼，问："你说什么？"

周扬往她手里塞了一杯果汁，说："没什么。"

苏好："谢谢。"

"走，我教你。"

周扬将墨镜扔给李易，随后走到泳池边，一跃而下。

苏好站在岸上，看男人动作矫健，在水下游动，这才发现他腹肌结实，脖颈修长。

几秒后，周扬从水里出来了，他抹了一下脸上的水珠，问道："喝完了吗？"

苏好赶紧又喝了几口，随后蹲下了。

"我要怎么下去？"

"坐着，我抱你下来。"周扬拍着泳池的边缘。

琪琪他们突然游了过来，在水里和苏好挥手。

苏好看着他们，有了兴致，她慢慢坐下，白皙的腿没入水中，水不凉。周扬站在那儿，握着她的胳膊，他仰头问："准备好了吗？"

苏好看着他，应了一声。

周扬一笑，轻轻地一抱，苏好整个人落入了水中，她吓了一跳，条件反射般地勾住了他的脖子，他垂眸，低声道："没事儿。"

“我站不稳，你是怎么站稳的？”苏好扑腾了好几下，下一秒，她的脚踩到了男人的脚。男人的手顺着往下，搂住了她的腰，他让她低头，说：“看，你也踩得住的。”

苏好低头，隐约看到两人的脚叠在一起，她的脸一红，再抬头时，就看到了他的下巴。他带着她转了一圈，面朝琪琪他们。

琪琪他们笑意盈盈，眼底有深意，看得苏好更不好意思了，想要挣脱，周扬却不让。

他说：“你得学会闭气和换气，从最基础的来吧。”

“怎么做？”苏好抬起头，茫然地问。

她在水中总感觉站不稳，太可怕了。

周扬低头看她，笑着说：“看好。”

说着，他吸了一口气，下一秒，他整个人进入水里。苏好一愣，勉强站稳后，就看着他滑动了一下，接着，只听身后“哗啦”一声，苏好还没转过身，男人的手就搂住了她的腰，笑着问：“学会了吗？”

苏好将手伸下去，掐了一下他的胳膊。

他闷笑着，胸膛震动。

“吸一口气，然后下蹲，憋到极限了，再上来换气。”说着，他单手压住她的肩膀。

苏好猛地扎进水里，感觉肺部都快要爆炸了。

等到快憋不住了，她才猛地想起身，却发现自己起不来。男人察觉到了，扶着她的腰轻轻一带，苏好就浮出水面，她睁开眼，大口大口地呼吸新鲜的空气。

周扬垂眸问：“怎么样？”

苏好满脸都是水，她抬头，点头道：“还可以。”

“那再继续？记住，不要勉强，差不多了就上来。”

“你不去游吗？”

周扬眉梢一挑，低声笑道：“你觉得，我是来游泳的吗？”

苏好忍不住瞪了他一眼，接着吸了一口气，再次蹲下。

就这样来回十几分钟，苏好学到了呼吸的技巧。周扬一直在她身边，负责拉她上来，她一次都没呛到水。他靠在泳池边，李易递了一杯酒过来。

他偶尔抿一口，视线一刻都没离开苏好，时刻守护着她。

周围有许多虎视眈眈的女人，却没一个敢过来。

山风吹过，水也凉了很多，苏好身上的鸡皮疙瘩都冒出来了。

周扬将披肩披到她的肩膀上，推她上岸。

随后，他也跃了起来，朝李易招手。李易一晚上都没下水，处理着工作上的事情，不耐烦地把一件外套扔过来。周扬接过后披在苏好的肩膀上，说："回去洗个热水澡吧，别感冒了。"

苏好应了一声，拉着琪琪的手，两人上了楼梯。

严崇站在原地，看着周扬，说："周先生，我觉得你很眼熟，我们见过吗？"

周扬懒懒地套上外套，看了他一眼，扬眉道："你再想想。"

严崇心想，这人他一定见过。

周扬弹了弹烟灰，问道："美通还好吗？"

"很好。"

"哦。"周扬懒懒地扣着纽扣，淡然道，"你的骨头还挺硬的。"

严崇想起来了。

他便是周扬，黎城周家的少爷，沸节的现任总裁，那个该死的资本家！

"再见。"严崇一刻都不想和周扬待在一起，急忙上了楼。

其他人也和见了鬼一样，飞快地跑了。

周扬却在想，看在你对我老婆还不错的分上，到时候给你一个小总裁当当。

苏好回到房间后洗了一个热水澡，而后听到手机一直在响，拿起来一看，是群里的消息。

严崇：苏好，你老公是那个资本家？

琪琪：怎么回事？

小七：就是沸节的总裁，想要收购我们公司的那个人。

萧华：这么精彩吗？

三程：哈哈哈，但他被苏好打败了两次，砸了不少钱吧？苏好，你虐你老公可真不心软啊。

她才洗了个澡，周扬怎么就变成她老公了？

苏好：他不是我老公。

琪琪：迟早是！

严崇：让你老公滚蛋。

苏好：……我已经说了。

琪琪：哈哈哈，有趣。威胁他，不许他收购我们公司，不然就不当他的女朋友。

群里开始调侃起苏好来，苏好插不进话，看着外面的山景，整个人有些懒散起来。

很多时候，人总是走了自己不想走的路，迫不得已，也情不自禁。

苏好的手机在这时又响了起来，是周扬那个陌生号码。

苏好看了一眼，接了起来："喂。"

周扬的声音传来，低低的，问道："苏好，什么时候把我从黑名单里拉出来？"

苏好张了张嘴，眉眼一弯，突然笑了，反问："你猜？"

如果这句话是周扬来说，那感觉是模棱两可，有种痞坏的味道。可换成苏好说，周扬只感觉到满满的恶意，这才体会到以前自己说这话时别人心中的滋味。

他愣了好一会儿，低声下气道："好好，拉出黑名单又不费你半点力气，好不好？"

苏好抿唇，不答反问："你在干吗？"

"嗯？"周扬顿了下，应道，"刚洗完澡，我下去找你？"

"不了，有点儿晚了。"苏好的声音十分温柔，在黑夜里，每一句都能钻进周扬的心口。

周扬笑了一声，问："看见月亮了吗？"

"看见了。"

"圆吗？"

苏好靠着窗户，探头去看，而后道："圆。"

周扬笑了起来："回答得这么老实。"

苏好："……我睡了，晚安。"今天折腾得太厉害，她站了一会儿就困了。

"晚安。"

苏好挂了电话。

周扬这才反应过来，苏好还没答应把他拉出黑名单呢。他咬着烟，骂了一声。美色误人。

几秒后，他的手机突然响了起来，收到了微信消息。

苏好：睡了吗？

收到消息的是Z的微信号。

周扬心想，这女人竟然没睡？还来撩男人？

渣女！

苏好躺在床上，本来想睡，但精神很好。

此刻，她在做一个艰难的决定，她想，她这辈子的勇气都用在了周扬的身上。

思绪混乱之时，苏好突然翻到了章辛华的微信号。

有些情绪可以告诉陌生人，因为他不了解你，可以给出很客观的回复。就像章辛华和她说，他爱上了一个回江的姑娘。他如果有人可以诉说，又何必找她呢？

Z：还没睡吗？

苏好：还没，今天公司在团建。

Z：去哪儿了？

苏好：东市。

Z：不错。

苏好：你和回江那姑娘怎么样了？

Z：还行，有进展，就是不知道她在想些什么，我从来没那么小心翼翼地对待过一个女人。

苏好：有多小心翼翼？

Z：她哭一下，我的心就疼，我怕，还㞞。

苏好：你很爱她。

Z：是啊，希望她的心不要那么硬，当然，我等得起。

苏好：嗯，你会软化她的心的。

苏好：其实我也在做一个决定，我在想，是不是要接受一个我喜欢过的人。

Z：怎么了？他哪儿不好？

苏好：他对待感情太随意。

Z：你那么好，浪子也会回头的，你还这么年轻，要顺从自己的心，勇于尝试，一切会安好的。

苏好：谢谢你，晚安。

Z：晚安。

是啊，她还年轻呢，又不是七老八十了。

想到这里，苏好放下手机，心里有了方向，很快就睡着了。

第二天，闹钟还没响，苏好的门铃就先响了。她迷迷糊糊地起身去开门，只见公司的人齐刷刷地站在外面，穿戴整齐，苏好瞬间清醒了：“怎么了？”

“好好，快去换衣服，我们要回黎城了。”琪琪一脸紧张。

苏好虽然清醒了，但脑袋还没那么快转过弯来，她听完琪琪的话，就飞快地进了卧室，脑子里还乱糟糟的。

美通出事了吗？发生什么了？

苏好手忙脚乱地换完衣服，把东西往包里一塞，泳衣湿透了，她干脆扔了，提着包就走了出去，她看着他们说：“我收拾好了。”

“那就走吧。”琪琪挽着她的手臂说。

其余的人都一脸严肃，苏好不敢问，只得跟着他们飞快地下了楼。

早上的天气很凉，苏好拢紧了外套。

小七提了酒店的早餐，几人钻进了车里，车一下子就开出了山庄。

几个人在车里吃着早餐，发出窸窸窣窣的声音。

苏好也分到了一个饭团和牛奶，她塞了一口饭团，依旧满脸茫然，她问琪琪：“到底发生什么事了？”

琪琪吃得满嘴都是，没有说话。

这时，她的手机响了起来，拿起来一看，是周扬的那个号，她刚准备接，就被严崇抢了过去。他嚣张地说：“周先生，早上好啊，你老婆在我们手里，你还收购美通吗？”

周扬眯了眯眼，问：“严崇？”

“我是。”

周扬：“你们走了？”

“是的，都上高速了。”

周扬咬了咬牙：“让她接电话。”

严崇：“她不接，她……她让你滚。”

周扬：“……严崇，你等着。”

“我手里有你老婆，你说，是你低头，还是我低头？”

周扬：“……我老婆和你们同一战线？”

严崇看向苏好。

苏好这才反应过来，几秒后，她凑到手机边，说：“我和美通同一战线。”

周扬：“……”

随后，苏好按了挂断键。

下一秒，车里爆发出了笑声。

“哈哈哈……好爽啊，该死的资本家。”

“要和资本家斗到底！”

“他刚刚咬牙切齿的，可能牙都咬断了。”

“苏好，你真是我的福星。”琪琪一把抱住苏好，笑得眯起了眼。

苏好听着他们的笑声，更清楚他们的意思了，她也开始跟着笑。

她思考了一下，把周扬从黑名单里拉了出来。

拉出来后，她并没有立即给周扬发消息。

黑色商务车优哉游哉地开回到黎城，在公司门口停下，苏好和他们道别后回到家。原定两天的团建变成了一天半，还没到晚上，成玲愣了一下，又很开心，说：“苏茜下周过生日，我们还没买礼物，正好你回来了，我们现在去买？”

苏好点头道：“好。”

母女俩挽着手，转身出门去逛街。

给苏茜的礼物不好买，但两个人还是很尽心，成玲挑挑选选，最后给苏茜选了一套睡裙，成玲舍得为她花钱。之后，母女俩在商场附近找了个地方吃饭。

坐下来时，苏好看到旁边有一晃而过的身影，是章辛华。

他穿着黑色上衣和牛仔裤，手里拿着顶棒球帽，脚上踩着滑板，十分青春，看起来不像微信里那个稳重的人。

这时，他的朋友递给他一条横幅：我是单身狗，求抱走。

再认真一看，还有人在拍摄。

章辛华是在拍短视频吗？微信里的那个人不像会做这种事情的样子。

苏好收回了视线，开始专心和成玲吃午饭。

她拉下了窗帘，怕成玲看到后问东问西的。

吃过饭后，苏好给成玲也买了一件冬衣，随后，母女俩打车回了家。

晚饭过后，成玲坚持要去洗碗，苏好回房间收拾了一下，却在窗边看到楼下停了一辆熟悉的悍马车，男人手上夹了一支烟，一秒后又收了回去。

桌子上的手机响了起来。

苏好拿了手机，又回到窗边，却看到楼下停了很多辆跑车，车上系着气球，还有很多玫瑰花，带头的跑车车身上有几个字：苏好，做我的女朋友好不好？

苏好心里一颤，看了眼手机。

周扬：我们是不是心有灵犀一点通？

周扬：我在你家楼下，下来。

其中一辆跑车上有人按了两下喇叭，嚣张至极。

苏好闭了闭眼，有些紧张，不知道该怎么办，苏好下意识地找到了Z的微信，给他发了条消息：我有点儿紧张。

等待他回复的过程中，苏好无意点进了 Z 的资料，看到了一串号码。

这号码十分眼熟，她感觉好像在哪儿见过。

下一秒，她打开通话记录，发现添加名字的陌生号码赫然与微信里的号码一模一样。

几秒后，对方发来了消息。

Z：怎么了？

还在装。

苏好抿了抿唇，回复道：他来了，就在我家楼下，还让我下去。

Z：这么快？勇敢点，下去吧，他这么用心，值得你下楼。

苏好：是吗？

发完，苏好开了门下楼。

入眼是一辆辆红色跑车，苏好一眼就看到带头的悍马车里，周扬一只手夹着烟，搭在方向盘上，另一只手握着手机，看起来像在发消息。

她的手机又响了。

苏好飞快地走过去，伸手抓到了周扬的手机，用力地抢了过来，页面还停留在聊天框上。

周扬错愕了两秒，神情僵硬地看向苏好。

她那么温柔，此时的眼里却有怒火在跳跃。

周扬一把推开车门，长腿一弯，条件反射般地跪了下去。

苏好没想到他会来这么一出，整个人条件反射般地往后退："你干什么？"

周扬看了一眼自己的腿，真是跪得猝不及防。

他拿下嘴里的烟，仰头看她，说："我没打算瞒着你。"

苏好想起他假冒章辛华所说的那些告白般的话，一句一句地砸向她的心头。

苏好的脸色一红，正想说什么，这时，等候多时的一群人抱着玫瑰、抓着气球走过来，看到下跪的周扬后，他们集体傻了。

带头摄像的李易快步走过来，拿着摄像机朝周扬脸上凑了过去。苏好见状也呆住了，下意识地捶着周扬的肩膀，说："快起来！"

她有点儿急，还用脚踢了他一下。

好多人拿手机和摄像机在拍，苏好低着头，周扬抓住她的两只手，将她搂了过来，压到了怀里，接着，他顺势把苏好压在了车门上。

苏好一个劲儿地低头，周扬捏住她的发丝，随后抬起她的下巴。

苏好急着挣扎，眼底带了水光。

周扬低声道："该当我女朋友了吧？嗯？"

话音刚落，他低头堵住了她的嘴唇，舌尖探入，苏好条件反射般地往后退去，后背紧抵着车门，周扬的手捧着她的半边脸，一只手撑在旁边，吻了上去。

他嘴里的薄荷味很浓郁，苏好躲了几下后，舌头被他勾了出来。

此刻的画面都被摄入了摄像机里。

周扬不仅吻着她，还轻抚着她的胳膊，接着轻轻地将她抓着裙角的手一把握住了。

与此同时，苏好的手机掉在了地上。

屏幕还亮着，页面竟然滑到了之前的记录——其实我爱上了一个回江的姑娘。

苏好也不知道自己是怎么回到家里的，她抱着一大束玫瑰花，进门后，她将玫瑰花放在了沙发上，进了洗手间。

成玲见到这一幕，愣了一下，随后又很欣喜。

"苏好，这是谁送的？"成玲放下遥控器问。

苏好看着镜子里被吻得满脸通红的自己，顿时清醒了一些，说："朋友送的。"

她还没想好怎么和成玲说，只能先这么回答她。

"朋友？什么朋友？这花看着真漂亮，我拿花瓶插起来。"成玲的眼里都是笑意，说完，喜滋滋地去阳台上找了个花瓶。

她喜欢养花，买了很多花瓶。回到客厅后，她拆开玫瑰花的包装，里面掉出了三个小盒子。成玲一愣，没去拆，只抬头喊道："苏好，花里还有东西。"

苏好洗了一把脸，不小心擦到嘴角，觉得有些疼，她凑近了一看，嘴角被咬破了。

周扬简直和狗一样。

她又拿毛巾擦了擦脖子，听到成玲的声音后，她愣了下，转身开了门，就看到了茶几上的三个小盒子。

成玲指着盒子说："都是塞在花里的，你没发现？差点被我抖到地上去。"

"没有。"苏好上来得匆忙，在那群人的起哄下，她只恨不得立即消失。

花是周扬送她上楼后塞给她的，在门口时，他还想亲她，被她躲开了。

她拿起锦盒，一个个拆开。

第一个锦盒拆开后，掉了一张卡下来。

第二个里面是一条项链。

第三个里面是一条手链。

成玲看呆了，问："是什么卡？"她没见过这种卡。

苏好做过沸节的财务，见过周扬的黑卡，里面的钱和他的账户是关联的，也就是说，她可以随意动用他的钱，且没有任何限制。

她合上锦盒，低声说："就是一张普通的卡。"

"银行卡吗？"成玲又问。

苏好很想说是购物卡，却又怕成玲真的拿去买东西，所以只能说："不是，是一个地方的会员卡，妈，你用不到的。"

"哦，我说呢，我没见过，感觉像信用卡，追人怎么送卡呀？"成玲放下心来，推着两个首饰盒说，"挺漂亮的，好像挺贵的，你收吗？"

收了的话，是不是代表苏好喜欢对方？

成玲又有些期待了。

苏好咳了一声，合上锦盒，说："我考虑一下，妈，我先回房间了。"

说完，她将三个锦盒拿上，转身进了房间。

成玲应了一声："好，那我把花养起来。"

成玲没跟着来黎城之前，每次问起苏好的感情都有些害怕。如今却发现不用害怕，苏好是有人喜欢的。成玲顿时放松下来。

回到房间，苏好把锦盒放到桌上，而后看到周扬发了消息过来。

重要的是，周扬下跪的视频被扩散到了朋友圈。

李易的朋友圈：虽然迟到了，但跪不会缺席。

许殿的朋友圈：哈哈哈，他吓跪了！

陆起的朋友圈：我偷笑一下？

云绿的朋友圈：容我笑一下。

江郁的朋友圈：当初，是谁信誓旦旦地说自己绝对不会跪的？

曾骁的朋友圈：我也跟着转发一下。虽然男人膝下有黄金，但在老婆面前还是命重要。

柳烟的朋友圈：周扬，你打脸了。

他们好像约好了一样，都发了这个视频。苏好低着头，他们没把苏好的脸拍进去，只能看到周扬拉着她的手。

上次打架的视频苏好压根没心思去看，可这次不一样，她认真地看完了。

周扬：几点睡？

周扬：老婆？

苏好：朋友圈里怎么都是你的那个视频啊？

周扬：一群人看热闹呢。

苏好：你不会不好意思？

周扬：为了你，有什么不好意思的，当初许殿下跪的时候才狼狈，我这只是小意思。

苏好：你不是被吓跪的吗？

周扬：……

周扬：明天上班？晚上去吃饭。

苏好：好。

周扬：老婆，我睡不着。

苏好：我能睡着。

周扬：……

苏好：你怎么给我那张卡？我又不用。

周扬：不用也放着，你负责掌管家里的财政大权。

不知道为什么，经过和Z那几天的聊天，两人在微信上倒是有了很多话说，一来一回，一下子就聊了很多。

生活还要继续，工作也要继续，苏好躺在床上，却感觉多了一点什么。

她抓着被子，翻了个身，睡了。

（未完待续）

番外
一眼万年

周嘉延和周绵绵四岁才开始上幼儿园。

苏好和周扬把孩子们送到幼儿园门口，两个小孩儿牵着手，背着小书包，回头对着爸妈挥手。

可爱的女儿就要在学校里度过一天了，周扬有些不舍。

他搂着苏好的腰，一把抓住周嘉延的书包。

周嘉延蒙了，回头看去，疑惑地问道："爸爸？"

周扬将手插在口袋里，指着他说："照顾好你妹妹。"

周嘉延："哦。"

周扬思考了一下，在口袋里摸了半天，摸出了一支烟，递给周嘉延。

苏好在一旁看到，愣了几秒，赶紧抓住周扬的手，叫他："周扬。"

周扬把手举起来，迅速将烟塞给周嘉延，低声贿赂道："一支烟代表一百块，你看好你妹妹，你妹妹要是放学的时候没哭，到时候，你拿烟和我换钱。"

周嘉延盯着那支烟，而后迅速塞进了口袋里，拍拍胸口，说："好的，爸爸。"

"乖，儿子。"周扬欣慰一笑，抬手敷衍地揉了揉儿子的头，随后抱住女儿，"绵绵在幼儿园要想爸爸哟。"

周绵绵在周扬的怀里点了点头。

苏好站在一旁，见状有些忍不住想笑。

周围也有不少送孩子来学校的家长，看到这一幕，觉得男人长得帅，眉眼风流，抱着女儿，像在撒娇，十分惹眼。

周嘉延在一旁翻白眼，将小手插在口袋里，催促道："爸爸，要迟到了。"

说完，他上前拉了拉周绵绵。

周扬"啧"了一声，有些不舍地放开女儿，想了一下，又从口袋里摸出一支烟，交代道："你记得，一定要照顾好你妹妹。"

周嘉延又得了一百块，十分高兴，他拼命点头道："知道了知道了。"

随后，他牵着周绵绵的手转身进了幼儿园。

周扬站直了身子，目送两个孩子的背影，几秒后，他转头看向苏好。

苏好勾了勾嘴角，转身走向车子，周扬叫了一声，赶紧追了上去，从身后搂住苏好的腰，将她拦腰抱了起来。他笑着，低头亲吻她的嘴唇，说："虽然不舍得女儿，但是我们终于可以过二人世界了。"

苏好伸手搂住他的脖子，看着男人风流的眉眼，笑道："错了，我还要上班。"

"你不是休假了吗？"周扬"啧"了一声，大步跟上苏好，"今天陪我去公司吧，去沸节。”

苏好顿了一下，看着他，用手指轻轻挠了一下男人的脖颈。

周扬低头蹭着她的嘴唇，声音带笑道：“我们俩是在沸节开始的。”

苏好勾了勾嘴角，肯定道：“是。”

两人一路开车去了沸节。

这几年，苏好工作很忙，加上多了两个孩子瞎折腾，苏好每日里在家和公司之间两点一线忙碌。

周扬在外的一切活动，苏好都知道，只是很少参与，至于沸节，她后来几年都没怎么来过。

到了十六楼，那股熟悉感扑面而来，周扬搂着她的腰走了出去，恰好迎上曾总捧着一份文件出来，他愣了一下，叫道：“周总。”接着，他看向苏好，笑道，“老板娘。”

苏好温柔一笑：“好久不见，曾总。”

“哈哈，是，好久不见。”曾总笑了两声。

时间过得真快，当初，苏好进公司的时候，他还不知道她会是什么身份。

如今，几年过去了，苏好变得更美了。

“看什么呢？”周扬冷冷地问。

曾总愣了几秒，赶紧收回自己的视线，随后把文件交给助理，亲自给周扬和苏好泡了茶。

周扬盯着曾总的背影，冷哼一声，低头问苏好：“你当初说过他很居家？”

苏好翻了个白眼：“你突然这样干什么？”

周扬指着自己的眼睛，说：“我看他看你都看直了眼。”

苏好：“人家那是讲礼貌，和我打招呼。”

周扬冷哼道：“打招呼？我呸。”

说完，他搂着她的腰，想了一下，随后脱下身上的西装外套，披到了苏好身上，他黑着脸说：“今天孩子们去上学，你穿这么好看干什么？平时在家也不见你穿给我看。”

苏好：“……”

她里面穿了一条黑色的裙子，既没有露肩膀，也没有露胸，只是比较修身而已。她拉着男人的手大步地走向办公室，路过财务室时，苏好的脚步顿了顿，往里看了一眼，这是她以前工作的地方，此时里面站着一个身材窈窕、穿着套装的女人。

一眼看上去，她的皮肤也很白。

苏好突然想起当初上班的第一天她也是这样打扮的，一转头，她就对上了周扬的眼眸。她顿了顿，抬起头去看身侧的男人。

身侧的男人浑然不知，揉着嘴角，正在盯着她看。

苏好：“……你在看什么？”

周扬的手往下，摸了摸她的臀部，低声道：“老婆，你是不是胖了？”

他的手滚烫，在大庭广众之下，苏好的脸一下子就红了，她一把推开他的手，低吼道：“没有！”

“变翘了。”周扬的嘴角勾了一下，搂着她的腰，随意看了一眼办公室。

苏好的呼吸一滞，想到了办公室里的那个女人。

周扬只随便看了一眼就收回了目光，看着她道：“当初，我就是在这里对你一见钟情的。”

苏好：“……骗人。”

周扬笑了一声，没有辩解，他搂着苏好往办公室走去，他知道，她肯定是不信的。

当初苏好第一天上班，穿着那身套装，他看了好几眼，后来他想过，也许，那就是一眼万年吧。

那会儿，他还把沈赫介绍给了她，事后，他只想扇自己一巴掌。

进了曾总的办公室后，周扬低头点了烟，靠在桌子上，他搂着苏好的腰，问：“你还记得当初，你在这里休息过吗？”

苏好搂着他的腰，回答道：“嗯。”

周扬低笑了两声：“我那会儿还真想在曾骁的办公室里对你做些什么。”

苏好：“……我那会儿来了例假。”

周扬把烟放下后，一只手搭在桌子边，一只手指弹着烟灰，他笑道：“嗯，就因为这样，你当初逃过了一劫。”

苏好：“……滚。”

曾总端着两杯咖啡，贴在门上听里头的动静，心想，还是先别进去了吧。

一群员工看着曾总这个样子，心想，周总和老板娘是换了个地方谈恋爱吗？都老夫老妻了，还这么酸！